Von Tamara Leigh erschienen bei BASTEI-LÜBBE:

12426 Bis aller Haß erlischt
12474 Unschuldiges Herz

TAMARA LEIGH

Verführung im Morgengrauen

Aus dem Englischen
von Eva Malsch

BASTEI-LÜBBE-TASCHENBUCH
Band 12646

Deutsche Erstveröffentlichung
Titel der amerikanischen Originalausgabe:
Pagan Bride
Copyright © 1995 by Tamara Schmanski
Published by arrangement with Bantam Books,
a division of Bantam Doubleday Dell
Publishing Group Inc., New York.
Copyright © 1996 für die deutsche Übersetzung
by Bastei Verlag Gustav H. Lübbe GmbH & Co.,
Bergisch Gladbach
Printed in Great Britain, Dezember 1996
Einbandgestaltung: K. K. K.
Titelfoto: Pino Daeni/Agentur T. Schlück
Satz: hanseatenSatz-bremen, Bremen
Druck und Bindung: Cox & Wyman Ltd.
ISBN 3-404-12646-7

Der Preis dieses Bandes versteht sich einschließlich
der gesetzlichen Mehrwertsteuer.

*Für meine Schwester Lisa Marie . . . Du hast
es immer gewußt und nie den Glauben verloren. Lizanne und Ranulf, Graeye und Gilbert,
Alessandra und Lucien und den anderen, die
noch kommen werden, danke ich. Aber vor allem danke ich dir.*

1

Algier, 1454

Nicht einmal in Ketten sah er wie ein Sklave aus. Der Riese mit dem bronzebraunen Haar trug nur eine enge Hose, das Gurtband über den schmalen Hüften, als er auf das Podium gezerrt wurde und vor der staunenden Menge stand. Von drei Männern festgehalten, spannte er seine Muskeln an und stieß wilde Flüche hervor. Was er sagte, verstanden nur die Leute, die seine Sprache beherrschten.

Ein Engländer, dachte Sabine erfreut, ein sehr zorniger Engländer. Mit einem so wundervollen Exemplar hatte sie nicht gerechnet. Natürlich war er kein Adeliger, sonst hätte man Lösegeld für ihn bezahlt. Aber seine Haltung wirkte trotzdem aristokratisch.

Sie ergriff den Arm des Obereunuchen, der sie zur Versteigerung begleitet hatte. »Khalid, wir nehmen diesen hier.«

Verwirrt hob er die Brauen. »Er ist kein Eunuch, Herrin.«

Dem konnte sie nicht widersprechen. Wäre es anders, hätte der Auktionator darauf hinweisen müssen. Doch das spielte keine Rolle. Seit zwei Monaten sehnte sie einen solchen Mann herbei, und nun durfte er ihr nicht durch die Finger schlüpfen. »Wie auch immer, ich will ihn haben«, entgegnete sie in scharfem Ton.

Die Stirn gerunzelt, neigte sich der hochgewachsene Khalid zu ihr herab. »Nur Eunuchen dürfen den Harem betreten.«

»Niemand muß es erfahren«, erwiderte sie und beobachtete aufgeregt, wie die Versteigerung begann.

»Nein, dieser Mann eignet sich nur für die Steinbrüche. Man wird andere anbieten, die Euren Zwecken besser dienen.« Die nur er allein kannte, ihr Vertrauter seit zehn Jahren.

»Allmählich läuft mir die Zeit davon, Khalid. Verweigere mir diese Gelegenheit nicht – es könnte meine letzte sein.«

Seine Lippen verkniffen sich. »Aber der Mann ist eine schlechte Wahl, Herrin. Habt Ihr die Striemen auf seinem Rücken bemerkt? Keiner wird so grausam ausgepeitscht, wenn er's nicht verdient.«

Natürlich hatte sie die häßlichen, teilweise noch geröteten und geschwollenen Narben gesehen. Dennoch wollte sie diesen Sklaven erwerben, weil er wie geschaffen für ihren Plan war.

»Spürt Ihr nicht seinen Zorn, seinen Haß?« fuhr Khalid beschwörend fort. »Ein gefährlicher Mann . . .«

»Nur ein Narr wäre frei von solchen Gefühlen. Und einen Narren kann ich nicht gebrauchen. Nein, seine Wut wird mir sogar zum Vorteil gereichen.«

Khalid war noch immer nicht überzeugt. »Bitte, sucht Euch einen anderen aus.«

»Nein, mein Entschluß steht fest.«

Während die Interessenten einander überboten, um den starken Engländer für ihre Bergwerke oder Steinbrüche zu ersteigern, trug Khalid einen Konflikt mit sich aus. Gewiß, er wollte seiner Herrin helfen. Doch es könnte ihn das Leben kosten, wenn sich dieser Mann Abd al-Jabbar, dem Herrn, offenbarte – oder die Frauen im Harem verführte . . .

»Mach ein Angebot, sonst tu ich's selber«, drohte Sabine.

»Er ist sicher sehr teuer.«

Ungeduldig streifte sie ein goldenes Armband ab, übergab es dem Eunuchen und zog einen Ring von ihrem Finger. »Was er kostet, ist mir gleichgültig!« fauchte sie.

Um sie zu besänftigen, berührte er ihre Schulter. Dann ging er widerstrebend nach vorn. Durch ihren Schleier schaute sie ihm nach und strich nervös über ihren schwarzen Umhang, der ihre kostbare, farbenfrohe Kleidung verbarg. Nur so durften sich ehrbare Frauen in der Öffentlichkeit zeigen, an diesem exotischen Ort, so weit von Europa entfernt.

Während sich Khalids durchdringende Stimme ins Geschrei der Interessenten mischte, kämpfte der Engländer immer noch gegen die Männer, die ihn festhielten. Schweiß glänzte auf seiner Brust. Aus welchem Quell schöpfte er seine Kraft? Was hielt seinen Geist in dieser feindlichen Welt aufrecht?

Plötzlich befreite er einen Arm, schlug seine Ketten in die Gesichter zweier Wächter, die schreiend nach hinten taumelten. Erschrocken wichen die Leute – alle bis auf Khalid – vom Podium zurück, als sich der wütende Sklave auf seinen restlichen Wärter stürzte.

Zum erstenmal fragte sich Sabine, ob sie diesem Engländer gewachsen wäre. Hatte sie ihre Wahl überstürzt getroffen? Längst lag die Jugend hinter ihr. Hätte sie noch drei Jahre zu leben, was sie nicht erhoffen durfte, würde sie ihren vierzigsten Geburtstag begehen.

Khalid sprang aufs Podium und zerrte den Sklaven von dem blutüberströmten Wächter weg. Mittlerweile hatten die beiden anderen ihr Gleichgewicht wiedergefunden und eilten dem Eunuchen zu Hilfe. Der Engländer schlug immer noch um sich, und sein Kampfgeist erlosch erst, als Khalid ihm ein Knie zwischen die Beine rammte.

Von heftigen Schmerzen gepeinigt, warf der Gefangene den Kopf in den Nacken und biß die Zähne zusammen. Aber kein Laut kam über seine Lippen.

Von nun an fügte er sich widerstandslos in sein Schicksal, und die Menge jubelte seinem Bezwinger zu, dem kraftvollen schwarzen Eunuchen. Skeptisch wandte er sich zu seiner Herrin, um herauszufinden, ob sie bei ihrer Entscheidung blieb. Sie zögerte nur kurz, dann nickte sie ihm zu. Ohne sein Mißfallen zu verhehlen, sprach er den Auktionator an. »Mehr zahle ich nicht«, erklärte er und berief sich auf sein letztes Angebot. »Will jemand den Preis noch höher treiben?«

Die Knopfaugen des Auktionators wanderten über die Menge hinweg, aber niemand meldete sich. Schließlich zuckte er die Achseln, grinste zahnlos und nahm Khalids Angebot an. Sabine lächelte hinter ihrem Schleier und beobachtete, wie der Sklave vom Podium geschleift wurde.

»So, das wäre geschafft«, knurrte der Eunuch, als er zu ihr zurückkehrte. »Hoffentlich werdet Ihr's nicht ebenso bereuen wie ich.«

Beruhigend legte sie eine Hand auf seinen Arm. »Danke, mein Freund. Deine Treue soll nicht unbelohnt bleiben.«

Er sah keinen Grund, an ihren Worten zu zweifeln, denn sie war stets großzügig gewesen. Und er konnte nur hoffen, die Früchte seiner Mühe möglichst bald zu ernten.

Sabine richtete sich in ihren Kissen auf und heuchelte eine Langeweile, die sie nach all der Aufregung und Angst unmöglich empfinden konnte. Obwohl sie von einem wütenden Blick durchbohrt wurde, nahm sie den Mann erst zur Kenntnis, nachdem sie zwischen den bunten Decken eine bequeme Lage gefunden hatte.

Langsam musterte sie den Sklaven, von den gefesselten Fußknöcheln bis hinauf zu seinem verzerrten Gesicht. In all seinen angespannten Muskeln zeigte sich heiße Wut. Sabines erzwungenes Lächeln geriet ins Wanken. Nein, solche Gefühle konnte man nicht mit einer freundlichen Miene und flatternden Wimpern beschwichtigen. Dies war ein Mann, der seine Peiniger töten würde, fände er eine Gelegenheit. Und sie mußte sich wappnen – mußte jederzeit bereit sein, die Flucht zu ergreifen, sollte er Ketten sprengen oder seine Wärter überwältigen, die ihn festhielten.

Doch der Engländer rührte sich nicht. Offenbar konnte er sich nur mühsam auf den Beinen halten. Was war los mit ihm? Sabine hielt den Atem an. Dann wandte sie sich zu Khalid. Obwohl sein Gesicht unbewegt blieb, bestätigten seine dunklen, funkelnden Augen ihren Verdacht. Er hatte dem Mann eine Droge verabreicht, die den Verstand nicht beeinträchtigte, aber den Körper schwächte.

Erleichtert bedeutete sie den Wärtern, sich zu entfernen. Sie verschwanden im schattigen Hintergrund des Zelts, um die Ereignisse zu beobachten. Das war alles, was sie tun konnten, da sie – im Gegensatz zu Khalid – die englische Sprache nicht beherrschten.

Sie schwang die Beine über den Rand ihres Lagers, erhob sich und ging über einen kostbaren Teppich zu ihrem neuen Sklaven. Stolz straffte sie die Schultern. »Ich bin Sabine«, erklärte sie auf englisch und wußte, daß ihr Akzent seltsam anmuten mußte. Seit etwa zwanzig Jahren sprach sie fast ausschließlich arabisch. »Wie heißt Ihr, Engländer?« Seine Augen verengten sich, aber er antwortete nicht.

Um sein Gesicht genauer zu betrachten, stellte sie sich auf die Zehenspitzen. Die rechte Hälfte war unversehrt, über den linken Wangenknochen zog sich die

11

Narbe einer Schnittwunde. Woher stammte diese Verletzung? Seine Augen glichen schimmernden Amethysten. Unglaublich, dachte sie. Habe ich diese Farbe schon einmal gesehen? Doch die vage Erinnerung entglitt ihr wieder. Dann betrachtete sie die bronzebraunen Locken, die auf seine Schultern fielen. Obwohl sie schmutzig und ungekämmt waren, verstärkten sie den kraftvollen, maskulinen Eindruck, den er erweckte. Impulsiv berührte sie sein Haar. Ihre Armreifen klirrten leise.

Wie schade, sagte sie sich, dieser Mann könnte sein Leben verlieren, während er die Aufgabe zu erfüllen sucht, die ich ihm stellen werde ... Hastig verdrängte sie diese unwillkommenen Gedanken. Nein, er würde das Ziel erreichen, wenn auch nur, um seine Männlichkeit zu retten, auf die er zweifellos großen Wert legte.

Plötzlich klirrten Ketten, als er seinen Körper an ihren drängte. »Arabische Hure!« stieß er hervor, und sie wich entsetzt zurück. Khalid sprang sofort hinzu, die Wärter packten ihn. Als der Eunuch ihn ins Gesicht schlug, zuckte der Sklave nicht einmal mit der Wimper.

Nichts wird mir geschehen, redete Sabine sich ein. Aber ihr Herz schlug erst ruhiger, nachdem die Wärter ihn zum Zeltausgang gezerrt hatten. »Laßt ihn los!« befahl sie. Khalid wollte protestieren, doch sie schüttelte entschieden den Kopf. »Keine Bange, er kann mir nichts zuleide tun.«

Widerwillig zeigte der Eunuch auf einen Stuhl. »Hierher mit ihm! Und dann geht.«

Die Wächter drückten den Gefangenen auf den Stuhl. Nur zögernd verließen sie das Zelt.

»Sicher werden sie sein unbotmäßiges Verhalten erwähnen«, warnte Khalid. »Falls Ihr Euren gefährlichen Plan verwirklichen wollt, Herrin, dürfen Euch keine Zeugen beobachten.«

Das stimmt, dachte sie und ging wieder zu dem Engländer, blieb aber in sicherer Entfernung stehen. »Von mir habt Ihr nichts zu befürchten . . .«, begann sie.

»*Ich* bin es, den *Ihr* fürchten solltet«, unterbrach er sie. »Am liebsten würde ich meine Hände um Euren schönen heidnischen Hals legen und zudrücken.«

Seltsam, überlegte sie, diese kultivierte Sprechweise paßt nicht zu einem Mann von niedrigem Stand . . . »Ihr müßt noch viel lernen, Engländer«, erwiderte sie und entfernte ihren Schleier, um das rotgoldene Haar zu enthüllen, das unmöglich arabischen Ursprungs sein konnte. Nicht einmal eine verschwenderische Behandlung mit Henna würde diese besondere Farbe erzeugen. Für einen flüchtigen Augenblick las sie Verwirrung in seiner Miene. Dann verrieten ihr seine Züge nichts mehr. Sie kniete nieder und schaute ihn eindringlich an. »Auch ich stamme aus England, ebenso wie Ihr. Ich kam als Sklavin hierher.«

»Und was seid Ihr jetzt?« Ein verächtlicher, beleidigender Blick streifte ihre arabische Kleidung.

Doch sie war nicht bereit, sich der Lebensart zu schämen, die ihr seit fast zwanzig Jahren aufgenötigt wurde. Stolz hob sie das Kinn. »Ich bin die Frau eines reichen arabischen Kaufmanns.« Wie leicht hätte sie das gleiche Schicksal erleiden können wie so viele andere, die Konkubinen geworden waren oder – noch schlimmer – Prostituierte.

»Also eine Überläuferin, eine Hure, die ihre Religion verleugnet und sich den Ungläubigen angeschlossen hat, um ihren Nutzen daraus zu ziehen.«

Sabine zog eine Kette unter ihrem Kaftan hervor, an der ein Kruzifix hing. »Wollt ihr mich immer noch erwürgen?« fragte sie.

Zwischen seinen Brauen entstand eine steile Falte. »Was wollt Ihr von mir?«

»Ich möchte Euch einen Vorschlag machen, den Ihr sicher gutheißen werdet. Wenn Ihr darauf eingeht, seid Ihr frei.«

Endlich hatte sie sein Interesse geweckt. Sein Zorn schien nachzulassen. Aber er gab noch immer nicht klein bei. »Selbst wenn ich Euren Wunsch nicht erfülle, werde ich meine Freiheit zurückgewinnen«, erwiderte er herausfordernd.

Sie lächelte. »Warum seid Ihr dann nicht längst geflohen? Vor über einem Jahr wurdet Ihr gefangengenommen, und Ihr tragt immer noch Eure Fesseln.«

»Wie soll ein Mann flüchten, der Tag und Nacht ans Ruder einer Galeere gekettet ist?«

Sabine stand auf und trat hinter ihn. Behutsam strich sie über eine Narbe, die von seinen Schultern bis zur Hüfte reichte, und spürte, wie er sich anspannte. »Trotzdem habt Ihr rebelliert, und das gefällt mir.« Sie ging wieder um den Stuhl herum und musterte den Sklaven. »Schade, daß kein Lösegeld für Euch bezahlt wurde . . . Wärt Ihr ein Aristokrat, hättet Ihr nicht so lange leiden müssen.«

»Täuscht Euch nicht!« fauchte er. »Ich trage einen Adelstitel.«

Angesichts seiner Haltung und seiner Sprechweise hätte sie damit rechnen müssen. Trotzdem staunte sie und sah Khalid an, der ihr zunickte, um die Aussage des Engländers zu bestätigen. Hätte sie bei der Versteigerung doch besser zugehört oder dem Eunuchen eine Gelegenheit gegeben, ihr vor dem Kauf alles zu erzählen . . .

Nun, das ändert sicher nichts an den Dingen, dachte sie. Vielleicht würde sich ein Adeliger sogar besser für ihre Zwecke eignen als ein Bürgerlicher. »Warum hat man kein Lösegeld für Euch gezahlt?«

Auf diese Frage bekam sie keine Antwort. Sie zuckte

die Achseln, wandte sich zu Khalid, und er reichte ihr einige Dokumente. Zunächst sah sie nur den Namen, der ihr geradezu entgegensprang – de Gautier.

Großer Gott ... Sie zwang sich, weiterzulesen, und was sie fürchtete, bewahrheitete sich. Mit bebenden Fingern umklammerte sie die Pergamente. Welches gräßliche Schicksal hatte diesen Mann zu ihr geführt. In ganz England gab es keinen, dem sie ihren kostbarsten Besitz widerwilliger anvertraut hätte. Ein de Gautier – unvorstellbar ...

Wie so oft in letzter Zeit, überwältigte sie der Hustenanfall ganz plötzlich. Beide Hände auf die Brust gepreßt, erlaubte sie Khalid, sie hochzuheben und aufs Bett zu legen. Er brachte ihr ein Leinentuch und neigte sich besorgt zu ihr herab, während sie ihren Mund abwischte und das Blut aus ihren brennenden Lungen spuckte.

Nachdem der Anfall überstanden war, fühlte sie sich schwächer denn je.

»Ich lasse ihn hinausbringen«, erbot sich der Eunuch.

Abwehrend hob sie eine Hand. »Noch bin ich nicht mit ihm fertig.« Sie ignorierte Khalids gerunzelte Stirn und schaute de Gautier an.

Jetzt wußte sie, warum diese Augen verschwommene Erinnerungen geweckt hatten. Lucien de Gautier war damals noch ein Kind gewesen, vielleicht acht Jahre alt, sie selbst Lady Catherine, Lord James Bayards Frau, und der Junge der Gefangene ihres Gemahls.

Im Grunde ein anständiger Mann, zögerte James trotzdem nicht, den de Gautier-Erben zu benutzen, um zu erringen, was seine Ahnen so lange ersehnt hatten. Seit Generationen stritten die Bayards und die de Gautiers um ein Stück Land, Dewmoor Pass, das zwischen beiden Gütern lag. Obwohl sogar Könige versucht hatten, den Zwist beizulegen, war der Friede nie von langer Dauer gewesen. Keine Familie wollte auf ihre Ansprüche verzichten. Im Lauf der Jahre wurde immer mehr Blut vergossen, und der Haß wuchs.

Wäre der kleine de Gautier nicht so raffiniert gewesen, hätte James das Grundstück letzten Endes erobert. Während sich die Verhandlungen über das Lösegeld für Lucien in die Länge zogen, wartete er in aller Ruhe den richtigen Zeitpunkt ab. Wenn er auch keinen Hehl aus seinem Zorn machte, hielt man einen so jungen Burschen für ungefährlich, ließ ihn frei im Schloß herumlaufen. Eines Nachts befreite er sich aus der Gefangenschaft, mit Hilfe eines gestohlenen Dolchs.

Das ist nun fast zwanzig Jahre her, dachte Sabine und betrachtete den Jungen, der inzwischen zum Mann geworden war. Bekämpften sich die Familien immer noch? Eine müßige Frage ... Nicht einmal Englands Krieg gegen Frankreich hatte so lange gedauert wie die Fehde zwischen den Bayards und den de Gautiers.

Schon wollte sie den Plan aufgeben, ihre Tochter aus Algier hinauszuschmuggeln, doch da ging ihr eine neue Idee durch den müden Sinn. Da Lucien sie nicht erkannte, konnte sie ihre Absicht vielleicht verwirklichen – vorausgesetzt, sie verheimlichte ihm ihre Identität. Er sollte glauben, ihr arabischer Ehemann wäre Alessandras Vater. Entschlossen richtete sie sich auf und erwiderte de Gautiers unverwandten Blick. »Wollen wir verhandeln?«

Mißtrauisch zog er die Brauen zusammen. »Erst möchte ich wissen, was Euch so erregt hat«, entgegnete er und wies mit dem Kinn auf die Dokumente, die zu Boden gefallen waren.

Um Zeit zu gewinnen, legte sie eine seidene Robe um ihre Schultern. »Oh, nichts hat mich erregt. Ich fühle mich einfach nur unwohl.«

»Lügnerin!«

Verärgert über seine Anmaßung, warf sie den Kopf in den Nacken. »Meine Krankheit ist der Grund, weshalb Ihr hier seid. Ich biete Euch die Freiheit an.«

Eine Zeitlang schien er nachzudenken. »Und was muß ich dafür tun?«

Unter ihrem Umhang schlang sie die zitternden Finger in einander. »Nehmt meine Tochter mit.«

»Nach England?«

»Aye. Dort lebt meine Familie.«

»Mehr verlangt Ihr nicht von mir?«

»So leicht, wie es scheint, ist es nicht. Mein Mann würde es niemals gestatten. Und meine Tochter wird Euch nicht freiwillig begleiten.«

»Warum schickt Ihr sie dann weg?«

Nur widerstrebend vertraute sie diesem Mann an, was sie bedrückte. Doch ihr blieb nichts anderes übrig, wenn sie sich seiner Hilfe versichern wollte. »Wie ich bereits erwähnt habe, bin ich krank. Bald soll Alessandra nach dem islamischen Glauben vermählt werden. Und niemand wird sie nach meinem Tod schützen.«

»Also sorgt Ihr Euch um ihre Sicherheit?«

»Ja. Außerdem soll sie nicht das Leben führen, das mir aufgezwungen wurde. Wäre sie dafür geschaffen, hätte ich keine Bedenken. Aber das ist sie nicht.«

»Oh, das Leben einer . . .«

»Das Leben in einem Harem«, unterbrach sie ihn, ehe er sie wieder beleidigen konnte.

Seine Lippen verzogen sich zu einem schwachen Lächeln. »Und wenn sie nicht freiwillig mit mir kommt?«

»Nun, Ihr werdet im Harem einquartiert«, erklärte sie, als wäre dies ganz selbstverständlich, »gewinnt ihr Vertrauen, und wenn ich sie dann noch immer nicht zur Flucht überreden kann, müßt Ihr sie entführen.

Natürlich arrangiere ich alles Nötige, und Ihr werdet dieses Land ungehindert verlassen.«

Lucien warf dem Eunuchen einen kurzen Blick zu. »Sogar ich weiß, daß in einem Harem nur Männer geduldet werden, die keine Männer mehr sind«, bemerkte er trocken.

Auch Sabine schaute Khalid an und spürte einen stummen Konflikt zwischen den beiden. Offensichtlich würde Lucien die Demütigungen, die der Schwarze ihm angetan hatte, nicht so schnell vergessen. Und Khalid litt unter der Verachtung des Gefangenen. »Ja«, bestätigte sie, »nur Frauen und Eunuchen dürfen den Harem betreten. Deshalb werdet Ihr entmannt.«

»Dann lehne ich Euer großzügiges Angebot ab, Madam. Ich möchte als ganzer Mann in meine Heimat zurückkehren.«

»Sorgt Euch nicht, Ihr sollt nur vorgeben, Ihr wärt ein Eunuch. Niemand außer mir und Khalid wird die Wahrheit erfahren.«

»Wie kann ich ihm trauen?«

»Er ist mir treu ergeben und wird unser Geheimnis nicht verraten.«

»Und wenn ich Euren Vorschlag ablehne?«

»Dann seid Ihr mir nicht von Nutzen, Lucien de Gautier, und werdet tatsächlich entmannt.«

Erstaunlicherweise lachte er. »Haltet Ihr mich für einen Narren? Glaubt Ihr, ich wüßte nicht, daß der Islam die Kastration verbietet?«

»Manche Gesetze lassen sich umgehen. Und da ich mich dem Islam nicht verpflichtet fühlte, könnte ich's mit meinem Gewissen vereinbaren, dieses besondere Gesetz zu brechen.«

Eifrig trat Khalid vor. »Ich selbst würde es tun«, drohte er und hob die Hände himmelwärts. »Dieses kleine Vergehen würde Allah mir sicher verzeihen.«

18

In Luciens Kinn zuckte ein Muskel, aber er bezähmte seinen Zorn und starrte den Eunuchen nur mit schmalen Augen an.

»Erlaubt Eurem Stolz nicht, Euer besseres Wissen zu besiegen«, mahnte Sabine. »Immerhin bin ich bereit, Euch zu retten. Wenn Ihr mein Angebot ablehnt, müßt Ihr alle Hoffnungen aufgeben.«

»Dann werde ich mich wohl fügen.«

Erleichtert sank sie in die Kissen zurück. »Gut. Die nächste Woche verbringt Ihr mit Khalid in der Stadt. Er wird Euch erklären, wie sich ein Eunuch zu verhalten hat. Danach übersiedelt Ihr in den Harem Abd al-Jabbars, meines Mannes.« Sie wandte sich zu dem Schwarzen und fuhr auf arabisch fort: »Zweifellos mußte er sehr lange auf weibliche Gesellschaft verzichten. Du wirst jede Nacht eine Dirne zu ihm führen, um sein Verlangen zu stillen.«

»Und wenn das nicht genügt?«

Sie lächelte. »Verschaff ihm so viele Mädchen wie nur möglich. Wenn er den Harem betritt, darf er keine fleischlichen Gelüste mehr empfinden.«

»Gewiß, Euer Wille soll geschehen, Herrin.«

Sie wandte sich wieder zu Lucien. »Soeben habe ich ihn angewiesen . . .«

»Ja, ich hab's gehört«, fiel er ihr ins Wort.

Also hatte er Arabisch gelernt. Das beunruhigte sie, obwohl es seinen Aufenthalt im Frauenquartier vereinfachen mochte. »Nun, dann genießt die sinnlichen Freuden in vollen Zügen. Nach dieser Woche werdet Ihr Zurückhaltung üben, bis zu Eurer Ankunft in England.«

»Vielleicht . . .« Ein spöttisches Lächeln entblößte strahlend weiße Zähne, die das rauhe Leben auf hoher See irgendwie überstanden hatten.

Nur mühsam unterdrückte sie ihren Ärger. »Enttäuscht mich nicht, Lucien de Gautier«, warnte sie. »Ihr seid tatsächlich ein ganzer Mann, und ich fände es bedauerlich, wenn ich das ändern müßte.«

Da grinste er noch breiter. »Beruhigt Euch, ich werde mich in acht nehmen.«

2

Immer lauter ertönte die Musik, und der vibrierende Rhythmus drang in alle Glieder, spornte die Frau an, die sich in der Mitte des großen Raumes wiegte. Die Augen geschlossen, breitete sie die Arme aus und schnippte mit den Fingern. Sinnlich bewegte sie die Hüften und Schultern.

Die Tänzerinnen, die man bestellt hatte, um die Bewohnerinnen von Abd al-Jabbars Harem zu unterhalten, traten zurück, um die fremdartige Gestalt zu beobachten. Im Gegensatz zu den anderen, besaß sie flammend rotes Haar, eine helle, nur leicht gebräunte Haut mit Sommersprossen. Sie war schlank und zartknochig, hatte aber volle, wohlgeformte Brüste. Und die grünen Augen schienen das Publikum mutwillig herauszufordern.

Während sich der Rhythmus beschleunigte, begann sie zu lachen. Sie zerrte den Schleier von ihrem taillenlangen Haar, zerknüllte ihn, drehte sich auf nackten Zehenspitzen, immer schneller, so daß die dünne Robe um ihren Körper wirbelte. Entzückt schrie sie auf, als die Musik den Höhepunkt erreichte, völlig im Bann der betörenden Klänge.

»Alessandra!« Der vorwurfsvolle Ruf ließ die Instrumente verstummen, lebhaftes Stimmengewirr erhob sich.

Aus einer seltsamen Trance gerissen, drehte Alessandra sich schwankend zu ihrer Mutter um, die unvermutet auf der Schwelle erschienen war. Ringsum schien der Raum immer noch zu kreisen. Ihr schwindelte, und sie sank auf die Knie.

Lucien, der zwischen Sabine und Khalid stand, überlegte bestürzt, in welchen Schwierigkeiten er steckte. Das wußte er, seit er den Namen der Tänzerin kannte, und er verfluchte sein heißes Blut. Bei ihrem Anblick hatte er beschlossen, sie so bald wie möglich zu besitzen. Obwohl ihn das rote Haar, von der Mutter geerbt, hätte warnen müssen . . .

Als Alessandras Schwindelgefühl verebbte, schaute sie widerstrebend zu Sabine hinüber, die empört ihre Hände in die Hüften stemmte, und stand auf. Sie schnitt eine Grimasse und ging zur Tür. Hinter ihr setzten die Musikerinnen und Tänzerinnen ihre Darbietungen fort, aber die Konfrontation zwischen Mutter und Tochter würde das Publikum sicher viel mehr interessieren.

Auf halbem Weg hielt sie inne. Erst jetzt hatte sie den hochgewachsenen, hellhäutigen Mann an Khalids Seite entdeckt. Er war genauso gekleidet wie der Obereunuch, trug einen Turban und eine dunkle Robe über seinem Kaftan. Nicht einmal der dunkle Fleck unter dem rechten Auge konnte diesen erstaunlichen amethystfarbenen Glanz beeinträchtigen. Wer mochte ihn geschlagen haben? Diese Frage wurde beantwortet, als sie Khalids leicht verbogene Nase bemerkte. Offenbar war der Kampf zwischen den beiden Riesen unentschieden ausgegangen. Ein Waffenstillstand?

Unsicher begegnete sie dem Blick des Fremden, der sie von Kopf bis Fuß musterte, und errötete. Warum starrte er sie so an? Verspottete er sie? Oder bildete sie sich das nur ein? Ja, ganz sicher. Er mußte der Eunuch sein, den ihre Mutter vor einer Woche gekauft hatte.

»Komm zu mir, Alessandra!« befahl Sabine. »Erklär mir dein unschickliches Benehmen!«

»Verzeih mir!« Reumütig eilte Alessandra zu ihr und küßte die bleiche Wange. »Aber ich konnte nicht anders.«

Jetzt nahm Sabines Stimme einen sanfteren Klang an. »Mein Kind, du mußt lernen, diese Impulse zu bezähmen.« Zärtlich strich sie ihrer Tochter das zerzauste Haar aus der Stirn. »Wenn Jabbar davon erfährt, wird er alle Tänzerinnen und Musikerinnen aus dem Harem verbannen.«

Natürlich konnte nicht verborgen bleiben, was geschehen war. Das würde ihm Leila, die erste seiner drei Frauen, brühwarm erzählen. Seufzend fand sich Alessandra mit ihrem Schicksal ab. Dann lächelte sie spitzbübisch. »Nun, vielleicht hat's sich gelohnt, diese Strafe zu riskieren. Der Tanz war einfach wundervoll.«

»Lieg mir bloß nicht in den Ohren, wenn du dich wieder langweilst!«

»Würde ich das jemals tun?« In gespielter Unschuld hob Alessandra die Brauen.

»Allerdings.«

»Und du würdest mir helfen«, prophezeite Alessandra lachend.

Sabine verdrehte die Augen. »Reden wir ein andermal darüber. Ich will dir unseren neuen Eunuchen vorstellen.«

Aus der Nähe betrachtet, verwirrte er Alessandra noch mehr. Seine harten, markanten Züge zeigten nichts von der heiteren Gelassenheit, die fast alle entmannten Diener auszeichnete. Und doch – in seine Augen schien ein seltsames Funkeln zu lauern. Geheime Belustigung?

»Warum schaut er mich so an?« fragte sie.

»Er stammt aus England«, erklärte Sabine hastig.

»Und bevor er seinen Platz in unserem Haushalt einnimmt, muß er noch viel lernen.«

»Aus England?« rief Alessandra verwundert. »Und warum erzählst du mir das erst jetzt?«

»Weil ich dich überraschen wollte.«

»Das ist dir gelungen.«

»Es soll dir helfen, deine Englischkenntnisse zu verbessern. Und du könntest ihm unsere Sprache beibringen.«

Widerwillig runzelte Alessandra die Stirn. Sie bevorzugte die Sprache, mit der sie aufgewachsen war, und hatte nicht die geringste Lust, Englischunterricht zu nehmen. Wenn sie Sabines Muttersprache auch beherrschte – sie kam ihr nur mühsam über die Lippen. Und der ausdrucksvolle musikalische Klang des Arabischen gefiel ihr viel besser.

»Hoffentlich ist er ein gelehriger Schüler«, sagte sie. Wieder spürte sie den durchdringenden Blick des neuen Eunuchen, und ihr Unbehagen wuchs. Nicht einmal Rashid, ihr Verlobter, wagte es, sie so anzusehen. Warum genoß sie die unverwandte Aufmerksamkeit dieses Mannes? Als sie an sich hinabschaute, stieg ihr das Blut in die Wangen. Unter dem dünnen Schleierstoff ihrer Kleidung zeichneten sich ihre vollen Brüste und die sanft geschwungenen Hüften deutlich ab. Sollte sie sich in eine Robe hüllen? Sofort verwarf sie diesen Gedanken. Noch nie hatte sie sich ihres Körpers geschämt, und dafür gab es auch jetzt keinen Grund.

Herausfordernd warf sie den Kopf in den Nacken und fragte auf englisch: »Wie heißt Ihr?«

»Er hat den Namen Seif angenommen«, erklärte Sabine.

»Seif . . .«, wiederholte Alessandra. »Und sein christlicher Name?«

»Der spielt keine Rolle«, erwiderte ihre Mutter in

scharfem Ton. »In diesem Haushalt wird er Seif genannt.«

Bestürzt über das seltsame Verhalten ihrer Mutter, hob Alessandra die Brauen. »Stimmt was nicht?«

»Ich bin nur müde.«

Kein Wunder, dachte Alessandra, nachdem Jabbar die letzten drei Nächte bei ihr verbrachte hatte . . . Obwohl noch zwei andere Ehefrauen und ein Dutzend Konkubinen bei ihm lebten, liebte und begehrte er Sabine so leidenschaftlich wie am ersten Tag, womit sie sich Leilas abgrundtiefen Haß zuzog.

»Setz dich doch!« Alessandra ergriff den Arm ihrer Mutter und zog sie zu einem Diwan.

»Nein, ich möchte mich hinlegen. Vielleicht könntest du Seif den anderen vorstellen.«

Alessandra schaute zu den Frauen hinüber, die den Tänzerinnen keine Beachtung schenkten und nur Augen für den neuen Eunuchen hatten. Mühelos erriet sie die Gedanken ihrer Mitbewohnerinnen. Sie hungerten nach Freuden, die Jabbar ihnen meistens vorenthielt. Sogar Leila starrte den Engländer fasziniert an.

»Also gut«, seufzte Alessandra. »Kommt, Seif.«

Ehe er ihr folgen konnte, legte Sabine eine Hand auf seine Schulter. »Nur eins noch, Lucien – Seif«, wisperte sie. »Niemand weiß Bescheid über meine Krankheit, nicht einmal meine Tochter. Versteht Ihr?«

Höflich neigte er den Kopf. »Von mir werden sie nichts erfahren, Herrin.«

Könnte sie ihm doch vertrauen . . . Bedrückt ließ sie ihre Hand sinken. »Denkt an unser Abkommen!«

»Wie könnte ich das vergessen?«

Seine Worte beruhigten sie keineswegs. Als er zu ihrer Tochter ging, schaute sie ihm skeptisch nach. Natürlich war ihr nicht entgangen, wie atemlos er Alessandras verführerischen Tanz beobachtet hatte. Erfüllte ihn immer noch ein sinnliches Verlangen, trotz der heißen Liebesnächte? Khalid hatte ihr versichert, Lucien sei mit mehreren Frauen beisammen gewesen und habe seine Begierde zur Genüge gestillt. Durfte sie sich darauf verlassen?

Voller Sorge schlang sie die Finger ineinander. Selbst wenn ihr Plan gelang – würde Alessandra unberührt in England eintreffen? Oder würde ihr dieser Riese die Unschuld rauben? Und wenn er herausfand, wer sie war . . . Wie mochte er sich dann rächen?

Aber sie mußte tun, was sie beschlossen hatte, trotz aller Bedenken. An Rashids Seite würde Alessandra ein viel schlimmeres Schicksal erwarten. Und auf englischem Boden konnte sie Lucien de Gautier entrinnen, mit der Hilfe ihrer Familie. Wie auch immer, Sabine durfte nicht zögern, dieses Risiko einzugehen.

»Beruhigt Euch, man wird den Engländer streng bewachen«, versprach Khalid, der ihre Gedanken zu lesen schien.

Beim Anblick seiner schiefen Nase seufzte sie leise. Er hatte zwar versichert, er sei mit dem Engländer zu einem gewissen Einvernehmen gelangt und es würde keinen Ärger mehr geben. Doch sie hegte immer noch ihre Zweifel. »Gib mir sofort Bescheid, falls irgendwelche Probleme auftauchen.«

Ernst und ergeben wie immer nickte Khalid. Nach einem letzten Blick auf ihre Tochter und Lucien de Gautier verließ Sabine den Raum.

Alessandra beschloß, den neuen Eunuchen zu ignorieren, der so seltsame, verwirrende Gefühle in ihr weckte. Und so widmete sie ihre Aufmerksamkeit den Tänzerinnen, bewunderte die anmutigen Bewegungen, die farbenprächtigen Gewänder, den klirrenden Schmuck. Wie sie diese Frauen um ihre Freiheit beneidete . . .

25

Auch jetzt drang ihr der Rhythmus ins Blut und lockte sie auf die Tanzfläche. Um dagegen anzukämpfen, verschränkte sie die Arme vor der Brust und preßte die Schenkel zusammen. Doch ihr Körper gehorchte dem Befehl ihres Verstandes nicht und begann sich im Takt zu wiegen.

Schließlich überlegte sie, die Strafe könnte nicht allzu schlimm ausfallen, wenn sie das Verbrechen, bei dem sie bereits ertappt worden war, ein zweites Mal beging. Sie schüttelte ihre letzten Hemmungen ab, trat vor, aber sie kam nicht weit. Kraftvolle Finger umspannten ihr Handgelenk und zogen sie zurück. Als sie sich umdrehte, begegnete sie Seifs spöttischem Blick. »Laßt mich los!« befahl sie auf englisch und versuchte erfolglos, sich dem harten Griff zu entziehen. »Sonst rufe ich die anderen Eunuchen.«

»Eure Mutter hat Euch verboten zu tanzen.«

Nur Khalid durfte sie so behandeln. Dem neuen Eunuchen gestand sie solche Freiheiten nicht zu. »Ich tue, was mir beliebt«, entgegnete sie, ohne das Aufsehen zu beachten, das ihre erhobene Stimme erregte – insbesondere, weil keine der anderen Frauen die fremde Sprache verstand. »Laßt mich sofort los!«

Langsam strich sein Daumen über den heftigen Puls in ihrem Handgelenk. »Ich warte lieber, bis Ihr Euch beruhigt habt.«

Da pochte ihr Puls noch schneller. Und plötzlich merkte sie, daß er ihren Arm nicht allzu fest umklammerte. Es erschien ihr eher wie eine Liebkosung. Hastig befreite sie sich und wich zurück. »Für einen Eunuchen seid Ihr viel zu kühn«, flüsterte sie atemlos. »Vielleicht würden Euch ein paar Peitschenhiebe klarmachen, welche Stellung Ihr hier einnehmt.«

Sofort verschloß sich seine Miene, der sanfte Spott in seinen Augen erlosch. »Verzeiht mir, Herrin«, bat er und kreuzte die Arme vor der breiten Brust. »Wie Eure Mutter bemerkt hat, muß ich noch viel lernen.«

Hätte er die Entschuldigung ehrlich gemeint, wäre sie bereit gewesen, Nachsicht zu üben, doch sie wußte, daß er sie nur zu beschwichtigen versuchte. Aber das erklärte noch immer nicht, warum sie einen so heißen Zorn verspürte. Vielleicht hing es mit den Gefühlen zusammen, die er in ihr entfachte, die sie bisher nicht gekannt hatte – und die sie erschreckten, weil sie der unwiderstehlichen Tanzmusik glichen.

In diesem Augenblick beendeten die Künstlerinnen ihre Darbietung und wurden mit lebhaftem Beifall belohnt. Von dem plötzlichen Bedürfnis erfaßt, mit ihrer Mutter zu sprechen, wollte Alessandra die Gelegenheit nutzen und sich unbemerkt entfernen.

Nach zwei Schritten versperrte Seif ihr den Weg. »Möchtet Ihr mich den anderen Frauen nicht vorstellen?«

»Stellt Euch selber vor!« zischte sie und eilte um ihn herum. Glücklicherweise folgte er ihr nicht. Sie hätte nicht gewußt, wie sie ihn behandeln sollte. Ohne Khalids fragenden Blick zu erwidern, rannte sie aus dem Saal und glaubte, ein herzhaftes, tiefes Gelächter hinter sich zu hören.

»Unerträglich!« rief Alessandra und warf die Arme hoch.

Auf einen Ellbogen gestützt, beobachtete Sabine ihre Tochter, die rastlos umherwanderte. »Ja, das ist er«, stimmte sie zu.

»Warum hast du ihn dann gekauft?«

»Sei nicht so unduldsam!« tadelte Sabine. »Ein Mann, der eben erst zum Eunuchen geworden ist, braucht Zeit, um sein Schicksal hinzunehmen. Auch der Engländer wird sich daran gewöhnen.«

»Das bezweifle ich. Er ist nicht so wie die anderen.«

»Wart's nur ab.«

Fröstelnd strich Alessandra über ihre Arme. »Ich mag es nicht, wenn er mich anfaßt«, sagte sie geistesabwesend, erinnerte sich an die Glut in seinen Augen, an seine warme Hand.

Sabine richtete sich abrupt auf. Hatte es schon begonnen? Wie lange würde es dauern, bis ihre Tochter Luciens Verführungskünsten erlag?

In Algier konnte sie Maßnahmen ergreifen, um Alessandras Tugend zu schützen. Sobald sich das Mädchen in de Gautiers Obhut befand, mußte sie sich auf sein Wort verlassen. Würde Alessandra unberührt in England eintreffen? Aber sein Wort genügte nicht – angesichts der neuen Emotionen, die sie aus der einstigen kindlichen Welt entfernten.

Erbittert verwünschte Sabine die Krankheit, die ihren gequälten Körper zerfraß. Wäre sie gesund, könnte sie ihre Tochter auch weiterhin gegen den Einfluß der Haremsdamen und ihr vulgäres Geschwätz abschirmen. Nun begann Alessandra zu ahnen, wovor sie bewahrt werden sollte, und ihre unersättliche Neugier strebte nach Erfahrungen.

»Also hat er dich angefaßt?« Sabine konnte den Ärger nicht unterdrücken, der in ihrer Stimme mitschwang.

Alessandra erkannte den Fehler, den sie begangen hatte, und versuchte, gleichmütig die Achseln zu zukken. »Eigentlich nicht . . . Er hielt nur mein Handgelenk fest.«

»Warum?«

»Weil ich – tanzen wollte.«

»Was?«

»Ich wollte tanzen«, wiederholte Alessandra seufzend. »Natürlich – ich weiß schon, das darf ich nicht.

Aber ich dachte, nachdem du mich schon einmal getadelt hattest, würde ein zweites Mal . . .«

»Wirst du's denn niemals lernen?« Erschöpft sank Sabine auf ihren Diwan zurück. »Nein, du eignest dich nicht für das Haremsleben. In England wärst du besser aufgehoben.«

Um das unangenehme Thema zu wechseln, setzte sich Alessandra zu ihrer Mutter. »Erzähl mir doch vom Marktplatz! Was hast du sonst noch gekauft, außer diesem gräßlichen Eunuchen?«

»Nein, sprechen wir von England. Es gibt so vieles, was ich dir noch nicht erklärt habe.«

Seufzend verdrehte Alessandra die Augen. »Oh, ich weiß genug. Ich bin dein erstgeborenes Kind – Tochter Lady Catherines und Lord James Bayards von Corburry, eines reichen, vornehmen, ehrbaren Aristokraten. Wenn du es auch nicht wußtest – du warst schwanger, als du aus deiner Heimat entführt und in die Sklaverei verkauft wurdest . . .«

»Ja, schon gut«, fiel Sabine ihr ins Wort. »Nun will ich von Agnes berichten.«

»Agnes?«

»Die Kusine, mit der ich nach dem Tod meiner Eltern aufwuchs. Als ich in ihr Haus zog, war ich erst zehn Jahre alt.«

Nun erwachte Alessandras Interesse. Von dieser Agnes hatte sie noch nie gehört. Sie neigte sich näher zu ihrer Mutter. »Habt ihr euch gut verstanden?«

»Ganz im Gegenteil.« Sabine lachte bitter. »Von Anfang an bekämpften wir uns wie Rivalinnen.«

»Inwiefern?«

»In jeder Weise. Sie war ein Jahr älter als ich, sah sehr hübsch aus, und ihre Eltern verwöhnten sie maßlos.«

»Und du?«

»Nun, ich wurde nicht vernachlässigt und war zufrieden – obwohl ich Agnes abgelegte Kleider tragen und mit den Sachen spielen mußte, die ihr nicht mehr gefielen.«

Welch ein armes kleines Mädchen muß meine Mutter gewesen sein, dachte Alessandra mitfühlend. »Habt ihr oft gestritten?«

»Unentwegt. Wir balgten sogar wie Jungs, wälzten uns am Boden, rissen uns an den Haaren . . .«

Also war ihre sanftmütige Mutter ein kleiner Raufbold gewesen. Es fiel Alessandra schwer, sich das vorzustellen, aber der Gedanke belustigte sie. »Und wer hat gesiegt?«

»Agnes – jedesmal. Weil sie größer als ich war.«

»Und du hast sie kein einziges Mal übertrumpft?« fragte Alessandra enttäuscht.

Da leuchteten Sabines Augen auf. »Doch, ein einziges Mal. Aber nicht bei einer Keilerei.«

»Erzähl doch!«

»Agnes wollte James Bayard für sich gewinnen, flirtete schamlos mit ihm und bat ihn sogar, sie zu heiraten.«

»Und?«

»Obwohl ich ihn kein bißchen ermutigt hatte, wählte er mich«, erwiderte Sabine lächelnd.

Was für eine süße Rache, dachte Alessandra. »Hat er dich geliebt?«

»Heiß und innig. Meine armselige Mitgift spielte keine Rolle – er wollte nur mich.«

»Und du hast ihn auch geliebt?«

Da erlosch Sabines Lächeln, und sie schüttelte den Kopf. »Ich kann dich nicht belügen, Alessandra.« Zärtlich strich sie über die Wange ihrer Tochter. »Ich habe deinen Vater nie geliebt, aber ich mochte ihn.«

»Aber du liebst Jabbar.« Gekränkt runzelte das Mädchen die Stirn. »Das hast du oft genug gesagt.«

»Aye, aber ich liebte ihn nicht von Anfang an. Ich haßte den Ungläubigen, der mich gekauft hatte und zu seiner Konkubine herabwürdigte. Doch er nahm meine seltsamen christlichen Gepflogenheiten geduldig hin, und er sah so gut aus. Wann immer ich ihn betrachtete, stockte mein Atem. Und er rührte mich erst nach deiner Geburt an.« Sabine seufzte. »Obwohl ich es nicht wollte, verliebte ich mich in ihn, und er erwiderte meine Gefühle.«

»Dann wurdest du seine Frau.«

Sabine nickte. »Eine von dreien.«

»Und du warst immer glücklich mit ihm, nicht wahr?«

»Nicht immer. Es ist schwierig, den geliebten Mann mit so vielen anderen Frauen zu teilen. Deshalb möchte ich verhindern, daß du Rashid heiratest. Es wäre nicht christlich – nicht englisch.«

»Aber ich bin keine Engländerin.«

»In deinen Armen fließt nur englisches Blut.« Das hatte Sabine schon mehrmals betont. »Obwohl du zwischen Moslems aufgewachsen bist, gehörst du dem christlichen Glauben an. Hier könntest du nicht leben.«

»Wieso weißt du das?«

»Wer ist denn das Kind, das ständig ins Freie laufen will und ungeduldig wird, wenn es still am Brunnen sitzen und Süßigkeiten essen soll, das unentwegt tanzen und unverschleiert spazierengehen möchte, das allen Leuten alberne Streiche spielt und sich ärgert, wenn Rashid eine Konkubine in sein Bett mitnimmt?« Was Sabine die größte Sorge bereitete, sprach sie nicht aus. Mit jedem Tag wuchs die Neugier ihrer Tochter, was Männer betraf, und sie wollte endlich herausfinden, worüber die anderen Frauen im Harem längst Bescheid wußten. Ein Grund mehr, sie nach England zu schicken ...

Als Alessandra aufsprang, klingelten Glöckchen an ihren Fußgelenken. »Davon möchte ich nichts mehr hören!«

Energisch hielt Sabine den Arm das Mädchens fest. »Du bist so eigenwillig, und ein Ehemann, der manche Nächte bei anderen verbringt, wird dich nicht beglükken. Glaub mir, Alessandra, ich kenne dich besser, als du dich selber kennst. Das ist kein Leben für dich.«

»Also schickst du mich weg?« Eindringlich schaute Alessandra in das verzweifelte Gesicht ihrer Mutter. »Nach England, zu fremden Leuten? Zu Menschen, die diesem neuen Eunuchen gleichen? Nicht einmal ein Lächeln kann den Teufel aus seinen Augen verscheuchen!«

Voller Angst, Alessandra könnte herausfinden, welchen Zweck Lucien de Gautiers erfüllen sollte, führte Sabine ein weiteres Argument an. Tränen glänzten an ihren Wimpern. »Wie du weißt, ist es mein größter Wunsch, daß du zu deinem Vater zurückkehrst.«

»Und du? Warum begleitest du mich nicht?«

Gequält schloß Sabine die Augen. »In England erwartet mich nichts. Und ich würde Jabbar niemals verlassen. Ich gehöre hierher, an seine Seite – dies ist jetzt mein Leben . . .«

»Ebenso wie meines!«

»Nein, Alessandra.« Sabine hob ihre Lider. »Niemals wird es dein Leben sein, denn du bist die Tochter deines Vaters. Du gleichst ihm – nicht diesen albernen, tückischen Geschöpfen, die Rashid heiraten und in sein Bett holen wird. Wenn du mit diesen Rivalinnen zusammenlebst, mußt du auf jeden Bissen achten, den du in den Mund steckst, und fürchten, er wäre vergiftet.« Beklommen dachte sie an Leilas Mordversuch, dem sie mit knapper Not entgangen war, kurz nach ihrem Einzug in Jabbars Harem. Obwohl die Frau ihm bereits

Rashid, seinen ersten Sohn, geboren hatte und als Mutter seines Erben eine angesehene Position einnahm, war sie eifersüchtig, weil er Sabine vorzog. Und so hatte sie versucht, die Nebenbuhlerin zu beseitigen.

Vor solchen Anschlägen hatte Sabine ihre Tochter stets bewahrt, doch die Gefahr ließ sich nicht bannen. Dies mußte sie dem Mädchen deutlich vor Augen führen. »Leila hat sich heftig gegen deine Verlobung mit Rashid gesträubt. Und sie wird alles tun, um dich zu töten. Begreifst du denn nicht, welches Schicksal dir droht?«

Nachdenklich runzelte Alessandra die Stirn. Tag für Tag spürte sie Leilas Feindseligkeit, doch sie traute der Frau keinen Mord zu. »Ich glaube, du übertreibst, Mutter. Und selbst wenn du recht hättest, Rashid würde ihr nie erlauben, mir was anzutun.«

Sabine schüttelte den Kopf. »Vierzehn Tage vor deiner Geburt vergiftete sie mein Essen. Glücklicherweise fühlte ich mich während der Schwangerschaft unwohl und nahm nur wenig zu mir. Das Gift reichte nicht aus, um mich zu töten, aber ich war tagelang krank. Nein, Alessandra, Rashid könnte Leila nicht daran hindern, auch auf dich einen Anschlag zu verüben. Damals hatte ich Glück. Aber du würdest vielleicht sterben.«

Ein eisiger Schauer rann über Alessandras Rücken. »Aus diesem Grund beobachtet Khalid die Frauen, die unsere Speisen zubereiten. Und deshalb darf ich nichts von Leila annehmen.«

»So ist es.« Zärtlich streichelte Sabine den Arm ihrer Tochter. »Verstehst du jetzt, warum ich dir ein anderes Leben wünsche?«

»Wenn Jabbar dich so sehr liebt – warum wurde Leila nicht bestraft?«

»O doch, er bestrafte sie. Er nahm ihr Rashid weg und schickte sie zu ihrer Familie. Und er holte sie nur zurück, weil der Junge sie brauchte. Er war völlig verzweifelt, weigerte sich zu essen, weinte Tag und Nacht, und sein kleiner Körper wurde immer schwächer – bis . . .« Sabine seufzte. »Weil Jabbar seinen Sohn innig liebte, wollte er sich nicht von ihm trennen, und so brachte er Leila wieder hierher.«

»Und du willst mich wegschicken.«

»England ist deine Heimat, dort bist du sicher.«

Obwohl Alessandra zum erstenmal in ihrem Leben Angst verspürte, wollte sie in ihrer gewohnten Umgebung bleiben. »Nein, Mutter, ich gehe nicht weg. Ich verlasse dich nicht – und die Menschen, mit denen ich aufgewachsen bin.«

»Doch, du mußt abreisen.«

»Bemüh dich nicht, du wirst mich nicht umstimmen.« Alessandras Augen verengten sich. »Außerdem wird Jabbar dir verbieten, mich nach England zu schicken.«

»Was mit meiner Tochter geschehen soll, bestimme ich allein. Ich habe dich geboren. Nur ich entscheide, wie deine Zukunft aussehen soll.«

Diese kalten Worte erschütterten Alessandra. War das die Frau, die sie so liebevoll großgezogen hatte? Plötzlich erschien ihr die Mutter wie verwandelt – herzlos und unnachgiebig.

»Weil ich dich über alles liebe, mußt du in meine Heimat übersiedeln«, fügte Sabine in sanfterem Ton hinzu.

Beschwörend ergriff Alessandra die Hand ihrer Mutter. »Und weil ich dich liebe, lasse ich mich nicht fortschicken. Du bist alles, was ich habe. Von den Leuten in England will ich nichts wissen. Die würden mich anstarren wie ein Kalb mit zwei Köpfen. Gewiß, in meinen Adern fließt kein arabisches Blut. Aber ich bin auch keine Engländerin. Hierher gehöre ich, und hier bleibe ich.«

»Also wirst du gegen mich kämpfen?«

»Ja, obwohl ich es nicht möchte.«

Ein trauriges Lächeln umspielte Sabines Lippen. »Und ich kann diesen Kampf nicht gewinnen?«

»Nein.«

»Wie du weißt, verliere ich nicht gern.«

In der Hoffnung, das Thema wäre endlich abgeschlossen, küßte Alessandra die Wange ihrer Mutter. »Du verlierst nicht, wir gewinnen beide.«

Darauf gab Sabine keine Antwort. »Wir müssen noch etwas anderes besprechen. Erzähl dem neuen Eunuchen nichts von deiner englischen Herkunft.«

»Da er ein Diener ist, werden wir uns wohl kaum über solche Dinge unterhalten.«

»Wie auch immer, du darfst deinen richtigen Vater und seine Ländereien niemals erwähnen.«

Verwirrt hob Alessandra die Brauen. »Noch nie hast du mir verboten, darüber zu reden. Warum jetzt?«

»Das spielt keine Rolle. Jedenfalls mußt du's verschweigen.«

»Irgend etwas verbirgst du vor mir, Mutter. Was ist es?« Sie hatten sich immer nahegestanden, nie hatte es Geheimnisse zwischen ihnen gegeben. Warum jetzt? Und wieso betrafen sie diesen Engländer?

Unbehaglich schlang Sabine die Finger ineinander. »Genügt es nicht, wenn ich dich darum bitte?«

Alessandra griff nach ihrer Hand. »Wie soll ich's ertragen, daß du mir etwas verschweigst? Du weißt doch, wie neugierig ich bin.«

»Also gut, ich will dir's erzählen. Und danach reden wir nicht mehr davon.«

»Einverstanden.«

»Als ich den Eunuchen kaufte, kannte ich seinen Namen nicht. Erst später erfuhr ich, daß er Lucien de Gautier heißt.«

Gautier? Diesen Namen hatte die Mutter mehrmals erwähnt, aber Alessandra erinnerte sich nicht an die Zusammenhänge, und Sabine half dem Gedächtnis des Mädchens auf die Sprünge.

»Er entstammt der Familie, deren Ländereien an die Gebiete der Bayards grenzen. Schon seit langer Zeit bekämpfen sie einander.«

»Ja, jetzt entsinne ich mich, aber ich habe die Einzelheiten vergessen. Sprich doch weiter.«

»Im Lauf der Jahre wurde viel Blut vergossen«, seufzte Sabine. »Bevor ich aus England entführt wurde, verebbte die Fehde zu kleineren Scharmützeln. Aber sie haßten sich immer noch. Es war grauenvoll.«

»Und die de Gautiers verkauften dich in die Sklaverei?«

»Das weiß ich nicht. Natürlich lag der Verdacht nahe.«

»Fürchtest du, Seif könnte uns etwas antun, wenn er herausfindet, wer wir wirklich sind?«

»Das wäre möglich – vor allem, weil er eben erst in einen Eunuchen verwandelt wurde. Damit wird er sich allmählich abfinden. Trotzdem – man sollte niemals wissentlich das Schwert mit dem Teufel kreuzen.«

Über diesen Vergleich mußte Alessandra lächeln. »Ja, ich verstehe, und ich werde meine Herkunft nicht erwähnen.«

»Daran mußt du stets denken. Du ahnst nicht, wie wichtig es ist.«

3

Wie jeden Morgen erwachte Alessandra vor den anderen Frauen, zog sich an und betrat die Dachterrasse. Von hier konnte sie die Schiffe beobachten, die den Hafen ansteuerten oder ausliefen, und die Sonne über Algier aufgehen sehen.

Obwohl es einige Unannehmlichkeiten mit sich brachte, hatte Abd al-Jabbar, der seine Privatsphäre schätzte, das große Haus außerhalb der Stadt gebaut, im Landesinneren. Wenn man einen Esel ritt, brauchte man einen halben Tag, um den geschäftigen Marktplatz von Algier zu erreichen, und auf einem schnellen Pferd knapp zwei Stunden.

Von einer ständigen inneren Unrast erfüllt, die sie nicht verstand (wenn Sabine auch behauptete, dies sei ein Erbe des Vaters), war Alessandra tief enttäuscht, weil sie die Mutter nur selten in die Stadt begleiten durfte. Während ihrer Suche nach einem neuen Eunuchen hatte Sabine sich entschieden geweigert, die Tochter mitzunehmen. Deshalb war es sogar zu einem Streit gekommen.

Aber bald würde Alessandra die Erlaubnis erhalten, den Marktplatz aufzusuchen, weil sie einen Stoff für ihr Brautkleid wählen mußte. Obwohl die Hochzeit erst in einigen Monaten stattfinden sollte, würde sie so lange brauchen, um das Gewand mit kunstvollen Stickereien zu schmücken. Als sie an diese langweilige Arbeit dachte, rümpfte sie die Nase. Sie konnte zwar recht gut mit Nadel und Faden umgehen, da die Mutter darauf bestanden hatte, ihr diesen traditionellen Zeitvertreib englischer Ladies beizubringen. Doch sie beschäftigte sich lieber mit anderen Dingen.

In der Morgenröte sank sie auf die Knie und faltete die Hände. Wenig später wurde sie in ihrer Andacht gestört. »Zu welchem Gott betet Ihr?« fragte eine spöttische Stimme. »Zu Allah oder zum Gott der Christenheit?«

Verwirrt sprang sie auf und drehte sich zu Seif um, der an einer Mauer lehnte. »Was macht Ihr hier?«

»Ich bin Euch gefolgt«, erklärte er und ging zu ihr. Hatte er sie die ganze Zeit beobachtet? Dieser Gedanke irritierte sie. »Warum?« fragte sie ärgerlich. Je näher er kam, desto weiter mußte sie den Kopf zurücklegen, um in sein Gesicht zu schauen.

Eine Armeslänge von ihr entfernt, blieb er stehen und blickte über das Land hinweg zur Stadt. »Ich dachte, wir könnten unseren Unterricht beginnen. Wenn ich mich mit den Frauen unterhalten soll, muß ich ihre Sprache besser beherrschen.«

»Es gehört nicht zu Euren Pflichten, mit den Frauen Konversation zu machen.« Erbost malte sie sich aus, wie Jabbars Gemahlinnen und Konkubinen um Seifs Gunst gebuhlt haben mußten, nachdem sie vor zwei Tagen den Saal verlassen hatte. Seit damals war sie ihm nur selten begegnet, da Khalid seine ganze Aufmerksamkeit beansprucht hatte.

»Das finde ich auch, aber die Frauen sind offensichtlich anderer Meinung.«

Kein Wunder, sagte sie sich und empfand einen unvernünftigen Zorn. Sie zog ihren Umhang enger um die Schultern und hob das Kinn. »Ehe Ihr begriffen habt, welchen Platz Ihr hier einnehmt, *Eunuch*, gebe ich Euch keine Sprachstunden. Ihr seid viel zu unhöflich.«

»Weil ich Euch daran gehindert habe, unangenehm aufzufallen?«

Nur zu gut wußte sie, was er meinte – einen zweiten Tanz vor den vollzählig versammelten Haremsdamen. »Das hatte ich nicht vor.« Zumindest würde sie es niemals zugeben.

»Nein?«

Wütend wandte sie sich ab. »Ihr überschreitet schon wieder Eure Grenzen, Seif«, fauchte sie und senkte die Lider, um ihre Augen vor der aufgehenden Sonne zu schützen. »Laßt mich allein.«

Sie lauschte auf seine Schritte, aber er rührte sich nicht, und seine Nähe erwärmte ihren Rücken ebenso wie die Sonne ihr Gesicht. In der Hoffnung, er würde sich langweilen und gehen, gab sie vor, seine Anwesenheit zu ignorieren. Doch sie spürte ihn so deutlich hinter sich, als würde seine Hand ihren Nacken streicheln.

Warum übte dieser Mann – ein Eunuch – eine solche Wirkung auf sie aus? Und was für eine Wirkung war das? Dergleichen hatte sie noch nie empfunden? Hing es mit jener »Begierde« zusammen, von der die Frauen dauernd schwatzten? Unmöglich – dieser Mann sah nicht einmal gut aus, längst nicht so attraktiv wie Rashid.

»Alessandra, Ihr habt meine Frage nicht beantwortet.« Sein heißer Atem streifte ihr Ohr und jagte einen seltsamen Schauer durch ihren Körper.

»Welche Frage meint Ihr?« Sie kehrte ihm immer noch den Rücken, wollte die Angst verbergen, die ihr Gesicht vielleicht zeigte.

»Ob Ihr eine Heidin oder Christin seid.«

»Darauf muß ich nicht antworten«, erwiderte sie schnippisch.

Seif ergriff ihre Schultern und drehte sie zu sich herum. Ehe sie seine Absicht erriet, berührte er ihren Hals, fand die dünne Kette und zog das kleine Kruzifix unter ihrem Kaftan hervor. Sonnenstrahlen spiegelten sich darin. »Also seid Ihr eine Christin.« Lächelnd erwiderte er ihren verwirrten Blick. »Und teilweise auch eine Heidin, nicht wahr?«

Natürlich – er spielte wieder auf ihren wilden Tanz an. Empört riß sie ihm das Kreuz aus der Hand und sprang zurück. »Wie könnt Ihr es wagen?« zischte sie und strich unwillkürlich über ihre Kehle. Ihre Haut fühlte sich an, als hätten Seifs Finger sie verbrannt.

»Soll ich das Kreuz wieder in Euren Ausschnitt stecken?« schlug er vor, und seine Augen verspotteten sie.

Oh, er weiß ganz genau, wie er auf mich wirkt, dachte sie und verfluchte sich selbst. Bin ich genauso wie die Frauen in Jabbars Harem, die seine Aufmerksamkeit zu lange entbehren müssen? Von alldem weiß ich nichts. Warum vermisse ich's dann?

Kurz entschlossen eilte sie an Seif vorbei, zu den Stufen. Schon glaubte sie, ihre Flucht wäre geglückt. Doch da prallte sie gegen eine andere breite Brust, wurde von Armen umfangen, die sie das letzte Mal in der Kindheit festgehalten hatten.

»Rashid!« rief sie und starrte in sein erstauntes Gesicht.

»Offensichtlich hast du's eilig«, meinte er und schob sie ein wenig von sich. »Ich hatte gehofft, ein Viertelstündchen allein mit dir zu verbringen, bevor ich mit Vater in die Stadt reite. Dort werden wir eine Woche bleiben.«

Nervös spähte sie über ihre Schulter. Seif stand immer noch an derselben Stelle, die Arme verschränkt, schaute sie an – und machte sich über sie lustig. Von jenem Leichtsinn getrieben, den ihre Mutter sooft mißbilligte, umschlang sie Rashids Hals, schmiegte sich an ihn und preßte ihren Mund auf seinen. Es war ihr erster Kuß. Aber was der Hochzeitsnacht vorbehalten bleiben sollte, enttäuschte sie zutiefst. Vergeblich erwartete sie, etwas zu empfinden, das ihr helfen würde, die faszinierende Berührung des Eunuchen zu vergessen. In ihrem Herzen regte sich nichts.

»Alessandra!« mahnte Rashid und stieß sie weg. »Das gehört sich nicht. Was ist nur los mit dir?«

Beschämt senkte sie den Kopf. »Tut mir leid. Ich weiß nicht, was . . .«

Ja, was war los mit ihr? Warum hatte sie nichts gefühlt? Wieso weigerte sich Rashid, den Kuß zu erwidern? Spürte er genauso wenig wie sie? Oder hielt er sich aus Schicklichkeitsgründen zurück. Sie liebte ihn doch ebenso wie Mutter ihren Jabbar, nicht wahr?

Vielleicht nicht. Sie waren gemeinsam aufgewachsen. Obwohl Leila stets versucht hatte, einen Keil zwischen sie zu treiben, standen sie sich so nahe wie Bruder und Schwester. Mehr verband sie nicht miteinander? War die geschwisterliche Zuneigung nicht zu einem stärkeren Gefühl erblüht?

»Ist das der neue Eunuch?« fragte er und betrat die Dachterrasse.

Widerstrebend folgte sie ihm. »Ja, Mutter hat ihn vor kurzem gekauft.«

Rashid wandte sich zu ihr und runzelte die Stirn. »Was macht er hier – in deiner Gesellschaft?«

Voller Angst vor dem Verdacht, den er schöpfen könnte, erklärte sie hastig: »Mutter bat mich, ihm unsere Sprache beizubringen. Dafür eignet sich der frühe Morgen am besten. Sobald der Haushalt erwacht, muß er andere Pflichten erfüllen.«

»Hm . . .« Die Hände hinter dem Rücken verschränkt, ging er zu Seif.

Während die beiden Männer einander musterten, zog sich ein drückendes Schweigen in die Länge. Alessandra stand etwas abseits, biß in ihre Unterlippe und hoffte, der Eunuch würde seine Kühnheit bezähmen und vor dem Sohn seines Herrn ehrfürchtig den Blick senken. Doch das tat er nicht.

Glücklicherweise besaß Rashid ein sanftes Gemüt

41

und geriet nicht so leicht in Wut. Jabbar hätte Seif vermutlich zu einigen Stockschlägen auf die Fußsohlen verurteilt, um den mangelnden Respekt zu ahnden.

»Offenbar muß er noch mehr lernen als unsere Sprache«, bemerkte Rashid schließlich. »Und ich finde, er sollte seine Zeit lieber mit Khalid verbringen. Meinst du nicht auch, Alessandra?«

»Natürlich.«

Nun trat er etwas näher zu Seif. »Ich bin Rashid, Abd al-Jabbars erstgeborener Sohn«, verkündete er auf arabisch. »Und wie heißt du?«

»Das versteht er noch nicht . . .«, begann sie.

»Seif«, antwortete der Eunuch.

Als Rashid sich zu Alessandra wandte, lächelte er schwach. »Was für ein gelehriger Schüler . . .«

»Ja, in der Tat«, bestätigte sie und zwang sich, das Lächeln zu erwidern und starrte Seif an. Daß er ihre Erklärung für seine Anwesenheit bekräftigt hatte, kam ihr gar nicht in den Sinn. Nur ein einziger Gedanke beschäftigte sie – er verstand viel mehr, als sie angenommen hatte. Am liebsten würde sie dieses selbstgefällige Grinsen von seinem Gesicht wischen.

Ohne ein weiteres Wort machte Rashid kehrt und ging davon. Da sie nicht noch einmal mit dem Eunuchen allein sein wollte, folgte sie ihrem Verlobten. »Wolltest du nicht mit mir reden?« erinnerte sie ihn.

»Ich dachte, ich könnte dir ein kleines Geschenk aus Algier mitbringen«, erwiderte er, während er die Stufen hinabstieg.

Unfähig, der Versuchung zu widerstehen, warf sie einen Blick zurück, zu der einsamen Gestalt auf der Terrasse. Er hatte sich abgewandt und betrachtete die Stadt. Doch sie wußte, daß er sich immer noch über sie amüsierte.

Lucien blieb eine Zeitlang auf der Terrasse stehen und begutachtete Abd al-Jabbars Haus, das ihm fast so groß erschien wie das de Gautier-Schloß in England. Ebenso wie sein Heim, war es mit Mauern befestigt, wo Tag und Nacht Wachtposten patrouillierten. Ansonsten konnte er keine Ähnlichkeit feststellen. Das Hauptgebäude, nur ein Stockwerk hoch, mit einem flachen Dach, bestand aus massiven Steinblöcken. Innerhalb dieser Wände lagen die Halle, die Küche, die Versammlungsräume für die Männer. Daran grenzten drei ebenerdige Häuser, der Harem, das Badehaus und das Männerquartier.

Zwischen dem Harem und dem Badehaus erstreckte sich ein Garten mit einem marmornen Fischbecken in der Mitte. Etwas abseits befanden sich die Wohnräume der Eunuchen und Dienstboten, die Stallungen und Lagerhallen.

Wenn auch nicht so imposant wie die meisten englischen Schlösser, war das Haus viel luxuriöser eingerichtet, mit Fliesenböden, Arkaden, Marmorsäulen und zahlreichen Brunnen. Offenkundig legte Abd al-Jabbar großen Wert auf Opulenz. Mit der Sicherheit nahm er es nicht so genau.

Lucien schnitt eine Grimasse. Hätte er Sabine nicht sein Wort gegeben, wäre es ein Kinderspiel, aus diesen Mauern zu fliehen. Aber nun mußte er warten, bis er die ungestüme Alessandra mitnehmen konnte.

Erbost biß er die Zähne zusammen und dachte an das gefährliche Spiel, auf das er sich eingelassen hatte. Aber wie hätte er ahnen sollen, daß er kein schüchternes, fügsames Mädchen antreffen würde, sondern eine temperamentvolle, verführerische Schönheit? Zum erstenmal seit Jahren begehrte er eine Frau so heiß und leidenschaftlich – ausgerechnet Alessandra, die er verachtete, weil in ihren Adern arabisches Blut floß. Warum vermochte eine Feindin so heftige Gefühle in ihm zu wecken? Und wieso war er eifersüchtig auf ihren arroganten Verlobten? Wie er von Khalid erfahren hatte, sollte die Hochzeit in einigen Monaten stattfinden. Allerdings wußte er erst seit diesem Morgen, daß Rashid ein Sohn von Jabbar war. Erlaubte der islamische Glaube eine Ehe zwischen Halbgeschwistern? Das wußte er nicht, obwohl er im letzten Jahr sehr viel über die Araber und ihre Kultur gelernt hatte. Dies mußte der eigentliche Grund sein, warum Sabine ihre Tochter unbedingt nach England schicken wollte. Als Christin durfte sie einer solchen Verbindung nicht zustimmen.

Natürlich mußte die Heirat verhindert werden. Dieser Gedanke bestärkte Lucien in seinem Entschluß, seinen Teil des Abkommens einzuhalten, Alessandra nach England zu bringen und in die Obhut ihrer Verwandten mütterlicherseits zu geben. Seltsamerweise bereitete ihm die gefährliche Flucht geringere Sorgen als die ständige Gesellschaft des Mädchens, die seine Standhaftigkeit auf eine harte Probe stellen würde. Und der Weg nach England war weit.

»Verdammt!« fluchte er. Obwohl er geglaubt hatte, nach den vergnüglichen Nächten mit Khalids Huren wäre seine Begierde gestillt, empfand er jetzt heißere Gelüste denn je. Und wenn er sich nicht in acht nahm, würde man bald einen echten Eunuchen aus ihm machen.

4

»Alessandra!« rief eine jugendliche Stimme. »Komm doch zu uns!«

Träge schwang sie auf der Schaukel vor und zurück,

drehte sich um und spähte zwischen die Bäume. Sofort erwachte ihr Interesse, als die Töchter der Ehefrauen und Konkubinen in den Garten eilten, einen Esel in ihrer Mitte. Alle waren um mindestens vier Jahre jünger als Alessandra, die älteren längst verheiratet.

In kindlichem Eifer sprang sie von der Schaukel. Dann spürte sie Seifs Blick, schüttelte den Kopf und setzte sich wieder.

»Willst du zuerst reiten?« schlug Nada vor, eine exotische dunkelhaarige Schönheit.

Obwohl Alessandra in Versuchung geriet, blieb sie bei ihrem Entschluß und redete sich ein, es würde ihr genügen, den Spaß der anderen zu beobachten. Doch das stimmte nicht. Sehnsüchtig schaute sie zu, wie Nada zu dem Esel rannte – in Männerkleidung, die Brauen mit Kajal betont, einen gemalten Schnurrbart auf der Oberlippe. Über ihre schwarzen Locken hatte sie eine ausgehöhlte Melone gestülpt. Unterstützt von ihren Gespielinnen bestieg sie den Esel verkehrt herum, so daß sie den Schwanz ergreifen konnte. Als sie die Fersen in seine Flanken drückte, trabte er davon.

Kreischend vor Entzücken, versuchte sie, ihr Gleichgewicht zu halten, während er durch den Garten trottete. Bald fiel ihr die Melone vom Kopf. Das Tier bäumte sich erschrocken auf, und Nada landete in einem Blumenbeet. Lachend liefen die Mädchen zu ihr. Dieses Spiels wurden sie niemals müde.

Wenn Seif doch endlich ins Haus ginge, dachte Alessandra. Keine beherrschte den Eselsritt so gut wie sie. Fast immer gelang es ihr, eine ganze Runde durch den Garten zu drehen, ohne die Melone abzuwerfen. Vor Angst, sie könnte ihren impulsiven Gefühlen nachgeben, die sie schon sooft in Schwierigkeiten gebracht hatten, umklammerte sie die Stricke der Schaukel noch fester.

Nach einer Weile erregte Leilas heiseres Gelächter ihre Aufmerksamkeit. Sie spähte über die Schulter und sah die Frau neben Seif stehen. Lächelnd legte sie eine Hand auf seinen Arm und schaute zu ihm auf.

Obwohl der Eunuch ihre Feindin nicht zu ermutigen schien, wurde Alessandra von sonderbaren Emotionen erfaßt, die sie nicht kannte. Nur eins wußte sie – es waren unangenehme Gefühle. Wie lange würde es dauern, bis ihn die immer noch schöne Leila eroberte? Abgesehen von Khalid, waren alle Eunuchen ihren Verführungskünsten erlegen, früher oder später.

Nun lachte sie wieder und trat noch näher zu Seif. Unverhohlen liebkoste ihn ihr Blick. Aber er ignorierte sie und schaute zu Alessandra herüber. Was sie in seinen Augen las, verstand sie nicht.

Beschämt, weil sie die beiden so unverblümt angestarrt hatte, beobachtete sie wieder das Spiel. Doch das bereitete ihr kein Vergnügen mehr, und sie mußte sich sehr beherrschen, um ihren Kopf nicht mehr in Seifs Richtung zu wenden.

Mit jeder Reiterin wuchs der Widerstand des Esels, und er zeigte seinen Unmut, indem er immer schneller rannte, immer schriller wieherte. Und so war es nicht verwunderlich, daß er schließlich die Hinterbeine hoch emporschleuderte und ein Mädchen abschüttelte. In hohem Bogen flog es durch die Luft, stürzte in ein dorniges Dickicht neben der Schaukel und begann lauthals zu weinen.

Sofort lief Alessandra zu der Kleinen und befreite sie aus dem Gestrüpp. »Das war sehr dumm von dir, auf dem Esel zu reiten – wo er doch schon so gereizt war.«

»Hättest du's nicht getan?«

Alessandra zuckte die Achseln und zupfte Dornen aus dem Kleid des Mädchens. »Nun, ich kann's besser als du«, erklärte sie, während sich die anderen ringsum versammelten.

»Dann führ uns doch deine Reitkünste vor!« drängte Leila und lächelte boshaft. »Oder bist du schon zu alt für so ein Spiel?«

Eine Herausforderung . . . Alessandra drehte sich um und musterte ihre Feindin, die bald ihre Schwiegermutter werden sollte. Ihren kleinen Schoßhund im Arm, lächelte Leila und hob fragend die Brauen.

Unschlüssig schaute Alessandra zu Seif hinüber, der am Fischteich stand. Nun, sie würde nicht tanzen, und ihr war nie verboten worden, an den Gartenspielen teilzunehmen. Sogar die älteren Frauen machten manchmal mit. Welchen Schaden konnte sie schon anrichten? Und was der neue Eunuch von ihr hielt, brauchte sie nicht zu interessieren.

Sie wandte sich zu dem Mädchen, das den Esel zuletzt geritten hatte. »Gib mir die Männerkleider!«

Aufgeregt beobachteten die jungen Damen mit den schwarzen Brauen und gemalten Schnurrbärten, wie Alessandra sich vorbereitete. Obwohl sie Seif den Rükken kehrte, spürte sie, daß er belustigt grinste. Nein, sie würde nicht versagen. Die Melone würde auf ihrem Kopf bleiben, und sie wollte die ganze Runde durch den Garten ohne Mißgeschick überstehen. Dann würde dieser unerträgliche Mann an seinem eigenen Gelächter ersticken.

In einen »Gentleman« verwandelt, saß sie auf dem Esel und umklammerte mit einer Hand den Schwanz. Ein schwieriger Ritt stand ihr bevor, denn der Esel wurde immer nervöser. Sie drückte die Schenkel in seine Flanken und wappnete sich gegen ein wildes Aufbäumen.

»Los!« rief Nada und schlug aufs Hinterteil des Esels.

Obwohl Alessandra das Gleichgewicht nicht verlor, rutschte der Melonenhut seitwärts, und damit er nicht

47

herunterfiel, mußte sie den Kopf krampfhaft schief halten. Der Esel stob dahin und bemühte sich vergeblich, die unwillkommene Reiterin abzuschütteln. An der ersten Kurve des Wegs beschleunigte er sein Tempo, und als sie noch immer nicht herunterstürzte, neigte er sich zur Seite. Auch das nützte ihm nichts. Ihre kraftvollen Schenkel ließen sie nicht im Stich, und sie mußte sich nur auf die Melone konzentrieren.

Da sie verkehrt auf dem Rücken des Esels saß, sah sie den Fischteich nicht, wußte aber, daß sie sich dem Ende des Ritts näherte. In ihrem Triumphgefühl wurde sie leichtsinnig und verlor beinahe den Melonenhut. Rasch rückte sie ihn zurecht und atmete erleichtert auf. Aus den Augenwinkeln würde sie bald die Wellen glitzern sehen.

Und dann erreichte sie das Ziel. Jubelnd warf sie beide Arme hoch und ließ die Melone fallen.

Fast alle applaudierten, und der Lärm übertönte das Gekläff des kleinen Hundes, der zwischen die Beine des Esels rannte. Weil es so schnell geschah, merkte sie gar nicht, was ihr zustieß. Eben noch hatte sie heiße Freude empfunden, und im nächsten Augenblick wurde sie von Kälte und Schmerz eingehüllt.

Mühsam richtete sie sich im Fischteich auf und starrte ungläubig in das rosafarbene Wasser.

Blut. Ihr eigenes Blut.

Starke Arme hoben sie hoch. Khalid, dachte sie, während ihre Sinne zu schwinden begannen. Nur eine einzige Stimme drang deutlich aus dem aufgeregten Geschwätz ringsum.

»Keine Ahnung, wie es geschehen ist. Irgendwie muß er mir entwischt sein.« Leilas Stimme . . .

Wer ist ihr entwischt, fragte sich Alessandra benommen. Immer heftiger pochte der Schmerz in ihren Schläfen. »O Khalid, muß ich sterben?« wisperte sie.

48

Aber es war nicht Khalid, der antwortete. »Nein, meine Kleine«, sagte Seif auf englisch. »Alles wird wieder gut.«

Seltsam – jetzt spürte sie nichts mehr von seinem Spott. Wie tröstlich ihr die kraftvollen Arme erschienen, die sie durch den Garten trugen . . . Ihr Kopf sank an seine Brust, dann verlor sie das Bewußtsein.

Fröstelnd lag sie auf der Seite, zog die Knie an und schlang ihre Arme darum. Hinter ihrer Stirn dröhnte es. Sie tastete stöhnend nach einer Decke, um sie über ihren Kopf zu ziehen, berührte aber nur Kissen.

Orangegelbes Licht durchdrang die geschlossenen Lider. »Mutter?« murmelte sie.

Starke Hände hoben ihre Beine hoch und hüllten sie in irgend etwas Warmes. Wie leicht wäre es gewesen, wieder einzuschlafen . . . Doch das ließ ihre Neugier nicht zu, und sie blinzelte eine große Gestalt an, die am Fuß ihres Diwans stand. Wer ist das, überlegte sie und zwang sich, die Augen weiter zu öffnen. Seif . . . Was machte er hier? Nicht einmal die Eunuchen durften den Harem betreten, wenn die Nacht hereingebrochen war. Einzig und allein Khalid genoß dieses Vorrecht.

Nun entsann sie sich, daß sie bereits mehrmals erwacht war. Und jedesmal hatte Seif neben ihrer Mutter gestanden. Bildete sie sich das nur ein – oder hatte Sabine ihm aufgetragen, ihre Tochter zu bewachen?

Nun zog er die zerknüllte Decke von ihren Füßen und schüttelte sie aus.

»Wo ist meine Mutter?« fragte Alessandra.

Erst nachdem er sie wieder zugedeckt hatte, antwortete er: »Wahrscheinlich schläft sie.«

»Und warum seid Ihr hier?« Seltsam, wie seine unpersönlichen Hände ihren Körper erwärmten . . .

»Eure Mutter und Khalid befahlen mir, vor Eurem Zimmer zu schlafen, bis Jabbar zurückkehrt«, erklärte er und kreuzte die Arme vor der Brust. »Offenbar sind die beiden sehr um Euer Wohlergehen besorgt.«

Erst jetzt erinnerte sie sich an den Unfall, der die Kopfschmerzen hervorgerufen hatte, und betastete einen dicken Verband. »Ihr habt es gesehen, Seif . . .« Wieder glaubte sie, das kalte Wasser zu spüren, das Blut zu sehen, Leilas Stimme zu hören. Und sie dachte an die kraftvollen Arme, die sie hochgehoben hatten. »Wie ist es geschehen?«

»Leilas Hund erschreckte den Esel.«

Bestürzt dachte sie an die Warnung ihrer Mutter. Hatte Jabbars erste Gemahlin einen Anschlag auf sie verübt?

Ihre Zähne begann zu klappern. »Glaubt Ihr, es war ein Unfall, Seif?«

Er zögerte, dann nahm er seine Robe von den Schultern und breitete sie über ihren Körper. »Eure Mutter ist anderer Meinung.«

Natürlich. Ehe er sich wieder aufrichten konnte, ergriff sie seinen Arm. »Und was glaubt Ihr?«

Eindringlich schaute er in ihre Augen. »Gewiß, es könnte ein Unfall gewesen sein. Oder es geschah mit Absicht.«

»Genau wißt Ihr's nicht?«

»Wie Euer Verlobter betont hat . . .« Er nahm ihre Hand von seinem Arm, betrachtete die glatte, zarte Haut und strich über ihre Finger. »Offenbar muß ich noch viel mehr lernen als Eure Sprache.«

Die kleine Liebkosung beschleunigte ihren Herzschlag. Mit großen Augen schaute sie ihn an. Jetzt spielte es keine Rolle mehr, ob Leila versucht hatte, ihr zu schaden. Nur eins zählte – die köstliche Wärme, die sie erfüllte, durfte nicht entschwinden. Als sie ihre Hand unter die Decke steckte, fürchtete sie, er würde sie verlassen. Und so stellte sie die erste Frage, die ihr in den Sinn kam. »Ist es schon spät?«

»Eher früh. In knapp zwei Stunden wird der Tag anbrechen.« Er wandte sich ab. »Schlaft jetzt. Sobald die Sonne aufgeht, hole ich Eure Mutter.«

»Bleibt hier!« flehte sie, setzte sich auf, und ihr Kopf schmerzte noch heftiger.

Seif drehte sich wieder zu ihr um und hielt die Lampe hoch, die er mitgebracht hatte. »Herrin, mein Platz ist vor Eurer Tür.«

»Könnt Ihr Euch nicht zu mir setzen? Ich friere und . . .« Ungläubig lauschte sie ihrer eigenen Stimme, die schamlose Worte aussprach. »Und ich brauche Eure Wärme.«

Lucien starrte die langen Wimpern an, die Schatten auf ihre Wangen warfen. O Gott, er geriet in Versuchung. Nur ein einziges Mal diese unschuldigen Lippen zu kosten . . .

Nein. Energisch verdrängte er die verbotenen Gedanken. In diesem Augenblick war Alessandra verletzlich. Zweifellos würde sie es später bereuen, daß sie ihn gebeten hatte, bei ihr zu bleiben. »Das würde sich nicht schicken. Und ich möchte Khalids Peitsche nicht auf meinem Rücken spüren.«

Noch nie war sie tiefer gedemütigt worden, und sie wünschte inständig, sie könnte ihre Bitte zurücknehmen. Rasch kroch sie unter die Decke und drückte ihr Gesicht ins Kissen. »Gut, dann geht!« erwiderte sie mit halberstickter Stimme.

Doch er ließ sie nicht allein. Erwartungsvolles Schweigen erfüllte den Raum. Schließlich siegte ihre Neugier, und sie hob den Kopf. Seif stand neben dem Diwan, die Stirn gerunzelt.

»Was ist los?« wisperte sie. Ein seltsames Flattern in

ihrem Magen warnte sie vor Dingen, die sie besser nicht erforschen würde.

Da glättete sich seine Stirn, ein schwaches Lächeln verzog seine Lippen. Wortlos löschte er die Lampe, schob Alessandra an den Rand des Diwans und setzte sich zu ihr.

»Aber – ich dachte . . .« Verwirrt umklammerte sie ihre Decke.

»Pst, das ist unser Geheimnis.« Er lehnte sich an die Wand, nahm Alessandra in die Arme und drückte ihren Kopf an seine Brust.

Wie angenehm sein Körper roch . . . Irgendwie erinnerte sie dieser Duft an Rashids temperamentvollen Hengst. Wenn ihr Verlobter nicht hinschaute, preßte sie ihre Gesicht an den Hals des Pferdes und atmete diesen wunderbaren Geruch ein. Den prächtigen Hengst zu reiten, seine Muskeln an ihren Schenkeln zu spüren – aber so flehentlich sie auch darum bat, Rashid erlaubte es nicht.

So stark wie der Hengst erschien ihr jetzt dieser Mann, der kein Mann mehr war.

Sanft strich er über ihren Rücken. »Wenn Ihr Euch entspannt, könnt Ihr sicher einschlafen.«

Sie lachte nervös und schlang ein Bein über seine Hüften.

»Ist es so besser?« fragte er.

»O ja«, murmelte sie und legte einen Arm um seine Taille. »Wißt Ihr, was ich denke, Seif?«

»Nein.«

»Ihr erinnert mich an einen großen Hengst, der mit dem Wind dahinsprengt.«

»Tatsächlich?«

Klang seine Stimme belustigt? Sie war sich nicht sicher. »Ja. Rashid besitzt einen solchen Hengst, und er heißt Altair. Das bedeutet ›fliegender Adler‹.«

52

»Und kann er wie ein Adler fliegen?«

»Es sieht so aus, aber ich darf ihn nicht reiten.«

»Obwohl das Euer inniger Wunsch ist?«

»Allerdings«, seufzte sie. »Aber Rashid behauptet, Altair würde keine Frau auf seinem Rücken dulden.«

»Nun, das gilt für viele Hengste.«

»Ich verstehe nicht, warum – weil ich genauso gut wie Rashid auf einem Pferd sitzen kann.« Daß sich ihre Erfahrung auf Esel beschränkte, verriet sie nicht. Bisher hatte der Verlobte ihr nur gestattet, seine Hengste am Zügel zu halten.

»Glaubt Ihr das?«

»Natürlich«, erwiderte sie. Gedankenlos schmiegte sie sich noch fester an ihn, schob eine Hand unter seinen Kaftan und spürte seine behaarte Brust.

Er rückte ein wenig zur Seite, als würde er sich unbehaglich fühlen. »Und Ihr meint, ich würde diesem Hengst gleichen?«

»Sicher, das klingt seltsam. Aber ich finde, Ihr seid ihm ähnlich.«

Seine Lippen berührten ihr Haar. »Würdet Ihr mich gern reiten?« flüsterte er.

Bevor sie gegen diese lächerliche Frage protestieren konnte, erschien eine Vision vor ihrem geistigen Auge und erhitzte ihr Blut. Es war ihr ganz selbstverständlich erschienen, Seif mit Altair zu vergleichen. Erst jetzt erkannte sie ihre eigene Dummheit. Sie hatte genauso gesprochen wie manche Haremsfrauen, Parallelen zwischen Männern und starken Tieren gezogen.

»Oh, ich . . .« Beschämt suchte sie nach Worten. »Ich habe nicht gemeint . . .«

Behutsam zog Seif ihre Hand aus seinem Kaftan und legte sie auf die Decke. »Gewiß, ich weiß, was Ihr gemeint habt. Schlaft jetzt, Alessandra. Bald wird der Morgen grauen.«

Sie wollte eine Erklärung abgeben. Doch sie fühlte sich plötzlich zu müde. »Danke, daß Ihr hierbleibt. Das ist sehr freundlich von Euch.«

Ist das der Grund, warum ich bei ihr sitze, fragte er sich in der Stille, die Alessandras leiser Stimme folgte. Will ich freundlich sein – oder ihre Nähe spüren?

Nachdem sie eingeschlafen war, überlegte er, worauf er sich einließ. Dies gehörte nicht zu dem Abkommen, das er mit Sabine getroffen hatte. Sollte er auf dem Diwan ihrer Tochter ertappt werden, drohte ihm die Entmannung, so unschuldig die Situation auch sein mochte.

Nein, das Gespräch, das sie geführt hatten, war keineswegs unschuldig gewesen, ebenso wenig wie seine Gedanken. Lucien seufzte tief auf. Ein kluger Mann hätte sich niemals in eine so gefährliche Lage gebracht.

Sollte er sich vorsichtig entfernen, während Alessandra tief und fest schlief? Dazu konnte er sich nicht aufraffen. Es beglückte ihn viel zu sehr, ihren Körper zu fühlen, ihren Duft zu riechen. Und er bewunderte nicht nur ihre Schönheit, sondern auch ihren Geist, was auf die Frauen, die er früher gekannt hatte, nicht zutraf. Es waren so viele, dachte er – unfähig, irgendwelche Namen mit den verschwommenen Gesichtern zu verbinden, die in seiner Erinnerung auftauchten. Nicht einmal die beiden, mit denen er verlobt gewesen war, sah er deutlich vor sich.

Geistesabwesend streichelte er Alessandras Haar und wunderte sich über sein schwaches Gedächtnis.

5

Da Sabine nicht bezweifelte, daß ein Anschlag den Sturz ihrer Tochter herbeigeführt hatte, befand sich Alessandra ständig in Seifs Gesellschaft.

Auf Schritt und Tritt folgte er ihr, mied nur die Haremsräume, deren Schwellen er niemals überqueren durfte. Es wäre nicht so schlimm gewesen, hätte sie sich nicht ihrer Bitte in jener Nacht geschämt, er möge bei ihr bleiben, und des albernen Vergleichs zwischen dem Eunuchen und Rashids Hengst. Und hätte sie nicht eine schmerzliche Sehnsucht verspürt, als sie allein erwacht war . . .

Glücklicherweise erwähnte er den Zwischenfall nicht. Nach der Ruhepause, die ihr die Mutter verordnet hatte, fühlte sie sich wieder völlig gesund und entschied, es wäre höchste Zeit, ein Bad zu nehmen. Sie wartete bis zu der Tageszeit, wo sich die meisten Frauen im Badehaus versammelten, und verließ ihr Zimmer. Sobald sie aus der Tür trat, heftete sich Seif an ihre Fersen.

Als ihr die Schwefeldämpfe entgegendrangen, überlegte sie, ob er sie ins Badehaus begleiten würde. Dort hatte sie sich in Gegenwart der Eunuchen nie besonders wohl gefühlt. Aber der Gedanke, vor diesem einen ihre Kleider abzulegen, jagte ihr fast panische Angst ein.

Vor der Tür wandte sie sich zu ihm. »Wartet hier. Es wird nicht lange dauern.«

»In diesem Haus darf ich mich aufhalten.« Seine Augen funkelten. »Schon am ersten Tag habe ich die Frauen bei ihrem Bad bedient.«

»Trotzdem werdet Ihr hier warten«, bestimmte sie und kehrte ihm den Rücken.

Doch er verwehrte ihr, die Tür zu öffnen. »Wenn Ihr hineingeht, komme ich mit.«

Sie biß die Zähne zusammen und starrte die Hand an, die ihren Arm umklammerte. »Im Badehaus kann mir nichts zustoßen.«

»Wohin Ihr Euch auch begebt, ich folge Euch – abgesehen von den Räumen, die mir verboten sind. Und dazu gehört das Bad nicht. Unterscheide ich mich etwa von den übrigen Eunuchen?«

Ja, wollte sie schreien, obwohl sie nicht wußte, in welcher Hinsicht er anders war. Aber irgendwie spürte sie es. Ein seltsames, beunruhigendes Gefühl . . .

Wie auch immer, sie mochte nicht auf ihr Bad verzichten. »Also gut, begleitet mich.« Zu ihrer Genugtuung begegnete sie einem erstaunten Blick. Offenbar hatte er erwartet, sie würde ins Haupthaus zurücklaufen.

Er hielt ihr die Tür auf, und sie trat ein. Im Vorzimmer wurde sie von einer Dienerin begrüßt. »Oh, meine Herrin – seid Ihr genesen?« rief sie, und Alessandra nickte.

»Jetzt muß ich baden, um diese letzten Tage wegzuspülen.« Während das Mädchen einen dicken Bademantel, ein Handtuch und Holzpantoffel mit hohen Absätzen von einem Tisch nahm, wandte sich Alessandras zu Seif. Vor seinen Augen wollte sie sich nicht ausziehen. »Geht schon mal voraus.«

»Nein, ich warte auf Euch.«

Sie hätte protestiert, aber er kehrte ihr diskret den Rücken. Da sie nicht wußte, wann er sich umdrehen würde, kleidete sie sich so schnell wie möglich aus, und die Dienerin half ihr in den Bademantel. Dann schlüpfte sie in die Pantoffel, die ihre Füße vor dem heißen Marmorboden schützen würden, ergriff das Handtuch und rannte zum Eingang des Baderaums.

»Oh, Ihr habt Euch sehr beeilt«, bemerkte Seif.

Da sie die hochhackigen Pantoffeln trug, war sie etwas größer, mußte aber immer noch den Kopf in den Nacken legen, um zu ihm aufzuschauen. »Habt Ihr etwas anderes erwartet?« fragte sie und hob die Brauen.

»Eigentlich nicht«, entgegnete er und öffnete die Tür.

In der Mitte des Raumes befand sich ein großes Becken, an den Wänden standen mehrere marmorne Waschtische. Neugierig beobachteten die Frauen, wie Alessandra und Seif eintraten. Einige saßen auf Schemeln und ließen sich von Dienerinnen abschrubben, ein paar rekelten sich am Beckenrand, aßen Süßigkeiten und zeigten schamlos ihre nackten Körper. Nur Nada und ein zweites Mädchen badeten im warmen Wasser, von dem Dampfwolken aufstiegen.

Zum Glück war Leila nirgends zu sehen. Als Jabbars erste Gemahlin verfügte sie über ein eigenes Bad, kam aber oft hierher, um mit den Frauen zu tratschen.

»Ihr hättet Pantoffel anziehen sollen, Seif«, wisperte Alessandra.

»In diesem merkwürdigen Schuhwerk würde ich mein Gleichgewicht verlieren.«

»Aber die anderen Eunuchen können darin gehen.«

Er spähte durch den Dunst und entdeckte zwei Männer. »Offensichtlich.«

»Alessandra!« rief Nada, stieg aus dem Becken und trocknete sich mit einem großen Badetuch ab. Dann umarmte sie ihre Freundin. »Geht's dir besser?«

Verstohlen musterte Alessandra ihren Begleiter, um festzustellen, welche Wirkung der Anblick des nackten Mädchens auf ihn ausübte. »Ja, ich bin wieder ganz gesund.«

»Also war Allah uns gnädig.« Nada wandte sich ab und lief zum Becken zurück.

Gott war mir gnädig, verbesserte Alessandra sie

stumm – klug genug, um diese Worte nicht auszusprechen. »Wartet hier, Seif, ich bade ohne Eure Hilfe.«

Gehorsam blieb er stehen. Aber sie spürte, wie seine Augen ihr folgten, und hoffte, der Dampf würde ihm die Sicht versperren. Als ihr eine Dienerin den Bademantel abgenommen hatte, setzte sie sich auf einem Schemel vor einem Waschbecken und kehrte Seif den Rücken.

Wenn er doch woanders hinschauen würde, dachte sie, während das Mädchen ihr Haar hochsteckte. Oder vielleicht bilde ich mir nur ein, er würde mich beobachten, dachte sie und spähte impulsiv über die Schulter. Er stand nicht mehr an der Stelle, wo sie ihn verlassen hatte.

Wo mochte er stecken? Vergeblich sah sie sich um und begann sich gerade zu entspannen, als sie seinem Blick begegnete. Er war zur anderen Seite des Beckens gegangen, so daß er nicht mehr ihren Rücken, sondern ihr Profil betrachten konnte. Unfähig, sich abzuwenden, starrte sie ihn an und glaubte, eine seltsame Hitze würden ihren Körper zerschmelzen. Wenn allein schon seine Augen solche Gefühle weckten – was mochten seine Hände bewirken, sollte sie ihm jemals gestatten, sie voller Kühnheit zu berühren? Das mußte es sein, wovon die Ehefrauen und Konkubinen sooft sprachen.

Aber er war ein Eunuch! Ihr Verstand strafte die sonderbaren Emotionen Lügen. Trotzdem gelang es ihr nicht, sich von Seif abzuwenden.

Hatte man ihn tatsächlich entmannt? Und konnte es reiner Zufall gewesen sein, daß ihre Mutter einen Engländer gewählt hatte, um den Eunuchen zu ersetzen, der in Ungnade gefallen war? Solche Haremsdiener gab es zur Genüge, und man mußte sich nicht mit rebellischen Leuten abplagen. Und nun wurde ihr Seifs ständige Gesellschaft aufgezwungen ...

Jetzt trat eine Konkubine zu ihm und lenkte ihn von Alessandra ab. Von einer seltsamen Erschöpfung erfaßt, sank sie in sich zusammen.

»Fühlt Ihr Euch unwohl?« fragte das Mädchen, das gerade Alessandras Beine einseifte.

»Nein«, antwortete sie, richtete sich auf und kehrte Seif den Rücken. »Ich bin nur ein bißchen müde.«

»Sicher wird Euch das Wasser im großen Becken erfrischen«, meinte die Dienerin und zog ihr die Pantoffel aus, um die Füße zu waschen. »Danach färbe ich Eure Finger und Zehen mit Henna, und meine Herrin ist wieder sie selbst.«

Könnte ich mich doch auch so *fühlen*, dachte Alessandra bedrückt. Dieser Aufruhr, der seit Seifs Ankunft in ihr tobte, mißfiel ihr. Warum entfachte er so sündhafte Regungen, wenn sie nichts dergleichen für Rashid empfand?

Nachdem das Mädchen den Seifenschaum abgespült hatte, stand Alessandra auf. Das gewaschene Haar fiel ihr naß auf den Rücken. »Gib mir meinen Bademantel«, befahl sie, und die Dienerin gehorchte erstaunt.

»Wollt Ihr schon gehen?« fragte sie erstaunt und half ihr in den Mantel. »Ich dachte, Ihr würdet baden – und ich soll Eure Hände und Füße mit Henna färben.«

»Nein, ich bleibe noch hier. Aber mir ist kalt.« Alessandra haßte es zu lügen. Und angesichts der Schweißtropfen auf ihrer Stirn war es eine schlechte Lüge. Doch sie durfte nicht gestehen, daß es ihr widerstrebte, sich nackt vor Seif zu zeigen. Da war es besser, dem Mädchen weiszumachen, sie würde immer noch unter den Folgen ihres Sturzes leiden.

Ohne in Seifs Richtung zu schauen, setzte sie sich zwischen die Frauen am Beckenrand, hob den Saum ihres Bademantels und tauchte die Füße ins Wasser.

Hayfa, Jabbars zweite Gemahlin, zupfte an Alessan-

59

dras Ärmel. »Wenn du den Mantel anbehältst, wirst du in Ohnmacht fallen.«

Vielleicht, dachte Alessandra, aber wenigstens wäre ich nicht nackt. »Sobald ich mich erwärmt habe, ziehe ich ihn aus«, entgegnete sie und musterte die einst schlanke Frau, die so gerne Süßigkeiten aß und im Lauf der Jahre immer dicker geworden war.

Verschwörerisch neigte sich Hayfa zu ihr. »Erzähl mir was von diesem neuen Eunuchen.« Ihre Zungenspitze berührte die Oberlippe. »Was für ein Typ ist er?«

Nur zu gut wußte Alessandra, was die Frau meinte, und sie errötete verlegen. »Keine Ahnung . . .«

»Hm«, mischte sich eine Konkubine ein, die interessiert zuhörte. »Hast du nicht die letzten Tage mit ihm verbracht?«

Die Frage klang beinahe so, als wären Alessandra und Seif ein Liebespaar. Eigentlich durfte sie sich nicht auf ein solches Gespräch einlassen, doch es drängte sie, ihre Unschuld zu verteidigen. »Er begleitet mich überallhin, und er schläft vor meiner Tür – das ist alles.«

Offensichtlich glaubte ihr keine der Frauen, und sie hätte am liebsten in die spöttisch lächelnden Gesichter geschlagen.

»Wenn unsere tugendhafte Alessandra seine Anatomie nicht kennt, sollte sie ihn vielleicht fragen«, schlug Hayfa vor und warf einen kurzen Blick zu Seif hinüber.

»Frag ihn doch selbst!« entgegnete Alessandra.

»Oh, ich glaube, sie hat Angst vor ihm. Seht doch, wie züchtig sie sich in seiner Gegenwart verhüllt! Womöglich hat er ihr kaltes englisches Blut erhitzt, und nun weiß sie nicht, was sie tun soll.«

Damit war Hayfa viel zu nahe an die Wahrheit herangekommen. Obwohl es besser gewesen wäre, die kaum verhohlene Herausforderung zu ignorieren, sprang Alessandra auf. »Oh, ich werde euch zeigen, daß ich mich nicht vor ihm fürchte!« rief sie und ging zu Seif.

Die Beine leicht gespreizt, die Hände hinter dem Rücken verschränkt, sah er sie herankommen. Seine Augen verengten sich, und mit jedem Schritt sank ihr Mut. Als sie vor ihm stehenblieb, klopfte ihr Herz heftig, aber sie zwang sich, eine gleichmütige Miene aufzusetzen.

»Hayfa möchte erfahren, was für ein Eunuch Ihr seid.«

»Was meint Ihr?« fragte er, sichtlich verwirrt, und sie unterdrückte ein Stöhnen. O Gott, warum mußte er ihr solche Schwierigkeiten machen? Sicher wußte er, wofür sich die Frau interessierte.

Ohne die gewünschte Information konnte Alessandra nicht zurückkehren. Also stemmte sie ihre Hände in die Hüften und hob das Kinn. »Bei manchen Eunuchen wird nur die Samenproduktion unterbunden«, erklärte sie und ärgerte sich über das verräterische Zittern in ihrer Stimme. »Also können sie immer noch eine Frau beglücken, ohne ein Kind zu zeugen, das ihr Herr nicht anerkennen würde. Und bei anderen wie Khalid wird – alles weggeschnitten.«

Ungläubig starrte er sie an. »Wieso wißt Ihr das?«

Am liebsten wäre sie im Erdboden versunken. Aber nachdem sie sich so weit vorgewagt hatte, durfte sie ihr Gesicht nicht verlieren. Sie zeigte auf den Eunuchen, der am anderen Ende des Beckens stand. »Yusuf ist nur zeugungsunfähig. Deshalb liegt Hayfa oft und gern in seinen Armen. Immer wieder schwärmt sie von ihm.«

»Hat er Euch die gleichen Freuden geschenkt?«

Ihre Knie wurden weich. Wie konnte er es wagen! Allein schon der Gedanke . . .

Aber Hayfa und die Konkubine hatten ebenfalls darauf angespielt. In einem Land, wo viele Mädchen bereits an ihrem dreizehnten Geburtstag verheiratet wurden, gab es nur wenige Jungfrauen, die älter waren als zehn Jahre. Auch Alessandra hätte die Unschuld längst verloren, wäre ihre Mutter nicht eine so strenge Tugendwächterin gewesen. Und so lebte sie, ein unberührtes Mädchen, zwischen Frauen, die regelmäßig der Sinnenlust frönten, und wurde wegen ihrer mangelnden Erfahrungen bemitleidet.

Obwohl ihr ein Protest auf der Zunge lag, log sie wieder. »Ich bin keine Jungfrau mehr.«

Eine Zeitlang schaute er sie schweigend an und schien zu überlegen, ob sie die Wahrheit sagte. Dann verkündete er: »Und ich bin kein Yusuf. Erzählt Hayfa und ihren Freundinnen, ich sei so wie Khalid.«

»Das – das glaube ich nicht«, stammelte sie.

Er zuckte die Achseln. »Da Ihr keine jungfräuliche Scheu mehr besitzt, die ich verletzen könnte, sollte ich's Euch vielleicht beweisen, Herrin.«

Entrüstet schnappte sie nach Luft, vergaß das besänftigende Wasser des Beckens und die Hennabemalung und stürmte aus dem Badehaus.

Nachdem sie sich in ihren Räumen eingeschlossen hatte, glaubte sie, immer noch das Gelächter zu hören, das ihr gefolgt war.

Als Lucien das Badehaus verließ, trat Sabine in die Schatten zurück, wo sie sich versteckt und Alessandras Flucht beobachtet hatte. Eine Hand auf die Brust gepreßt, betrachtete sie sein Profil. Sicher konnte er die Fragen beantworten, die sie so sehr quälten.

Wieso war Alessandra davongelaufen? Hatte nur die Hitze im Bad ihre Wangen gerötet? Warum die bebenden Lippen, die Tränen in den Augen? Warum das unverständliche Geflüster?

Alle möglichen Erklärungen gingen durch Sabines

Sinn, und sie hingen ausnahmslos mit Lucien de Gautier zusammen. Immerhin hatte er Alessandra baden sehen und zweifellos erblickt, was ehrbare Engländer nur zu Gesicht bekamen, wenn sie eine Lady heirateten.

Was genau war zwischen den beiden geschehen? Gewiß nichts Unschickliches, in Gegenwart so vieler Frauen, aber irgend etwas . . .

Ein Hustenanfall kündigte sich an, doch sie unterdrückte ihn, bis Lucien das Haupthaus erreicht hatte. Dann wurde ihr Körper von heftigen Krämpfen geschüttelt, und sie preßte den Saum ihres Kaftans an den Mund, um die gräßlichen Laute zu dämpfen. Mühsam wankte sie zu ihrer Wohnung.

Könnte sie doch dort eintreffen, ohne Aufmerksamkeit zu erregen, sich hinlegen, ihre Gedanken ordnen und entscheiden, was sie tun sollte . . .

Khalids besorgtes Gesicht tauchte vor ihr auf. Im nächsten Augenblick hob er sie hoch und preßte ihr Gesicht an seine Brust. »Still, Herrin! Überlaßt alles mir.«

Sie nickte, krallte ihre Finger in seine Robe und hustete qualvoll. Wie immer würde er sich um alles kümmern, und diese Gewißheit beruhigte sie.

Es klopfte an der Tür. »Herein!« rief Alessandra, ohne sich vom vergitterten Fenster abzuwenden.

Das war ein Fehler, denn der Besucher trat an ihre Seite und lenkte sie sofort von den beiden Gazellen ab, die spielerisch im Garten umhertobten. Vergeblich versuchte sie, sich erneut für die hübsche Szene zu begeistern.

»Was beobachtet Ihr?« Seifs Wange streifte ihre Schulter, und sie trat rasch beiseite.

»Schaut doch!«

»Ah, Gazellen!«

»Eine Mutter und ihr Junges. Heute darf es zum erstenmal seit seiner Geburt im Garten herumlaufen.«

Abrupt wechselte er das Thema. »Ich wollte mich entschuldigen.«

»Wofür?« Sie erwiderte seinen Blick nicht, weil sie ihre Überraschung verbergen wollte.

»Im Badehaus hätte ich nicht so dreist mit Euch sprechen dürfen.«

»Das stimmt allerdings.«

»Nehmt Ihr meine Entschuldigung an?«

»Meine Mutter meint, man müsse Euch gewisse Zugeständnisse machen, und daran halte ich mich.«

»Welche Zugeständnisse?«

Hätte sie seine Entschuldigung doch einfach akzeptiert . . . Unsicher kaute sie an ihrer Unterlippe. »Nun, Ihr seid Engländer und versteht unsere Lebensart nicht.«

»Und wie unterscheidet sie sich von der englischen?«

»Das weiß ich nicht.«

Seif lachte leise. »Natürlich gibt es da große Unterschiede, Herrin. Zum Beispiel . . .« Er löste behutsam ihre Finger von den Gitterstäben.

Erstaunt über diese Berührung, nachdem er sich eben erst für seine Unverschämtheit entschuldigt hatte, versuchte sie, ihm ihre Hand zu entziehen, aber er hielt sie fest.

Auch er war verblüfft, weil er sie anfaßte, denn er hatte beschlossen, sich keine Freiheiten mehr zu erlauben und zu gehen, sobald er um Verzeihung gebeten hatte. Doch der Wunsch, bei Alessandra zu bleiben, besiegte seine guten Absichten.

»In England ist es nicht ungehörig, die Hand einer Frau zu küssen«, fuhr er fort, ignorierte eine warnende innere Stimme und zog Alessandras Finger an die Lippen. Dann preßte er seinen Mund auf die Innenseite ihres Handgelenks und genoß den Schauer, der ihren Arm durchströmte.

»Nicht . . .«, protestierte sie.

Er lächelte. »Aber hier könnte ein Mann wegen einer solchen Kleinigkeit enthauptet werden.« Oder seine Männlichkeit verlieren . . . Rasch verdrängte er diesen Gedanken, der die Lust am Verbotenen noch steigerte.

»Genau das wird geschehen, wenn man Euch hier ertappt«, wisperte sie und starrte ihre Hand an, die er immer noch umfaßte.

»Glaubt Ihr?« Er schüttelte den Kopf, weil er nicht vorhatte, sich erwischen zu lassen. »Was für Zugeständnisse habt Ihr mir sonst noch gemacht, Alessandra?«

Mühelos hätte sie ihm ihre Hand entreißen können, die er nicht mehr so fest umklammerte wie zuvor. Aber irgend etwas hinderte sie daran. Vielleicht ihr Name, den er fast zärtlich aussprach . . .

»Was? Oh!« Sie befeuchtete ihre Lippen mit der Zunge. »Im Gegensatz zu den anderen Eunuchen habt Ihr die Manneskraft erst zu einem späteren Zeitpunkt Eures Lebens eingebüßt. Dadurch entstand eine gewisse innere Unrast. Denn Ihr wißt sicher, wie es ist . . .« Beschämt verstummte sie. Was war nur in sie gefahren? Warum sprach sie so freimütig über solche Dinge?

»Wie es ist, als ganzer Mann eine Frau zu lieben?« fragte er und zog sie an seine Brust. Seine Pupillen weiteten sich, bis nur ein schmaler violetter Ring übrigblieb. »Ja, daran erinnere ich mich. Soll ich Euch zeigen, was ich immer noch vermag? Es wird Euch nicht enttäuschen.«

»Laßt – mich los!« wisperte sie und wich seinem Blick aus, nur um seinen faszinierenden Mund anzustarren.

Erst als sie wieder in seine Augen schaute, gehorchte er. »Entfernt Euch, wenn Ihr das möchtet.« Sie rührte sich nicht von der Stelle, und er fügte eindringlich hinzu: »Oder wollt Ihr mir gestatten, Eure Lippen zu kosten?«

Verzweifelt kämpfte sie dagegen an, aber ihre Arme umschlangen wie aus eigenem Antrieb seinen Hals. »Das dürft Ihr niemandem verraten!« beschwor sie ihn und zog seinen Kopf zu sich herab. So etwas hatte sie noch nie empfunden. Die Berührung seines Mundes weckte eine Sehnsucht, die ihr bisher völlig fremd gewesen war – obwohl die anderen Frauen sooft davon sprachen. »Noch mehr, Seif!« stöhnte sie.

»Ich heiße Lucien«, erwiderte er heiser und drückte sie an sich.

Alles von ihr wollte er spüren, jede Rundung unter dem formlosen Kaftan, wollte das Feuer in ihrem Inneren kennenlernen, ihre ungestümen Gedanken erforschen, das letzte Jahr auslöschen, das ihm noch gräßlicher erschienen war als der Kampf gegen die Bayards. In Alessandra fand er irgend etwas, das er bei allen anderen Frauen vermißt hatte, und er wollte es festhalten – wenn auch nur für einen Augenblick.

An ihrem Bauch spürte sie etwas Warmes, Hartes. Ehe sie überlegen konnte, was das sein mochte, schob er seine Zunge zwischen ihre Lippen. Verwirrt hielt sie den Atem an. Von solchen Küssen hatten die Frauen nichts erzählt. Nun mußte sie Seif – oder Lucien? – zustimmen. Sie war tatsächlich nicht enttäuscht.

Langsam zeichnete seine Zungenspitze die Konturen ihrer Lippen nach. Dann schob er sie abrupt von sich. »Warum ist Euer Mund so unerfahren, obwohl Ihr keine Jungfrau mehr seid?«

Als erwachte sie aus einem Traum, schaute sie sich um, und das vertraute Zimmer erschien ihr seltsam fremd. Dann sah sie Seif an, und es dauerte lange, bis sie sich von dem sonderbaren Bann befreien konnte.

O Gott, sie hatte ihn geküßt, war bereitwillig in seine Arme gesunken, ohne an die Konsequenzen – oder an Rashid zu denken. Zerknirscht ging sie zu ihrem Toilettentisch. »Das hättet Ihr nicht tun dürfen«, tadelte sie ihn, wenn sie auch wußte, daß sie die gleiche Schuld trug wie er.

Er trat hinter sie, berührte sie aber nicht. »Damit wollte ich nur die Unterschiede zwischen unseren Kulturen demonstrieren.«

»Also eine Art Anschauungsunterricht?« Sie ergriff einen Kamm und begann, sich zu frisieren. »Mehr war es nicht?«

»Und die Erfüllung eines Wunsches, den ich nur teilweise befriedigen konnte. Zu solchen Gefühlen bin ich immer noch fähig.«

»Ihr begehrt mich?«

»Sonst hätte ich Euch nicht geküßt.«

Sie legte den Kamm beiseite und wandte sich zu Seif. »So etwas darf nie mehr zwischen uns geschehen, denn ich bin mit Rashid verlobt«, erklärte sie energisch, obwohl ihr ganz anders zumute war. »Versteht Ihr?«

»Nun, diese Entscheidung liegt einzig und allein bei Euch, Herrin«, entgegnete er, und ein schwaches Lächeln umspielte seine Lippen. »Ich bin nur ein Sklave.«

Warum konnten diese Worte keinen Trost spenden? Von seiner Nähe verwirrt, eilte sie an ihm vorbei, in die Mitte des Zimmers. »Dann habe ich nichts mehr zu befürchten.«

»Gar nichts«, bestätigte er, an die Kante des Toilettentischchens gelehnt.

»Wolltet Ihr noch etwas?«

Er musterte sie von Kopf bis Fuß. »Vielleicht könnten wir mit dem Sprachunterricht beginnen.«

Beinahe wäre sie in Gelächter ausgebrochen. »Ihr scheint sehr gut Arabisch zu sprechen. Warum sollte ich meine Zeit vergeuden und Euch etwas lehren, das Ihr schon beherrscht?«

Seif ergriff den Kamm. »Wie man diesen Gegenstand nennt, weiß ich nicht.«

»*Misht*«, erklärte sie, eilte zu ihm und nahm ihm den Kamm aus der Hand, um ihn auf den Tisch zu legen.

»Und diese Farbe?« Er strich über ihren gelben Kaftan.

»*Asfar*. Ich . . .«

»Wie bezeichnet man, was Eure Augen umgibt?«

Nervös berührte sie eins ihrer Lider. »*Mirwad*.«

Er nickte und schaute sich um, auf der Suche nach weiteren Fragen.

»Wenn Ihr unbedingt hierbleiben wollt, warum erzählt Ihr mir nicht lieber von England?« schlug sie vor.

»Soll ich noch andere Unterschiede zwischen unseren Ländern demonstrieren? Mit dem größten Vergnügen, wenn Ihr es wünscht – aber wir könnten in eine ähnliche Situation geraten wie vorhin.«

Das Blut stieg ihr in die Wangen, und sie wandte sich rasch ab, um die Kissen auf ihrem Diwan zu arrangieren. »Das habe ich nicht gemeint. Erzählt mir doch . . .« Ihre Gedanken überschlugen sich. »Würdet Ihr mir verraten, wie Ihr ein Sklave geworden seid.«

Diesen Worten folgte ein langes, unangenehmes Schweigen, das sie zu ignorieren suchte. Schließlich gab es nichts mehr auf dem Diwan zu ordnen. Also setzte sie sich und schaute Seif an. Sein Gesicht hatte sich verdunkelt und bildete einen krassen Kontrast zum weißen Turban. Mit glanzlosen Augen erwiderte er ihren Blick.

»Darf ich's nicht wissen?« flüsterte sie unsicher.

Statt zu antworten, verließ er das Zimmer.

Ist er jemals hier gewesen, fragte sie sich und berührte ihre Lippen. Dann fuhr sie mit der Zunge darüber und schmeckte den Kuß.

Ja, er war hier gewesen. Auch ihr Körper, immer noch erhitzt, wußte es.

Lucien bezähmte seinen Zorn, bis er einen abgeschiedenen Winkel des Gartens erreichte.

Dann fluchte er lauthals und trommelte mit beiden Fäusten gegen einen unschuldigen Baum. Als seine Fingerknöchel aufgeschürft waren, lehnte er sich an den Stamm und betrachtete die Mauern, die ihn von der Freiheit trennten. Seit seiner Ankunft in Jabbars Haus hatte er sich nicht gestattet, an das Unrecht zu denken, das ihm während seiner Gefangenschaft widerfahren war. Aber Alessandras naive Frage weckte Erinnerungen, die er lieber begraben hätte.

»Zum Teufel mit dem Mädchen!« flüsterte er. »Zum Teufel mit allen Frauen!« Sie waren treulos, seine beiden Verlobten, sogar Alessandra . . .

Obwohl sie Rashid versprochen war, erlaubte sie einem anderen Mann, sie zu berühren. Und Lucien bezweifelte nicht, daß sie ihm alles geben würde, wenn er es wollte. Genau das war sein Wunsch gewesen. Was hatte ihn zurückgehalten?

Er schüttelte den Kopf. Keiner Frau würde er sein Herz anvertrauen. Aber sein Körper begehrte Alessandra, mit aller Macht. Und so richtete er seinen ganzen unbändigen Haß gegen den Alptraum der Sklaverei, die ihm die Erfüllung seines Verlangens verbot.

6

Am Wochenende kamen Jabbar und Rashid nach Hause, mit Seidenballen, Juwelen und vergoldeten Pantoffeln.

In der Halle, wo die Frauen aufgeregt ihre neuen Schätze vorzeigten, wurde getanzt und musiziert. Dienerinnen reichten Platten voller Pasteten und Süßigkeiten herum, aber die fröhliche Schar ignorierte sie, denn die Freude angesichts der kostbaren Geschenke übertrumpfte die Naschsucht.

Für den Besuch des Herrn hatten sich alle besonders schön gemacht, und jede hoffte, seine Aufmerksamkeit zu erregen und die Nacht mit ihm zu verbringen. In ihren Bemühungen kannten sie keine Scham. Die dünnen, weiten Pluderhosen und knappen Westen zeigten volle Brüste, runde Hüften, schlanke Schenkel und schmale Fußknöchel. Ihre Gesichter hatten sie stark geschminkt, die Hände, Haare und Füße mit Henna gefärbt.

Lächelnd saß Jabbar am Ende der Halle und beobachtete das Getümmel. Zu seiner Linken hatte Rashid Platz genommen, zu seiner Rechten Sabine. Im Gegensatz zu den anderen Frauen trug sie einen Kaftan, dessen glänzende Gold- und Silberstickerei das Licht widerspiegelte. Aber er verhüllte ihre Figur. Da sie immer noch die Favoritin ihres Herrn war, mußte sie ihn nicht mit körperlichen Reizen verführen. Zweifellos würde er in dieser Nacht mit ihr schlafen.

Normalerweise genoß Alessandra den Besuch der Männer. Doch diesmal trübte das Geschenk, das Rashid mitgebracht hatte, ihre Freude.

In einer stillen Ecke strich sie über den Stoff, aus dem ihr Brautkleid genäht werden sollte. Zweifellos war er wunderschön, die Farbe schmeichelte ihrem Haar und ihrem Teint. Trotzdem fühlte sie sich enttäuscht, weil man ihr nicht erlaubt hatte, ihre eigene Wahl zu treffen.

Sicher, eine Bagatelle. Aber sie hatte sich so darauf gefreut, das monotone Haremsleben zu unterbrechen, auf dem Marktplatz mit den Händlern zu feilschen, die Häuser und Straßen wiederzusehen. Zwei Jahre lang war ihr dieser Anblick verwehrt worden. Ein Ausflug nach Algier hätte ihr wenigstens eine Ahnung jener Freiheit beschert, von der sie unentwegt träumte.

Vielleicht hat Mutter recht, gestand sie sich widerstrebend ein. Für dieses Leben bin ich wohl nicht geschaffen. Wäre es in England anders?

»Gefällt Euch der Stoff nicht?«

Erschrocken zuckte sie zusammen, als sie Seifs Stimme erkannte. Mit großen Augen schaute sie zu ihm auf. Seit er vor ein paar Tagen ihr Zimmer verlassen hatte, herrschte eine angespannte Atmosphäre zwischen ihnen, die sich jetzt ein wenig zu lockern schien.

»Oh, doch!« antwortete sie und heuchelte Begeisterung. Ein gezwungenes Lächeln schmerzte auf ihren Lippen. »Einfach himmlisch . . .«

»Für Euer Brautkleid?«

»Wieso wißt Ihr das?«

Er zuckte die Achseln, aber in seinen Augen lag kein Gleichmut, sondern brennendes Interesse. »Nun, ich hab's erraten.«

»Oh . . .« Sie wandte sich ab und gab vor, die anderen Frauen zu beobachten.

»Wenn Euch der Stoff nicht traurig stimmt, was dann?«

»Sehe ich traurig aus?«

»Allerdings. Nicht einmal die Musik und der Tanz scheinen Euch zu erfreuen.«

Dem konnte sie nicht widersprechen. Inzwischen müßten ihre Füße längst im Takt wippen. Doch sie nahm die lebhaften Klänge kaum wahr. »Manchmal fühle ich mich . . .«, begann sie, schaute ihn wieder an und suchte nach englischen Wörtern, um ihre Emotionen auszudrücken. ». . . als würde mir der Atem stokken, als läge ein schweres Gewicht auf meiner Brust.«

»Seid Ihr krank?« fragte er und runzelte die Stirn.

»Das meine ich nicht.« Seine Frage erinnerte sie an die Mutter, die sooft husten mußte. Wieder einmal überlegte sie, warum es kein Mittel gegen dieses Leiden gab. »Nein, ich bin rastlos und ungeduldig, weil ich mich nach Freiheit sehne. Sicher kennt Ihr solche Wünsche.«

»Also seid Ihr ebenso versklavt wie ich«, entgegnete er lächelnd.

»Versklavt?« wiederholte sie und schüttelte den Kopf. »So darf man's nicht nennen. Das wäre ungerecht und übertrieben.«

»Wie wollt Ihr's dann bezeichnen?«

»Keine Ahnung«, seufzte sie. »Vielleicht hat dieses Gefühl keinen Namen.«

Als er Sabine herankommen sah, kehrte er zu seinem Platz an der Wand zurück.

»Alessandra!« Anmutig setzte sie sich zu ihrer Tochter auf den Diwan. »Willst du mir nicht zeigen, was Rashid dir mitgebracht hat?«

Besorgt musterte Alessandra das bleiche Gesicht ihrer Mutter. Dunkle Schatten unter den Augen zeugten von schlaflosen Nächten.

Zum erstenmal seit zwei Tagen sahen sie sich wieder. Während dieser ganzen Zeit hatte Sabine ihre Wohnung nicht verlassen und nur Khalids Gesellschaft geduldet. Alessandra war nicht beunruhigt gewesen, denn sie kannte die seltsame Gewohnheit ihrer Mutter, sich tagelang einzuschließen. Das tat sie jetzt schon zwei Jahre lang und behauptete, sie müsse allein bleiben, um Zwiesprache mit Gott zu halten. Obwohl Alessandra unter diesen Trennungen litt und sich vernachlässigt fühlte, wartete sie – ebenso wie Jabbar – still und fügsam, bis Sabine wieder auftauchte.

Aber jetzt bereute sie diese Toleranz, als sie in das müde gealterte Gesicht ihrer Mutter blickte. »Du siehst nicht gut aus«, sagte sie leise und drückte Sabines Hand.

»Nein?« Sabine schnitt eine Grimasse und strich mit den Fingern durch ihr Haar. »Ist es jetzt besser?«

»Oh, du weißt ganz genau, was ich meine. Offensichtlich bist du krank.«

Sabine winkte ab. »Wenn Jabbar verreist ist, habe ich immer gewisse Schwierigkeiten – vor allem, wenn Leila die Situation ausnutzt und dir was antut.«

Sicher war das nur ein Teil des Problems. »Und dein Husten? Du . . .«

»Heute abend, wenn ich mit Jabbar allein bin, werde ich mit ihm über diese gräßliche Frau reden.«

»Du hustest immer noch«, beharrte Alessandra. »Konnte der Arzt dir nicht helfen?«

Seufzend schaute Sabine zum anderen Ende der Halle hinüber. »Er sagt, es bestehe kein Grund zur Sorge. Einfach nur ein Husten, das ist alles.«

So leicht ließ sich Alessandra nicht überzeugen. »Vielleicht sollten wir uns an einen anderen Arzt wenden. Der Mann ist schon sehr alt.«

»Alessandra, du ermüdest mich mit dieser sinnlosen Sorge«, tadelte Sabine. »Sprechen wir über etwas anderes.«

Als Alessandra die entschlossene Miene ihrer Mutter sah, wußte sie, daß sie nicht weiter in sie dringen durfte. »Worüber wollen wir uns unterhalten?« fragte sie und sank in die Kissen zurück.

»Wie Khalid mir erzählt hat, verstehst du dich jetzt

besser mit dem neuen Eunuchen.« Sabines Lächeln erreichte die Augen nicht.

Irgend etwas stimmte nicht mit ihr, das erkannte Alessandra immer klarer. Vermutlich wußte Khalid als einziger Bescheid, aber würde er ihr die Wahrheit verraten, wenn sie ihn danach fragte? Nein, niemals würde er Sabines Vertrauen mißbrauchen.

»Hast du gehört, Alessandra?«

Verwirrt zuckte Alessandra zusammen und erwiderte den Blick ihrer Mutter. »O ja, mittlerweile komme ich sehr gut mit Seif zurecht.«

»Das freut mich. Und er hat dich in diesen letzten Tagen gewissenhaft beschützt.«

»Irgendwie erscheint er mir seltsam.«

»Warum?« fragte Sabine beunruhigt.

Alessandra warf einen Blick zu Seif hinüber und sah, daß er Jabbar und Rashid beobachtete. »Das weiß ich nicht, aber ich möchte es herausfinden.«

»Als Engländer unterscheidet er sich nun mal von den anderen Eunuchen. Er gehört einem fremden Kulturkreis an.«

»Ja«, stimmte Alessandra zu, »das erklärt wohl alles.«

Wieder wechselte Sabine das Thema. »Dieser Stoff ist für dein Brautkleid bestimmt . . .«

»Nur ich bin es, die Jabbar begehrt!« Leilas schrille Prahlerei unterbrach Sabine. Als Mutter und Tochter die Köpfe hoben, sahen sie die erste Ehefrau vor sich stehen, die sie wütend anstarrte. »Und ich mußte nur meinen Körper an ihn pressen, um es zu erkennen. Da spürte ich, wie seine Erregung wuchs. Heute nacht wird er zu mir kommen!«

Die Frauen, die sie umdrängten, kicherten und schauten Sabine spöttisch an.

An Leilas Prophezeiungen, die sich niemals bewahrheiteten, waren alle gewöhnt. Trotzdem ärgerte sich Alessandra. Und obwohl Sabine lächelte, wußte ihre Tochter, wie sehr es sie bedrückte, Jabbar mit diesen Frauen teilen zu müssen.

Und ich selbst . . ., überlegte Alessandra. Wie werde ich's ertragen, wenn Rashid seinen Harem mit anderen Gemahlinnen und Konkubinen füllt?

Plötzlich kam ihr ein neuer Gedanke. Leilas Worte erinnerten sie an den wundervollen Kuß des Eunuchen. In seinen Armen hatte sie gespürt, wie etwas an ihren Bauch gewachsen war – etwas Warmes, Hartes. Entschieden schüttelte sie den Kopf. Unmöglich! Wenn Seif genauso entmannt worden war wie Khalid, hätte sie das nicht fühlen können.

Also hatte er sie belogen. Warum? War er nur ein halber Eunuch? Verschwieg er die Wahrheit, um sie zu entmutigen, und die Forderungen der anderen Frauen abzuwehren? Oder war er überhaupt kein Eunuch?

Sie drehte sich um, schaute ihn an, und diesmal erwartete er ihren Blick. Offenbar wußte er ganz genau, was sie dachte. Sie betrachtete seine Lenden, die sich unter dem voluminösen Kaftan und der Robe verbargen. Wenn er kein Eunuch war, warum erlaubte Khalid dann . . .

Doch diese Frage war müßig, solange sie nicht wußte, ob Seif ein Eunuch war. Und wie sollte sie das herausfinden?

7

Es dauerte zwei Tage, bis sie den Mut aufbrachte, ihren Plan durchzuführen. In dunkler Kleidung kletterte sie aus ihrem Fenster und sprang ins duftende Gebüsch des Gartens hinab. Ein silberner Vollmond beleuchtete den Weg zum Eunuchenquartier.

Vorsichtig schlich sie dahin und hoffte, die Wachtposten würden sie nicht bemerken. Eine halbe Ewigkeit schien zu verstreichen, während sie den Garten durchquerte. Endlich öffnete sie das Gatter, zuckte zusammen, als es leise in den Angeln knirschte, und ließ es offen, falls sie überstürzt fliehen mußte. Dann stahl sie sich zu dem Gebäude, das die Eunuchen beherbergte.

Vor lauter Aufregung begann sie zu zittern. Ein solches Abenteuer hatte sie schon lange nicht mehr gewagt, und sie fände auch jetzt keine Gelegenheit dazu, hätte Jabbar Sabines Anklage gegen Leila ernst genommen. Nach ausführlichen Gesprächen mit allen Frauen, die den Eselsritt beobachtet hatten, war er zu der Überzeugung gelangt, seine erste Gemahlin träfe keine Schuld. Deshalb mußte Seif nicht mehr vor Alessandras Tür Wache halten und übernachtete wieder im Eunuchenquartier.

Dankbar für ihre schlanke Figur, kroch sie in die Büsche hinter dem Haus und tastete sich die Mauer entlang. Dabei spähte sie in jedes Fenster, um festzustellen, wo die einzelnen Eunuchen schliefen. Der Mond, der in die Räume schien, spendete genug Licht.

Schon glaubte sie, Seif würde woanders wohnen. Doch da schaute sie ins letzte Zimmer und hätte vor Freude beinahe die Hände zusammengeschlagen. Da lag er auf einer Matte, an der Wand gegenüber dem Fenster. Die Decke hatte er abgeworfen.

Obwohl er ihr den Rücken kehrte, erkannte sie ihn an der großen, kraftvollen Gestalt und den breiten Schultern.

Bedauerlicherweise war er angezogen, zumindest teilweise. Als Alessandra und Rashid noch Kinder gewesen waren, hatten sie sich eines Nachts in Khalids Zimmer geschlichen und seine nackte Kehrseite gesehen, glänzend wie zwei Vollmonde. Die Hoffnung, Seif im selben Zustand anzutreffen, erfüllte sich nicht. Er trug eine Hose, aber der muskulöse Oberkörper war unbekleidet.

Bei diesem Anblick regten sich sündhafte Gefühle und nahmen ihr den Atem. Was würde sie erst empfinden, wenn sie die Hose nach unten schob und seine Männlichkeit erforschte? Würde sie das schaffen, ohne ihn zu wecken? Und wenn er erwachte? Was dann? Gar nichts würde geschehen. Sie durfte nicht vergessen, daß sie mit Rashid verlobt war. Diesen nächtlichen Ausflug unternahm sie nur, um ihre unersättliche Neugier zu befriedigen.

Wirklich nur deshalb, fragte eine spöttische innere Stimme? Und die unkontrollierbare Rastlosigkeit, die sie seit Seifs Ankunft quälte? Ähnliche Emotionen hatte sie schon vorher empfunden, aber stets unterdrükken können. Jetzt schien ihr ganzer Körper zu brennen.

Reine Neugier, redete sie sich ein und betrachtete Seifs Haar. Weder blond noch braun, eine Farbe, die dazwischen lag ... Bis jetzt hatte sie nur rote oder schwarze Haare gesehen, und es drängte sie, seinen Kopf genauer zu mustern.

Plötzlich runzelte sie die Stirn. Was sah sie auf seinem Rücken? Das unvergitterte Fenster konnte keinen Schatten auf ihn werfen. Aber über seine Haut zogen sich dunkle Streifen, kreuz und quer. Peitschenstriemen ...

Als hätte sie selbst diese harte Strafe erlitten, begann ihr eigener Rücken zu schmerzen. Zuvor hatte sie daran gezweifelt, aber nun wußte sie, daß Seif alles tun würde, um seiner Gefangenschaft zu entrinnen, selbst wenn es seinen Tod bedeuten mochte.

Ehe er dieses Wagnis einging, mußte sie sein Geheimnis ergründen. Sie stieg aufs Sims, öffnete das Fenster, kletterte so leise wie möglich hindurch. Ehe sie die nackten Füße auf den Boden setzte, lauschte sie angespannt, hörte Seifs gleichmäßige Atemzüge. Offensichtlich war er nicht erwacht.

Sie schlich zu ihm und starrte in sein Gesicht. Würde sie ihn irgendwie herumdrehen können, ohne ihn zu wecken? Ihr Blick wanderte zu seinen Füßen. Vielleicht – wenn sie die Sohlen ganz behutsam kitzelte ...

Lautlos hockte sie sich auf die Fersen und blinzelte verwundert, als sie eingebrannte Kreuze auf seinen Sohlen entdeckte. Mit sanften Fingerspitzen strich sie darüber. War das ein seltsamer englischer Brauch? Ihre Mutter trug kein solches Zeichen ... Plötzlich wurde sie von groben Händen gepackt und auf die Matte geworfen. Ein schweres Gewicht preßte die Luft aus ihren Lungen.

»Sogar ein schlafendes Baby könntet Ihr aus dem Schlaf reißen.« Dicht über ihrem Gesicht funkelten Seifs zornige Augen.

»Laßt – mich los ...«, würgte sie hervor und fürchtete, die Besinnung zu verlieren. Wenn sie nicht bald Atem holen konnte ...

Eine kleine Weile ließ er sie noch leiden, dann richtete er sich auf, und sie rang begierig nach Luft.

»Was treibt Ihr hier, Alessandra?« fragte er leise, damit die Eunuchen in den Nebenräumen nichts hörten.

Da ihr keine plausible Ausrede einfiel, gestand sie die Wahrheit. »Ich wollte herausfinden, ob Ihr tatsächlich ein Eunuch seid«, erklärte sie und versuchte, unter ihm wegzurutschen.

Aber seine Schenkel hielten ihre Hüften fest, und als er sich herabneigte, berührte sein nackter Oberkörper die Knospen ihrer Brüste. »Und Ihr habt gedacht, ich würde nicht erwachen, wenn Ihr mich untersucht?«

»Wäre ich nicht so dumm gewesen, Eure Fußsohlen zu berühren, würdet Ihr immer noch schlafen«, erwiderte sie und versuchte, ihre Brustwarzen zu ignorieren, die sich erhärteten.

»Oh, ich war schon wach, bevor Ihr in mein Zimmer gekommen seid.«

»Das glaube ich nicht.«

Er schüttelte den Kopf, und sein Haar streifte ihr Gesicht. »Sicher wäre es klüger gewesen, über die Mauer zu klettern, statt das Gatter zu öffnen.«

Verwirrt hob sie die Brauen. Hatte er dieses leise Knarren wirklich gehört? Und warum war es den Wachtposten entgangen? »Wußtet Ihr, wer zu Euch kam?«

»Erst als Ihr durchs Fenster hereingestiegen seid. Da roch ich Euren Duft.«

»Meinen Duft?«

»Orangenblütenöl. Die anderen Frauen bevorzugen Rosen oder Jasmin.«

»Oh . . .« Warum fühlte sie sich verletzlich, weil er ihr Parfum erkannt hatte? Darin pflegte sie keineswegs zu baden. Plötzlich sehnte sie sich nach der sicheren, vertrauten Umgebung ihrer Räume, stemmte sich gegen seine Brust und versuchte, ihn wegzuschieben. Aber ihre Mühe entlockte ihm nur ein spöttisches Lächeln. »Seif, bitte, laßt mich gehen.«

Seine Lippen berührten ihr Ohr. »Brennt die Flamme zu heiß?«

»Was?« flüsterte sie atemlos, während seine Liebkosung jenen Hunger heraufbeschwor, den nur er allein zu entfachen vermochte.

Aufreizend glitt seine Zungenspitze über ihr Ohrläppchen. »Hat man Euch nicht davor gewarnt, mit dem Feuer zu spielen, Alessandra?«

Es war unmöglich, das Verlangen zu bezähmen, während sein Mund an ihrem Hals hinabwanderte. »Bitte, ich – ich möchte in meine Wohnung zurückkehren.«

Seine Zunge erforschte den Puls in ihrem Hals. Dann hob er den Kopf. »Seid Ihr nicht zu mir gekommen, um etwas zu erfahren? Nun will ich Euch zeigen, was für ein Mann ich bin.«

Als sie zwischen ihren Schenkeln seine wachsende Erregung spürte, erlahmte der letzte Rest ihrer Widerstandskraft. Stöhnend schlang sie ihre Finger in sein krauses Brusthaar. »Ja, zeigt es mir . . .«

Eigentlich hatte er ihr nur eine Lektion erteilen wollen, die sie dringend brauchte. Aber jetzt wünschte er sich mehr. Ehe er sie küßte, gelobte er sich, rechtzeitig aufzuhören. Bereitwillig öffnete sie die Lippen, genoß das verführerische Flackern seiner Zunge, die ihren Mund erforschte. Ihr Herz begann zu rasen, ihr Körper zu singen. Während er drängend seinen Unterleib an ihrem rieb, hob sie ihm die Hüften entgegen, um sein Geheimnis ein für allemal zu ergründen, um alle Zweifel zu beseitigen.

Sein Mund verließ ihre Lippen, preßte sich auf die Stelle zwischen ihrem Hals und der Schulter. Nur noch ein kleines bißchen – dann würde er das gefährliche Spiel beenden.

»Ja«, hauchte sie, schob ihre Hände unter das Gurtband seiner Hose und umfaßte seine Hinterbacken.

Als könnte er die Barrieren der Kleidung durchstoßen, drückte er sich noch fester an Alessandra. Hör auf, sagte er sich, sonst ist es bald zu spät . . . »Wie viele Männer hattest du schon?« flüsterte er, öffnete ihre kurze Weste und zerrte ihr Hemd nach oben.

Es dauerte eine Weile, bis sie den Sinn der unerwarteten Frage verstand. »Nur einen«, log sie. Aber eigentlich war es keine Lüge, denn jetzt würde Seif sie zur Frau machen.

Ungeduldig zog er das Hemd noch höher, entblößte im Mondlicht ihre Brüste. »Ich wußte, sie würden in meine Hände passen«, sagte er leise und umschloß die weißen Halbkugeln. Dann neigte er den Kopf hinab und nahm eine der harten Spitzen in den Mund.

Ihr Atem stockte, während heiße Wellen durch ihren Körper strömten und süße Qualen zwischen ihren Beinen entfesselten. Vergeblich bemühte sie sich, einen Schrei zu unterdrücken.

»Still!« mahnte Lucien und hielt ihr den Mund zu. Lauschend hob er den Kopf, horchte auf Geräusche aus den anderen Zimmern. Eine Ewigkeit schien zu vergehen, bis er sich endlich entspannte und seine Hand von Alessandras Lippen nahm.

»Tut mir leid, ich konnte mich nicht beherrschen«, wisperte sie und glaubte, sein Blick wäre etwas sanfter geworden. Aber vielleicht bildete sie sich das nur ein. Da seine Haare das Gesicht überschatteten, vermochte sie seine Miene nicht genau zu erkennen.

»Selbstkontrolle ist sehr wichtig, Alessandra. Wenn du dich zurückhältst, verzehnfacht sich die Freude. Wird's dir gelingen?«

»Das weiß ich nicht.«

Er seufzte. »Dann müssen wir langsamer vorgehen.«

»Aber – du hörst doch nicht auf?«

»Soll ich?« fragte er zögernd.

Natürlich wußte sie, daß sie diesem intimen Liebesspiel ein Ende bereiten müßte. Doch ihr Körper sehnte sich nach der versprochenen Erfüllung. »Noch habe ich die Erkenntnis nicht gewonnen, die ich suche . . .«

Lucien legte eine Hand auf ihren Bauch. »Öffne dich – für mich.«

Verständnislos schaute sie ihn an. »Du willst, daß ich mich öffne?«

Er drückte ein Knie zwischen ihre Schenkel, schob sie vorsichtig auseinander. »So ist es gut.« Geschickt löste er das Band, das ihre Pluderhose zusammenhielt, und zog sie nach unten. Um ihm zu helfen, hielt sie sich an seinen Schultern fest und hob die Hüften. Wenig später lag sie halbnackt im Mondschein. Luciens Blick schien ihre Haut zu verbrennen.

»Wie schön du bist!« Er neigte sich hinab, blies auf das zarte Kraushaar zwischen ihren Beinen.

Während er die Flammen schürte, die er entzündet hatte, hielt sie den Atem an, grub ihre Fingernägel in seine Schultern und hob die Hüften noch höher.

»Bist du sicher?« Seine Stimme klang gepreßt.

»Bitte . . .«

Da streifte er ihre Hose weiter hinab, löste die Verschnürung an den Fußknöcheln und warf das Gebilde aus dünnem Schleierstoff beiseite.

»Und – was jetzt?« stammelte Alessandra. Mußte sie irgend etwas tun, ihn berühren und streicheln und ihm jene Freude zu schenken, von der die Haremsfrauen sooft sprachen? Lebhaft erinnerte sie sich an Hayfas Beschreibung einer Position, die sie mit Yusuf eingenommen und die ihm einen wilden Lustschrei entlockt hatte. Konnte sie auch Seif dazu veranlassen?

Er betrachtete sie, dann glitt seine Hand zwischen ihre Schenkel. Bei der ersten Berührung seiner Lippen, die ihre intimste Zone küßte, bäumte sie sich auf. Mit einer zitternden Faust erstickte sie ihren Schrei.

»Halt doch still«, flüsterte er und begann, ihre Weiblichkeit mit seiner Zunge zu erforschen, so wie zuvor ihren Mund.

Wie soll ich reglos daliegen, fragte sie sich, während ihr Körper auf Seifs Liebeskünste antwortete. Das konnte sie nicht. Irgend etwas schwoll in ihr an, etwas Übermächtiges, das sie zwang, sich umherzuwinden, im Rhythmus der aufwühlenden Zärtlichkeiten.

Die Zähne zusammengebissen, die Augen fest geschlossen, tastete sie nach Seifs Kopf und schlang die Finger in sein Haar und drängte ihn, seinen heißen Mund noch tiefer in ihr zu vergraben.

Noch nie hatte sie so unglaubliche Gefühle empfunden. Sie schien immer höher emporzuschweben, konnte kaum atmen. Doch das spielte keine Rolle, denn sie strebte etwas viel Wichtigeres an als Luft. Später würde sie ihre Lungen füllen, erst mußte sie jenen lockenden Gipfel erreichen . . .

Offenbar ahnte Seif, was in ihr vorging, denn er hielt inne und hob den Kopf. »Noch nicht, Alessandra«, flüsterte er und öffnete seine Hose.

Beinahe hätte sie vor Enttäuschung geschrien. Der Schmerz ihrer ungestillten Sehnsucht trieb ihr Tränen in die Augen. Um den Klagelaut zu unterdrücken, biß sie in ihre Hand.

Rasch schlüpfte Seif aus seiner Hose, aber er vereinte sich nicht mit ihr. Statt dessen schob er ihre Beine noch weiter auseinander und erforschte mit behutsamen Fingern ihre feuchte Hitze.

»O Seif!« wisperte sie.

»Lucien!«

Verwirrt richtete sie sich auf und begegnete seinem funkelnden Blick.

»Sprich mich nie mit meinem heidnischen Namen an, wenn ich dich auf diese Weise berühre. Ich heiße Lucien.«

Das war unwichtig. Nur eins zählte – sie wollte endlich eins mit ihm werden. »Lucien!« Stöhnend warf sie ihren Kopf in den Nacken.

Er sank auf ihren Körper herab. Zwischen ihren

Schenkeln spürte sie seine harte, pulsierende Männlichkeit. Bereit, in sie einzudringen, spürte er eine Barriere – und erstarrte. Sie war unberührt!

Hin und her gerissen zwischen seinem Verlangen und seinem Ehrgefühl, versuchte er, Alessandras drängenden Körper zu ignorieren. Es wäre einfach gewesen, die Freuden zu genießen, die sie bereits einem anderen geschenkt hatte. Aber es widerstrebte ihm, sie zu entjungfern.

Wütend verfluchte er seine Schwäche. Noch nie war ihm seine Moral in die Quere gekommen, wenn er sich der Liebeslust hingegeben hatte. Wann immer er eine Frau begehrte, pflegte er zu nehmen, was ihm geboten wurde. Aber wie er sich widerstrebend eingestand, bedeutete Alessandra ihm so viel, daß er ihr nicht die Unschuld rauben wollte. »Du hast gelogen!« stieß er bitter hervor.

Erst nach einer ganzen Weile durchdrangen die Worte den Nebel ihrer überreizten Sinne. Als sie in die rauhe Wirklichkeit zurückkehrte, stützte sie sich auf einen Ellbogen. »Gelogen?« wiederholte sie. Im Mondschein betrachtete sie jenen Körperteil, der ihren Hunger fast gestillt hätte – den sichtbaren Beweis seiner Manneskraft. Nein, er war tatsächlich kein vollständiger Eunuch.

»Ich werde dich nicht entjungfern!«

»Warum nicht?« Verzweifelt sehnte sie sich nach dem Glück, das ihr seine Hände und Lippen geschenkt hatten.

Obwohl er sich sagte, in erster Linie würde ihn sein Ehrgefühl zurückhalten, erinnerte er sich auch an Sabines Drohung, ihn kastrieren zu lassen, wenn er ihrer Tochter zu nahe trat. »Der Preis ist mir zu hoch.«

»Der Preis?« Sie schüttelte den Kopf. »Niemand muß es erfahren.«

»Glaubst du, Rashid würde in der Hochzeitsnacht nicht merken, daß du keine Jungfrau mehr bist? Er ist kein Narr. Und wenn . . .« Hastig verstummte er. Nun hätte er beinahe erwähnt, sie könnte ein Kind von ihm empfangen. Aber sie mußte weiterhin glauben, er wäre ein Eunuch.

Am liebsten hätte sie geweint. Noch nie hatte sie sich etwas so inständig gewünscht wie diesen Mann. Nicht einmal die Gefahr, Rashid zu verlieren, würde sie zurückhalten. Seit Luciens Ankunft erschien ihr Rashid ohnehin nur wie ein Bruder. Sie sank auf die Matte zurück und legte einen Arm über ihre Augen. »Tut mir leid. Zu meiner Schande muß ich gestehen, daß ich nicht besser bin als die anderen Frauen, die ihre Eunuchen für selbstsüchtige Zwecke benutzen.«

Da verflog sein Zorn über ihr Täuschungsmanöver, und er spürte ihr unerfülltes Verlangen noch schmerzlicher als sein eigenes. Immerhin hatte er ihr etwas versprochen, um sie dann grausam zu enttäuschen. »Nein«, seufzte er und streichelte unwillkürlich ihre Schenkel. »So wie die anderen bist du nicht, Alessandra. Sonst hätte ich dich niemals berührt.«

Er spürte, wie sie erschauerte, von neuen Lustgefühlen durchdrungen. Sofort beendete er die Zärtlichkeiten. O Gott, er durfte sie nicht noch einmal erregen.

»Hör nicht auf!« flehte sie.

Ein innerer Konflikt krampfte sein Herz zusammen. Schließlich rückte er nach unten, wider sein besseres Wissen, und begann, sie wieder mit seinen Lippen zu liebkosen. Nachdem sie so lange hatte warten müssen, reagierte sie noch intensiver als zuvor. Ungeduldig forderte ihr Körper die Erfüllung. Als sie den Höhepunkt endlich erreichte, wurde sie von heftigen Wellen erschüttert. Hätte Lucien ihren wilden Schrei nicht vorausgeahnt und ihr den Mund zugehalten, wären sie beide verloren gewesen. Klaglos ertrug er ihre scharfen Zähne, die sie in seine Handfläche grub.

Als die Zuckungen verebbten, empfand sie eine Zufriedenheit, die sie nie zuvor gekannt hatte. Glücklich lag sie da und versuchte, ihre Gedanken und Gefühle zu ordnen.

»Geht's dir jetzt besser?« Seine Stimme zerriß den träumerischen Schleier, und sie öffnete die Augen.

»O ja«, hauchte sie und sah, daß er aufgestanden und seine Hose angezogen hatte. Sie wünschte, er würde sich wieder zu ihr legen.

Für einen so großen, starken Mann bewegte er sich erstaunlich anmutig. Er kniete neben ihr nieder, hob die Pluderhose auf und hielt sie ihr hin. »Jetzt solltest du gehen.«

»Aber ich will nicht.«

»Trotzdem mußt du dieses Haus verlassen«, entgegnete er und drückte ihr die Hose in die Hände. »Hier bist du nicht sicher.«

»Du machst dir zu viele Sorgen«, meinte sie und strich über die Narbe an seiner Wange. »Bis zum Morgengrauen dauert es noch einige Stunden.«

Als würde ihn die Berührung schmerzen, drehte er den Kopf zur Seite und sprang auf. »Zu viele Stunden. Zieh dich an.«

Gekränkt setzte sie sich auf, und ihr Lächeln erlosch. »Ich dachte, wir würden uns noch eine Weile unterhalten.« Wie gern hätte sie erfahren, woher seine Narben im Gesicht und auf dem Rücken stammten, die Kreuze, in die Fußsohlen eingebrannt . . .

Tränen verschleierten ihren Blick, während sie ihr Hemd nach unten streifte, und sie fand den Verschluß ihrer Weste nicht. Ungeduldig sank Lucien neben ihr auf die Matte und half ihr.

»Danke«, würgte sie hervor und schluckte mühsam ihre Tränen hinunter.

»Alessandra!« stöhnte er, hob ihr Kinn und zwang sie, in seine Augen zu schauen. »Du bist viel zu naiv. Verstehst du denn nicht, was ich leide?«

»Was du leidest?«

»Ich habe die gleiche Begierde verspürt wie du. Dein Verlangen habe ich befriedigt, meines ist immer noch ungestillt. Wenn ich dir erlaube, hierzubleiben, könnte ich etwas tun, was wir beide bereuen würden. Begreifst du jetzt, warum du gehen mußt?«

Wieder einmal kam sie sich wie eine Närrin vor. Obwohl sie Tag für Tag die Gespräche der Haremsfrauen belauschte, wußte sie noch immer viel zuwenig über die Männer. »Kann ich dir keine Erfüllung schenken?«

»Nein«, erwiderte er kurz angebunden, zog sie auf die Beine und reichte ihr die Pluderhose.

In nachdenklichem Schweigen kleidete sie sich an. Es ergab keinen Sinn, daß er ihren Körper erfreuen konnte, ohne sie zu entjungfern, während es ihr nicht gelingen sollte, ihn ebenso zu beglücken. Hätte sie den Frauen doch aufmerksamer zugehört, statt sich schüchtern zu entfernen . . .

Sie stopfte ihr Hemd in die Hose, dann wandte sie sich zu Lucien. »Vielen Dank . . .« Nie zuvor war er ihr attraktiver erschienen. Vielleicht lag es am sanften, silbernen Mondlicht. Nicht einmal die Narbe beeinträchtigte seine männliche Schönheit.

Mutig trat sie zu ihm, schlang die Arme um seinen Hals und bot ihm die Lippen.

Aber er ignorierte die Einladung. »Hast du erfahren, was du wissen wolltest?«

Sie zuckte die Achseln. »Nur eins habe ich herausgefunden. Du bist nicht so wie Khalid. Also mußt du wie Yusuf sein oder gar kein Eunuch.«

»Wie könnte ich in einem Harem dienen, wenn ich kein Eunuch wäre?«

»Nun, ich dachte, das würdest du mir erklären«, erwiderte sie und betrachtete seine muskulöse Brust. »Ich versteh ja nicht, warum Mutter dich gekauft hat – es sei denn, sie verfolgt einen ganz bestimmten Zweck.«

»Zum Beispiel?«

Es fiel ihr schwer, ihren Verdacht auszusprechen. »Hat sie dir erzählt, daß sie meine Hochzeit mit Rashid verhindern und mich nach England schicken will?«

»Ich bin nur ein Sklave. Warum sollte sie solche Dinge mit mir erörtern?«

Mit schmalen Augen starrte sie ihn an. »Wieso antwortest du mit einer Gegenfrage? Um die Wahrheit zu verschweigen?«

Doch er konnte nichts mehr erwidern, denn die Tür schwang auf. Licht fiel ins Zimmer. Erschrocken fuhr Alessandra herum und schaute in zwei vorwurfsvolle Gesichter.

»Was machst du hier, Alessandra?« fragte ihre Mutter erbost.

»Nun – ich . . .« Alessandra verstummte und wandte sich zu Lucien, der gleichmütig dastand, als ginge ihn die ganze Situation nichts an. Hilfesuchend drehte sie sich zu Khalid um. Aber sein sonst so sanftes Gesicht war vor Zorn verzerrt.

»Lucien, ich habe Euch gewarnt!« Wütend schob Sabine ihre Tochter beiseite und eilte zu dem Engländer. »Jetzt müßt Ihr die Konsequenzen tragen.«

Welche Konsequenzen, fragte sich Alessandra. Sollte er für etwas bestraft werden, das sie verschuldet hatte? Flehend legte sie eine Hand auf den Arm ihrer Mutter. »Er hat nichts verbrochen. Und ich kam nur hierher, um mit ihm zu reden.«

»Mitten in der Nacht?«

»Ich konnte nicht schlafen.«

Offensichtlich glaubte Sabine ihr nicht. »Wenn du nur mit ihm reden wolltest, warum hast du ihn dann umarmt?«

Wie sollte Alessandra das erklären? »Weil ich ihm danken wollte.« Diese Ausrede klang wenig überzeugend, sogar in ihren eigenen Ohren. Aber zu ihrer Erleichterung las sie eine gewisse Unsicherheit in den Augen ihrer Mutter. »Was immer du vermutest, nur ich bin dafür verantwortlich.«

»Besitzt du immer noch deine Tugend, mein Kind?«

Die unverblümte Frage verwirrte Alessandra. Durfte sie sich tugendhaft nennen, nach allem, was zwischen Lucien und ihr geschehen war? Er hatte ihr zwar die Unschuld genommen, aber ihre Jungfräulichkeit nicht angetastet. Nun dankte sie ihm stumm für seine Selbstkontrolle. Hätte er sich anders verhalten, müßte sie lügen. »Du traust mir zu, ich hätte dich beschämt und diesem Eunuchen geschenkt, was nur meinem Ehemann gehören soll?«

»Antworte!« befahl Sabine.

Stolz hob Alessandra ihr Kinn. »Sei versichert, Rashid wird mich in der Hochzeitsnacht unberührt finden.«

»Oh, da möchte ich mich vergewissern!« erklang eine höhnische Stimme hinter Khalid.

Leila . . .

Alle wandten sich zu der Frau, die triumphierend am Türrahmen lehnte. Schlimmer noch – neben ihr stand Rashid, der Alessandra unglücklich anstarrte.

Noch nie in ihrem Leben hatte sie eine so tiefe Reue empfunden. Ihr war nicht bewußt geworden, wie schmerzlich sie den Freund und Verlobten mit ihrem Verhalten kränkte. Was mußte er von ihr denken?

Leila schlenderte an einem verblüfften Khalid vorbei und blieb vor Alessandra stehen. »Morgen lassen wir den Arzt kommen«, verkündete sie gnadenlos. »Hoffen wir, daß du immer noch keusch bist. Nicht einmal deine Mutter könnte dich vor der Strafe schützen, die eine Hure verdient.«

Entrüstet stieß Sabine sie beiseite. »Da meine Tochter die Wahrheit sagt, ist der Besuch des Arztes überflüssig.«

Leila lächelte siegessicher und wischte den Ärmel ihrer Robe ab, den Sabine berührt hatte. »Bald werden wir es mit Sicherheit wissen«, entgegnete sie und wandte sich zu Lucien. »Und wie soll dieser Eunuch bestraft werden, Khalid?« Wohlgefällig musterte sie Luciens nackten Oberkörper, das bronzefarbene Haar, das auf seine Schultern fiel.

Sofort erinnerte sich Khalid an seine Pflicht, trat vor und packte Luciens Oberarm. »Er bleibt in meinem Gewahrsam, bis sich herausgestellt hat, ob er ein Unrecht begangen hat.«

»Hm . . .«, murmelte Leila und strich mit einem spitzen Fingernagel über Luciens breite Brust. »Er war allein mit Alessandra. Wenn das kein Unrecht ist . . .«

»Fünfzig Stockschläge auf die Fußsohlen!« ordnete Rashid an.

»Nein!« protestierte Alessandra bestürzt. »Er hat nichts Schlimmes getan!« Erst jetzt bemerkte sie die Eunuchen, die sich in der Tür drängten. Offensichtlich waren sie erwacht und aus ihren Räumen geeilt, um den Grund der allgemeinen Aufregung zu erfahren.

»Mein Sohn, Jabbars Erbe, hat gesprochen, Alessandra«, betonte Leila. »Und sein Wunsch soll erfüllt werden.«

Als Alessandra ihren Verlobten beobachtete, erkannte sie, wie sinnlos es wäre, ihn anzuflehen. Heller Zorn rötete seine Wangen, verzerrte seine Lippen. Plötzlich erschien ihr sein Gesicht fremd und beängstigend. »Mutter!« rief sie. Tränen brannten in ihren Augen.

Wortlos schüttelte Sabine den Kopf. Sie konnte nichts tun.

»Kommt!« Khalid drängte Lucien zur Tür.

Für einen schmerzlichen Moment trafen sich Alessandras und Luciens Blicke. In den Tiefen seiner Amethystaugen funkelte heiße Wut. Mit aller Kraft schob er Khalid von sich.

Aber er kämpfte auf verlorenem Posten. Ein knapper Befehl des Obereunuchen genügte, und die anderen Männer stürzten sich auf Lucien. Obwohl er verbissenen Widerstand leistete, dauerte es nicht lange, bis er von der Übermacht besiegt wurde und blutüberströmt am Boden lag.

Verzweifelt warf sich Alessandra in die tröstlichen Arme ihrer Mutter und begann zu schluchzen.

»Jetzt wirst du lernen, Respekt zu zeigen, Engländer!« Wie aus weiter Ferne drang Rashids Ruf zu ihr. Und dann hörte sie die Fausthiebe, die Lucien trafen. Immer wieder ...

Würde es denn kein Ende nehmen? Alessandra biß sich in die Lippen und brachte es nicht übers Herz, Lucien leiden zu sehen. Das hatte sie ihm angetan. Konnte er ihr jemals verzeihen?

Viel zu lange dauerte es, bis das gräßliche Geräusch der Faustschläge verhallte. »Hundert Stockschläge!« stieß Rashid hervor.

»Zweihundert wären besser«, meinte Leila.

Entsetzt drehte sich Alessandra zu dem Mann um, den sie nicht mehr kannte. »Bitte, Rashid, tu ihm dieses Unrecht nicht an!« flehte sie und wagte nicht, zu Lucien hinüberzuschauen, der am Boden kniete, von mehreren Eunuchen festgehalten.

Rashid starrte sie an, und seine Augen schienen etwas zu suchen. Inständig hoffte sie, er würde es nicht finden. »Hundert Stockschläge!« wiederholte er.

»Warum weinst du um ihn?« fragte Sabine einige Stunden später, als die Sonne ihre ersten Strahlen auf das Land warf.

Die Augen rot und geschwollen, preßte Alessandra ihren Kopf in den Schoß der Mutter. »Es ist meine Schuld«, wisperte sie.

Schmerzlich lächelte Sabine und strich über das rotgoldene Haar ihrer Tochter. »Nicht nur deshalb fließen deine Tränen.«

Alessandra hob den Kopf. »Warum es so weh tut, weiß ich nicht.«

»Empfindest du etwas für diesen Mann? Sind es Gefühle, die du Rashid nicht entgegenbringst?«

Alessandra zögerte nur kurz, dann nickte sie. »Aber ich kann diese Emotionen nicht erklären.«

Gequält schloß Sabine die Augen. »Schlägt dein Herz schneller, wenn er in deiner Nähe ist?«

Wieder nickte Alessandra. »Und manchmal stockt mir der Atem.«

»Denkst du oft an ihn? Lenken dich diese Gedanken von anderen Dingen ab?«

»O ja.«

»Wie ist es, wenn er dich berührt, eine Hand auf deinen Arm legt?«

Beinahe glaubte Alessandra, die Liebkosungen zu spüren, die sie in der vergangenen Nacht genossen hatte. »Dann wünsche ich mir noch mehr«, antwortete sie ehrlich, und ein Schauer rann über ihren Rücken.

Sabine seufzte. »Könnte es Liebe sein?«

Verwirrt runzelte Alessandra die Stirn. »Das weiß ich nicht. Hältst du's für möglich?«

»Nur du kannst dir Gewißheit verschaffen. Aber eins

mußt du bedenken. Was immer auch geschehen mag, Lucien de Gautier ist der Feind deines Vaters, nicht vertrauenswürdig – und ein Eunuch.«

Eine Zeitlang dachte Alessandra über die Warnung ihrer Mutter nach. »Glaubst du, er hat Schmerzen?«

Sabine preßte die Lippen zusammen. Wenn Rashid den Vollzug der Strafe nicht beobachtet hatte, war Khalid wohl kaum so unvernünftig gewesen, dem Engländer alle hundert Stockschläge zu verabreichen. Dann würde der Obereunuch das Strafmaß verringert haben, damit de Gautier den Plan durchführen konnte, den sie geschmiedet hatte. »Versuch das alles zu vergessen, mein Kind.«

8

Hätten sich Alessandras Gedanken nicht unentwegt mit Luciens Schicksal befaßt, wäre es eine tiefe Demütigung gewesen. Aber sie nahm die unpersönlichen Hände kaum wahr, die sie untersuchten.

»Sie ist unberührt«, verkündete der Arzt, und Sabine erleichtertes Seufzen holte Alessandra in die Gegenwart zurück.

Hastig bedeckte sie ihre Schenkel und schaute die Mutter gekränkt an. »Du hast mir nicht geglaubt.«

»Verzeih mir!« bat Sabine, eilte zu ihr und legte die Arme um ihre Schultern. »Das war dumm von mir.«

Alessandra machte sich bittere Vorwürfe, weil sie ihre Mutter mit Schuldgefühlen belastete. Wäre Lucien so leichtfertig gewesen, ihr schamloses Angebot anzunehmen, hätte sie alles abgestritten – und Sabine belogen, um ihm die Strafe zu ersparen. »Es gibt nichts zu verzeihen«, erwiderte sie und zwang ihre zitternden Lippen zu einem Lächeln.

»Nun werde ich Eurem Ehemann mitteilen, daß die Hochzeit stattfinden kann«, erklärte der alte Arzt und ging zur Tür.

Wenig später war Sabine allein mit ihrer Tochter. »Nun will ich dich ankleiden und frisieren.«

Geistesabwesend ließ Alessandra die mütterliche Fürsorge über sich ergehen und dachte an den Mann, der ihretwegen so grausam mißhandelt worden war. Wie mochte er sich fühlen? Sie erinnerte sich an ein Ereignis, das zehn Jahre zurücklag. Aus reiner Neugier hatte sie Sabines Verbot mißachtet und die Stallungen aufgesucht, wo ein Diener der Bastonade unterzogen worden war. Danach hatte sie monatelang unter Alpträumen gelitten. Schaudernd sah sie die schreckliche Szene wieder vor sich.

Die Füße des hilflosen Mannes waren zwischen zwei Holzkeile gesteckt und hochgezogen worden, so daß nur sein Nacken und die Schultern am Boden gelegen hatten. Mit einem kurzen Stock schlug ein Wachtposten auf die Sohlen. Schreiend wand sich der Diener umher. Nachdem er die Hälfte der dreißig Hiebe erduldet hatte, versank er in einer barmherzigen Ohnmacht.

Trotzdem hatte man ihm die restliche Strafe nicht erspart. Lucien war größer, viel stärker und jünger als jener Diener. Hatte er die hundert Stockschläge einigermaßen gut überstanden? Oder würde er für immer verstümmelt bleiben?

Wie gern wäre Alessandra in Schluchzen ausgebrochen, um ihren Kummer zu erleichtern. Aber sie hatte keine Tränen mehr.

In einem langen Kaftan, Pluderhosen und Pantoffeln saß sie vor dem Toilettentisch und starrte blicklos ihr

Spiegelbild an. Wie sollte sie herausfinden, wie es Lucien ging? Durfte sie es wagen, ihn aufzusuchen? Womöglich würde man sie noch einmal ertappen.

»Woran denkst du?« fragte Sabine, während sie das Haar ihrer Tochter bürstete.

Im Spiegel begegnete Alessandra dem Blick der Mutter. »An Lucien.«

Sabine seufzte. »So solltest du ihn nicht nennen. Hier heißt er Seif.«

Seltsam, überlegte Alessandra, für mich ist er seit der letzten Nacht nur mehr Lucien. Der arabische Name paßt nicht mehr zu ihm. »Wo ist er?« fragte sie, als Sabine das Haar zu flechten begann.

Ohne aufzublicken, erwiderte die Mutter: »Wahrscheinlich ist er ins Eunuchenquartier zurückgekehrt.«

»Ich möchte ihn sehen«, sagte Alessandra entschlossen.

»Damit er erneut bestraft wird?«

Schuldbewußt senkte Alessandra die Lider und gab ihrer Mutter recht. Nein, einer solchen Gefahr konnte sie Lucien nicht mehr aussetzen. »Aber – ich muß es wissen.«

»Keine Bange, bald wird Khalid uns Bescheid geben.«

Wie auf ein Stichwort klopfte es an der Tür.

»Herein!« rief Sabine – unfähig, ihre innere Anspannung zu verbergen.

Khalid betrat das Zimmer, und seine Botschaft gestattete keine Fragen. »Herrin, der Herr erwartet Euch in der Halle.«

Sofort erkannte Sabine, daß dies nichts Gutes verhieß. Bestanden immer noch Zweifel an Alessandras Keuschheit? Was gab es sonst noch zu erörtern? »Und meine Tochter?«

»Sie soll Euch begleiten.«

Rasch flocht sie Alessandras Haar und schlang ein Band um den Zopf. »Komm mit mir, mein Kind.«

In unbehaglichem Schweigen gingen die drei zur Halle und überquerten die Schwelle. Jabbar saß am anderen Ende des großen Raums und winkte sie zu sich. Rechts von ihm stand Leila, zu seiner Linken Rashid. Ansonsten hielten sich nur Diener in der Nähe auf.

Alessandra schaute ihren Verlobten an, und zu ihrer Verblüffung lächelte er ihr aufmunternd zu. Erleichtert erkannte sie den Jungen wieder, mit dem sie aufgewachsen war, mit dem sie so viele Abenteuer geteilt hatte. Der rachsüchtige Mann, der ihr letzte Nacht so fremd gewesen war, schien nicht mehr zu existieren. Trotzdem würde sie niemals vergessen, wie plötzlich er sich verwandelt hatte.

Dann begegnete sie Leilas haßerfülltem Blick. Nun wußte sie endgültig, daß ihre Mutter die erste Gemahlin Jabbars mit gutem Grund fürchtete. Der kleine Hund war der Frau nicht zufällig entwischt. Mit voller Absicht hatte sie ihn auf den Esel gehetzt und Alessandras Sturz verursacht.

»Tritt näher, Alessandra!« befahl Jabbar, und sie kniete gehorsam vor ihm nieder. Zärtlich streichelte er das rotgoldene Haar, das sie von ihrer Mutter geerbt und das ihn vor so vielen Jahren betört hatte. »Obwohl du von einem anderen Mann gezeugt worden bist, habe ich dich stets als meine Tochter betrachtet.« Voller Zuneigung lächelte sie ihn an, und er fuhr fort: »Nur deshalb habe ich dein unziemliches Betragen jahrelang übersehen. Und aus demselben Grund erlaube ich Rashid, dich zu heiraten, wider mein besseres Wissen. Zweifellos wirst du ihm in der Ehe viele Schwierigkeiten bereiten. Aber er hat dich gewählt, und ich möchte ihm nicht im Weg stehen. Wie auch immer, es ist höchste Zeit, daß du die Sitten unseres Volkes akzeptierst und der Lebensart deiner Mutter abschwörst.«

»Aber – ich verstehe nicht . . . Ich trage arabische Kleidung und . . .«

»Alessandra, ich spreche von deinem Benehmen. In Zukunft wirst du nicht mehr ohne Begleitung durch den Garten wandern, und ich verbiete dir, dein unverschleiertes Gesicht den Sonnenstrahlen auszuliefern, die deine Haut schon viel zu stark gebräunt haben. Wenn die Frauen mit Musik und Tanz unterhalten werden, bleibst du züchtig sitzen, statt übermütig umherzuspringen. Nachts wirst du deine Wohnung nicht verlassen. Du mußt den Männern Respekt erweisen und den Mund halten – es sei denn, man richtet eine Frage an dich. Zur Gebetsstunde wirst du dich den anderen anschließen . . .«

»Sie ist Christin!« fiel Sabine ihm ins Wort.

Nachdenklich runzelte Jabbar die Stirn. Dann nickte er. »Natürlich, das stimmt.« Er wandte sich zu seinem Sohn. »Soll sie zu unserem Glauben übertreten?«

Rashid schüttelte den Kopf. »Das verlange ich nicht von ihr, aber unsere Kinder müssen den Gesetzen des Islams gehorchen.«

Nun richtete Jabbar seinen Blick wieder auf Alessandra. »Verstehst du, wie du dich von jetzt an verhalten sollst?«

Sie fühlte sich gefangen – versklavt. Könnte sie doch auf ein schnelles Pferd springen und in die ersehnte Freiheit fliehen . . . Doch sie verwarf diesen Gedanken. So schwer es ihr auch fallen mochte, Jabbars Befehl zu befolgen – sie gehörte hierher. Dies war ihre Heimat, wenn ihre Mutter auch anders dachte. »Ja, ich habe alles verstanden«, antwortete sie, senkte den Blick und starrte die bunten Fliesen unter ihren Knien an.

Offenbar spürte Jabbar ihren inneren Aufruhr, denn er legte eine beruhigende Hand auf ihre Schulter. »Das freut mich.«

Da sie annahm, das Gespräch wäre beendet, wollte sie aufstehen, aber er hielt sie fest.

»Du hast fünf Tage Zeit, um dich vorzubereiten. Dann wirst du Rashid heiraten.«

»In fünf Tagen!« rief Sabine und trat vor. »Jabbar, das ist zu früh!«

»Gewiß, das erklärst du mir seit vier Jahren. Konnten dich die Ereignisse der letzten Nacht nicht eines Besseren belehren? Viel zu lange mußte Alessandra auf das Ehebett verzichten.«

»Nichts ist geschehen, dessen sie sich schämen müßte. Der Arzt . . .«

»Ja, ich weiß, sie hat ihre Unschuld nicht verloren. Aber wie lange wird sie noch unberührt bleiben? Sie ist rastlos und möchte endlich erleben, was du ihr so lange verwehrt hast. Deshalb wird sie jetzt heiraten.«

Verzweifelt suchte Sabine nach einem Argument, um den Plan zu retten, den sie so sorgsam geschmiedet hatte. »Das Brautkleid . . .« Sie schluckte mühsam und unterdrückte den Hustenanfall, der sich in ihrer schmerzenden Brust ankündigte. »Sicher wird es einige Wochen dauern, bis es fertig ist.«

»Alessandra hat fast die gleiche Figur wie du. Also muß dein Brautkleid nur geringfügig verändert werden, und es wird ihr passen.«

»Aber sie soll ein eigenes Kleid bekommen. Und die Feier? Die Zeit ist viel zu knapp . . .«

Entschlossen stand Jabbar auf und beendete die Diskussion. »Fünf Tage!« bekräftigte er und verließ die Halle.

9

Nach einem ganzen Tag im Badehaus, wo Alessandra verwöhnt und umsorgt worden war, widerstrebte es ihr, am sogenannten »Henna-Fest« teilzunehmen. Am Vorabend ihrer Hochzeit sehnte sie sich nur nach der tröstlichen Gesellschaft ihrer Mutter und wollte sonst niemanden sehen. Aber wenn sie sich diesen Wunsch erfüllte, würde man sie schief ansehen. Und so folgte sie den Frauen, die am Spätnachmittag zu ihr kamen, um sie abzuholen.

An Sabines Seite betrat sie die Halle. Alle lachten ihr zu, sogar die Frauen, die ihr normalerweise aus dem Weg gingen. Einzig und allein Leila hielt sich fern.

Während Musikerinnen und Tänzerinnen auftraten, wurden köstliche Speisen serviert. Blumenvasen schmückten den Raum, die schwülen Düfte von Weihrauch und Myrrhe erfüllten die Luft, und auf einem Tisch häuften sich Geschenke für die Braut. Da die meisten Frauen farbenfrohe Kleider trugen, glich die Szenerie einem wundervollen Regenbogen. Fröhliches Stimmengewirr umschwirrte Alessandra.

Trotz der Angst, die sie seit vier Tagen quälte, lächelte sie, als sie zu ihrem Ehrenplatz in der Mitte des Saales geführt wurde. Sobald sie Platz genommen hatte, eilten die jüngeren Mädchen mit Henna-Töpfen, Kosmetika, Haarölen und Parfums herbei. Kichernd und schwatzend umringten sie die Braut und begannen, sie zu verschönern.

Mit einem Holzstab wurde Henna auf ihre Handflächen, die Fußsohlen und das Gesicht aufgetragen. Letzteres war eine besonders mühselige, zeitraubende Prozedur. Reglos saß Alessandra da, während die Frauen komplizierte Ornamente malten. Das kitzelte, und sie wurde mehrmals ermahnt, weil ihre Nase und die Lippen zuckten.

Danach mußte die Henna trocknen. Unterdessen wurde ihr Körper mit Öl eingerieben und ihr Haar zu neun Zöpfen geflochten. Gelangweilt schaute sie sich um, sah ihre Mutter mit Khalid sprechen, und dies wäre ihr nicht ungewöhnlich erschienen, hätte das zumeist ausdruckslose Gesicht des Eunuchen keine so unglückliche Miene gezeigt. Irgendwas stimmte da nicht.

Plötzlich krampfte sich ihr Herz zusammen. War Lucien etwas zugestoßen? Nach der Zusammenkunft mit Jabbar hatte Khalid versichert, dem Engländer gehe es den Umständen entsprechend gut und er würde bald genesen.

Da Rashid nur den Anfang der Bastonade beobachtet und sich dann entfernt hatte, war Lucien mit dreißig Stockschlägen davongekommen. Aber Khalid hatte die Absicht des jungen Herrn erwähnt, den unbotmäßigen Eunuchen zu verkaufen, wenn er das nächste Mal in die Stadt ritt.

Alessandra hatte der Versuchung widerstanden, Lucien aufzusuchen und um Verzeihung zu bitten, denn sie durfte nicht riskieren, daß er erneut bestraft wurde. Notgedrungen gab sie sich mit den spärlichen Neuigkeiten zufrieden, die Khalid erzählte.

»So!« unterbrach Nada die Gedanken der Braut und reichte ihr einen Handspiegel. »Was meinst du?«

Zwei Zöpfe umrahmten Alessandras rot bemaltes Gesicht, sechs fielen vom Scheitel herab, und einer baumelte im Nacken. »Sehr schön«, murmelte sie.

Enttäuscht über die mangelnde Begeisterung, verdrehte Nada die Augen und begann die getrocknete Henna von den Wangen der Braut zu schaben. Danach mußte nur mehr die Kosmetika aufgetragen werden, und dies war das Ende der zeremoniellen

Vorbereitungen, die Alessandra als reine Zeitverschwendung betrachtete. Morgen würde man sie erneut salben und schminken. Aber sie wußte, daß ein Protest sinnlos gewesen wäre. Die Frauen würden sicher nicht auf das Ritual am Vorabend der Hochzeit verzichten.

Erleichtert seufzte sie, als sie endlich in ihrem ganzen Staat vom Schemel aufstehen durfte. Die Haremsdamen umjubelten sie, berührten ihr Haar, bewunderten die orangeroten Henna-Flecken und atmeten die Düfte ein, die sie verströmte. Dies alles ließ sie widerstrebend über sich ergehen. Später würde sie immer noch Zeit finden, den Grund von Khalids Kummer zu erforschen, wenn sich die Frauen entfernten und die lange nächtliche Feier begann.

Es dauerte länger als erhofft, aber schließlich war sie erlöst und konnte sich zu ihrer Mutter gesellen.

»Wie schön du aussiehst, mein Kind!« meinte Sabine, klopfte einladend auf das Kissen an ihrer Seite, und Alessandra sank auf den Diwan.

»Ist Lucien irgendwas passiert?«

Vorsichtig vergewisserte sich Sabine, daß sie nicht belauscht wurden. »Warum fragst du?«

Alessandra stöhnte. Wieso wich ihr die Mutter immer wieder aus? »Vorhin sah ich dich mit Khalid sprechen, und er wirkte ziemlich aufgeregt.«

»Ach, das . . .« Sabines Lächeln mißlang. »Glaub mir, es war unwichtig. Inzwischen ist die Sache erledigt.«

»Und Lucien?«

»Mit ihm hatte es nichts zu tun«, entgegnete Sabine und schaute zum anderen Ende der Halle.

Neugierig folgte Alessandra dem Blick ihrer Mutter, die Leila beobachtete.

»Eine gefährliche Frau«, meinte Sabine, »und eine noch gefährlichere Schwiegermutter.«

Das bestritt Alessandra nicht. »Ich werde mich vor ihr in acht nehmen.«

Nachdem Sabine festgestellt hatte, daß Khalids Aufmerksamkeit Jabbars erster Gemahlin galt, wandte sie sich wieder zu ihrer Tochter. »Nicht nötig.«

»Aber – du hast mich doch vor ihr gewarnt.«

»Ja, ja.« Ungeduldig winkte Sabine ab. »Sie ist eine bösartige Viper und würde vor nichts zurückschrecken, um uns zu schaden.«

»Warum soll ich dann nicht aufpassen?« fragte Alessandra verständnislos

Sabine beugte sich zu ihr und wisperte: »Weil du dieses Haus morgen früh verlassen wirst.«

»O nein! Ich habe dir bereits gesagt . . .«

»Sprich nicht so laut! Und versuch zu lächeln.«

Alessandra schaute sich um und sah, daß ihre erhobene Stimme Aufsehen erregt hatte. Mühsam zwang sie sich zu einem Lächeln und heuchelte Interesse an den Tänzerinnen. »Nein, ich gehe nicht fort«, flüsterte sie.

»Aber du darfst nicht hierbleiben.« Beschwörend drückte Sabine die Hand ihrer Tochter. »Es wäre zu gefährlich.«

»Auch du wurdest bedroht. Und wenn du's überstanden hast, kann ich's auch.«

»Bis jetzt hatte ich Glück. Vielleicht wird mir das Schicksal eines Tages nicht mehr gewogen sein.«

»Du bist viel zu klug, um dich ermorden zu lassen. Manchmal glaube ich, du wirst ewig leben.«

Gequält schloß Sabine die Augen. Sollte sie ihr Leiden erwähnen? Würde das einen Unterschied machen? Letzten Endes traf sie die gleiche Entscheidung wie schon so oft. Wenn die Tochter Bescheid wüßte, würde sie das nur in ihrem Entschluß bestärken, hierzubleiben. Wenn die Krankheit ihren Tribut forderte, würde es zu spät sein, Alessandra nach England zu schicken. Dann wäre sie bereits mit Rashid verheiratet und womöglich schwanger.

Als Khalid ihr das vereinbarte Zeichen gab, stieß sie Alessandra an. »Vor deiner Hochzeit möchte ich dich ein letztes Mal tanzen sehen.«

Alessandra blinzelte erstaunt. Sie sollte tanzen und Jabbars Verbot mißachten. »Aber . . .«

»Geh nur und amüsier dich! Wenn du Rashids Frau bist, wird er's nicht mehr erlauben.«

Zögernd stand Alessandra auf. »Meinst du wirklich . . .?«

Auch Sabine erhob sich. »Beeil dich, ehe ich mich anders besinne!«

Die Versuchung, über der mitreißenden Musik alle Sorgen der letzten Tage zu vergessen, war unwiderstehlich. Als hätten ihre Füße Flügel bekommen, rannte Alessandra zu den Tänzerinnen, und Khalid trat neben Sabine. »Es ist geschehen«, erklärte er, während sie dem Mädchen nachschauten.

»Also hast du's gefunden?«

Er nickte. »Es war in einer Innentasche ihrer Weste versteckt.« Damit meinte er das Gift, das Leila vor einer Stunde aus seinem Medizinschränkchen gestohlen hatte.

»Und was tat sie damit?«

»Sie streute es auf die Datteln«, erwiderte er und wies mit dem Kinn auf eine Dienerin, die gerade einen Teller voller Süßigkeiten in die Halle brachte. »Jetzt werde ich Jabbar diese Früchte zeigen und Leilas Mordlust beweisen.«

»Nein«, widersprach sie energisch. »Das würde die Hochzeit nicht verhindern. Selbst wenn er Leila davonjagt – bald würde eine andere Neiderin an ihre Stelle treten.«

Argwöhnisch schaute er sie an. »Was schlagt Ihr vor, Herrin?«

»Das Mädchen soll mir die Datteln bringen. Diesen einen kleinen Triumph darf Leila heute abend genießen.«

»Herrin, Ihr wollt doch nicht . . .«

»Ich sterbe, Khalid«, unterbrach sie ihn. »Ob jetzt oder morgen oder in ein paar Monaten, ist einerlei.«

»Und Alessandra?«

Es bekümmerte sie zutiefst, daß das Mädchen ihren Todeskampf beobachten würde. Aber sie sah keine andere Möglichkeit. »Das muß sie von der ernsthaften Gefahr überzeugen. Und wenn ich nicht mehr lebe, wird sie bereitwillig abreisen. Nichts würde sie hier zurückhalten.«

Beinahe hätte er gelacht. Kannte er Alessandra tatsächlich besser als ihre Mutter? »Nur der Wunsch, in ihrer geliebten Heimat zu bleiben . . .«

Sicher, sie mußte ihm recht geben, aber sie klammerte sich an ihren Optimismus. »Sie wird Lucien begleiten.« Obwohl sie ihm mißtraute, glaubte sie, die Anziehungskraft zwischen den beiden würde sie aneinanderbinden, bis sie England erreichten. Und sie hoffte inständig, Alessandra würde ihre Verwandtschaft mit den Bayards nicht schon vorher verraten.

Ohne zu ahnen, daß sie den Tod herbeitrug, stellte die Dienerin den Teller mit den Süßigkeiten auf einen Tisch neben Sabine. »Für Euch und Eure Tochter, Herrin«, verkündete sie und eilte davon.

Sabine betrachtete das halbe Dutzend glänzender Datteln, aber sie wählte einen kleinen Kuchen. »Schaut Leila herüber?«

In Khalids Kinn zuckte ein Muskel. »Ja.«

»Sehr gut.« Langsam verspeiste sie den Kuchen, dann entschied sie sich für die größte Dattel. »Übrigens, ich habe für Alessandra eine Reisetasche vorbereitet. Die findest du unter meinem Toilettentisch.«

»Herrin, ich flehe Euch an!« stieß er heiser hervor. »Tut es nicht!«

»Du warst immer ein guter Freund, Khalid«, fügte sie hinzu, als hätte er nichts gesagt. »Und wie ich's versprochen habe, gehört alles dir, abgesehen von den Dingen, die ich meiner Tochter und dem Engländer gebe.«

»Auch wenn Ihr Euch nicht opfert, er wäre durchaus imstande, sie zur Flucht zu zwingen.«

Nachdenklich rollte sie die Frucht zwischen ihrem Daumen und dem Zeigefinger umher. »Ihr Atem stockt, nicht wahr?«

Die Hände geballt, blickte er zu dem Diwan hinüber, wo Leila saß. »O ja.«

»Wie lange kann sie die Luft anhalten, ohne die Besinnung zu verlieren?« Sabine führte die vergiftete Dattel zum Mund. Aber sie zögerte immer noch und wartete, bis Khalid sich zu ihr wandte. Dann lächelte sie ihn an. »Trauere nicht um mich, alter Freund. Endlich werde ich von meinen Schmerzen befreit.« In treuer Ergebenheit und Liebe erwiderte er ihren Blick. Als sie wieder ihre schöne, lebhafte Tochter betrachtete, wurde sie von innerem Frieden erfüllt und biß in die Frucht. Ja, sie hatte gesiegt. Gemächlich aß sie die Dattel und noch vier andere. »Schade, daß sie nichts anderes vergiftet hat!« bemerkte sie und leckte ihre klebrigen Finger ab. »Eigentlich habe ich Datteln nie gemocht.« Sie sank auf den Diwan, ihr Sterbelager, machte sich's zwischen den Kissen bequem und faltete die Hände vor der Brust. »Aber sie waren alle für Alessandra bestimmt, nicht wahr?« Wie jeder im Haus wußte, gehörte dieses Obst zu den Lieblingsspeisen ihrer Tochter.

Khalid goß Zitronensaft mit Honig in einen Kelch, den er seiner Herrin reichte.

Wann würde sie die ersten Anzeichen des Todes spüren? Sabine nippte an dem kühlen Getränk, nahm sich noch einen Kuchen und zeigte auf die letzte Dattel. »Die mußt du Jabbar bringen.«

Triumphierend nickte er. »Ich glaube, die wird er Leila gewaltsam zwischen die Zähne stopfen.«

Ja, wahrscheinlich, dachte sie. Sollte Lucien de Gautier sie enttäuschen, was sie bezweifelte, würde Leila ihrer Tochter wenigstens nichts mehr antun. »Wird es lange dauern, Khalid?« fragte sie nach einer Weile, als sie noch immer nichts spürte.

»Dieses Gift wirkt sehr langsam.«

Natürlich, sie hätte sich denken können, daß Leila ihr keinen schnellen, barmherzigen Tod gönnen würde. »Tut es weh?«

Er nickte. »Wenn Ihr nicht dagegen ankämpft, ist es leichter zu ertragen.«

Mit dieser Erklärung tröstete er sie nicht. Aber sie wußte wenigstens, was auf sie zukam. Sie spähte an den Tänzerinnen vorbei, sah Leilas gerötete Wangen. Arme Frau, dachte sie. Nun weiß sie nicht, ob sie klagen oder frohlocken soll, nachdem ich einen Teil ihres Plans vereitelt habe . . .

Doch ihr ironisches Lächeln erlosch, als eine erschöpfte Alessandra zu ihr zurückkehrte.

»Oh, das war wundervoll!« jubelte das Mädchen. »Diese Nacht werde ich niemals vergessen.«

Das hoffte auch die Mutter, allerdings aus anderen Gründen. Alessandra setzte sich zu ihr, füllte einen Kelch mit Limonade und leerte ihn in einem Zug.

»Warum verschwendest du deine Zeit mit mir, wo du doch tanzen könntest?« Sabine strich ihr über den Arm. Würde sie ihr Kind zum letztenmal berühren?

Dieser Gedanke trieb ihr Tränen in die Augen, und sie senkte rasch den Blick.

»Sogar ich muß mich manchmal ausruhen«, erwiderte Alessandra lachend und küßte Sabines glatte Stirn. Dann griff sie nach der letzten Dattel, und Khalid riß sie ihr aus der Hand. »Was soll das?« rief sie empört. Noch nie hatte der Obereunuch vor den Haremsdamen etwas zu sich genommen. Sein Lächeln erreichte die Augen nicht, und sie hob verwundert die Brauen. »Wie seltsam du dich benimmst . . .«

Scheinbar gleichmütig, zuckte er die Schultern. »Ich bin nur hungrig.«

»Warum ißt du die Dattel dann nicht?«

»Später.«

»Wenn du sie jetzt nicht willst, gib sie doch mir!« Er verschränkte die Arme vor der Brust und schüttelte den Kopf. Trieb er ein Spiel mit ihr? Unmöglich, dafür war er viel zu ernsthaft. Verblüfft wandte sie sich zu ihrer Mutter. »Stimmt was nicht?« Sofort vergaß sie die Dattel, als sie Sabines verzerrtes Gesicht sah.

»Oh – ich . . .« Keuchend rang die Mutter nach Atem, warf den Kopf in den Nacken, und Khalid schob Alessandra beiseite.

»Was fehlt ihr denn?« Ihre schrille Stimme alarmierte die anderen Frauen.

Doch er gab keine Antwort, setzte sich zu Sabine und nahm sie in die Arme. »Kämpft nicht dagegen an!« flüsterte er ins Ohr. Eine Träne rollte über sein Gesicht und tropfte in ihr Haar. »So angestrengt dürft Ihr nicht atmen.«

Heftige Krämpfe erschütterten ihren Körper. »Ach, es tut so weh!« würgte sie hervor.

»Mutter!« rief Alessandra und neigte sich zu ihr. Tränen und Kajal zogen dunkle Spuren über ihre Wangen. »Was ist denn los?«

»Gift . . .« Mit einer zitternden Hand berührte Sabine das Gesicht ihrer Tochter. »Ich – habe dich gewarnt . . .«

»Wie meinst du das?« Alessandra hielt die Finger ihrer Mutter fest. »Gift?«

Sabines Blick glitt über die Frauen hinweg, die herbeieilten, und ein triumphierender Glanz trat in ihre Augen. »Das war Leilas Werk«, erklärte sie, starrte ihre Feindin an, und ihr Körper begann, wieder zu zucken.

Von einem eisigen Schauer erfaßt, beobachtete Alessandra die erste Gemahlin, die boshaft lächelte. Also stimmte es . . .

Während sich ihre Mutter in Todesqualen wand, sprang Alessandra auf. Und obwohl ihr Herz blutete, kannte sie nur einen einzigen Gedanken. Als hätten die anderen Frauen erraten, was sie beabsichtigte, rückten sie beiseite und gaben ihr den Weg frei. Es schien sehr lange zu dauern, bis sie endlich vor Leila stehenblieb. »Das hast du getan.«

Scheinbar unbefangen, zuckte Leila die Achseln. »Keine Ahnung, wovon du redest . . .«

Wütend stürzte sich Alessandra auf die verhaßte Frau, und beide fielen zu Boden. »Mörderin!« kreischte sie und zerkratzte Leilas Gesicht.

Dafür rächte sich die Frau mit einer Ohrfeige, die den Kopf ihrer Gegnerin nach hinten warf. Dann riß sie an Alessandras Zöpfen.

Doch das Mädchen fühlte keinen Schmerz, schlug immer wieder mit beiden Fäusten auf Leila ein, hörte die Schmerzensschreie ihrer Widersacherin nicht, spürte nicht die Hände, die sie wegzuzerren versuchten. Nur ein einziges Bedürfnis erfüllte Alessandra. Sie mußte ihre Mutter rächen. Schließlich wurde sie von jemandem gepackt, der stärker war als sie, und auf die Beine gezogen.

»Was treibst du da?« fragte Rashid vorwurfsvoll und schüttelte sie.

»Laß mich los!« Mit aller Kraft versuchte sie, sich zu befreien, aber er hielt sie eisern fest.

»Hör sofort auf!« befahl er.

»Du bist nicht mein Herr!«

»Alessandra, was . . .«

Plötzlich ließ ein durchdringender Schmerzensschrei alle anderen Stimmen verstummen.

Alessandra und Rashid drehten sich um und beobachteten Jabbar, der Khalid beiseite stieß und vor dem Diwan auf die Knie sank. »Nein! Nein!« klagte er immer wieder und preßte Sabines erschlaffte Gestalt an sich.

Da riß sich Alessandra von ihrem Verlobten los und trat zögernd einen Schritt vor. »Mutter?« rief sie. Dann wankte sie zu Jabbar und kniete neben ihm nieder. Das Gesicht in Sabines dichtem Haar vergraben, schluchzte der Mann, den noch niemand hatte weinen sehen, hemmungslos.

War die Mutter tatsächlich gestorben? Ungläubig legte Alessandra eine Hand auf Sabines Rücken, doch sie spürte keinen Herzschlag.

Nur grausige Stille . . . »Nein!« würgte sie hervor, hob Sabines Handgelenk und drückte einen Finger auf den Puls. Auch hier kein Lebenszeichen . . . Kraftlos sank sie in sich zusammen. Wenn dies kein gräßlicher Alptraum war, aus dem sie bald erwachen würde, hatte sie ihre geliebte Mutter für immer verloren. Obwohl sie ihrer Verzweiflung Luft machen wollte, hatte sie keine Tränen, wisperte nur in einem fort: »Nein – nein – nein . . .«

Es dauerte lange, bis sich jemand um sie kümmerte. Als man Sabine aus der Halle getragen hatte, kam Rashid zu Alessandra, sprach beruhigend auf sie ein und streichelte ihr Haar. Sie kniete immer noch vor dem Diwan, schaute zu ihrem Verlobten auf, und das vertraute Gesicht tröstete sie nur für eine kleine Weile. Dann wurde sie von kalter Angst erfaßt. Dies war der Sohn der Frau, die ihre Mutter ermordet hatte. Er besaß Leilas Augen mit den schweren Lidern, den vollen Mund, die gleiche hohe Stirn. Und in seinen Adern floß böses Blut, das Haß und Eifersucht in Wallung gebracht hatten.

»Komm!« bat er freundlich und ergriff ihren Arm. »Ich begleite dich in deine Wohnung.«

Aber sie schüttelte seine Hand ab und kroch davon. »Rühr mich nicht an!«

»Alessandra, ich bin es . . .«

»Laß mich in Ruhe!« schrie sie und schlug die Hände vors Gesicht.

Da sank er neben ihr auf die Knie und versuchte, sie zu umarmen, doch sie schlug mit beiden Fäusten nach ihm. Letzten Endes gab er sich geschlagen und stand auf.

Erst als Khalids sanfte Stimme in ihr Ohr drang, merkte sie, daß Rashid sie nicht mehr bedrängte. »Herrin, wenn Ihr meinen Hals umschlingt, trage ich Euch in Euer Schlafzimmer.«

Verwirrt hob sie den Kopf, betrachtete sein dunkles Gesicht, das um Jahre gealtert schien. In seinen Augen war aller Glanz erloschen. »Meine – Mutter . . .«, stammelte sie.

»Jetzt hat sie ihre ewige Ruhe gefunden, meine kleine Herrin. Niemand kann ihr etwas anhaben.«

»Niemand?«

»Ist es das nicht, was Euer Gott verspricht?«

»Doch.« Sie ließ sich hochheben, schlang ihre Arme um Khalids Hals, und vor Erschöpfung schlief sie ein, noch bevor er ihre Wohnung erreichte.

10

Sie wollte nicht erwachen, aber jemand rief beharrlich ihren Namen, und über ihren Arm strichen warme Finger. Stöhnend drehte sie sich auf den Bauch und vergrub ihr Gesicht im Kissen. »Alessandra!« Sie schüttelte den Kopf, versuchte vergeblich, die Hand wegzuschieben, die ihre Schulter umklammerte.

»Geh weg!« Verzweifelt sehnte sie sich nach dem dunklen Nichts zurück, aus dem sie gerissen worden war. Aber sie wurde herumgedreht und hochgezogen, so daß sie auf dem Bett kniete. Eine schemenhafte Gestalt hielt sie fest. Trotz der Finsternis erkannte sie sofort, wer in den frühen Morgenstunden zu ihr gekommen war. »Lucien!« stieß sie hervor, mittlerweile hellwach. »Was . . .?«

»Still!«

»Oh, ich war so besorgt um dich. Hast du sehr starke Schmerzen?«

»An dergleichen bin ich gewöhnt«, erwiderte er ungeduldig.

»Kannst du mir jemals verzeihen?«

Sein Zögern krampfte Alessandras Herz zusammen. Doch dann neigte er sich zu ihr und hauchte einen Kuß auf ihre Lippen. »Jetzt . . .«

»O Lucien!« Seufzend umarmte sie ihn. »Ich bin so froh, dich wiederzusehen.« Offenbar hatte ihre Mutter richtig geraten. Die Gefühle, die dieser Mann in ihr weckte, konnte sie für Rashid nicht empfinden.

»Alessandra . . .«

»Soeben hatte ich einen schrecklichen Traum . . .« Verschwommene Bilder drangen in ihr Bewußtsein, und sie sah eine Frau, die nach Atem rang, den bösen Blick einer anderen . . . Nein, es war ein Alptraum gewesen.

Sanft befreite sich Lucien aus der Umarmung. »Erzähl mir später davon. Wir müssen uns beeilen.«

»Beeilen?« Sie versuchte, in seinem Gesicht zu lesen. Aber in der Dunkelheit sah sie nur seine Augen schimmern. »Ich verstehe nicht . . .«

Da umschlang er ihre Taille, hob sie vom Diwan hoch und stellte sie auf den Boden. »Heute nacht reisen wir ab.« Er wandte sich zum Gitterfenster, durch das er in die Wohnung geklettert war. »Komm, wir haben keine Zeit mehr zu verschwenden!«

Abreisen? Verwirrt und mißtrauisch runzelte sie die Stirn. Wollte er sie entführen, um ihr die Unschuld zu rauben, oder . . . Plötzlich erinnerte sie sich an ihren Verdacht, den Entschluß der Mutter, sie nach England zu schicken und die langwierige Suche nach einem neuen Eunuchen. Und dann war ein Engländer hier aufgetaucht, der überhaupt nicht in einen Harem paßte, und hatte fälschlicherweise behauptet, er sei ein vollständiger Eunuch.

Hatte Sabine ihn nur gekauft, damit er ihre Tochter nach England brachte? Also war er kein Eunuch, sondern ein Mann, der bezahlt wurde, um seine Rolle zu spielen. Und jene leidenschaftliche Liebesstunde? Hatte ihm das alles nichts bedeutet? War es nur ein Mittel zum Zweck gewesen, um ihr Vertrauen zu gewinnen?

Sie fühlte sich ausgenutzt, beschmutzt, wie eine Schachfigur. »O nein!« klagte sie.

Sofort wandte sich Lucien zu ihr, packte ihren Arm und zog sie zum Fenster.

Aber sie riß sich erbost los. »Ich wurde schmählich hintergangen!«

»Verdammt!« fluchte er und griff erneut nach ihrem Arm.

Behende wich sie ihm aus und floh in die Schatten

112

am anderen Endes des Raums. »Dazu hat meine Mutter dich beauftragt, nicht wahr?«

»Das alles erkläre ich dir später«, erwiderte er und folgte dem Klang ihrer Stimme.

»Ein Später wird es nicht geben.« Hastig tastete sie nach einem Gegenstand, um Lucien niederzuschlagen, falls er ihr zu nahe kam. Ihre Finger berührten die Haarbürste auf ihrem Toilettentisch. »Wenn du mich anrührst, schreie ich. Das schwöre ich!«

Aber er ging unbeirrt auf sie zu. »Willst du die Verantwortung für meinen Tod übernehmen?«

Für seinen Tod . . . Für einen kurzen Moment kämpfte ihr Selbsterhaltungstrieb mit ihrem Gewissen. Nein, sie durfte sich nicht entführen lassen. Andererseits konnte sie ihn auch nicht in den sicheren Tod schicken. »Verschwinde, Lucien!« flehte sie. »Flieh in die Freiheit und laß mich hier!«

»Ohne dich gehe ich nicht. Du wirst mich begleiten, selbst wenn ich dich über meine Schulter werfen muß.«

Wie ein Schwert zückte sie die Haarbürste. »Nun, dann schlepp mich doch mit Gewalt weg!« forderte sie ihn heraus und hoffte, er würde sich anders besinnen.

Mit zwei Schritten war er bei ihr, ehe sie noch weiter zurückweichen konnte, und hielt ihren Arm fest – trotz ihrer verbissenen Gegenwehr. »Falls ich Gewalt anwenden muß – ich bin bereit«, erklärte er.

Blitzschnell schwang sie die Bürste hoch und schlug den Elfenbeingriff auf Luciens Kopf. Er stöhnte und fluchte, entwand ihr die Bürste und schleuderte sie zu Boden.

»Nein, ich gehe nicht mit dir!« zischte Alessandra und versuchte sich loszureißen. »Ich verlasse meine Mutter nicht!«

Da preßte er sie so fest an seine Brust, daß sie kaum atmen konnte. »Alessandra . . .«, begann er zaudernd, und in seiner Stimme schwang tiefes Bedauern mit. »Es war kein Traum – deine Mutter ist tot.«

Es dauerte eine Weile, bis sie den Sinn der Worte begriff. Und dann lag sie reglos in seinen Armen.

»Verstehst du nicht?« fuhr er fort. »Es gibt keinen Grund für dich, noch länger hierzubleiben.«

Energisch verdrängte sie die lebhaften Erinnerungen und schüttelte den Kopf. »Nein, du lügst, Lucien! Es war nur ein Traum!«

»Weißt du's nicht mehr? Leila hat deine Mutter vergiftet. Und du bist über die Mörderin hergefallen.«

Viel zu lebhaft kehrte die Erinnerung zurück, obwohl Alessandra dagegen ankämpfte. Jetzt sah sie wieder alles vor sich – so real, als würde es eben erst geschehen. Nein, es war kein Alptraum . . .

»Wie könnte ich deinen Traum kennen, wäre er nicht Wirklichkeit gewesen?« betonte Lucien.

»Meine Mutter ist tot?« wisperte sie.

»Ja.«

»Leila . . .« Um der qualvollen Trauer zu entrinnen, flüchtete sie in einen weniger schmerzlichen Haß. »Ich werde sie töten.«

»Sicher wird sie ihre gerechte Strafe finden«, beteuerte er. »Jetzt müssen wir verschwinden.«

Alessandra schüttelte den Kopf. »Nicht bevor ich sie das gleiche Schicksal erleiden sehe, das sie meiner Mutter zugedacht hat.«

Ungeduldig hob er sie hoch und trug sie zum Fenster. Mit Händen und Füßen wehrte sie sich. Noch nie im Leben hatte er eine Frau geschlagen. Aber nun blieb ihm nichts anderes übrig. Er stellte sie auf die Füße, hielt sie mit einer Hand fest und erhob die andere. »Eines Tages wirst du mir dafür danken, Alessandra!« versprach er, ehe seine widerstrebende Faust ihr Kinn traf.

Ohne zu wissen, wie ihr geschah, taumelte sie und fiel in seine ausgebreiteten Arme.

Die Angst vor der furchtbaren Strafe raubte Leila den Schlaf. Und so stand sie an ihrem Fenster, umklammerte die Gitterstäbe und starrte in die Nacht hinaus.

Da sie keine Närrin war, fand sie sich mit der Erkenntnis ab, daß sie nun ihre letzten Stunden erlebte. Wenn sie auch die Mutter von Jabbars Erben war, was sie einmal vor der Verbannung bewahrt hatte, jetzt konnte sie nichts mehr retten. Vielleicht hätte der Gemahl sie erneut weggeschickt, wäre die Tochter gestorben, nicht die Mutter. Doch er liebte Sabine viel zu heiß, sogar über den Tod hinaus. Und der Beweis, die vergiftete Dattel, die Khalid dem Herrn gebracht hatte, ließ sich nicht widerlegen.

Behutsam strich Leila über ihr Gesicht und zuckte zusammen, als sie die Kratzer berührte, die von Alessandras Fingernägeln stammten. Und die zahlreichen Faustschläge zwischen die Rippen . . . Es fiel ihr immer noch schwer zu atmen.

Neuer Haß stieg in Leilas Brust auf. Wäre es doch Alessandra gewesen, deren Todeskampf sie beobachtet hatte! Vielleicht würde sie auch dann eine grausame Strafe erleiden, aber sie hätte wenigstens Rashids Hochzeit verhindert.

Jahrelang hatte sie versucht, ihren Sohn umzustimmen. Aber er wollte dieses rothaarige Biest mit aller Macht heiraten, von einer ähnlichen perversen Begierde erfaßt wie sein Vater.

Ihr Kopf begann schmerzhaft zu dröhnen, und sie preßte ihre Finger an die Schläfen, dachte an den Sieg, den sie vor vier Nächten beinahe errungen hätte. In der Hoffnung, den englischen Eunuchen zu verführen – obwohl er sie schnöde abgewiesen hatte –, war sie

115

durch den Garten geschlichen, wie so oft, wenn sie sich mit einem zeugungsunfähigen Diener vergnügen wollte.

Aber als sie das Gatter erreichte, genoß sie einen unerwarteten Anblick – Alessandra kletterte durchs Fenster in Seifs Zimmer. Heller Zorn und Eifersucht erfaßten Leila. Doch dann gewann ihre Vernunft die Oberhand.

Endlich konnte sie ein Argument vorbringen, das Rashid daran hindern würde, die englische Hure zu heiraten. Sie ließ den beiden genug Zeit, um sich zu kompromittieren, ehe sie ihren Sohn holte. Unglücklicherweise kamen ihnen Sabine und Khalid zuvor.

Nun, immerhin durfte Leila hoffen, der Arzt würde die Entjungferung des Mädchens bestätigen. Aber der alte Mann behauptete das Gegenteil, und Jabbar erklärte, die Hochzeit müsse unverzüglich stattfinden . . .

Wie einfach wäre alles gewesen, hätte Alessandra ihre Unschuld an den englischen Eunuchen verloren! Als Araber, dem die Reinheit der Braut über alles ging, hätte Rashid ihr nicht verzeihen können.

Eigentlich wäre Alessandras nächtlicher Besuch im Zimmer des Eunuchen ein ausreichender Grund gewesen, um die Verlobung zu lösen. Aber Rashid blieb bei seinem Entschluß. Und so hatte Leila keine andere Möglichkeit gesehen, als jene Datteln zu vergiften.

Aus dem Garten drang ein leises Geräusch herauf. Spielte ihr die Phantasie einen Streich, oder bewegte sich etwas da unten? Sie kniff die Augen zusammen und sah im schwachen Mondlicht den Schatten eines großen Mannes.

Sicher ein Wachtposten, dachte sie. Aber so groß war keiner. Khalid – oder der Engländer? Während er zwischen den Bäumen dahineilte, fiel ein silberner Mondstrahl auf die Bürde in seinen Armen.

Rotes Haar. Unverkennbar.

Leila hatte geglaubt, sie würde nie wieder lächeln. Aber nun beobachtete sie, wie der englische Eunuch mit Alessandra durch die Nacht eilte. Wo würden sie ihr Verlangen stillen? In seinem Zimmer? Im Stall? Vielleicht in irgendeinem Gebüsch?

Vor Erregung begann sie zu zittern. Jetzt erhielt sie eine letzte Gelegenheit, das Liebespaar zu entlarven und ihren Sohn vor der Hure zu retten. Erleichtert sank sie auf die Knie und dankte dem barmherzigen Allah, der die letzten Stunden ihres Lebens versüßte. Vielleicht würde er Jabbar sogar veranlassen, die Todesstrafe aufzuheben.

Energisch bezwang sie den Impuls, lauthals Alarm zu schlagen. Sie mußte sich in Geduld fassen. Diesmal durfte kein Zweifel am sündigen Treiben des Paares bestehen. Ganz gleichgültig, ob Alessandra Jungfrau blieb – ihr Verhalten konnte kein zweites Mal geduldet werden.

»Letzten Endes habe ich doch noch gewonnen«, flüsterte Leila, und Freudentränen rannen über ihre Wangen.

11

Wie versprochen, standen die Pferde jenseits der Mauer. Obwohl Alessandra und Lucien nur die paar Meilen bis Algier reiten mußten, wo ein Schiff wartete, hatte der treue Khalid nichts dem Zufall überlassen. Beide Tiere waren mit reichlichen Vorräten ausgerüstet, falls der Plan scheitern sollte.

Und Lucien gewann den unangenehmen Eindruck,

dies würde geschehen. Er hätte es vorgezogen, Alessandra wäre während des ganzen Ritts ohnmächtig geblieben. Aber nach der halben Strecke bewegte sie sich.

Sie saß vor ihm im Sattel, und das zweite Pferd, durch Zügel mit dem ersten verbunden, trabte hinter ihm her. Nun hielt er sie noch fester umfangen und wappnete sich gegen den Kampf, den sie ihm unweigerlich liefern würde. Den Gedanken, sie noch einmal bewußtlos zu schlagen, verwarf er, da keine unmittelbare Gefahr bestand.

Sobald sie die Augen öffnete, wußte sie, wer mit ihr durch die Nacht ritt. Schlimmer noch – die schmerzliche Erinnerung an die Ereignisse kehrte zurück, die zu dieser Flucht geführt hatten.

Nein, Lucien belog sie nicht – es war kein Alptraum gewesen. Die Frau, die ihre Schwiegermutter werden sollte, hatte Sabine vergiftet. Nur Alessandras Rachedurst half ihr, die tiefe Trauer zu bewältigen. Später, sagte sie sich – später würde sie die Tränen vergießen, die in ihren Augen brannten, das Schluchzen in ihrer Kehle nicht mehr zurückhalten. Aber jetzt mußte sie erst einmal diesem tückischen Engländer entrinnen, der sich zu ihrem unerwünschten Retter ernannt hatte.

Eine Robe verhüllte ihr Gesicht, und Alessandra schob sie beiseite. Im Sternenlicht wandte sie sich zu dem Mann, an dessen Brust sie lehnte. Wie weit waren sie schon geritten? Wie weit hatte sie sich von der Stätte ihrer Rache entfernt? Und welches Ziel steuerte der Schurke an? Algier?

Erbost versuchte sie, ihn wegzustoßen, ohne zu bedenken, daß sie vom Pferd fallen könnte. Aber Lucien war nicht geneigt, ihren sinnlosen Widerstand zu dulden, schlang seinen Arm noch fester um ihre Taille, und sie konnte kaum atmen. Notgedrungen hielt sie still, und wenig später lockerte er den Griff, und sie sog die Nachtluft tief in ihre Lungen.

Dann begann sie, auf arabisch zu fluchen. Ihre schrille Stimme übertönte die Hufschläge. Ob die Beleidigungen ihn störten, vermochte sie in der Finsternis nicht festzustellen. Trotzdem schleuderte sie ihm ein Schimpfwort nach dem anderen ins Gesicht, bis ihre heisere Kehle schmerzte.

Zum Schweigen gezwungen, merkte sie zum erstenmal, wie unbequem sie saß, eingekeilt zwischen Luciens harten Schenkeln. Auf einer Seite hingen ihre Beine herab, und so konnte sie sich – im Gegensatz zu ihm – den ruckartigen Bewegungen des Pferds nicht anpassen.

In wachsendem Zorn ersann sie immer neue Verwünschungen, die sie ihm bei nächster Gelegenheit an den Kopf werfen würde. O ja, er sollte den Tag bereuen, wo er jenen Pakt mit ihrer Mutter geschlossen hatte.

Als sie sich der Stadt näherten, drosselte er das Tempo der Pferde und ritt etwas vorsichtiger weiter. Da beschloß Alessandra, ihre Empörung in Worte zu fassen. »Wie konntest du es wagen, mich auf deiner Flucht mitzunehmen?« fuhr sie ihn an.

»Still!« Seine Arme umfingen sie wieder etwas fester, und sie sträubte sich jetzt nicht mehr dagegen.

»Nein, ich werde nicht still sein. Um meine Freiheit zu gewinnen, würde ich ohne Zögern ganz Algier wekken.«

Da zügelte er das Pferd und ergriff ihre Schultern. »Soll ich dich wieder bewußtlos schlagen?« Sein warmer Atem streifte ihr Haar.

Entrüstet öffnete sie den Mund, um ihm eine herausfordernde Antwort zu geben. Doch sie schloß ihn wieder, denn sie erinnerte sich an den grausamen

Fausthieb, und bewegte ihr Kinn, das immer noch schmerzte.

Natürlich, skrupellos würde er noch einmal zuschlagen. Und was hätte sie davon? Es war klüger, eine Chance abzuwarten. »Elender Schuft!« murmelte sie.

»Du weißt ja gar nicht, worum es geht«, erwiderte er verächtlich. »Und jetzt benimm dich anständig!« Er lenkte die Tiere hinter eine Baumreihe, in der Nähe des Stadtrands. »Hier lassen wir die Pferde stehen«, erklärte er, stieg ab und hob Alessandra aus dem Sattel.

In der Dunkelheit konnte sie sein Gesicht nicht sehen, spürte aber, daß er überlegte, ob er ihr trauen durfte, ob sie nicht weglaufen würde. Natürlich würde sie jede Gelegenheit nutzen, um zu fliehen.

Als hätte er ihre Gedanken erraten, stieß er hervor: »Ich habe dich gewarnt.« Dann wandte er sich zu den Satteltaschen und packte alles zusammen, was sie während der Schiffsreise brauchen würden. Die Vorräte, die für den Landweg bestimmt waren, blieben unberührt. »Zieh dich jetzt um!« befahl er und ging zum zweiten Pferd.

Hastig warf sie den hinderlichen Umhang ab und rannte auf die Häuser zu, die an die Bäume grenzten. Weiches Erdreich verlangsamte ihre Schritte, würde ihrem Verfolger aber ebenso zu schaffen machen. Außerdem vermutete sie, daß seine Fußsohlen immer noch an den Folgen der Bastonade litten. Und er konnte nicht wagen, ihr nachzureiten, weil die Hufschläge Aufsehen erregen würden.

Plötzlich prallte ein schwerer Körper gegen ihren Rücken, warf sie Boden, und alle Luft wurde aus ihren Lungen gepreßt. Verzweifelt rang sie nach Atem.

»Kleine Närrin!« keuchte Lucien, erhob sich und zerrte sie auf die Beine. Qualvoll gruben sich seine Finger in ihre Schultern.

»Närrin?« würgte sie hervor und starrte in sein Gesicht, das vom nächtlichem Dunkel überschattet wurde. »Weil ich mich weigere, dich zu begleiten – an einen Ort, den ich nicht aufsuchen will?«

Ärgerlich hielt er Alessandra fest und schüttelte sie. »Ich habe ein Abkommen mit deiner Mutter getroffen, und das werde ich einhalten. Selbst wenn du mich auf der ganzen Reise bekämpfst, ich bringe dich nach England.«

»Nein!«

»Warum fürchtest du dich vor einem neuen Leben?« seufzte er. »Glaub mir, Sabine dachte nur an dein Wohl.«

»Vor einem neuen Leben habe ich keine Angst«, log sie. »Aber ich will mich rächen. Leila muß bestraft werden.«

»Dafür wird Khalid sorgen. Warum läßt du es nicht dabei bewenden?«

Glücklicherweise konnte er im Dunkel der Nacht weder ihre zitternden Lippen noch die Tränen in ihren Augen sehen. »Ich werde nicht ruhen und rasten, bis diese Frau in meiner Gegenwart den Tod findet.«

»Und was dann? Möchtest du Rashid heiraten und den Rest deiner Tage an diesem gottverlassenen Ort verbringen? Willst du Kinder großziehen, die ständig mörderischen Intrigen ausgesetzt werden, so wie deine Mutter?«

Mühsam bezwang sie ihre Trauer. »Das geht dich nichts an, Engländer!« stieß sie zwischen zusammengebissenen Zähnen hervor. »Ergreif die Flucht und laß mich hier! Niemals werde ich einen Fuß auf englischen Boden setzen.« Als er sie an sich preßte, stemmte sie beide Hände gegen seine Brust. »Rühr mich nicht an! Ich verabscheue deine Nähe!«

»Lügnerin! Du begehrst mich ebenso wie ich dich – dein Verlangen ist so stark wie meines.«

»Verlangen?« wiederholte sie, insgeheim gekränkt, weil er ihren Gefühlen einen so undelikaten Namen gab. »Ist das alles, was du empfindest? Fleischeslust?«

Sein Daumen strich über ihre Unterlippe. »Wie soll ich's denn nennen? Liebe?«

Die Augen geschlossen, genoß sie seine Zärtlichkeit. Ja, Liebe . . . Das hatte ihre Mutter erraten. Es war Liebe, nicht Lust, was dieser hinterlistige Mann in ihr weckte. Gewiß, sie begehrte ihn auch. Doch die körperliche Sehnsucht spielte eine geringere Rolle in ihren Emotionen. »Nein, wenn du's so nennst, könnte ich dir nicht glauben.«

Eine Zeitlang schwieg er, als würde er nachdenken. Dann zuckte Lucien die Achseln. »Also gut, einigen wir uns auf Begierde.«

»Oh, du gemeiner Schurke . . .«

»Hast du's so schnell vergessen?« Ein hungriger Kuß verschloß ihren Mund, seine Hände glitten über ihre Brüste. Erfolglos bekämpfte sie das Feuer, das ihre Adern durchströmte. Sie würde diesem Drang nicht nachgeben – sie durfte es nicht.

Aber ihr Körper war stärker als der Verstand, und sie begann den Kuß zu erwidern, obwohl sie sich verzweifelt einredete, daß er ihr Gegner war, ein Feind der Bayards.

»Wenn du es auch leugnest«, flüsterte Lucien heiser an ihren Lippen, »das Glück, das du in meinen Armen fühlst, wird Rashid dir niemals schenken.«

In der Finsternis sah sie nur seine Augen funkeln. »Ich bezweifle sogar, daß du mich begehrst, Lucien. Sicher hast du mir nur was vorgemacht, um mein Vertrauen zu gewinnen und mich nach England zu locken.«

»Für den Preis meiner Freiheit hätte ich alles getan. Aber die Sinnenlust läßt sich nicht erzwingen. Entweder verspürt man sie – oder nicht.«

»Und das soll ich dir glauben?«

»O ja. Wie gern würde ich die letzte Barriere durchbrechen und ganz in dir versinken ... Allein schon der Gedanke an deinen köstlichen Geschmack und deinen süßen Duft treibt mich fast zum Wahnsinn. Eine solche Leidenschaft ist schon lange nicht mehr in mir erwacht.«

Obwohl seine Worte sie tief bewegten, mußte sie ihre Chance nutzen, um ihm zu entrinnen. Und so riß sie sich los, schlug die Warnung ihrer Mutter in den Wind. »Eigentlich dürftest du für eine Bayard nichts anderes empfinden als Haß.«

»Eine Bayard?« fragte er tonlos. »Welches Spiel treibst du mit mir, Alessandra?«

Nervös fuhr sie mit der Zunge über ihre Lippen. »Es ist kein Spiel, und ich verrate dir nur, was meine Mutter nicht zu enthüllen wagte. Bevor sie aus ihrem Heim entführt und in die Sklaverei verkauft wurde, hieß sie Lady Catherine Bayard von Corburry – Lords James Bayards Frau. Und ich bin seine Tochter.«

Diese unerwartete Eröffnung traf ihn wie ein Blitzschlag. O Gott, er hatte soviel riskiert, um einer Bayard zu helfen, während er sich längst auf dem Weg nach England befinden könnte. Plötzlich ergab alles einen Sinn – Sabines Entsetzen angesichts jener Dokumente, ihre Heimlichtuerei, und Alessandra, die Jabbar nicht ähnlich sah ...

»Nun weißt du Bescheid«, fügte sie hinzu. »Wir sind Feinde. Deshalb mußt du dich nicht an die Vereinbarung halten, die du mit meiner Mutter getroffen hast.«

»Eine Bayard!« fauchte er. »Und ich hatte keine Ahnung. Wie konnte ich nur so blind sein?«

Bedrückt fragte sie sich, warum ihr das Herz so weh tat. Jetzt hatte sie doch erreicht, was sie wollte. Immerhin war seine Verachtung der Schlüssel zu ihrer Freiheit.

Mit allen Fingern strich Lucien durch sein zerzaustes Haar und beschwor eine vage Erinnerung an James Bayards schöne, rothaarige Frau herauf.

Nur ein einziges Mal hatte er sie gesehen, als blutjunger Gefangener auf Corburry, und sie bedauerlicherweise gar nicht beachtet – zu intensiv mit seinen Fluchtplänen beschäftigt. Und er hatte sich tatsächlich aus dem Staub gemacht. Einen Monat später war Lady Catherine verschwunden.

»Ja, ich entsinne mich. Während meiner Kindheit hat man deine Mutter entführt. Wie könnte ich's vergessen – wo doch die de Gautiers beschuldigt wurden, sie hätten dahintergesteckt?« Nach einer kurzen Pause fuhr er fort: »Weißt du, daß unsere Leute im nächsten Winter fast verhungert sind?«

Alessandra schüttelte den Kopf. »Sollte ich?«

»Dann werde ich's dir erzählen.« Sein bitteres Gelächter erstarb sofort wieder.

»Aber ich will nichts hören . . .«

»James Bayard steckte unsere halbe Ernte in Brand«, fiel er ihr heiser ins Wort. »Und er hätte auch die andere Hälfte verbrannt, wäre sie noch nicht eingebracht worden. Als hätte das nicht genügt, fiel er in den Wintermonaten immer wieder über unsere Dörfer her, um sie zu plündern und die Bewohner ihrer spärlichen Vorräte zu berauben.«

Sicher gibt es einen Grund für die Handlungsweise meines Vaters, dachte sie. Sabine betonte doch immer wieder, er sei ein guter Mensch . . . »Also hat deine Familie meine Mutter nicht entführt?«

Wieder lachte er. »Es wäre verständlich gewesen, wenn wir uns dazu entschlossen hätten. Aber wir wurden zu Unrecht angeklagt.«

Seltsamerweise glaubte sie ihm. Jemand anderer trug die Schuld. »Unter diesen Umständen ist es besser, wenn ich dich nicht begleite«, meinte sie und berührte zögernd seine Brust.

»Gute Reise, Lucien de Gautier.« Als sie zurücktrat, packte er ihr Handgelenk. »Du solltest uns beiden eine gute Reise wünschen.«

Beabsichtigte er immer noch, sie gegen ihren Willen mitzunehmen? Verständnislos runzelte sie die Stirn. »Aber ich bin eine Bayard! Warum möchtest du mir helfen?«

»Mit Hilfsbereitschaft hat das nichts mehr zu tun«, erwiderte er kühl. »Sabine war klug genug, mir deine Herkunft zu verheimlichen. Und du bist eine Närrin, weil du mir alles verraten hast.« Da er ihre Verwirrung auszunutzen gedachte, zog er sie zu den Pferden zurück.

»Was hast du vor?« Plötzlich fürchtete sie den Mann, der innerhalb weniger Augenblicke ein Fremder geworden war. Nichts mehr erinnerte an den fürsorglichen Diener, der sie nach ihrem Sturz in den Fischteich gepflegt hatte, an den zärtlichen Liebhaber.

Lucien hob das Bündel auf, das er fallen lassen hatte, um ihr nachzulaufen. »Hier, zieh das an!« befahl er und hielt es ihr hin.

Um die traditionelle Kleidung zu erkennen, die ehrbare Araberinnen in der Öffentlichkeit trugen, brauchte sie kein Tageslicht. Ein schwerer Kaftan, ein Umhang, ein Schleier. »Bitte, Lucien . . .« Irgendwie mußte sie ihn zur Vernunft bringen. »Laß mich gehen!« flehte sie und ergriff seinen Arm.

Aber er schob ihre Hand beiseite. »Wenn es sein muß, fessele und kneble ich dich und trage dich auf meiner Schulter. Entweder ziehst du diese Sachen freiwillig an, oder ich werde ich dazu zwingen.«

Widerstrebend nahm sie das Bündel entgegen. »Du weißt nicht, was du tust«, flüsterte sie.

125

»Da irrst du dich.« Er wandte sich ab und begann, einen Turban um seinen Kopf zu wickeln.

Wie sollte sie ihm entkommen, überlegte sie, während sie in den Kaftan schlüpfte. Als sie den warmen Wollstoff spürte, merkte sie, wie erbärmlich sie in der Nachtluft gefroren hatte. Sie legte den Umhang über ihren Kopf. Dann befestigte sie den Schleier vor ihrem Gesicht.

Lucien verschwendete keine Zeit. Nachdem er die Ranzen unter seiner Robe festgebunden hatte, packte er Alessandras Arm und führte sie in die Richtung der Häuserreihe, zu der sie vorhin geflohen war. »Kein Wort!« mahnte er. »Hast du mich verstanden?«

»Begreifst du denn nicht, wie dumm . . .«

Abrupt blieb er stehen und neigte sich zu ihr. »Jetzt habe ich keine Geduld mehr mit dir. Ich erwarte nur ein Ja oder ein Nein. Nun?«

Am liebsten hätte sie geweint. Innerhalb weniger Stunden hatte sich ihre ganze Welt verändert. Zorn, Trauer und Angst drohten ihr das Herz zu brechen. Aber sie unterdrückte ihre Tränen. »Ja, ich verstehe«, antwortete sie mit halberstickter Stimme.

Wenig später eilten sie durch schmale, fast verlassene Straßen. Die Leute, die ihren Weg kreuzten, warfen ihnen nur flüchtige Blicke zu. Noch nie hatte Alessandra die Stadt bei Nacht gesehen. Für einen kurzen Moment vergaß sie ihren Kummer und bewunderte die schwarzen Silhouetten der Gebäude. Algier – tagsüber ein schmutziger und doch faszinierender Schauplatz regen Lebens und Treibens – wirkte im Sternenschein fast magisch.

Doch sie wurde bald wieder in die grausige Wirklichkeit zurückgerissen, als sie den salzigen Meereswind roch und die Lichter des Hafens sah. Dort trieben sich zahlreiche Menschen umher, während die restliche Stadt schlief, vor allem betrunkene Seemänner auf der Suche nach Fusel und willfährigen Frauen. Fluchend und schreiend stolperten sie von einer Taverne zur anderen.

Lucien zog Alessandra hinter sich her und bemühte sich, stets im Schatten der Gebäude zu bleiben. »Wo mag sie sein?« murmelte er, und sein Blick suchte das Wasser des Hafens ab.

Sie? Meinte er ein Schiff?

Gleich darauf wurde die Frage beantwortet. »Da, die *Sea Scourge*«, erklärte er.

Alessandra sah ein Schiff auf den Wellen schaukeln, etwas kleiner als die anderen. »Damit willst du nach England segeln?«

»Nicht nur ich«, verbesserte er sie. »Wir beide werden gemeinsam reisen.«

Eigentlich hatte sie ihn nicht provozieren wollen, doch sie akzeptierte immer noch nicht, daß sie Algier verlassen sollte. Nein, niemals würde sie die Hoffnung auf ihre Flucht aufgeben. Aber vorerst hielt sie es für besser, das Thema zu wechseln. »Wie werden wir . . .«, begann sie, schaute zu ihm auf, und ihre Stimme erstarb. Eine Hafenlampe beleuchtete sein Gesicht. Zum erstenmal sah sie die Schürfwunden und blauen Flecken, die Rashids Rachsucht ihm zugefügt hatte. »Großer Gott, Lucien!« hauchte sie und hob eine Hand, um seine Wange zu berühren.

Sofort wich er ihr aus. »Nicht!«

Von Gewissensqualen geplagt, war sie dankbar für den Schleier, der ihre Miene verbarg. »Es war meine Schuld«, wisperte sie und ließ ihre Hand sinken.

»Glaubst du, von einer Bayard hätte ich etwas anderes erwartet?«

Obwohl ihr seine Worte wie Schwerter in die Seele schnitten, konnte sie ihm seine Bitterkeit nicht verübeln.

»Komm jetzt!« Er packte wieder ihren Arm. »Da unten wartet ein Boot, das uns zum Schiff bringen wird.«

Wenn man sie beobachtete – was würde man von einer züchtig verhüllten Araberin und einem Eunuchen halten, die kurz vor dem Morgengrauen den Hafen durchquerten? Zweifellos wird man sich wundern, dachte Alessandra. Ein alter Seemann, der eine Schnapsflasche an sich preßte, blieb schwankend stehen und starrte sie an. Ohne ihn zu beachten, eilten sie in eine Straße, als Hufschläge erklangen.

»Was ist das?« fragte Alessandra.

»Verdammt!« Lucien zerrte sie hastig in die Seitengasse zurück, die sie soeben verlassen hatten, und drückte sie an eine Mauer.

»Aber . . .«

»Sei still, oder ich muß dich wieder bewußtlos schlagen!«

Sie biß in ihre Unterlippe und wartete ab, wer die Reiter sein mochten, die zum Hafen galoppierten. War die Entführung entdeckt worden? Hatte Jabbar ihr einen Suchtrupp nachgeschickt?

Nun übertönten gebieterische Stimmen das Geräusch der Hufe. Alessandra spähte an Lucien vorbei und sah den ersten Reiter. Nächtliche Schatten verhüllten sein Profil. Aber sie erkannte den Hengst. »Rashid!« flüsterte sie.

Während sie noch überlegte, ob sie nach ihm rufen sollte, wurde sie tiefer in die Gasse hineingezerrt. Erst am anderen Ende drehte Lucien sie zu sich herum. »Wenn du die Aufmerksamkeit dieser Männer erregst, wird Rashid dich in seine Obhut nehmen und mich mit dem Tod bestrafen. Oder du erschwerst uns die Flucht.«

Natürlich. Das Vergehen, das er verübt hatte, würde seinen sicheren Tod bedeuten – und nur ein langsamer leidvoller Tod würde den Mann befriedigen, der ihn bereits zu hundert Stockschlägen verurteilt hatte.

Und dann kam ihr ein neuer Gedanke. Dies war ihre Chance. Vielleicht konnte sie Lucien mit einer Lüge dazu bewegen, sie zurückzulassen. »Bildest du dir ein, es würde mich kümmern, was mit dir geschieht?«

Großer Gott, für einen weiteren Wortwechsel fehlte ihm die Zeit. Falls der angeheiterte alte Seemann halbwegs klar zu denken vermochte, würde er den Verfolgern bald zeigen, wohin die Flüchtlinge gerannt waren.

Lucien umfaßte Alessandras Kinn und schaute ihr eindringlich in die Augen. »Im Gegensatz zu deinem Vater besitzt du vermutlich ein Gewissen, Alessandra Bayard. Also willst du wohl kaum die Verantwortung für meinen Tod übernehmen. Und obwohl wir Feinde sind, kannst du nicht leugnen, was du empfindest, wann immer ich dich berühre.« Aufreizend strich er über ihre Brüste, und sie stieß seine Hand weg – trotz des wohligen Schauers, der sie gegen ihren Willen überlief.

»Wieso weißt du das so genau?« zischte sie.

»Weil ich deinen Körper nur zu gut kenne.« Er trat aus der Gasse und spähte nach beiden Seiten. Dann führte er Alessandra im Laufschritt über eine breite Straße und in eine weitere Nebengasse. In Algier gab es viele Ecken und Winkel, wo man mit der Finsternis verschmelzen konnte.

Inständig hoffte Lucien, die beiden Pferde wären nicht entdeckt worden. Die Flucht in den Hafen, wo es inzwischen vor Verfolgern wimmeln würde, kam nicht mehr in Frage. Deshalb mußte er den Landweg wählen, der viel mehr Zeit kosten würde als die Schiffsreise – und größere Mühe angesichts seiner rebellischen Begleiterin.

Hätte sie ihre Herkunft doch nicht erwähnt . . . Bis zu jenem Augenblick war er durchaus bereit gewesen, sie nach England mitzunehmen. Nun mußte er mit sich kämpfen, um sie nicht ihrem Schicksal zu überlassen.

Aber was hinderte ihn daran? Die Frage war leicht zu beantworten. Obwohl er sich das nur ungern eingestand, empfand er viel mehr für Alessandra als bloße Leidenschaft. Einzig und allein der Gedanke, sie eines Tages zu besitzen, hatte ihm geholfen, die Bastonade zu ertragen. Und er wollte sie immer noch erobern, nicht zuletzt, um sich an den verhaßten Bayards zu rächen.

Wie würde er frohlocken, wenn er sie ihrem Vater übergab – ein Mädchen, das bereits die Freuden der Liebe kannte . . . Und wenn sie ein Kind erwartete, wäre der Kummer seines Feindes noch schmerzlicher.

Beinahe wurden ihm diese Überlegungen zum Verhängnis. Im allerletzten Augenblick sah er das Pferd die Straße hinabsprengen, die sie überqueren wollten. Hastig sprang er in die Gasse zurück und drückte Alessandras Gesicht in die Falten seiner Robe. Zu seiner Bestürzung lehnte sie sich kraftlos an ihn. Er hatte ihr zuviel zugemutet. Ein Wunder, daß sie nicht schon früher zusammengebrochen war . . .

»Verlaß mich, Lucien!« flüsterte sie, während der Reiter näher kam. »Ich halte dich nur auf.«

»Falls du wirklich in Algier bleiben willst, nutze deine Chance«, entgegnete er leise. »Ruf doch nach dem Mann!«

Da rückte sie ein wenig von ihm ab und schaute in seine Augen, die im Schatten lagen. Sollte sie die Herausforderung annehmen? Die Versuchung war groß, aber sie durfte sein Leben nicht in Gefahr bringen. Nein, sie mußte andere Mittel und Wege finden, um ihm zu entkommen. Obwohl er sie so schmählich hintergangen hatte, würde sie ihr Gewissen nicht mit seinem Tod belasten.

Und so legte sie wieder den Kopf an seine Brust und wartete angespannt, bis der Verfolger vorbeiritt.

Das tat er nicht. Am Ende der Gasse, wo sie sich versteckten, zügelte er sein Pferd, beugte sich vor und spähte ins Dunkel. »Wer ist da?« fragte er auf arabisch. Lucien ließ Alessandra los und zog einen Dolch aus seiner Robe. Nach kurzem Zögern sprang der Mann aus dem Sattel, zückte sein Schwert und stürmte in die Finsternis.

Jetzt wird Blut fließen, dachte Alessandra voller Angst. Sobald sich die Augen des Häschers an die Dunkelheit gewöhnt hatten, würde er die beiden Gestalten an der Mauer entdecken.

Soweit ließ es Lucien nicht kommen. Er stieß Alessandra beiseite und sprang dem Mann entgegen. Eine Faust auf den Mund gepreßt, beobachtete sie, wie die beiden Schemen verschmolzen, hörte ein Stöhnen und Fluchen und klirrenden Stahl. Aber sie konnte nicht feststellen, wer die Oberhand gewann.

Lieber Gott, beschütze Lucien, betete sie stumm. Obwohl sie Rashids Gefolgsmann nichts Böses wünschte, wußte sie, daß einer der beiden Kämpfer sterben würde. Allmächtiger, bitte, nicht Lucien, flehte sie.

Die Männer stürzten zu Boden. Eine Zeitlang rangen sie noch miteinander, dann erhob sich der Sieger. Alessandra hielt den Atem an. Ja, es mußte Lucien sein. Die meisten Araber waren kleiner als die Gestalt, die jetzt auf sie zukam.

Unsicher trat sie einen Schritt vor. »Lucien?«

»Allerdings«, bestätigte er. »Hoffentlich bist du nicht enttäuscht.«

Enttäuscht? Gütiger Himmel, sie fühlte sich maßlos erleichtert. Nur mühsam widerstand sie dem Impuls,

131

seinen Hals zu umschlingen. Das würde sich nicht schicken, wo sie doch verfeindet waren. »Ist er tot?« fragte sie, als er sie an dem Mann vorbeiführte, der leblos am Boden lag.

»Wenn ich auch de Gautier heiße – ich bin nicht so grausam, einen Menschen leiden zu lassen.« Er hob sie auf das Pferd des Toten, dann stieg er hinter ihr auf.

Natürlich war dieser Ritt ein Wagnis. Da der kräftige Hengst in den schmalen Gassen keinen Platz finden würde, mußten sie breiteren Straßen folgen, wo man sie leicht entdecken konnte. Aber die Zeit drängte. Lucien wollte die beiden anderen Pferde so schnell wie möglich erreichen, ehe sie Rashids Männern in die Hände fielen.

Vorsichtig lenkte er den Hengst durch die Schatten entlang der Mauern, und nach einer scheinbaren Ewigkeit trafen sie am Stadtrand ein, wo die zwei Tiere immer noch bereitstanden.

12

Sie ritten den ganzen Tag und die Nacht hindurch, hielten nur inne, um den Pferden eine kurze Rast zu gönnen und die Vorräte zu essen, die Khalid eingepackt hatte. Unterwegs wechselten sie kaum ein Wort. Alessandra versuchte, ihren Kummer zu bewältigen und plante, wie sie sich an Leila rächen würde, sobald sie Lucien entflohen war. Währenddessen kämpfte er mit dem Groll, den er gegen seine Begleiterin und sich selbst hegte.

Erst als die Sonne am zweiten Tag aufging, legten sie eine längere Ruhepause ein. Lucien hielt es für besser, die Reise nur mehr bei Dunkelheit fortzusetzen. Sicher wurde nach ihnen gesucht, und nachts konnten sie den Häschern leichter entrinnen. Bisher waren sie der Karawanenstrecke westwärts gefolgt, nun bogen sie nach Norden und steuerten die felsige Mittelmeerküste an. Dort schlugen sie in einer Höhle ein Lager auf und erwarteten die Abenddämmerung.

»Ich friere«, klagte Alessandra und gestand einen der Gründe ein, warum sie keinen Schlaf fand, wenn ihre Trauer um die Mutter auch viel schwerer wog.

Seufzend öffnete Lucien die Augen. Er hatte gehofft, dazu würde es nicht kommen. Zumindest jetzt noch nicht. Der Gedanke, daß er Alessandra wärmen mußte, beunruhigte ihn. Mit ihr ein Pferd zu teilen, war schon schlimm genug gewesen. Bis jetzt hatte er nicht gewagt, ihr das andere Tier anzuvertrauen. Aber in der Nacht sollte sie an seiner Seite reiten, statt auf seinem Schoß zu sitzen. In der Finsternis, auf unbekanntem Terrain, würde sie sicher keinen Fluchtversuch unternehmen.

»Bist du wach, Lucien?« fragte sie und richtete sich auf dem feuchten Felsenboden auf.

»Ja.«

Sie trug ihre Decke zu ihm und kniete an seiner Seite nieder. »Mir ist so kalt.«

Obwohl die Sonne hoch am Himmel stand, hatte sie die Höhle nicht erwärmt, die sich nach Westen hin öffnete. Deshalb würde es wohl noch eine Weile dauern, bis angenehme Strahlen hereinschienen.

Lucien schaute Alessandra an, aber in den düsteren Schatten konnte er ihr Gesicht nicht sehen. »Was willst du?«

Verärgert über seine Halsstarrigkeit, antwortete sie nicht sofort. »Ich muß dich wohl anflehen.«

»Habe ich mich verhört? Eine Bayard, die um irgend etwas bittet . . . Unvorstellbar!«

Warum mußte er sie auf ihre Familie hinweisen, die sie gar nicht kannte? »Wärst du vielleicht so freundlich, meinen Vater wenigstens zeitweise zu vergessen? Du wirfst mir Dinge vor, für die ich nicht verantwortlich bin.«

Auf einen Ellbogen gestützt, berührte er den Puls in ihrem Hals. »Durch deine Adern fließt James Bayards Blut.« Erbost stieß sie seine Hand weg und wollte aufstehen, aber er hielt sie fest. »Du hast mir noch nicht verraten, was du von mir willst.«

Jetzt mochte sie nicht mehr zugeben, daß es ihr Wunsch gewesen war, neben ihm zu liegen, sich an seinem Körper zu wärmen. »Nichts. Wenn du mich unbedingt hassen möchtest, weil ich Bayard heiße, erwidere ich deinen Haß nur zu gern – Lucien de Gautier.«

»So war es schon immer zwischen unseren beiden Familien.«

»Laß mich los!«

Statt zu gehorchen, zerrte er an ihrem Handgelenk, brachte sie aus dem Gleichgewicht, und sie landete auf seiner Brust. »Soll ich dich wärmen, Lady Alessandra Bayard?« fragte er und zog die Decke, die sie mitgebracht hatte, über ihren Körper.

Ihr Stolz drängte sie, Lucien zu bekämpfen. Aber sobald sie seine Nähe spürte, war sie verloren. Seltsam, welche Wirkung er immer noch auf sie ausübte – trotz allem.

Als sie nicht den erwarteten Widerstand leistete, wunderte er sich über seine Enttäuschung. Sonderbarerweise störte ihn ihre Fügsamkeit. Warum? Diese Frage ließ sich leicht beantworten. Solange sie sich wie eine Bayard benahm, erinnerte sie ihn an ihren Vater, und es fiel ihm nicht so schwer, ihre Reize zu ignorieren. Behutsam schob er sie zur Seite, so daß sie neben

134

ihm lag, und bettete ihren Kopf auf seine Schulter. »Schlaf jetzt. In dieser Nacht müssen wir sehr weit reiten.«

An Lucien geschmiegt, schloß sie die Augen. Aber obwohl sie erschöpft war, fand sie keine Ruhe. Viel zu deutlich spürte sie seine innere Anspannung. »Warum müssen wir Feinde sein? Es gibt nichts, was zwischen uns beiden stünde.«

»Oh, da irrst du dich«, entgegnete er seufzend. »Ihr habt mich getäuscht, Sabine und du.«

»Das tat ich nicht wissentlich. Außerdem hatte ich keine Ahnung, was meine Mutter plante. Und vergiß nicht – auch du hast mich belogen und vorgegeben, du wärst ein Eunuch.«

»Also haben wir einander hintergangen, und genau das tun unsere Familien seit hundertfünfundzwanzig Jahren.«

»Irgendwann muß es ein Ende nehmen.«

»Vielleicht, aber nicht zu meinen Lebzeiten.«

»Warum nicht?«

Seine Hand wanderte von ihrer Taille zur Hüfte, und ihr Herz schlug schneller. »Es gibt so vieles, was du nicht weißt und nicht verstehst Alessandra.«

»Dann erklär's mir doch.«

»Du wirst es noch früh genug erfahren?«

»Trägt meine Familie die Schuld an deiner Versklavung? Da die Bayards glaubten, die de Gautiers wären verantwortlich für Lady Catherines Verschwinden, hatten sie sich vielleicht rächen wollen.«

Lucien lachte bitter. »Nein, zumindest das kann ich dem Lord von Corburry nicht vorwerfen. Daran bin ich selber schuld.«

»Erzähl mir alles.«

Eine Zeitlang schwieg er, und als sie bereits den Eindruck gewann, er würde ihren Wunsch nicht erfüllen, begann er zu sprechen. »Was weißt du über den Krieg zwischen England und Frankreich?«

Sie dachte nach. Obwohl dieses Thema im Maghreb – in der westlichen arabischen Welt, der Algier angehörte – nur selten erwähnt worden war, hatte Sabine sich stets auf dem laufenden gehalten und gelegentlich von dem langjährigen Konflikt gesprochen. In Alessandras Augen brannten Tränen, als vor ihrem geistigen Auge das Bild der Mutter erschien.

Krampfhaft schluckte sie und konzentrierte ihre Gedanken auf den Krieg, der ausgebrochen war, weil die Engländer im vergangenen Jahrhundert den französischen Thron beansprucht hatten. Die Kämpfe waren zwischendurch einige Male unterbrochen worden. Zunächst hatte die englische Seite immer wieder gesiegt und erst vor kurzem eine Niederlage erlitten. Jetzt sah es so aus, als sollte Frankreich ein separates Land bleiben, unter der Herrschaft eines französischen Königs, und England mußte sich mit seinem Inselreich begnügen.

»Allem Anschein nach haben die Engländer verloren«, bemerkte Alessandra.

»Aye. Und dieser törichte Krieg hätte schon vor hundert Jahren zu Ende gehen müssen.«

»Hast du an den Schlachten teilgenommen?«

»Ja«, antwortete Lucien zögernd.

»Warum?«

»Aus falschem Stolz. Wider mein besseres Wissen überquerte ich den Kanal, um für einen König zu kämpfen, der nicht einmal selber wußte, was er wollte.«

»Du meinst Henry VI.?«

»Genau.«

»Und was geschah?«

»Lord Talbot, der alte Earl von Shrewsbury, war ein ungestümer Kriegstreiber. In Castillon versuchten ei-

136

nige Soldaten, darunter auch ich, ihn von einem unklugen Frontalangriff abzubringen oder ihm klarzumachen, er müsse wenigstens die Ankunft unserer Infanterie abwarten. Aber er weigerte sich, auf uns zu hören.«

Von Kriegsstrategien verstand Alessandra nicht viel. Sie war zwar auf vielen Wissensgebieten bewandert, dank der gründlichen Studien, die sie der Mutter verdankte. Aber mit der Kriegskunst hatte sie sich nur oberflächlich beschäftigt. »Warum ließ sich der Earl nicht überzeugen?«

»Wenn die Engländer einen Fehler haben, dann ist es ihre Sturheit«, erwiderte Lucien und lächelte ironisch. »Die hindert sie an der Erkenntnis, wann ein Spiel wirklich und endgültig verloren ist.«

»Und in Castillon war alles verloren?«

»Schon vorher.«

»Was geschah in Castillon?«

»Talbot fiel, zusammen mit fast allen Männern, die an seiner Seite gekämpft hatten. Die französische Artillerie brachte uns eine vernichtende Niederlage bei, und das ganze Schlachtfeld war mit Blut getränkt.«

Schaudernd schmiegte sich Alessandra enger an Lucien. »Wie hast du überlebt?«

»Ich fiel ebenso wie die anderen, hatte aber Glück. Meine Wunde war nicht tödlich, und ich stand wieder auf, um mein Schwert gegen die Franzosen zu erheben.«

»Hast du jemanden getötet?«

»Aye, mehrere Feinde, darunter den ältesten Sohn eines Herzogs. Deshalb wurde ich nach meiner Festnahme in die Sklaverei verkauft.«

»Verlangte man kein Lösegeld für dich?«

»Nein, denn der Herzog hatte mir ein schlimmeres Schicksal zugedacht als den Tod. Beinahe erfüllte sich sein Wunsch. Erst nachdem ich in muslimische Hände gefallen war und mich monatelang auf einer Galeere abgerackert hatte, versuchte der Kapitän, Lösegeld für mich einzuheimsen. Dann ...«

»Ja?«

»Nun, du wolltest wissen, wieso ich versklavt wurde, und das ist die ganze Geschichte.«

»Keineswegs«, erwiderte Alessandra. »Warum hat deine Familie das Lösegeld nicht bezahlt?«

Die Antwort auf diese Frage wollte Lucien selber finden. Als die Lösegeldforderung abgeschickt worden war, hatte er geglaubt, er würde bald seine Freiheit zurückgewinnen. Monatelang dauerte die qualvolle Wartezeit, bis schließlich die Nachricht eintraf, die Zahlung sei verweigert worden. Das war ihm damals ebenso rätselhaft erschienen wie heute.

Warum sollte sein Vater, dem er immer nahegestanden hatte, das Lösegeld nicht bezahlen, das er sich durchaus leisten konnte. Sicher, der Entschluß seines ältesten Sohnes, nach Frankreich zu gehen und den englischen Thronanspruch zu verteidigen, mißfiel ihm. Aber das war auch schon die einzige Meinungsverschiedenheit gewesen. Was mochte auf Falstaff geschehen sein? Welches Ereignis konnte de Gautier dermaßen gegen seinen Erben eingenommen haben?

»Lucien?« Alessandra berührte seine Wange.

Rasch unterdrückte er das angenehme Gefühl, das ihre Fingerspitzen weckten, und kehrte in die Gegenwart zurück. »Ich habe keine Ahnung, warum das Lösegeld nicht bezahlt wurde. Aber ich werde es herausfinden.«

Ihre Hand sank wieder auf seine Brust. »Vielleicht hatten deine Angehörigen zuwenig Geld.«

»Den de Gautiers mangelt es an nichts«, fauchte er und ärgerte sich wieder einmal, weil er für eine Bay-

138

ard etwas anderes empfand als Abscheu. »Sie sind genauso reich wie deine Familie.«

»Dann muß irgendwas passiert sein.«

Wieso verteidigte sie seine Verwandten? Es wäre ihm lieber gewesen, sie würde sich so verhalten wie die Menschen, die er seit frühester Kindheit hassen gelernt hatte. Entschlossen wandte er den Kopf ab. »Schlaf jetzt, Alessandra.«

Nie zuvor war sie so müde gewesen. Doch es widerstrebte ihr, in jenem dunklen Abgrund zu versinken, wo die Erinnerungen an den Tod der Mutter lauerten. Um den gefürchteten Schlummer hinauszuzögern, stellte sie eine Frage, die Lucien noch nicht beantwortet hatte. »Was bedeuten die eingebrannten Kreuze auf deinen Fußsohlen – und die Narbe in deinem Gesicht?«

Gequält seufzte er. »Wir haben nicht mehr viel Zeit, bis wir weiterreiten müssen.«

»Aber ich würde es so gern erfahren.« Sie legte ihr Knie auf Luciens Schenkel und strich über seinen Hals.

Sofort schob er ihre Hand beiseite. »Tu das nicht, Alessandra! Du weißt, daß ich dich immer noch begehre.«

Nicht einmal ihr Schamgefühl hinderte sie daran, ihn herauszufordern. »Tatsächlich?«

Da er wußte, zu welch einem gefährlichen Spiel sie ihn verführen wollte, knüpfte er an ihre frühere Frage an. »Die Narbe auf meiner Wange ist ein Symbol des Islams – der Halbmond.« Obwohl er versuchte, beiläufig zu sprechen, klang seine Stimme bitter. »Damit wurde ich nach meinem zweiten Fluchtversuch von der Galeere belohnt. Und als Draufgabe bekam ich noch hundert Peitschenhiebe.«

»Also hat man dich mit voller Absicht so übel zugerichtet«, flüsterte sie und erschauerte.

»Ebenso absichtlich, wie man mir die Stockschläge

auf die Fußsohlen verabreichte – um Rashids Befehl auszuführen.«

An jene Nacht wollte sie nicht erinnert werden. »Und die beiden Kreuze?«

Als würde er dies alles noch einmal erleben, spannte sich sein ganzer Körper an. »Die Vergeltung für den dritten Fluchtversuch . . .«

»Aber warum Kreuze? Und wieso auf den Fußsohlen?«

»Kannst du's nicht erraten?« fragte er, und sie schüttelte den Kopf. Da lachte er freudlos und erklärte: »Diese Kreuze wurden mir in die Fußsohlen gebrannt, damit ich ständig auf dem Symbol meines Glaubens herumtrample.«

»Während du den Halbmond deiner Feinde stets zur Schau trägst«, flüsterte sie.

»Aye . . .« Wieder glaubte er, den Dolch in der Hand seines Peinigers zu sehen, das grausame Lächeln, ehe das bogenförmige Mal in seine Wange geritzt worden war. Und er glaubte, die sengende Glut auf den Fußsohlen zu spüren, den Schmerz des zerfetzten Fleisches auf seinem Rücken. Wie oft war seine Rebellion mit Peitschenschlägen geahndet worden! Und er fühlte erneut den wilden Zorn, der seine Lebensgeister beflügelt und ihm geholfen hatte, alle Folterqualen zu ertragen.

Kein einziges Mal hatte er geschrien, niemals wie die anderen Sklaven um Gnade gebettelt – fest entschlossen, vor den Arabern nicht zu katzbuckeln, obwohl seine Unbeugsamkeit um so härter bestraft worden war.

»Tut mir leid, daß mein Volk . . .«, begann Alessandra.

»Unsinn, die Muslime sind ebenso wenig dein Volk wie meines.«

»Aber ich bin bei ihnen aufgewachsen und habe mir

ihre Lebensart angeeignet, wenn ich auch zu einem anderen Gott bete.«

»Bald wirst du die Lebensart der Bayards kennenlernen, und die gehören leider zu deinem Volk.«

»Also willst du mich zu meinem Vater bringen?«

Lucien zögerte. »Vielleicht nicht sofort. Aber irgendwann schon.«

Nur für einen kurzen Augenblick stieg Angst in ihr auf. Offenbar wußte er noch nicht, ob er sie gegen ihren Vater verwenden sollte. Und er war nicht der herzlose Mann, den er ihr vorspielte. »Dann hast du noch keine Pläne geschmiedet?«

Er schüttelte den Kopf. »Bevor wir in England eintreffen, werde ich genug Zeit finden, um einen Entschluß zu fassen.«

Verärgert über seine Arroganz betonte sie. »*Wenn* wir jemals in England eintreffen.«

»Nun, das ist mein Ziel – und deines.«

Sie wollte widersprechen, wußte aber, daß sie nur ihren Atem vergeuden würde. Und so schloß sie die Augen, um im dringend benötigten Schlummer zu versinken.

Was soll ich mit ihr machen, überlegte er, als sie endlich schlief. Nur infolge ihrer Herkunft nannte sie sich Bayard. War sie deshalb unschuldig an den Missetaten ihrer Familie? Wenn ja, durfte er ihr dann die Unschuld rauben, um sich an seinen Feinden zu rächen? So sehr er sich auch bemühte, er konnte jenen Haß nicht mehr empfinden, den Alessandra mit der Enthüllung ihrer wahren Identität heraufbeschworen hatte.

In eine Sackgasse geraten, wandte er sich zu der schlafenden jungen Frau und atmete ihren süßen Duft ein. Nicht einmal der Reisestaub schmälerte ihre Anziehungskraft. Aber Lucien bekämpfte sein Verlangen, drehte sich auf die andere Seite und versuchte, den weichen weiblichen Körper zu vergessen, der sich an ihn schmiegte. Zuviel stand auf dem Spiel, und deshalb durfte er sich nicht von seinen Gefühlen leiten lassen. Vielleicht später, wenn sie die Reise nach England angetreten hatten . . .

Verblüfft starrte sie die Zügel an, die er ihr in die Hand drückte. »Ist es so ähnlich, als würde ich einen Esel reiten?«

Sollte das ein Scherz sein? Lucien hatte die sinkende Sonne beobachtet. Nun schaute er Alessandra wieder an. »Was meinst du?«

»Bis jetzt habe ich nur auf Eseln gesessen.«

»Wenn man ein Pferd reiten kann, kommt man auch mit einem Esel zurecht.«

»Und andersrum ist es schwieriger?«

»Aye, doch das . . .« Er nahm ihr die Zügel aus der Hand, und die nächsten Worte blieben ihm in der Kehle stecken. Da sie keinen Schleier trug und das rötliche Abendlicht auf ihr Gesicht fiel, sah er zum erstenmal ihre kummervolle Miene. »Wann wirst du endlich weinen?« Als den Blick senkte, hob er ihr Kinn und zwang sie, ihn anzuschauen. »Nun?«

»Tränen sind überflüssig«, erwiderte sie stolz, obwohl ihre Augen verräterisch glänzten. »Welchen Sinn hätte es, Schwäche zu zeigen?«

Behutsam strich er ihr das Haar aus der Stirn, wie einem halsstarrigen Kind. »Deine Mutter ist tot, Alessandra. Also wäre es dein gutes Recht zu trauern.«

»Glaubst du, ich trauere nicht?« entgegnete sie, kehrte ihm den Rücken und lehnte sich an eines der Pferde. »Ich habe sie geliebt.«

»Trotzdem weigerst du dich zu weinen. Warum?«

Nervös schlang sie ihre Finger in die zerzauste Pferdemähne. »Vor deiner Ankunft wußte ich nichts von Tränen. In Jabbars Haus herrschte eitel Sonnenschein.«

»Das Weinen muß man nicht lernen, Alessandra«, erklärte er und berührte ihre Schulter, um sie zu trösten. »Man tut's einfach.«

»Vielleicht will ich's nicht.« Sie schüttelte seine Hand ab und ging davon. Nach einigen Schritten wandte sie sich wieder zu ihm.

»Nein, du willst dich lieber an Leila rächen, als deine Mutter zu beweinen.«

»Ausgerechnet du tadelst mich, Lucien de Gautier, wo du doch zeit deines Lebens auf Mittel und Wege gesonnen hast, um Rache an den Bayards zu üben? Von alldem will ich nichts hören.«

Da er ihr recht geben mußte, widersprach er nicht. Er durfte ihr wohl kaum Vorwürfe machen, solange er geneigt war, sie gegen ihren Vater zu benutzen. Aber er mußte irgendwie zu einer Einigung mit Alessandra gelangen, um die gemeinsame Ankunft in England zu gewährleisten. Vielleicht würde sie ihre albernen Fluchtpläne aufgeben, wenn sie die ganze Wahrheit über den Tod ihrer Mutter erfuhr. »Eigentlich hatte ich gehofft, ich müßte dir das alles nicht erzählen. Bedauerlicherweise bleibt mir nichts anderes übrig. Deine Mutter beteiligte sich an ihrer eigenen Ermordung.«

»Was – was meinst du?« stammelte sie entgeistert.

»Sie wußte, daß jenes Gift nicht für sie, sondern für dich bestimmt war. Und so aß sie die Datteln mit Absicht, um dir zu beweisen, wie gefährlich das Leben im Harem ist. Du solltest Algier verlassen, das war ihr innigster Wunsch.«

Also waren die Datteln vergiftet gewesen. »Khalid...«, wisperte sie und erinnerte sich an die Weigerung des Eunuchen, ihr die letzte Dattel zu überlassen. »Auch er wußte Bescheid.«

143

»Ja«, bestätigte Lucien. »Er beobachtete, wie Leila das Gift auf die Datteln streute, und warnte Sabine. Trotzdem aß sie fünf Früchte.«

Alessandra schüttelte entschieden den Kopf. »Niemals hätte meine Mutter so extreme Maßnahmen ergriffen. Sie war noch jung und ...«

»... und dem Tod nahe«, ergänzte er.

Ungläubig starrte sie ihn an. Ihre Mutter war so jugendlich und lebensfroh gewesen. Sicher, sie hatte an ihrem Husten gelitten, aber davon abgesehen ... »Nein, du lügst!« beschuldigte sie ihn. »Sind alle deine Landsleute solche Lügner?«

Lucien trat neben sein Pferd, öffnete einen Ranzen und zog einen versiegelten Brief hervor. »Hier!« seufzte er und drückte ihr das Pergament in die Hand. »Das müßte dir einiges erklären. Wenn du das gelesen hast, wirst du dir's vielleicht zweimal überlegen, ehe du wieder auszureißen versuchst.«

Langsam drehte sie den Brief hin und her, las ihren Namen, erkannte Sabines Handschrift. »Wie ist dieses Schreiben in deinen Besitz gelangt?«

»Khalid hat es mir gegeben und betont, du dürftest es erst in England öffnen. Aber das spielt unter diesen Umständen wohl kaum eine Rolle.«

Nachdem sie das Siegel erbrochen und das Pergament auseinandergefaltet hatte, fiel ihr Blick auf arabische Zeilen. Offenbar hatte die Mutter befürchtet, Lucien würde das Briefgeheimnis verletzen, und deshalb die Sprache ihrer zweiten Heimat gewählt – obwohl es ihr nie gelungen war, die schwierige Schrift einwandfrei zu beherrschen.

Alessandra ging zu einem Felsblock, den die Meeresgischt im Lauf der Zeit geglättet hatte, setzte sich und begann zu lesen.

»Meine liebste Alessandra, hoffentlich wirst du mir

eines Tages verzeihen, daß ich dich getäuscht habe. Du läßt mir keine Wahl. Wie ich immer wieder erklärt habe, gehörst du nicht nach Algier. Dein Platz ist in England, bei deinem Vater. Dort wirst du dein wahres Zuhause finden. Vielleicht wirst du meinen Entschluß besser verstehen, wenn ich das Geheimnis enthülle, das ich dir zwei Jahre lang verborgen habe. Ich muß bald sterben. Mit jedem Tag verschlimmern sich meine Hustenanfälle und die Schmerzen in der Brust. Der Arzt meint, es könnte jeden Augenblick zu Ende gehen. Voller Sehnsucht erwarte ich diese segensreiche Stunde. Da Lucien nichts von deiner wahren Herkunft erfahren darf, habe ich ihn angewiesen, dich meinem Onkel und meiner Tante zu überantworten, Harold und Bethilde Crennan Glasbrook. Die beiden werden dich zu deinem Vater bringen. Bitte, stell die Geduld des Engländers nicht auf eine allzu harte Probe. Leb wohl, meine Tochter, und vergiß nicht, daß ich dich über alles liebe.«

Alessandra las den Brief noch zweimal. Doch die Worte änderten sich nicht, wenn sie auch von den aufsteigenden Tränen verwischt wurden. Als ein Schluchzen in ihrer Kehle aufstieg, wurde ihre Schulter von einer starken Hand umfaßt. Ihr Verstand protestierte gegen Luciens Trost, denn er war der Feind ihres Vaters – und auch ihr eigener. Wenn sie weinend an seine Brust sank, würde sie in eine abhängige Position geraten, die sie sich nicht leisten konnte.

Aber ihr gequältes Herz besiegte die Vernunft. Und so sprang sie auf und sank in Luciens Arme. Verzweifelt umklammerte sie die Falten seiner Robe und ließ den Tränen, die sich so lange in ihr gestaut hatten, freien Lauf.

Nur zögernd drückte er sie an sich. Der beschwerliche Weg, der noch vor ihnen lag, duldete keinen Aufschub. Trotzdem gestattete er Alessandra zu weinen, bis seine Kleidung fast durchnäßt war, bis ihr Schluchzen in einen mitleiderregenden Schluckauf überging, bis die Dunkelheit hereinbrach. Erst dann schob er sie sanft von sich, blickte in ihre geröteten Augen und wischte vorsichtig eine Träne von ihren gesenkten Wimpern. »Jetzt dürfen wir nicht länger säumen. Heute nacht müssen wir viele Meile bewältigen.«

Und diese Meilen würden sie noch weiter von der Rache entfernen, die sie so begierig anstrebte. Für sie spielte es keine Rolle, daß ihre Mutter ohnehin an ihrer Krankheit gestorben wäre. Leila hatte ihr kostbare Tage in Sabines Gesellschaft gestohlen und die unvermeidliche Tragödie viel zu früh heraufbeschworen. Und nun wollte Lucien de Gautier sie daran hindern, die niederträchtige Frau zu bestrafen. Würde sie ihn irgendwie umstimmen können? In seinen Augen las sie Mitleid, aber auch feste Entschlossenheit, so wie eh und je. Nein, nichts würde ihn von seinen Plänen abbringen.

Bitterkeit erfüllte ihre Seele. Viel zu lange war sie gegen die rauhe Wirklichkeit dieser Welt abgeschirmt worden. Und jetzt, wo sie von harten Schicksalsschlägen getroffen wurde, mußte sie beweisen, daß ihre Mutter sie zu Unrecht für ein Kind gehalten hatte. In Zukunft würde sie sich wie eine erwachsene Frau benehmen, nicht mehr wie ein ungestümes Mädchen.

Mit aller Kraft schob sie Lucien von sich. »Rühr mich nicht mehr an! Ich brauche deine Hilfe nicht. Gar nichts will ich von dir!«

Ihr plötzlicher Wutanfall überrumpelte ihn, dann ballte er wütend die Hände. Welcher Narr er doch war! Er hätte es besser wissen müssen, statt seine Gefühle von einer verdammten Bayard betören zu lassen. Was um Himmels willen hatte ihn bewogen, ihr seinen Trost anzubieten? Zum Teufel mit seiner Schwäche! Zum Teufel mit diesen unerwünschten Emotionen! Zum Teufel mit ihr!

»Wie du meinst«, erwiderte er und ging zu seinem Pferd. »Beeil dich, wir reiten bald los.«

»*Du* reitest los, nicht ich, Lucien de Gautier. Selbst wenn ich zu Fuß gehen muß, ich kehre nach Algier zurück.« Sobald sie diese Worte ausgesprochen hatte, erkannte sie die leere Drohung. Ihr blieb nichts anderes übrig, als ihn zu begleiten. Nun bereute sie ihren kindlichen Temperamentsausbruch. Wo sie doch eben erst beschlossen hatte, erwachsen zu werden . . .

Seufzend schüttelte er den Kopf. Glaubte sie nach der Lektüre des Briefs immer noch, sie wäre in Jabbars Haus besser aufgehoben als in ihrer englischen Heimat? Und warum wollte sie sich mit aller Macht an Leila rächen? Wäre sie ehrlich mit sich selbst, würde sie einsehen, daß die Frau der todkranken Sabine letzten Endes einen Gefallen erwiesen hatte. Von qualvollen Schmerzen erlöst, durfte Alessandras Mutter endlich ihren ewigen Frieden genießen.

Er holte tief Atem und erwiderte, ohne sich umzudrehen: »Mittlerweile ist meine Geduld erschöpft. Wenn du nicht freiwillig mit mir kommst, wirst du das ganze Ausmaß meines Hasses gegen deine Familie kennenlernen.«

Dieser Erklärung folgte ein langes Schweigen, nur vom Rauschen der Brandung durchbrochen. Dann hörte er Alessandras Schritte auf dem Felsen. »Wenn du mich zwingst, mit dir nach England zu reisen, werde ich dich gemeinsam mit meinem Vater bekämpfen«, verkündete sie.

Da wandte er sich ihr zu, sah ihr entschlossenes Gesicht, das alle kindliche Unschuld verloren hatte. Eigentlich müßte er sich erleichtert fühlen, weil die Alessandra, die ihm soviel bedeutete, nicht mehr existierte. Aber er beklagte den Verlust. Jetzt war sie offensichtlich eine Bayard, vom Scheitel bis zur Sohle. »Etwas anderes erwarte ich auch gar nicht«, bemerkte Lucien. »Nur eins darfst du nicht vergessen – erst einmal mußt du mir entfliehen.«

13

Während der nächsten zehn Tage versuchte sie mindestens ein dutzendmal zu entkommen. Sie hatte die Reitkunst erstaunlich schnell erlernt. Dafür besaß sie offenbar ein besonderes Talent – was Lucien zum Vorteil gereichte, da sie die Reise nicht verzögerte. Aber er beanspruchte das schnellere Pferd für sich. Und so betrachtete er die aufgezwungene Verfolgungsjagd nur als unwillkommene Abwechslung, die seine Geduld auf eine harte Probe stellte.

Nur selten wurde das beharrliche Schweigen von Streitgesprächen unterbrochen. Hunger und Durst verschlimmerten die Situation, denn die Vorräte, die Khalid ihnen mitgegeben hatte, gingen zur Neige, und frisches Wasser war immer schwerer zu finden. Hätte Lucien die Reise allein unternommen, wäre es ihm leichtgefallen, Wild zu erlegen oder die Kaufleute zu bestehlen, die bei den Wasserquellen kampierten. Doch er wagte nicht, Alessandra allein zu lassen.

Einmal versuchte er, mit ihr gemeinsam zu jagen, aber sie provozierte ihn, indem sie das Wild verscheuchte. Wenn sie rasteten, hielt er sie im Arm, sonst hätte er nicht riskieren dürfen, einzuschlafen. Auch diese notwendige Maßnahme zerrte an seinen Nerven, da Alessandras Nähe immer noch sinnliche Gelüste in ihm weckte.

Je weiter sie sich von Algier entfernten, desto entschlossener plante sie neue Fluchtversuche. Eines Nachts prüfte er die spärlichen Reste des Proviants. Noch zwei Tage, dann würden sie Tanger erreichen und an Bord eines Schiffs gehen, das England ansteuerte.

Sein Magen knurrte und schürte seinen Zorn von neuem. Seufzend dachte er an das nahrhafte Wild, das er jagen könnte, und blickte über die Schulter zu Alessandra hinüber. Sie saß am Eingang der Höhle, wo sie lagerten, und strich geistesabwesend mit allen Fingern durch ihr verfilztes Haar. Das Problem ließ sich lösen. In den letzten Tagen war ihm dieser Gedanke mehrmals durch den Sinn gegangen, doch er hatte ihn immer wieder verworfen. Jetzt hatte er keine Wahl mehr, oder sie würden demnächst verhungern.

Entschlossen nahm er einen zusammengerollten Strick aus seinem Ranzen und ging zu Alessandra. Obwohl sie seine Schritte hören mußte, weigerte sie sich, ihn anzuschauen. Um so besser, dachte er, kniete neben ihr nieder und packte ihre Handgelenke. Um das Überraschungsmoment zu nutzen, begann er sie blitzschnell zu fesseln.

»Was tust du?« rief sie und blinzelte ihn verwirrt an.

Statt eine Erklärung abzugeben, hob er nur die Brauen und verknotete den Strick.

»Hör sofort auf!« kreischte sie und wehrte sich heftig.

Nachdem er ihre Hände gefesselt hatte, führte er ein Ende des Stricks an ihren Beinen hinab, schob den Kaftan und den Umhang hoch. Obwohl sie heftig strampelte, gelang es ihm, die Fußknöchel mit dem Seil zu umwinden.

Schließlich riß er einen Stoffstreifen von seiner Robe

und knüllte ihn zusammen. Dabei hörte er, wie sie ihn auf arabisch verfluchte, und verstand einige Schimpfwörter, die er während seiner Fron auf der Galeere kennengelernt hatte. »Was für ein freches Mundwerk du hast!« tadelte er.

»Frech?« schrie sie. »Ich . . .«

Unsanft schob er ihr den Knebel in den Mund und band ihn fest. Dann richtete er sich auf, ohne ihren wütenden Blick zu beachten. »Tut mir leid, daß ich dich fesseln mußte. Schlaf jetzt. Wenn ich zurückkomme, werden wir endlich wieder eine anständige Mahlzeit genießen.«

Wenn sie auch dringend ein paar Stunden Schlaf gebraucht hätte – sie verfolgte nur ein einziges Ziel. Während er sie allein ließ, mußte sie sich befreien. Sie lauschte seinen Schritten nach, und sobald sie verklangen, wälzte sie sich auf dem harten Felsenboden umher und versuchte die Fesseln abzustreifen. Schließlich hielt sie erschöpft inne. Den Knebel war sie zwar losgeworden, aber ansonsten hatte sie sich nur Kratzer und Schürfwunden zugezogen. Die Fesseln umschlossen ihre Fußknöchel und Handgelenke so fest wie zuvor. Lucien schien sie nicht mehr zu unterschätzen.

Verkrümmt lag sie am Boden und schmiedete Rachepläne. Irgendwie würde sie ihm diese Demütigung heimzahlen. Die Frage war nur – wie?

Nachdem sie neue Kräfte gesammelt hatte, hob sie die gefesselten Hände und betrachtete den Strick. Der Knoten hatte sich nicht gelockert, und nach ihrem verbissenen Versuch, den Strick abzustreifen, schien er ihre Handgelenke noch strammer zu umschlingen. Sie bewegte die Finger, um den Blutkreislauf anzukurbeln, dann begann sie, an dem Hanfseil zu nagen. Diese Beschäftigung erschien ihr ebenso erniedrigend wie ihre Gefangenschaft. Doch sie würde vor nichts zurückschrecken, um ihre Freiheit zu gewinnen.

Völlig auf ihre Tätigkeit konzentriert, merkte sie nicht, das Lucien zurückgekehrt war. Ihr Kiefer und die Zähne schmerzten. Da sie die Augen geschlossen hatte, sah sie den Schatten nicht, der über sie fiel.

Erst als ihre Schultern gepackt wurden, hob sie die Lider. »Großer Gott, Alessandra!« Verwundert starrte er den Strick an, den sie fast bis zur Hälfte durchgekaut hatte.

»Bastard!« zischte sie, angesichts ihrer erfolglosen Bemühungen bitter enttäuscht. »Wie kannst du es wagen . . .«

Unbarmherzig hielt er ihr den Mund zu. »Behalt deinen Zorn für dich, sonst bleibst du gefesselt.«

Daran zweifelte sie nicht, und sie verfluchte ihn, weil er soviel stärker war als sie, weil er als Mann das Licht der Welt erblickt hatte. Dieser letzte Gedanke stimmte sie nachdenklich. Noch nie hatte sie sich gewünscht, etwas anderes zu sein als eine Frau. Jetzt erkannte sie die Nachteile, die sich damit verbanden.

»Nun, wie entscheidest du dich?« fragte er.

Zähneknirschend nickte sie.

Offensichtlich mißtraute er ihr, denn er nahm seine Hand nur zögernd von ihrem Mund. Während er die Fesseln löste, schwieg sie. Erst nachdem er sie befreit hatte, rutschte sie zum Höhleneingang, sprang auf und flüsterte – laut genug, so daß er es hörte: »Schurke! Elender Schweinehund!«

Sie hatte erwartet, er würde die Beleidigungen wie üblich ignorieren. Doch sie täuschte sich. Er umfaßte ihre Schultern, drückte sie an die Höhlenwand und fauchte: »Unentwegt mußt du meine Nerven strapazieren! Was willst du damit gewinnen? Glaubst du, ich würde mich geschlagen geben und dir erlauben, nach Algier zurückzukehren?«

Genau das hatte sie erhofft. »Ich verstehe nicht, warum du mich gefangenhältst.«

»Nein?« Ganz fest drückte er sie an sich, so daß er alle weichen Rundungen ihres Körpers spürte. Die wütende Antwort, die ihr auf der Zunge lag, blieb unausgesprochen, und Luciens verführerische Nähe erinnerte sie an jene Liebesnacht, an das tragische Ende des Entzückens. Damals hatte er sich verweigert. Würde er sie auch jetzt enttäuschen, wenn sie ihm gestattete, neue Lustgefühle in ihr zu wecken? Rasch verdrängte sie diesen gefährlichen Gedanken, trommelte mit beiden Fäusten gegen seine Brust. »Laß mich los!«

Er packte ihre Handgelenke, preßte sie an die Höhlenwand. Als sie ihr Knie hochschwang und ihn zu entmannen drohte, drückte er blitzschnell seine Hüften zwischen ihre Schenkel, und sie konnte sich nicht mehr rühren.

Atemlos hob sie den Kopf und schaute in Luciens Augen. Eine Zeitlang verharrten sie reglos, während die Sehnsucht der letzten Wochen von neuem erwachte. Beide versuchten, sich dagegen zu wehren, doch sie wuchs unaufhaltsam. Langsam neigte er sich hinab, hielt inne, gab ihr eine Gelegenheit, dem Kuß auszuweichen. Dann streiften seine Lippen ihren Mund. Nur widerstrebend drehte sie sich zur Seite. Es war so wundervoll, seine Nähe zu spüren – und viel zu gefährlich.

Offensichtlich sah er das ganz anders. Seine Zunge liebkoste ihre Mundwinkel, und sie flüsterte verzweifelt: »Nein!«

»Doch!« entgegnete er.

Das will ich nicht, sagte sie sich unglücklich und versuchte den Kuß abzuwehren. Er war ihr Feind, oder? Eben erst hatte er sie gefesselt wie ein wildes Tier. Erfolglos bemühte sie sich, den Zorn wiederzubeleben, den er vorhin entfacht hatte. Aber Luciens Lippen glitten viel zu verführerisch über ihre erhitzte Wange zum Ohrläppchen, zu jener empfindsamen Stelle zwischen ihrem Hals und der Schulter.

»Das ist der Grund, warum ich dir nicht erlaube, nach Algier zurückzukehren, Alessandra. Weil ich dich immer noch begehre.«

In ihrem Herzen regte sich eine zaghafte Hoffnung. »Dann vergewaltige mich doch einfach und laß mich gehen. Das würde einem echten de Gautier doch ähnlich sehen, oder?«

Sie spürte, wie er zusammenzuckte, doch er hielt sie eisern fest. »Oh, ich glaube nicht, daß ich dich zwingen müßte.«

Süße, unwillkommene Erinnerungen bedrängten Alessandra und wurden verbannt, weil ihr ein neuer Gedanke kam. »Wenn – wenn ich mich freiwillig hingebe, darf ich dann endlich gehen?«

Dieser Vorschlag schien ihn nicht zu überraschen. Nachdenklich strich er über ihren Hals. »Legst du so wenig Wert auf deine Tugend? Oder sehnst du dich nach mir und möchtest fortsetzen, was wir in jener Nacht begonnen haben?«

Oh, dieser unerträgliche Mann! Sie spürte, wie ihr das Blut brennend heiß in die Wangen stieg, und war dankbar für die Finsternis in der Höhle. »Bilde dir bloß nicht ein, ich würde dich begehren!«

Lucien lachte laut auf. »Also kümmert dich deine Tugend nicht.«

Da irrte er sich. Aber um ihre Freiheit zu gewinnen, würde sie sogar einen Pakt mit dem Teufel schließen. »Es gibt wichtigere Dinge.«

»Zum Beispiel Rache?« Plötzlich wurde er wieder ernst und hob ihr Kinn. »In England bedeutet die Tugend einer Frau sehr viel, Alessandra. Wenn du sie nicht mehr besitzt, wirst du wohl kaum einen ehrbaren Ehemann finden.«

»Wieso glaubst du, ich würde mir einen Ehemann wünschen?«

»Nun, dein Vater möchte dich sicher verheiraten.«

Ihr Vater . . . Würde er sie überhaupt als Tochter anerkennen? Wenn ihre Mutter auch beteuert hatte, er sei ein guter, anständiger Mann – was sollte sie von den Ereignissen halten, die Lucien erwähnte? Falls sie der Wahrheit entsprachen . . .

Entschlossen wiederholte sie ihr Angebot. »Du hast mir noch keine Antwort gegeben. Könnte ich meine Unschuld für meine Freiheit opfern?«

»Nein.«

»Aber du sagtest doch, du würdest mich begehren, und . . .«

»Ja, ich begehre dich, und deshalb habe ich deine Possen bisher ertragen. Aber ich muß auch deinen Wert verteidigen, bis wir England erreichen.«

Schmerzhaft krampfte sich ihr Herz zusammen. Was für ein gefühlskalter, berechnender Mann! Wie abgrundtief mußte er die Bayards hassen! Unwillkürlich hatte er seinen Griff gelockert, und sie nutzte die Gelegenheit, um sich loszureißen und in den Hintergrund der Höhle zu laufen. »Oh, ich verachte dich!« Erstaunlicherweise folgte er ihr nicht. »Du bist einfach abscheulich!«

»Nur die Sklavenhalter haben mich zu dem Mann gemacht, der ich jetzt bin.«

»O nein, gib ihnen nicht die Schuld! Diesen Charakter besitzt du, weil du den Namen de Gautier trägst.«

Darüber schien er eine Weile nachzudenken. Dann stimmte er zu ihrer Verblüffung zu. »Wahrscheinlich hast du recht. Aber verschwenden wir keine Zeit mehr mit sinnlosen Diskussionen. Entzünden wir lieber ein Feuer und schlafen wir, bis die Nacht hereinbricht.«

Widerstrebend fügte sie sich und brachte keine weiteren Argumente vor, um über ihre Freilassung zu verhandeln. Er würde sich ohnehin nicht anders besinnen. Und Tanger lag nur mehr wenige Meilen entfernt.

14

Mochten einer Frau auch Gefahren in einer fremden Stadt drohen – diese Chance konnte sie sich nicht entgehen lassen. Während sie mit Lucien den belebten Marktplatz von Tanger überquerte, wartete sie ungeduldig auf den richtigen Augenblick. Die Frage, warum er sie so weit nach Westen entführt hatte, würde unbeantwortet bleiben, wenn es ihr gelang, in der Menge unterzutauchen. Danach hatte sie sich ein paarmal erkundigt, war aber stets mit einem kühlen Blick zum Schweigen gebracht worden. Nur eins glaubte sie zu wissen. Er suchte etwas – oder jemanden.

Während er vorausging, umklammerte Alessandra die Zügel ihres Pferdes etwas fester, verlangsamte ihre Schritte und lächelte hinter ihrem Schleier. Mühelos würde sie zwischen den unzähligen Frauen verschwinden, die ebenso gekleidet waren wie sie. Bald . . .

Aber auch Lucien drosselte sein Tempo, und sie mußte ihm wohl oder übel folgen. »Du darfst dich nicht zu weit von mir entfernen«, murmelte er in der Sprache seiner Feinde.

Wütend trauerte sie der versäumten Gelegenheit nach und musterte ihn. Frühmorgens am Stadtrand hatte er den Turbanstreifen so um den Kopf gewickelt, daß die untere Gesichtshälfte verdeckt wurde. Nur ein kleiner Teil seiner gebräunten Haut war sichtbar, und da er zudem seine wallende Robe trug, konnte man ihn für einen Araber halten. Damit ihn die amethystfarbenen Augen nicht verrieten, hielt er den Blick gesenkt.

Am großen Hafen vereinte sich der Atlantik mit dem Mittelmeer. Der Handel zwischen zahlreichen Ländern blühte, und man traf in Tanger viele Rassen an. Deshalb wäre eine Verkleidung überflüssig gewesen, müßte Lucien nicht befürchten, Rashid würde immer noch nach ihm suchen.

Alessandra fragte sich, ob der Verlobte ihr folgte. Oder hatte er inzwischen eine andere Braut gewählt? Die Henna-Ornamente auf ihren Wangen waren längst verblaßt, die kunstvollen Zöpfchen hatten sich schon vor mehreren Tagen aufgelöst. Auch die großäugige Unschuld gehörte der Vergangenheit an. Sie durfte sich nicht mehr als Braut betrachten.

Doch ich könnte die Geliebte eines Mannes werden, überlegte sie und warf einen Blick auf den mißgelaunten Riesen an ihrer Seite. Bei diesem Gedanken konzentrierte sie sich auf ihren Fluchtplan.

Wenig später bot sich eine neue Gelegenheit. Lucien blieb vor einer Marktbude stehen, wo Stoffe in allen erdenklichen Farben bereitlagen.

Ohne Alessandra aus den Augen zu lassen, sprach er mit dem kleinen Verkäufer, der sich beeilte, seine Waren vorzuzeigen und ihre Qualität zu loben. Aber er wurde enttäuscht, denn Lucien interessierte sich für etwas anderes und stellte ihm einige Fragen.

Von der Menschenmenge an ihr Pferd gedrückt, hoffte sie inständig, er würde endlich wegschauen. Diesen Gefallen tat er ihr bald darauf. Nur eine Armeslänge von ihm entfernt, kroch sie unter das Tier und verschwand zwischen den Leuten. Eine schwarzgekleidete Frau unter vielen, bahnte sie sich einen Weg durch das Gedränge.

Hinter sich hörte sie Luciens zornige Stimme, die ihren Namen rief. Wie groß ihr Vorsprung war, wußte sie nicht. Nun mußte sie seiner Reichweite möglichst schnell entrinnen.

Während sie an Marktständen, Händlern und Käufern vorbeihastete, verspürte sie ein unwillkommenes Bedauern. Nie wieder würde sie in Luciens Armen liegen, seine Küsse genießen. Sie hatte den Mann, der trotz aller Streitigkeiten so starke Gefühle in ihr weckte, für immer verloren.

Wäre die Kluft zwischen ihnen nicht immer breiter geworden, seit er ihre Identität kannte, hätte sie die beabsichtigte Rache an Leila vielleicht vergessen und sogar ihre Angst vor England bezwungen. Zu spät ... Lucien haßte sie, und sie hatte allen Grund, ihn zu hassen – wenn sie es nur könnte.

Heiße Tränen verschleierten ihren Blick, als sie in eine enge Gasse rannte und sich im Schatten verbarg. An eine Wand gelehnt, rang sie nach Atem und spähte in den Sonnenschein, aus dem sie soeben geflohen war.

Gerade begann sie sich zu entspannen, doch da verdunkelte Luciens unverkennbare Gestalt das Licht. Großer Gott, wie hatte er sie gefunden?

»Alessandra!« rief er und trat in die Gasse. Seine breiten Schultern streiften die Mauern zu beiden Seiten.

Wild entschlossen wandte sie sich ab und lief zur anderen Straßenecke. Jetzt kam sie ausnahmsweise schneller voran als Lucien, den der geringe Abstand zwischen den Häusern behinderte. Unglücklicherweise übersah sie im Halbdunkel ein Faß, stolperte und stürzte. Sie rappelte sich auf, verlor ihren Schleier, der weite Umhang mit der Kapuze verrutschte. Aber sie stürmte unbeirrt weiter.

In der Straße, die sie endlich erreichte, ging es ruhiger zu als auf dem Marktplatz. Nicht einmal eine größere Menschenmenge hätte ihr genützt, denn ihr rotes Haar schimmerte deutlich sichtbar im Sonnnenlicht, und sie war nicht mehr eine von vielen.

Mehrere Männer blieben stehen und starrten ihr nach, während sie vorbeieilte. Erschrocken wichen die Frauen zurück. Und Lucien schob sie alle beiseite, um Alessandra einzufangen. Sie beschleunigte ihre Schritte, schaute über die Schulter. Unaufhaltsam kam er näher. Sie bog in eine Gasse zur Rechten, dann wandte sie sich nach links, in der verzweifelten Hoffnung, den Verfolger zwischen den Gebäuden abzuschütteln.

Warum ließ er sie nicht laufen? Erkannte er nicht, in welche Gefahr er sich brachte, wenn er ihr auf den Fersen blieb? Sie lief in einen schmalen Durchgang. Zu beiden Seiten standen verfallene Häuser.

Trotz des Gestanks merkte sie nicht, daß sie in einen üblen Stadtteil geraten war. Die schäbige Kleidung der Leute entging ihr ebenso wie die lüsternen Blicke, die ihr Gesicht streiften. Etwas weiter vorn bot ihr eine halboffene Tür Zuflucht und Schutz vor dem Mann, der sie bald einholen würde.

Sie sprang über die Schwelle, schloß hastig die Tür hinter sich und lauschte auf Luciens Schritte, die bald erklangen, von wütenden Flüchen begleitet. Aufgeregt wartete sie. Würde er umkehren, wenn er feststellte, daß sie ihm entwischt war. Vermutlich – aber dann bin ich längst woanders.

»Leb wohl, Lucien de Gautier«, wisperte sie. Neue Tränen brannten in ihren Augen.

Nach einer Weile sah sie sich um. Offenbar hatte sie einen Lagerraum betreten. In den Regalen an den Wänden standen schmutzige Flaschen. Geöffnete Fässer verströmten Alkoholgeruch. Aus mehreren Säcken, am Boden verstreut, quoll Getreide, das genüßlich von fetten, trägen Ratten verspeist wurde.

158

Alessandra schnitt eine Grimasse. Diese widerwärtigen Kreaturen hatte sie bisher nur aus der Ferne beobachtet. Sie bekam eine Gänsehaut und glaubte zu spüren, wie sie an ihren Beinen emporkrochen.

Rasch verscheuchte sie die grausigen Phantasiebilder und betrachtete eine Tür am anderen Ende des Raumes, unter der Licht hervordrang. Dahinter redeten fröhliche Stimmen durcheinander. Allzulange durfte sie nicht hierbleiben. Sie mußte jemanden finden, der ihr helfen würde, nach Algier zurückkkzukehren. Glücklicherweise trug sie Geld bei sich. Das hatte sie einem prall gefüllten Beutel entnommen, als Lucien eines Nachmittags davongegangen war, um ein menschliches Bedürfnis zu befriedigen. Würde die Summe genügen? Sie konnte nur hoffen, daß man den Namen Abd al-Jabbar auch in diesem Teil des Maghrebs kannte.

Erst einmal wollte sie ihre Kleider in Ordnung bringen. Während sie den Umgang zurechtrückte, malte sie sich aus, wie sie nach ihrer Heimkehr ein ausgiebiges Bad genießen würde. Einen solchen Luxus hatte ihr der Wassermangel in den letzten Wochen verwehrt, und sie war furchtbar schmutzig. Angewidert rümpfte sie die Nase. Da sie den Schleier verloren hatte, ergriff sie die Kapuze, um sie über ihr Gesicht zu ziehen.

Doch es war zu spät. Ihre Hand erstarrte, als die Tür aufflog. Bestürzt blinzelte sie ins Licht.

Hatte Lucien ihr Versteck entdeckt? Nein, der Mann, der vor ihr stand, war viel kleiner.

Ihr Anblick schien ihn zu überraschen. Dann trat er vor. »Diebin!« schrie er.

Angstvoll tastete sie nach der Tür hinter ihrem Rükken. Aber sie wurde gepackt und quer durch den Raum geschleudert. Unsanft landete sie zwischen den Getreidesäcken und den Ratten, die empört kreischten. Jetzt steckte sie in ernsthaften Schwierigkeiten, obwohl sie beweisen konnte, daß sie nichts entwendet hatte. In der muslimischen Welt ging man nicht gerade gnädig mit Leuten um, die des Diebstahls verdächtigt wurden.

Eine kräftige Hand verdrehte ihren Arm und zerrte sie auf die Beine. »Laßt doch den Unsinn!« protestierte sie auf arabisch. »Ich habe mich nicht an fremdem Eigentum vergriffen.«

Da sie seine Muttersprache so fließend beherrschte, hielt der Mann verwundert inne, begutachtete ihre zerzausten roten Locken, die grünen Augen, den vollen Mund. Sie hoffte, nun würde er sie loslassen.

Statt dessen zog er sie in den hell erleuchteten Raum, wo mehrere Männer an roh gezimmerten Tischen saßen und von ihren Getränken aufblickten, um das unerwartete Spektakel zu beobachten. Wütend beschimpfte sie den Kerl, der sie immer noch festhielt, trat und schlug um sich, bis er ihren Kopf an den Haaren nach hinten riß.

Eine Taverne, dachte sie. In wachsendem Entsetzen musterte sie das neugierige Publikum. Würde sie inmitten der lüsternen Mienen einem mitfühlenden Blick begegnen? Dieser Wunschtraum wurde nicht erfüllt. Jetzt stand sie jenem triebhaften Gesindel gegenüber, vor dem die Mutter sie stets gewarnt hatte.

»Eine Diebin, Herr!« verkündete der Bursche, der sie gefangengenommen hatte.

Ein breitschultriger Mann, dunkelhäutiger als die meisten Araber und vermutlich ein Mischling, erhob sich von einem der Tische. »Eine Dirne!« rief er, und seine pechschwarzen Augen schienen sie zu durchbohren. »Vielleicht kann sie bezahlen, was sie gestohlen hat.«

Zunächst verstand sie die Bedeutung seiner Worte nicht. Aber als er ihren Umhang auseinanderriß und nach ihren Brüsten griff, beseitigte er alle Zweifel an seiner Absicht.

»Nein!« schrie sie und stieß seine Hand weg. Da schlug er sie mit aller Kraft ins Gesicht. Von wilder Panik erfaßt, berührte sie ihre brennende Wange, während der Mann, der sie entdeckte hatte, ihr den anderen Arm auf den Rücken drehte. »Mein Vater ist Abd al-Jabbar, ein reicher algerischer Kaufmann!« erklärte sie. »Vor vierzehn Tagen wurde ich entführt. Sicher wird er Euch reich belohnen, wenn Ihr mir keinen Schaden zufügt und mich nach Hause schickt.«

Offensichtlich fand man dieses Angebot absurd. Alle Anwesenden brachen in schallendes Gelächter aus. Wie sollte man ihr auch glauben? Sie sah nicht wie eine Araberin aus, und eine Frau, die so schäbige, verschmutzte Kleider trug, konnte unmöglich aus einem reichen Haus stammen.

»Eine Hure und eine Lügnerin!« spottete der dunkelhäutige Mann und packte sie wieder. »Mal sehen, was Ihr zu bieten habt.«

»Oh – bitte, ich gebe Euch Geld!« versprach sie, da es ohnehin nur eine Frage der Zeit war, bis man die Münzen entdeckte und ihr entwenden würde. »Ich bezahle . . .« Ihr Atem stockte, als ihr Kaftan vom Hals bis zur Taille aufgerissen wurde.

Himmlischer Vater, schick Lucien hierher, betete sie stumm, während ihre nackten Brüste all den begierigen Blicken preisgegeben wurden. Was hatte sie getan? Wie töricht war es gewesen, sich einzubilden, sie könnte unbeschadet entfliehen – in einer Männerwelt, wo die schlimmsten Gefahren lauerten . . .

Grobe Hände betasteten ihren Körper, und sie überlegte verzweifelt, was geschehen würde, was sie nicht verhindern konnte, was sie verloren hatte, als sie vor Lucien geflohen war. Welch ein sträflicher Leichtsinn ... Nach dem Tod der Mutter war er ihr letzter Halt gewesen, ihre einzige Stütze.

Nun gesellten sich andere Männer zu ihrem Peiniger, strichen über ihre Brüste, führten obszöne Reden, die ihr den Magen umdrehten.

Erfolglos versuchte sie, diesem Grauen wenigstens in Gedanken zu entkommen. Ihr Verstand blieb dort, wo sich ihr Körper befand, und nahm die schrecklichen Ereignisse so intensiv wahr, daß sie nicht einmal bemerkte, daß ihr der Beutel mit den kostbaren Münzen weggenommen wurde.

»Lucien«, flüsterte sie. Tränen strömten über ihr Gesicht. »Lucien ...«

Plötzlich stand ein Mann von einem Ecktisch auf und näherte sich, gefolgt von zwei anderen. »Genug!« befahl er in französischer Sprache, die den meisten Arabern geläufig war.

Verblüfft wichen Alessandras Angreifer zurück und machten dem attraktiven, dunkelhaarigen Franzosen Platz, der selbstbewußt vor ihr stehenblieb. In seiner europäischen Kleidung bildete er einen ermutigenden Kontrast zu den formlosen Roben der muslimischen Tradition. Neue Hoffnung stieg in ihr auf. Würde er ihr helfen?

Die Hände in die Hüften gestemmt, musterte er sie anerkennend, und der Anblick ihrer Brüste ließ seine Augen aufleuchten. »Was kostet die Frau?«

Bitter enttäuscht senkte sie den Kopf. Könnte sie doch ihre Blößen bedecken ...

»Ah, Monsieur LeBrec!« Eifrig verscheuchte der Wirt die anderen Gäste. »Wollt ihr bezahlen, um sie als erster zu besitzen?«

»Nein«, erwiderte der Franzose lachend. »Ich bezahle, weil ich sie für mich allein haben will. Eine solche Beute werde ich mit niemandem teilen.«

Diese Erklärung vermochte Alessandra nicht zu trösten, weckte aber einen neuen Hoffnungsschimmer. Verglichen mit den anderen Kerlen, die sie zweifellos vergewaltigen wollten, wirkte dieser Mann immerhin respektabel. Vielleicht konnte sie ihm klarmachen, daß sie keine Hure war.

Eine Zeitlang schien der Wirt nachzudenken, dann grinste er. »Was für ein selbstsüchtiger Wunsch! Und wenn Ihr mit ihr fertig seid?«

»Nun, Ihr wißt, welche Geschäfte ich betreibe, Asim.«

»In der Tat«, murmelte Asim und nannte einen exorbitanten Preis.

Entschieden schüttelte LeBrec den Kopf. »Zu teuer. Seht sie doch an! Sie ist wahrlich keine kostbare Beute. Und dieser Gestank . . .« Angeekelt rümpfte er die Nase. »Es wird mich einige Mühe kosten, diese Frau in einen halbwegs brauchbaren Zustand zu versetzen«, fügte er hinzu und bot dem Wirt ein Viertel der verlangten Summe an.

»Ist sie nicht prächtig gebaut, mein Freund?« fragte Asim und schob Alessandra zu dem Franzosen. Ausdrucksvoll beschrieb seine Hand ein paar Kurven. »Gewiß wird sie Euch viel Freude bereiten.«

»Bedauerlicherweise stinkt sie noch schlimmer als ich dachte«, bemerkte LeBrec trocken. Aber seine Augen funkelten.

Noch nie hatte Alessandra sich so erniedrigt gefühlt. Doch sie schluckte die heftigen Worte hinunter, die ihr auf der Zunge lagen, denn sie konnte sich's nicht leisten, den Franzosen zu erzürnen. Allem Anschein nach war er ihre einzige Hoffnung.

Asim beugte sich vor, schnupperte an ihr, dann zuckte er die Achseln und senkte den Preis. Damit war LeBrec noch nicht einverstanden, aber sie einigten sich schließlich auf die Hälfte der ursprünglichen Forderung.

163

Gierig nahm Asim das Geld entgegen, stapfte davon und zählte seinen Gewinn. Die anderen Gäste entfernten sich ebenfalls, wenn auch widerstrebend.

»Von mir habt Ihr nichts zu befürchten«, beteuerte LeBrec, als Alessandra ihn mißtrauisch anstarrte. Fürsorglich schloß er ihre Robe, um ihre Blößen zu bedekken.

Doch er hatte ihren Argwohn noch nicht zerstreut, und sie versuchte zu ergründen, was sich hinter seinem charmanten Lächeln verbarg. »*Merci, Monsieur*«, antwortete sie, und ihre Stimme zitterte vor Erleichterung. Offenbar war der Franzose kein brutaler Lüstling. Aber würde er ihr zur Rückkehr nach Algier verhelfen? Wenn ja, zu welchem Preis?

»Also sprecht Ihr französisch?«

Sie nickte und erwiderte den durchdringenden Blick seiner dunklen Augen. »Und englisch.« Sabine hatte sich intensiv um die Erziehung ihrer Tochter gekümmert. Und deshalb beherrschte Alessandra drei Sprachen fließend und besaß Grundkenntnisse in ein paar anderen.

»Und doch könnt Ihr Euch auf arabisch verständigen, als wäre es Eure Muttersprache«, bemerkte LeBrec, während er ihren Ellbogen umfaßte und sie zum vorderen Ausgang der Taverne führte.

»Glaubt mir, Monsieur, das ist meine Muttersprache. Ich bin keine Lügnerin, denn ich wurde in Algier geboren. Dort wuchs ich auch auf. Mein Vater heißt Abd al-Jabbar.«

»Und wie lautet Euer Vorname, *chérie*?« fragte er lächelnd. Um seine dunklen Augen bildeten sich winzige Fältchen.

»Alessandra.«

Er hob die Brauen. »Nun, Alessandra, wenn Eure schöne Haut von diesem Schmutz befreit ist, werden wir es mit Sicherheit wissen, nicht wahr?« Langsam strich sein Daumen über ihre Wange.

Offensichtlich mußte sie ihm alles erzählen. Sie hoffte nur, er würde sie nicht auffordern, zum Dank für seine Hilfe mit ihm zu schlafen.

»Jetzt bringe ich Euch erst einmal in mein Haus«, fügte der Franzose hinzu. »Dort werdet Ihr baden, und danach unterhalten wir uns.«

Oh, das ersehnte Bad . . . Der Schmutz störte sie mittlerweile viel weniger als der Gedanke an die Hände, die sie beinahe vergewaltigt hätten, deren Berührung sie wegwaschen mußte. Zuversichtlich, wenn auch vorsichtig, begab sie sich in LeBrecs Obhut.

15

Schade, dachte Jacques LeBrec, während er die schlafende Alessandra betrachtete. Er beugte sich hinab, ergriff eine rotgoldene Locke, rieb sie zwischen Daumen und Zeigefinger.

Inzwischen war er völlig bezaubert von der schönen, temperamentvollen Frau, die erst vor wenigen Stunden aus der Kloake aufgetaucht war, um seinen Tisch zu zieren. Sie war amüsant, besaß tadellose Manieren und einen schriftlichen Beweis für die unglaubliche Geschichte, die sie ihm erzählt hatte.

Als er sich aufrichtete, streifte sein Blick den Brief, den er bei ihren wenigen Habseligkeiten gefunden hatte. Dieses Schreiben, das von ihrer Mutter stammte, bewegte ihn zutiefst. Sorgsam faltete er es zusammen und steckte es in seine Tunika.

Dann wandte er sich wieder zu Alessandra, musterte den wohlgeformten Körper, der sich unter der Decke abzeichnete, und glaubte, in seinen Lenden würde sich etwas regen. Erwartungsvoll griff er zwischen seine Beine, aber die schwache Reaktion enttäuschte ihn.

Andererseits war er nicht überrascht. Er hatte sich längst an seine Impotenz gewöhnt, doch er hoffte immer noch, eines Tages einer Frau zu begegnen, die seine Lebensgeister wieder wecken könnte. Diesen Wunsch konnte Alessandra wohl nicht erfüllen, wenn sie ihn auch stärker beeindruckte als die meisten Mädchen, die er kannte.

Seufzend kehrte er ihr den Rücken. Wenigstens würde es ihm nicht allzu schwer fallen, sich von der kleinen Schönheit zu trennen, tröstete er sich. Und das mußte er bald tun. Normalerweise entwickelte er keine Gefühle für seine Investitionen. Aber diese Frau bildete eine Ausnahme. Hätte er genug Zeit, um einen Boten nach Algier zu schicken und herauszufinden, welche Belohnung ihn erwarten würde, wäre er geneigt gewesen, das Versprechen zu halten, das sie ihm entlockt hatte, und sie ihrem wohlhabenden Vater zu überantworten. Unglücklicherweise mußte er demnächst hohe Schulden bezahlen, und in seiner Börse würde bald gähnende Leere herrschen, wenn er nicht schleunigst gewisse Maßnahmen ergriff.

In der Tür blieb er stehen und blickte über die Schulter. Während Alessandra schlief, erschien sie ihm exquisiter denn je. Die zarten Sommersprossen hoben ihre Schönheit noch hervor, die langen, dichten Wimpern, die zierliche Nase und die hübsch geschwungenen Lippen mußten der Traum jedes Kunstmalers sein. Und ihre Intelligenz, die ihre Miene sogar im Schlummer ausdrückte, wirkte unwiderstehlich. Kein Wunder, daß dieser Lucien, den sie zu hassen vorgab, so fest entschlossen war, sie nach England mitzunehmen. Zweifellos wußte er eine Frau zu beglücken – und sich selbst.

Die Bitterkeit, mit der sich Jacques schon vor langer Zeit abgefunden hatte, gewann eine neue Intensität und wappnete ihn gegen unerwünschte Gefühle, die seine Pläne nicht vereiteln durften.

Wenn Alessandra die schwachen Triebe seines Körpers auch nicht befriedigen konnte, mit ihrer Hilfe würde er sich der einzigen Leidenschaft hingeben, der er ungehindert frönen konnte – seiner Spielsucht.

»Heute findet eine Auktion statt«, erklärte Jacques, als er Alessandra auf dem Marktplatz aus der Kutsche half.

Sie vergewisserte sich, daß ihr Schleier richtig saß, dann blickte sie zu dem Mann auf, der sich vor drei Tagen so großmütig zu ihrem Beschützer ernannt hatte. Seither benahm er sich wie ein untadeliger Gentleman – im Gegensatz zu Lucien, was sie sich in die Erinnerung zurückrief, wann immer ihr das Herz zu weh tat.

»Eine Versteigerung?«

Eine Hand auf ihrer Schulter führte er sie über den Platz. »*Oui*, eine Sklavenauktion.«

»So etwas habe ich noch nie gesehen.« Wieder wanderten ihre Gedanken zu Lucien. Bei einer solchen Versteigerung hatte ihre Mutter ihn gekauft.

»Heute sollt Ihr's erleben, *chérie*«, versprach Jacques und geleitete sie zu einer Marktbude, wo Kosmetika feilgeboten wurden.

Es widerstrebte ihr, mit anzusehen, wie Menschen verschachert wurden. Doch sie schwieg, um den Mann nicht zu kränken, der so freundlich zu ihr war. Welch ein schreckliches Schicksal hätte sie erlitten, wäre er nicht rechtzeitig in der Taverne aufgetaucht . . .

Nun mußte sie nur noch warten, bis Jabbar in Tanger eintraf. Da Jacques vor zwei Tagen einen Boten nach Algier geschickt hatte, würde es nicht mehr allzulange dauern, bis sie in ihre vertraute Umgebung zurückkehren konnte. Etwas anderes wünsche ich mir nicht, redete sie sich ein und schenkte ihre Aufmerksamkeit dem Verkäufer, der ihr Töpfchen mit Kajal und Rouge zeigte.

Obwohl sie den Kopf schüttelte, warf Jacques dem Mann eine Münze zu und überreichte ihr die Kosmetika. Sie bedankte sich und steckte alles in den Beutel, den sie unter ihrem Umhang trug.

Danach führte er sie zu einem Marktstand, wo Schmuck in hellem Sonnenlicht funkelte. »Das würde wundervoll zu Eurem Haar passen«, meinte er und hielt ihr eine silberne Halskette hin.

»Sehr schön«, antwortete Alessandra und berührte das Geschmeide.

»Dann sollt Ihr dieses Juwel besitzen.« Wenn es auch zweifelhaft war, ob sie es behalten würde – mit diesem Geschenk wollte er sich im voraus bei ihr entschuldigen. Unwillkürlich runzelte er die Stirn. O Gott, wie er es haßte, ihr das anzutun . . . Zu seinem Leidwesen blieb ihm nichts anderes übrig.

»Aber ich habe kein Geld mehr.«

»Es wäre mir eine Freude, die Kette für Euch zu kaufen«, erwiderte er lächelnd.

Sie hatte sich zwar bereit erklärt, mit ihm auszugehen und Kaftans zu erwerben. Doch dieses Angebot stimmte sie unbehaglich. Die Kleider brauchte sie, da die Seidenhose, das Hemd und die Weste, die er ihr geliehen hatte, ihren Körper nur unzureichend bedeckten. Doch die aufgezwungenen Kosmetika und die Halskette waren reiner Luxus. Nein, er hatte schon mehr für sie getan, als sie ihm jemals vergelten konnte. »Das dürft Ihr nicht.«

168

Jacques' Enttäuschung wirkte übertrieben, war aber echt. »Damit möchte ich Euch nur für Eure Gesellschaft danken, Alessandra.«

»Nein, ich bin es, die Euch Dank schuldet.«

»*Chérie*, ich bestehe darauf.«

Beharrlich schüttelte sie den Kopf. »So sehr ich Eure Großzügigkeit auch zu schätzen weiß, ich muß dieses Geschenk ablehnen.«

Zum Teufel mit dem Mädchen, fluchte er stumm. Warum glich sie nicht den anderen habgierigen Geschöpfen, die ihn sein Leben lang umringt hatten? Sie sollte passende Ohrringe verlangen, ein Armband, einen Gürtel aus schimmernden Münzen. Beinahe gewann er den Eindruck, sie wüßte, was sie erwartete, wollte seine Schuldgefühle benutzen und ihn veranlassen, sich anders zu besinnen. So hatte sich auch seine Mutter stets verhalten, mochte der Satan ihrer Seele gnädig sein.

Mühsam verbarg er seinen Zorn. »Heute abend werdet Ihr die Kette für mich tragen«, bestimmte er und griff nach seiner Börse.

Ohne den Unmut zu bemerken, der seine Augen verdunkelte, blieb Alessandra bei ihrem Entschluß. »Vielen Dank, Jacques, aber . . .«

»Glaubt Ihr, ich erwarte eine Gegenleistung in Naturalien?« schrie er, und sein Wutausbruch scheuchte den Verkäufer um mehrere Schritte zurück.

Erstaunt blinzelte sie ihn an. Sie hatte keineswegs beabsichtigt, ihn zu ärgern. Diese neue Seite seines Wesens beunruhigte sie. »Verzeiht mir, ich wollte mich nicht undankbar zeigen.«

In seinem Kinn zuckte ein Muskel. Rasch wandte er sich ab, und als er sie wieder ansah, zeigte sein Gesicht einen sanfteren Ausdruck. »Macht mir doch die Freude!« bat er und reichte ihr die Kette.

169

Zögernd nickte sie. Was konnte es schon schaden, wenn sie das Geschenk annahm? Gab er ihr nicht deutlich genug zu verstehen, daß er nur ihr Freund sein wollte? »Also gut. Aber ich möchte Euch das Geld so bald wie möglich geben.«

Mit dieser Bedingung brachte sie den Franzosen erneut in Wut, doch das ließ er sich nicht anmerken. »Einverstanden.« Es dauerte nicht lange, bis er den Preis heruntergehandelt hatte. Triumphierend öffnete er Alessandras Umhang und legte ihr die Kette um den Hals.

Da er Europäer war und die strengen muslimischen Sitten nicht kannte, ertrug sie es widerstandslos, vor fremden Leuten entblößt zu werden – wenn es ihr auch sehr schwerfiel, stillzuhalten, während er den Verschluß des Geschmeides zuschnappen ließ.

»Oh, ich wußte es ja – dieser Schmuck steht Euch ausgezeichnet«, verkündete er lächelnd.

Dankbar für den Schleier, der wenigstens ihr Gesicht verhüllte, schloß sie hastig den Umhang über ihrer dünnen Kleidung. »*Merci*, Jacques.«

Er schaute ihr forschend in die Augen. Dann zuckte er die Achseln und führte sie an den Buden vorbei. »Was für eine seltsame Frau Ihr seid, Alessandra . . .«

»Was meint Ihr damit?«

Als er endlich antwortete, hatte sie ihre Frage schon fast vergessen. »Ihr gleicht keiner der Frauen, die ich kannte . . .«

»Vermutlich waren es viele.« Sofort bereute sie ihre kühnen Worte, und das Blut stieg ihr in die Wangen.

Aber er war keineswegs schockiert. »O ja«, seufzte er. »Und nur wenige konnten sich ihrer Jungfräulichkeit rühmen – so wie Ihr.«

»Wie – wieso wißt Ihr das?« stammelte sie und blieb bestürzt stehen. Davon war nie die Rede gewesen. Eigentlich müßte er etwas anderes annehmen, nachdem ich ihm meine Geschichte erzählt habe, überlegte sie.

»Ich kenne das Gesicht der Unschuld«, entgegnete er, nahm ihren Arm und geleitete sie in eine schmalere Seitenstraße. »Und wenn die Eure auch nicht mehr in voller Blüte steht – die letzte Barriere wurde noch nicht durchbrochen.«

Verlegen senkte sie den Kopf und fand keine Worte. Dieser neue Jacques unterschied sich beträchtlich von dem zurückhaltenden Mann, dem sie in seinem Haus begegnet war. Was mochte die Veränderung bewirkt haben?

»Erstaunlich, daß dieser Lucien Euch nicht die Tugend geraubt hat«, fuhr er fort, »obwohl Ihr so lange mit ihm zusammen wart. Oder daß Ihr seine Wünsche nicht erfüllen wolltet . . .«

Hätten es seine langen Schritte erlaubt, wäre sie wieder stehengeblieben. »Wie könnt Ihr wissen, was zwischen Lucien und mir geschah?« fragte sie und bemühte sich nicht, ihren Ärger zu verbergen.

»Natürlich weiß ich es«, behauptete er und bog in eine andere Straße, an deren Ende ein großes, halbverfallenes Gebäude lag. »Immerhin ist es mein Geschäft.«

Nun meldete sich eine warnende innere Stimme. Irgend etwas stimmte da nicht. »Euer Geschäft?« wiederholte sie und erinnerte sich an sein Gespräch mit dem Tavernenwirt. »Ich verstehe nicht . . .«

Um ihrem Blick auszuweichen, starrte er vor sich hin. »Bald wird sich alles aufklären.«

Mißtrauisch betrachtete sie das Haus und erkannte erst jetzt, daß der Marktplatz weit hinter ihnen lag. Was sollte aus den Kaftans werden, die Jacques ihr versprochen hatte? Waren sie nicht ausgegangen, um welche zu kaufen? Energisch befreite sie sich von seinem Griff. »Wohin bringt Ihr mich?«

»Das werdet Ihr gleich sehen.«

Als er sich zu ihr wandte, trat sie einen Schritt zurück. »Nein, ich will es sofort wissen. Ihr benehmt Euch sehr merkwürdig, Jacques, und ich gehe nicht weiter, bevor Ihr mir Eure Pläne verratet.«

»Ich habe eine Überraschung für Euch. Wollt Ihr sie verderben?«

»Allerdings.«

Seine Lippen verzerrten sich, dann hob er seine Arme himmelwärts. »Ah, *chérie*, warum macht Ihr's mir so schwer?«

»Tut mir leid, ich muß es wissen.«

Plötzlich packte er Alessandra und drückte sie an seine Brust.

»Laßt mich los!« kreischte sie und stemmte sich mit aller Kraft gegen ihn.

Obwohl er taumelte, umklammerte er sie noch fester. Mit Luciens Kraft konnte er sich nicht messen, doch er war kein Schwächling. Seine stämmige breitschultrige Gestalt wies unter der vornehmen Kleidung erstaunliche Muskeln auf.

Zweifellos würde Alessandra den Kampf verlieren, noch ehe er richtig begonnen hatte. Doch das akzeptierte sie nicht und wehrte sich verbissen, während LeBrec sie in das Haus schleppte. Dort ließ er sie unsanft in einen Sessel fallen. Erbost riß sie sich den Schleier vom Gesicht und schleuderte ihren Umhang beiseite.

»Wie könnt Ihr es wagen!« fauchte sie und schaute sich in dem kahlen, muffigen Zimmer um. Wachsender Argwohn verdrängte den letzten Rest ihrer Dankbarkeit, ihrer Bewunderung, ihres Vertrauens.

Natürlich spürte er, was sie empfand. So gern er auch der edle Beschützer gewesen wäre, den er gemimt hatte – die Umstände verlangten etwas anderes. Und die-

172

se Umstände erinnerten ihn nur zu deutlich an seine wahre Identität. Jacques LeBrec, der Sklavenhändler und notorische Spieler ...

»Glaubt mir, *chérie*, es tut mir leid«, seufzte er müde und streichelte ihre glatte Wange.

Endlich erkannte sie Jacques' Absicht und stieß ihn von sich. Sie sollte den Wölfen vorgeworfen werden, und er hatte nie geplant, ihr wirklich zu helfen. Daran zweifelte sie nicht mehr. Trotzdem wollte sie es aus seinem Mund hören. »Wovon sprecht Ihr?« fragte sie, stand entschlossen auf und straffte die Schultern.

Unfähig, ihrem Blick standzuhalten, wandte er sich ab. »Es geht um Geschäfte, *chérie*.«

Um Sklavenhandel? »Und was für Geschäfte sind das?« Alessandra begann am ganzen Körper zu zittern.

Ehe er sie wieder anschaute, schien eine Ewigkeit zu verstreichen. »Ich verkaufe Sklaven, Alessandra.«

Wie sollte sie einen Ausweg aus diesem neuen Dilemma finden? Sie schloß die Augen. Konnte sie fliehen? Wenn ja, welche Gefahren würden sie erwarten? Nur um seinen eigennützigen Zwecken zu dienen, hatte er sie in der Taverne vor den lüsternen Männern gerettet. Würde eine Frau, die allein in dieser Welt stand, nirgendwo Sicherheit finden? Tiefes Selbstmitleid trieb ihr Tränen in die Augen. Alles hatte sie verloren – ihre Mutter, ihr Zuhause, Lucien ...

O Lucien! Wie verzweifelt sie sich nach ihm sehnte! Seine Arme zu spüren, seinen warmen Atem an ihrem Ohr, seine verheißungsvollen Lippen auf ihrem Mund, zu wissen, daß trotz des Hasses ein mitfühlendes Herz in seiner Brust schlug ...

Seit sie von ihm getrennt war, erschien ihr ihr eigener Haß nicht mehr so schlimm. Nur ein kleines Hindernis. Und die Rache, die sie an Leila üben wollte? Unwichtig und überflüssig. Sie konnte ihre Mutter ohnehin nicht mehr zum Leben erwecken, und eines Tages würde die Trauer nachlassen.

Mühsam unterdrückte sie ein Schluchzen. Albernes Kind, schalt sie sich. Konnte sie denn nie erwachsen werden?

Jacques reichte ihr ein sorgsam gefaltetes Taschentuch. »Trocknet Eure Tränen, *chérie.*«

Sie starrte das leinene Tuch an, dann wischte sie trotzig mit dem Handrücken über ihre Lider. »Warum, Jacques?«

Langsam verzogen sich seine Lippen zu einem schiefen Lächeln. Bei Lucien hätte es höhnisch gewirkt, bei Jacques fand sie es charmant, obwohl sie inzwischen seinen wahren Charakter kannte. »Weil Ihr mir eine schöne Stange Geld einbringen werdet. Eine Jungfrau mit feurigem Haar, die arabisch spricht . . .« Als er eine Hand ausstreckte, um eine seidige rotgoldene Locke zu berühren, griff er in leere Luft.

»Ihr seid abscheulich!« zischte sie, wich vor ihm zurück und schob sich an dem Sessel vorbei, der ihr im Weg stand. »Ein Mann, der kein Mann ist, sondern eine elende Ratte!«

Wußte sie, wie nahe sie der Wahrheit kam? Er ballte die Hände, doch er ersparte ihr seinen Zorn. Wenigstens das war er ihr schuldig. »Ich hätte Euch auch als Dirne verkaufen können«, sagte er vorwurfsvoll.

Da brach sie in verächtliches Gelächter aus. »Soll ich Euch danken, weil Ihr mich nur auf dem Sklavenmarkt versteigern wollt?«

»Viele Männer werden versuchen, Euch für ihre Harems zu erwerben«, erklärte er geduldig. »Und ich denke, Ihr müßtet es angenehmer finden, im Kreis zahlreicher Liebhaberinnen zu leben, als das Dasein einer Hure zu fristen, die sich jederzeit zur Verfügung stellen muß.«

»Weder das eine noch das andere gefällt mir.«

Jacques rieb sich das Kinn und starrte auf die Spitzen seiner polierten Stiefel hinab.

Vielleicht bekomme ich niemals eine andere Chance, dachte Alessandra und schaute zur Tür. Was dahinter lag, wußte sie nicht. Während Jacques sie hier hereingetragen hatte, war sie zu sehr mit ihrem verbissenen Widerstand beschäftigt gewesen, um ihre Umgebung richtig wahrzunehmen.

Die Freiheit, sagte sie sich. Nur die Freiheit wartet jenseits dieser Tür. Sie rannte hin, ignorierte Jacques' Ruf, das Geräusch seiner Schritte auf dem Holzboden. Nein, nichts würde sie aufhalten ...

Nichts außer der stämmigen Gestalt, die plötzlich auf der Schwelle stand und sie an den Armen packte. Alessandras Gesicht wurde an einen üppigen Busen gedrückt. »Beinahe wäre sie Euch davongelaufen, lieber Jacques«, schimpfte die Frau in vulgärem französischem Dialekt. Dann schob sie seine Beute von sich, um sie genauer zu betrachten.

»Unmöglich, wenn Ihr da draußen herumschleicht!« herrschte er sie an und zog Alessandra zu sich herüber.

Dagegen hatte sie vorerst nichts einzuwenden. Sogar die Nähe des Sklavenhändlers erschien ihr angenehmer als der prüfende Blick dieser kraftstrotzenden Kreatur, die sie wie einen besonders verlockenden Bissen musterte.

Die Frau, die Männerkleidung trug, versuchte ihm Alessandra wieder zu entreißen. »Ihr habt doch keine Bedenken? Dieses Mädchen wird Euch von der Schuldenlast befreien – oder fast.«

Mit diesen Worten brachte sie ihn zum Schweigen. Nein, in seiner üblen Lage durfte er sich keinen Sinneswandel leisten. Um Alessandras Blick auszuweichen, wandte er sich ab. »Wieviel?« fragte er über die Schulter.

Die Frau umfaßte Alessandras Kinn und zwang sie, den Kopf zu heben. »Ein bißchen zu rot, diese Haare.«

Ungeduldig fuhr er herum. »Treibt kein Spiel mit mir! Was glaubt Ihr, was Ihr für das Mädchen bekommt?«

»Das werden wir bald wissen. Aber keine Bange, Ihr kommt schon nicht zu kurz. Das verspreche ich Euch.«

»Noch heute!« forderte er und ging zur Tür.

»Wartet lieber. Das Angebot wird sich herumsprechen, und in ein paar Tagen könntet Ihr einen höheren Preis erzielen.«

»Nein, sie muß schon heute verkauft werden.« Oder ich überleg's mir doch noch anders, fügte er in Gedanken hinzu. Und was sollte dann aus ihm werden?

Die Frau seufzte tief auf, und ihr übler Mundgeruch ließ Alessandra erschauern. »Also gut. Heute.«

»Und – Edith . . .«

»*Oui*, Jacques?«

»Die Halskette«, sagte er und wies mit dem Kinn auf das Geschmeide, das Alessandra trug. »Die soll sie behalten.«

Mit gierigen Augen musterte Edith die Kette, und als sich ihr Gesicht vor Enttäuschung verzerrte, wirkte es noch häßlicher. »Wie Ihr meint.«

Diesen Schmuck hatte Alessandra völlig vergessen. Aus einem Impuls heraus wollte sie ihn von ihrem Hals reißen und vor Jacques' Füße schleudern. Das hätte sie auch getan, wären ihre Arme nicht von Ediths kräftigen Händen festgehalten worden. Nachdem er ihr einen letzten Blick zugeworfen hatte, wandte er sich ab.

»Jacques!« rief sie ihm nach und versuchte, sich loszureißen, obwohl sie ihrer starken Gegnerin nicht gewachsen war.

An der Tür blieb er stehen, ohne sich umzudrehen, und ließ die Schultern hängen. »*Pardon, chérie*«, murmelte er und verschwand.

Von wildem Zorn beflügelt, begann sie zu kämpfen, ohne zu bedenken, daß ihr die ekelhafte Frau mühelos das Genick brechen konnte.

Als wäre sie bloß ein Ärgernis, schnaufte ihre Gegnerin angewidert, legte ihr grobe, wulstige Finger um den Hals und drückte zu, bis bunte Sterne hinter Alessandras Lidern flimmerten. Bald schwanden ihr die Sinne, und erst im allerletzten Augenblick ließ Edith von ihrer Gefangenen ab.

Wäre ich nicht so eine kostbare Vase, würde ich jetzt genauso aussehen wie dieses arme Geschöpft dachte Alessandra bitter und schaute zu dem Mädchen hinüber, mit dem sie eine Zelle teilte. Ihre Finger um die verfluchte Kette gekrallt, die sie immer noch trug, betrachtete sie das geschwollene Gesicht mit den blauen Flecken. Irgendwie hatte ihm der Schlaf weichere Züge verliehen. Ein Schauer überlief ihren Rücken. Hätte Jacques nicht beschlossen, sie noch am selben Tag versteigern zu lassen, wäre sie vermutlich genauso zugerichtet worden.

Vor einer Stunde war sie in dieser Zelle erwacht, eine von vielen, aber getrennt von den anderen. Ihre fünfzehnjährige Gefährtin – ein dunkelhäutiges Mädchen, das nur stockend arabisch sprach – hatte ihr den Grund der Absonderung erklärt. Mit Ausnahme der Kinder waren sie die einzigen Jungfrauen. Die anderen Männer und Frauen, die winzige Zellen bis zum Bersten füllten, entstammten verschiedenen Rassen, und Alessandra hörte mehrere Sprachen. Nur wenige verwünschten ihre Gefangenschaft, die meisten fügten sich resignierend in ihr Schicksal.

Wie mochte Lucien die Sklaverei empfunden haben? Kräftiger und willensstärker als alle, die hier gefangen saßen, hatte er sicher geglaubt, er wäre in der Hölle gelandet. Und jetzt mußte Alessandra die gleiche Hölle ertragen.

Sie stellte sich seinen Zorn vor, die wilden Drohungen gegen seine Wärter, die Flüche, seine rastlosen Schritte in der Zelle, die er vermutlich mit niemanden geteilt hatte. Seine Hände, um die Gitterstäbe geklammert – seine Fäuste in den Gesichtern aller, die ihm zu nahe gekommen waren . . .

Und jetzt war er frei, wahrscheinlich schon auf einem Schiff, das sein kostbares, kaltes England ansteuerte. Würde sie jemals ihre Freiheit zurückgewinnen?

»Ja«, flüsterte sie. Selbst wenn sie sterben mußte, wenn sie zu fliehen versuchte.

Sie umfaßte die Kette noch fester, bis die scharfen Silberkanten in ihre Handflächen schnitten. Da sie sonst keinen Wertgegenstand besaß – die Kosmetika waren belanglos –, widerstand sie dem kindlichen Impuls, den Schmuck beiseite zu schleudern, den Jacques ihr geschenkt hatte, um sein Gewissen zu beruhigen. Vielleicht konnte sie sich damit freikaufen.

Am anderen Ende der Lagerhalle erklangen Stimmen und Schritte. Mehrere Männer in verschiedenartiger Kleidung eilten herbei, angeführt von dem Burschen, den Alessandras Mitgefangene vorhin als Auktionator bezeichnet hatte.

Eifrig näherte sich die Schar den eingesperrten Sklaven, und Alessandra beobachtete schweren Herzens, wie die Männer vor jeder einzelnen Zelle stehenblieben, während der Auktionator die Ware enthusiastisch anpries.

Einige Frauen und Mädchen wurden aus den Gefängnissen geholt und den Interessenten präsentiert. An einer Mauer, vor den Augen Gottes und aller Anwesenden, erprobten die Männer begierig die Körper der unglücklichen Sklavinnen. Diese bestialischen

Aktivitäten schockierten Alessandra, die dergleichen noch nie mit angesehen hatte. Es kam ihr so vor, als würde das Glück, das sie mit Lucien genossen hatte, in den Schmutz gezogen. Gequält schloß sie die Augen.

Immer wieder kehrten ihre Gedanken zu Lucien zurück, dem sie in ihrem Freiheitsdrang davongelaufen war. Hätte er sie doch in jener Gasse eingefangen ...

Kein Umhang verhüllte ihre dünne Kleidung, und wenig später war sie dem demütigenden Lob des Auktionators ausgeliefert, den Blicken der potentiellen Käufer, die ihre Gesichter an die Gitterstäbe preßten und ihren Körper begutachteten.

Trotz der Tränen in ihren Augen senkte sie nicht den Kopf. Statt dessen saß sie aufrecht auf der stinkenden Strohmatte und starrte zurück. Kein Grund zur Sorge, redete sie sich ein, um ihre heftigen Herzschläge zu besänftigen. Zumindest jetzt noch nicht ... Ihre Tugend war zu kostbar. Sicher würde der Auktionator niemandem gestatten, ihr an dieser gräßlichen Wand die Unschuld zu rauben.

Durchdringende blaue Augen und ein boshaftes Lächeln erregten ihre Aufmerksamkeit – und sie konnte den Blick nicht mehr von dem Mann losreißen, der ihre Figur wohlgefällig musterte. Heller Zorn stieg in ihr auf, und sie verstand nicht, warum gerade dieser Interessent sie dermaßen erregte. Nur eins wußte sie – seine Unverschämtheit erweckte den Eindruck, er würde ein Geheimnis kennen, das sie betraf.

Sie sprang auf, rannte zum Gitter und warf sich dagegen, zum Erstaunen der zahlreichen Zuschauer. »Zum Teufel mit euch allen«, schrie sie und schob ihre Hände zwischen die Eisenstäbe. »Verdammt sollt ihr sein!«

Aber ihre Fingernägel durchfuhren nur die Luft, die

Gesichter der Männer, die sie zerkratzen wollte, erreichte sie nicht.

Eine Zeitlang herrschte tiefe Stille, dann brach der dreiste Kerl in schallendes Gelächter raus. »Heilige Mutter Gottes!« rief er auf englisch. Seine Augen funkelten belustigt. Blitzschnell trat er vor, und ehe Alessandra zurückspringen konnte, hatte er ihr Handgelenk gepackt. »Stellt euch dieses Mädchen in euren Betten vor!« forderte er die anderen Männer heraus und ging zur französischen Sprache über.

Vergeblich versuchte Alessandra, sich loszureißen, und schleuderte ihm wilde Flüche ins Gesicht. Seiner Kraft war sie nicht gewachsen. Gebannt beobachteten die anderen, wie er sie lässig festhielt, während sie sich hinter dem Gitter umherwand. »Laßt mich los, widerlicher Abschaum!« fauchte sie, spreizte die hilflosen Finger und fand nichts, was ihre Nägel aufschürfen konnten.

Ihr Peiniger ignorierte die gerunzelte Stirn des Auktionators, fragte niemanden um Erlaubnis, ehe seine Hand über ihren Arm wanderte und den Hemdsärmel zurückschob.

Fasziniert rückte das Publikum näher, als er eine ihrer Brüste umfaßte. Alessandra bemühte sich erfolglos, der widerlichen Berührung auszuweichen. »Englisches Schwein!« kreischte sie, ohne die Schmerzen zu beachten, die ihr die fortgesetzte Gegenwehr einhandelte.

Da grinste er noch breiter, aber er ließ ihre Brust los, hielt nur mehr ihren Oberarm fest. Dann beugte er sich vor und flüsterte: »Heute abend liegst du in meinem Bett, du Wildkatze!«

Durch ihr zerzaustes rotes Haar starrte sie ihn erbost an. »Nur mit einem Messer.«

Spöttisch hob er die Brauen. »Versprochen?« fragte er gedehnt.

Die Antwort blieb ihr in der Kehle stecken. O Gott, dieser Mann war gefährlich – vielleicht noch gefährlicher als Lucien. Sind alle Engländer so, fragte sie sich. Wenn ja – was für ein Mensch muß mein Vater sein?

Da sie mit aller Kraft versucht hatte, sich zu befreien, taumelte sie nach hinten, als der freche Wüstling ihren Arm abrupt losließ. Sie fiel in ihre Ecke, Stroh flog nach allen Seiten, und das junge Mädchen erwachte.

»Sei bereit, Mylady!« rief ihr der Engländer über die Schulter zu, während er davonging. »Der Tag ist lang – und die Nacht noch länger.«

Bedrückt sah sie ihm nach. Auch die anderen verschwanden, und jeder warf ihr einen letzten Blick zu, der lüsterne Phantasien verriet. Sie wollte schluchzen, schreien, mit beiden Fäusten gegen die Wände ihres Gefängnisses trommeln – doch sie beherrschte sich, zog die Knie an und legte ihre schmerzende Stirn darauf. Dann wandte sie sich an den einzigen, der sie jetzt noch retten konnte.

»Lieber Gott«, wisperte sie verzweifelt, »schick mir einen Engel . . .«

16

Niemals würde Alessandra das Meer der begierigen Gesichter vergessen, die Verzweiflung, die dieser Anblick in ihr weckte, die dreihundert Stufen des Podiums, die gnadenlosen Hände, die sie hinaufgeschleift hatten. Nichts werde ich vergessen, gelobte sie sich, ebensowenig den Mann, mit dem sich all diese Erinnerungen verbinden – Lucien de Gautier.

Erstaunlicherweise nahm sie ihm nichts übel. Sie allein trug die Schuld an ihrem Unglück. Wäre sie ihm nicht davongerannt, säße sie jetzt auf einem Schiff, das nach England segelte. Lucien hatte einfach nur versucht, einen Auftrag zu erledigen, den Herzenswunsch ihrer Mutter zu erfüllen – selbst wenn er noch andere Interessen verfolgte, seit er wußte, daß Alessandra die Tochter seines Feindes war. Wie auch immer, mit ihm hatte alles begonnen. Könnte es doch auch mit ihm enden . . .

In ihrer Brust entstand eine große Leere. Wenn sie auch beschloß, beharrlich zu kämpfen und dem Mann zu entfliehen, der ihren Körper kaufen würde – den einen, dem sie ihre Seele schenken wollte, hatte sie für immer verloren. O Gott, wäre es doch möglich . . .

Die durchdringende Stimme des Auktionators riß sie aus ihren Gedanken, zurück in die grausige Wirklichkeit. Kurz und bündig zählte er Alessandras Qualitäten auf. Aus seinem Mund klang sogar das Wort »Jungfrau« schmutzig.

Den Kopf stolz erhoben, erwartete sie entkleidet zu werden, so wie die Frau vor ihr. Am liebsten würde sie sich mit Händen und Füßen gegen diese Demütigung wehren. Aber jeder Widerstand wäre zwecklos und würde die Wölfe ringsum nur noch anfeuern. Diese Lektion hatte sie gelernt, als sie vor einigen Stunden von dem Engländer verhöhnt worden war.

Wo steckte er? Ihr Blick wanderte über die Menge hinweg.

Als hätte er erraten, was sie dachte, trat er vor und schenkte ihr ein mysteriöses Lächeln. Dann beantwortete er die Aufforderung des Auktionators, Angebote zu nennen, mit einer ungeheuerlichen Summe, die zweifellos viele andere Interessenten abschrecken würde.

Zu ihrer Verwunderung war Alessandra immer noch

angezogen. Sie schickte ein Dankgebet zum Himmel und wiederholte vorsichtshalber ihre Bitte um einen rettenden Engel.

Ein rundlicher Türke in goldbestickten Gewändern überbot den Engländer. Nein, das war gewiß kein Engel.

Wenig später trieb ein Araber den Preis noch höher hinauf. Auch er konnte kein Engel sein. In seinen teuflischen Augen, die ihren Körper musterten, glitzerte unverhohlene Wollust.

Alessandras Hoffnungen schwanden dahin, und ihr Magen krampfte sich zusammen, während die Versteigerung fortgesetzt wurde. Schmerzhaft zerrte das Geschrei an ihren Nerven. Um ihre Selbstkontrolle zu bewahren, schloß sie die Augen und holte tief Luft.

Plötzlich wurde sie von einem seltsamen Gefühl erfaßt, das sie von Kopf bis Fuß erwärmte. War endlich ein Engel erschienen? Sie hob die Lider, starrte in vertraute violette Augen. Ihr Atem stockte, nur ihre Lippen konnten den Namen formen. »Lucien . . .«

Zwischen den dichten Falten seiner Kopfbedeckung sah er sie an – der Mann, der längst nach England fahren müßte. Er trug immer noch arabische Kleidung, aber seine große, breitschultrige Gestalt hob ihn aus der Masse hervor. Für einen kurzen Moment vergaß sie die Versteigerung und schenkte ihm ein scheues Lächeln, das Dankbarkeit und Reue zeigte – und um Verzeihung bat.

Doch sein Gesicht blieb ausdruckslos, verriet nichts von den Emotionen, die er zweifellos empfand. Natürlich, er zürnte ihr. Trotzdem ließ er sie nicht im Stich, und er würde sie sicher befreien. Warum wäre er sonst hergekommen?

Sie wagte ihren Blick nicht von ihm abzuwenden, aus lauter Angst, er könnte sich in Nichts auflösen – ein

Trugbild ihrer Phantasie. Nun fing die Asche ihrer Hoffnung wieder zu schwelen an. Nie hätte sie geglaubt, ein Engel könnte menschliche Gestalt annehmen. Aber Lucien war es irgendwie gelungen. Wann würde er die anderen Interessenten endlich überbieten und sie von hier wegbringen?

Leichteren Herzens als zuvor verfolgte sie die Auktion und erwartete, Lucien würde vortreten und sein Angebot nennen. Immerhin hatte er von ihrer Mutter ein Vermögen erhalten. Alessandra wußte, wie viele Münzen und kostbare Juwelen in verschiedenen Beuteln steckten. Dies müßte ihm genügen, um die Rolle des Retters aus höchster Not zu spielen.

Wieso schwieg er? Neue Sorge stieg in ihr auf, während die Zeit verstrich. Warum spendeten seine Augen ihr keinen Trost? Schaute er sie überhaupt an – oder durch sie hindurch?

»Die Sklavin geht an Kapitän Giraud!« verkündete der sichtlich zufriedene Auktionator, und die Wärme, die Alessandras Herz eben noch durchdrungen hatte, verwandelte sich in Eiseskälte.

Kapitän Giraud? Ungläubig schüttelte sie den Kopf. Sie riß ihren Blick von Lucien los und betrachtete den anderen Mann – den Wüstling, der im Gefängnis versichert hatte, sie würde ihm gehören. War sie jetzt tatsächlich das Eigentum dieses Mannes, dessen spöttische Augen eine lange Nacht versprachen?

Nein! Lucien mußte den Kapitän überbieten. Obwohl er ihren Vater haßte, würde er sie nicht einem so schrecklichen Schicksal ausliefern. Um ihre inständige Hoffnung bestätigt zu finden, blickte sie wieder zu ihm hinüber. Doch die Stelle, wo er eben noch gestanden hatte, war leer.

»Lucien!« stöhnte sie und spähte suchend nach allen Seiten – nur um zu beobachten, wie er zwischen

184

den Männern verschwand. »Lucien!« rief sie, sprang vor und wollte ihm folgen. Unsanfte Hände packten ihre Arme, und sie hob die Fäuste, trommelte blindlings auf die Brust des Mannes ein, obwohl der Verstand ihr sagte, ihre Gegenwehr sei sinnlos. Nein, schrie eine innere Stimme, als sie auf eine breite Schulter geworfen und die Stufen hinabgetragen wurde.

Warum hatte Lucien untätig dagestanden, statt sie vor einer brutalen Vergewaltigung zu retten? Er war einfach davongegangen, ohne ein bedauerndes Achselzucken. Übte er auf diese Weise Rache an den Bayards? Hatte er den Marktplatz nur aufgesucht, um mit anzusehen, wie sie in ihrer selbstverschuldeten Hölle landete? Das konnte sie unmöglich glauben. Aber da nichts dagegen sprach, stiegen heiße Tränen in ihre Augen. So nahe war sie der Freiheit gewesen – und jetzt weiter davon entfernt denn je.

Sie wurde auf die Füße gestellt, und Kapitän Giraud ging zu ihr. Wieder erblickte sie jenes widerwärtige Lächeln, das schon bei der ersten Begegnung ihren Zorn erregt hatte, und er neigte sich triumphierend zu ihr.

Bald würde er diesen Kauf bitter bereuen und jedem einzelnen Goldstück nachweinen, das er für sie bezahlt hatte.

Seine blauen Augen musterten sie provozierend. »Nun, was habe ich gesagt?«

An seine Drohung, mit ihr zu schlafen, brauchte er sie nicht zu erinnern. Bald, gelobte sie sich noch einmal. Nein, jetzt! Sie warf sich auf ihn, und er taumelte rückwärts, stürzte aber nicht, wie sie gehofft hatte. Sofort fand er sein Gleichgewicht wieder, versuchte seine elegante europäische Kleidung von Alessandras Griff zu befreien und krümmte sich zusammen, als ihr Knie ihn mit voller Wucht an einer sehr empfindsamen Stelle traf.

Zu spät. Der Mann, der sie vom Podium herabgetragen hatte, eilte dem Engländer zu Hilfe und hielt sie fest.

Fluchend betastete Giraud die schmerzende Anatomie zwischen seinen Beinen, und Alessandra lächelte bitter. »Hab ich's nicht auch gesagt? Obwohl es kein Messer war . . .«

Der verhaßte Mann richtete sich langsam auf und biß die Zähne zusammen. »An Bord meines Schiffes werdet Ihr schon noch erkennen, wie töricht Ihr Euch benommen habt, Mylady.«

Doch diese Drohung prallte an ihr ab. »Und Ihr ebenfalls!« fauchte sie.

Jacques LeBrec stand am Hafen und schaute dem Ruderboot nach, das zu einem imposanten Handelsschiff namens *Jezebel* fuhr. Erschrocken beobachtete er, wie Alessandra aufsprang und sich ins Meer zu werfen versuchte. Dann atmete er erleichtert auf. Der englische Kapitän umschlang ihre Taille und zog sie auf seinen Schoß zurück.

Inzwischen war das Boot weit entfernt, und Jacques verstand den Wortwechsel nicht, der nun offensichtlich stattfand. Doch er bezweifelte nicht, daß Alessandra ihren Besitzer mit wilden Flüchen bedachte, während sie sich loszureißen suchte. Der Kahn schaukelte, blieb aber unbeirrt auf seinem Kurs.

Trotz seines Herzenskummers mußte LeBrec lächeln. Wenn Alessandra auch das Bett des Kapitäns teilen mußte, so war ihr doch ein viel angenehmeres Schicksal beschieden als so mancher anderer Sklavin. Sie würde nach England reisen, wie es ihre Mutter gewünscht hatte.

Von einer schweren Gewissenslast erlöst, stieg Jacques in seine Kutsche.

17

Schritte. Das mußte er sein.

Die Planke in der Hand, die sie aus dem Boden der Kabine gerissen hatte, preßte sich Alessandra an die Wand und spreizte die Beine, um besseren Halt zu finden. Gerade noch rechtzeitig, denn ein heftiger Ruck ging durch das Schiff, und sie wäre beinahe gestürzt.

Offenbar traf die Besatzung der *Jezebel* ihre Vorbereitungen, um den Hafen zu verlassen. Von Girauds Plänen wußte Alessandra nichts. Auf der Fahrt zum Hafen hatte er wütend geschwiegen. Das war ihr nur recht gewesen, und sie hatte die Gelegenheit genutzt, um Mittel und Wege zu ersinnen, wie sie seinen lüsternen Avancen entgehen würde. Niemals sollte er genießen, was sie nur einem einzigen gegeben hätte – einem verräterischen, rachsüchtigen Mann.

Tiefe Stille folgte den Schritten, als der unwillkommene Besucher vor der Kabinentür stehenblieb. Dann klirrte ein Schlüssel, knirschte im Schloß, das sich mit leisem Klicken öffnete.

Zum hundertsten Mal überlegte Alessandra, welches Ziel der Schlag erreichen mußte, damit der Kapitän lange genug bewußtlos blieb, so daß sie ihrem Gefängnis zu entfliehen vermochte. Licht drang in den dunklen Raum, teilweise abgeschirmt von der Silhouette des Mannes, der nun eintrat. Entschlossen sprang Alessandra vor und schwang ihre Waffe hoch.

Die Planke traf ihn, und die Wucht des Aufpralls lockerte Alessandras Griff. Pfeifend flog das Brett an ihrem Kopf vorbei und stieß gegen eine Wand.

Angespannt erwartete Alessandra einen dumpfen Fall zu hören. Statt dessen wurde ihr Arm umklammert, und sie schrie verblüfft auf.

»Dem Himmel sei Dank für meine Körpergröße«, murmelte Lucien und knetete seine mißhandelte Schulter.

Träumte sie? Sprachlos starrte sie das glänzende bronzefarbene Haar an, das vertraute Gesicht. Hatte sie den Verstand verloren? Spielte ihr die Phantasie einen Streich? Nein. Sogar die Narbe, der islamische Halbmond, war im trüben Lampenschein deutlich genug zu erkennen. Es juckte sie in den Fingern, die Wange zu berühren und sich zu vergewissern, daß kein Geist, sondern Lucien vor ihr stand, in Fleisch und Blut. Diesem Impuls konnte sie nicht widerstehen.

Tatsächlich. Sie durfte es wagen, daran zu glauben, denn seine Haut fühlte sich warm und lebendig an. Also hatte er sie doch nicht im Stich gelassen. Irgend etwas mußte er für sie empfinden.

Mit einem Aufschrei sank sie an seine Brust, schlang schamlos beide Arme um seinen Hals, klammerte sich ganz fest an ihn, voller Angst, er könnte wieder verschwinden. Dazu neigten manche Engel.

Die Tränen begannen zu fließen. Und die Zeit schien stillzustehen, während sich Alessandra an Lucien schmiegte, die zuerst zögernden, dann tröstlichen Liebkosungen seiner Hände genoß.

Nein, er hatte seinem Haß gegen ihren Vater nicht gestattet, seine Gefühle für sie zu besiegen. Ob er es nun zugab oder nicht, er mochte sie. Schließlich legte sie ihren Kopf in den Nacken, schaute in die Augen, die sie nie wiederzusehen befürchtet hatte. »Lucien«, hauchte sie.

»Alessandra . . .«

Zärtlich lächelte sie ihn an. »Du hast mich nicht verlassen.«

»Nein.« Seine Hände hielten inne. »Aber ich hätte es weiß Gott tun sollen.« Nun schien er seine Emotionen zu bekämpfen. Doch das spielte keine Rolle, denn sie existierten, und er konnte sie nicht für immer verbergen.

»Verzeih mir!« bat sie, stellte sich auf die Zehenspitzen und küßte ihn mit zitternden Lippen. Glücklich atmete sie seinen wundervollen maskulinen Duft ein, vermischt mit dem Meeresgeruch, der seiner Haut anhaftete. Sogar sein kontrollierter Zorn erregte ihre Sinne, weil *sie* ihn heraufbeschworen hatte.

Trotz seiner Zurückhaltung küßte sie ihn immer leidenschaftlicher. Oh, gelobte sie sich, ich werde ihn schon noch veranlassen, eine Frau in mir zu sehen – nicht die Tochter seines Feindes.

Doch er schob sie von sich. »Du hast den guten Kapitän erwartet, nicht wahr?«

Giraud! Wie hatte sie ihn vergessen können? Eindringlich schaute sie in Luciens Augen. »Jetzt müssen wir uns beeilen, sonst ertappt er uns. Er ist ein schlechter, verworfener Mensch, und er wird . . .«

»Tatsächlich?« unterbrach er sie belustigt, und sie runzelte die Stirn.

Warum war er so ruhig? Müßte er sie nicht möglichst schnell von Bord bringen? Vielleicht hatte er Giraud überwältigt. Aber die Besatzung . . . »Oh, du verstehst nicht . . .«, begann sie.

»Doch«, entgegnete er und wandte sich ab. »Alessandra, du hast nichts zu befürchten. Alles ist so, wie es sein sollte.«

Verwirrt beobachtete sie, wie er zur Laterne ging, die sie vorhin gelöscht hatte, und sie wieder anzündete. Erst jetzt bemerkte sie seine seltsame Kleidung. Die arabische Tracht war mit einer Tunika und einer Hose vertauscht worden, die ihn viel männlicher wirken ließ als der Kaftan. Auch den Turban hatte er abgelegt, das Haar aus dem Gesicht gekämmt und im Nacken mit einer Lederschnur zusammengebunden. Wie Alessandra wußte, entsprach dies alles der europäischen Mode. So pflegte sich auch Jacques LeBrec anzuziehen. Allerdings bevorzugte er edlere Stoffe und mehr Verzierungen.

Lucien ging zu der Truhe, die sie während der letzten Stunden erfolglos zu öffnen versucht hatte, sperrte sie mit einem Schlüssel auf und hob den Deckel. Dann wühlte er im Inhalt, zog ein dunkelgrünes Kleid und ein purpurrotes Unterkleid hervor. Beides schüttelte er aus und erklärte: »Du mußt dich umziehen.« Unwillkürlich streckte sie die Arme aus, und er legte die Sachen darüber. »Dann gehen wir an Deck.«

Durch ihren Kopf schwirrten zahllose Fragen, begleitet von wachsendem Mißtrauen. »Ich verstehe nicht . . .«

»Bald wirst du alles erfahren.«

Nein, sie wollte es sofort wissen. »Lucien, warum hast du mich nach Tanger gebracht? Oran ist nur halb so weit von Algier entfernt.«

Um diese Küstenstadt hatten sie nach der Hälfte ihrer Reise einen großen Bogen gemacht. Aus Gründen, die nur er kannte, bestand er darauf, nach Tanger zu reiten. Sie dachte, er würde möglichst weit in den Westen vordringen, um Rashids Häschern zu entgehen. Damit war sie einverstanden gewesen, denn es hatte ihr mehr Zeit verschafft, Fluchtpläne zu schmieden. Jetzt bezweifelte sie, daß ihre Vermutung zutraf.

Er ging zur Tür, wo er sich noch einmal umdrehte. »Später erkläre ich dir alles.«

Aber das genügte ihr nicht. »Du kennst Kapitän Giraud, nicht wahr?« fragte sie argwöhnisch. »Seinetwegen bist du nach Tanger gekommen.«

Zunächst gewann sie den Eindruck, er würde es bestreiten oder sie zumindest hinhalten. Dann zuckte er die breiten Schultern. »Nicholas ist mein Vetter.«

Sein Vetter? Lange dauerte es nicht, bis ihre Verblüffung in Zorn überging. »Bastard!« schimpfte sie und schleuderte die Kleider auf ihn, die gegen seine Brust prallten, ehe sie zu Boden fielen.

Seufzend schloß er die Tür und lehnte sich dagegen. »Es war notwendig, Alessandra.«

»Notwendig?« Helle Wut trieb ihr das Blut in die Wangen. »Wie ein Stück Vieh wurde ich verkauft. Dabei hast du auch noch zugeschaut. Und dieser Mann, den du Vetter nennst, verhöhnte mich . . .«

»Das reicht jetzt«, unterbrach er sie, hob die Kleider auf und kehrte zu ihr zurück. »Immerhin wäre es möglich gewesen, daß Rashid oder seine Leute den Sklavenmarkt aufgesucht hätten«, fuhr er fort und drückte ihr die Sachen in die Arme. »Offenbar tauchten sie nicht auf, denn niemand erhob Einspruch, als du Nicholas zugesprochen wurdest. Doch das konnten wir vorher nicht wissen, und wir durften kein Risiko eingehen. Wäre Rashid bei der Versteigerung erschienen und mir über den Weg gelaufen, hätte er mich sofort getötet. Und du müßtest nach Algier zurückkehren, gegen den Letzten Willen deiner Mutter.«

Zögernd erstarb der Protest auf ihren Lippen. Sie mußte ihm recht geben. Wäre er bei der Auktion vorgetreten, um mitzubieten, hätte er Aufmerksamkeit erregt, seine arabische Tarnung gefährdet und sich als Engländer zu erkennen gegeben. Dieses Wagnis war ihm zu groß erschienen, und das konnte sie ihm nicht verübeln.

Aber er hatte sie in Angst und Schrecken zittern lassen, als sie vom Marktplatz weggebracht worden war. Und sein skrupelloser Vetter hatte es nicht für nötig befunden, sie aufzuklären. Schaudernd erinnerte sie sich an die grausigen Zukunftsvisionen, während ihrer stundenlangen Gefangenschaft in der Kabine.

191

Lucien sah, wie sie sich allmählich beruhigte, und verspürte ein leichtes Bedauern. Wann immer sie in Zorn geriet, erschien sie ihm besonders zauberhaft. Ihr hitziges Temperament erinnerte ihn an schlanke Beine, die sich um seine Hüften schlangen, volle Brüste, ihr lustvolles Stöhnen. Sofort reagierte sein Körper auf diese Gedanken, und er ärgerte sich über seine mangelnde Selbstbeherrschung.

»Weißt du, wie dein Vetter mit mir geredet und was für laszive Blicke er mir zugeworfen hat?« rief sie anklagend.

»Oh, das kann ich mir gut vorstellen«, erwiderte er grinsend.

»Nicht nötig, denn ich will es dir erzählen. Er verkündete, ich würde in seinem Bett landen . . .«

»Hier siehst du sein Bett.« Lucien zeigte auf die Koje, die zwischen Holzpfosten hing. »Und darin wirst du tatsächlich schlafen. Also hat er nicht gelogen.«

»Aber – er hat's anders gemeint«, entgegnete sie errötend. »Er deutete an . . . Wahrscheinlich wollte er mir angst machen.«

»Oder er hat versucht, dir eine Lektion zu erteilen.«

»Eine Lektion! Mit welchem Recht . . .«

»Schon vor zwei Tagen hätte die *Jezebel* auslaufen sollen. Deine Eskapade kostet ihn viel Zeit und Gewinn. Nun wird seine Fracht nicht in England eintreffen, bevor andere Handelsschiffe die Häfen erreichen.«

Nachdem er mich so erschreckt hat, verdient er nichts Besseres, dachte Alessandra. Trotzdem meldete sich ihr Gewissen, und sie senkte den Blick. »Tut mir leid«, flüsterte sie. Aber für sie war das Thema noch nicht erledigt.

»Ja, das sollte es auch.«

Um zu verhindern, daß ihr Kinn zitterte, biß sie die Zähne zusammen. Warum kam immer wieder das Kind in ihr zum Vorschein, wo sie doch so eifrig versuchte, sich wie eine erwachsene Frau zu benehmen?

Lucien betrachte ihren Scheitel und dachte an die bittere Enttäuschung, die sie ihm bereitet hatte. Nicht einmal diese Erinnerung konnte die zärtlichen Gefühle verscheuchen, die er diesem schönen, sommersprossigen Mädchen entgegenbrachte. »Jetzt ist das alles überstanden«, betonte er, hob ihr Kinn und schaute in ihre unglücklichen Augen. »Bald wirst du in England ankommen und den Wunsch deiner Mutter erfüllen.«

Als er Sabine erwähnte, entstand ein dicker Klumpen in ihrer Kehle. »Ja«, würgte sie hervor.

»Zieh dich jetzt um«, befahl er und hauchte einen Kuß auf ihren Mund. »Der Abendhimmel verspricht einen spektakulären Sonnenuntergang.«

Obwohl es nur eine flüchtige Zärtlichkeit gewesen war, prickelten Alessandras Lippen. Sie betrachtete die Kleider etwas genauer. Genauso hatte ihre Mutter die europäische Mode beschrieben und mit kleinen Skizzen veranschaulicht.

Dieses dunkelgrüne Gewand mit dem V-Ausschnitt, der hohen Taille, den weiten Ärmeln und dem geschlitzten Saum hätte Sabine als James Bayards junge Braut tragen können. Kein Vergleich zu den formlosen Kaftans und Roben, die Alessandra gewöhnt war ... Aber so schön sie das Kleid auch fand, es sah unbequem aus.

»Stimmt was nicht?« fragte Lucien.

»So etwas habe ich noch nie getragen.«

»Natürlich nicht«, bestätigte er und hob lächelnd die Brauen. »Brauchst du Hilfe?«

Der erwartete Protest blieb aus. »Zeigst du mir, wie man's anzieht?«

Wäre er von jener Planke am Kopf getroffen worden, hätte er nicht verblüffter dreinschauen können. Aber er faßte sich sofort wieder. »Sehr gern.« Als er zu ihr ging, spiegelte sich das flackernde Lampenlicht in seinen Augen. Oder funkelten sie von sich aus?

Soll ich's wagen, überlegte Alessandra. Darf ich ihm solche Vertraulichkeiten gestatten? Der angeborene Leichtsinn, den ihr die Mutter niemals hatte austreiben können, gewann die Oberhand. Und sie sehnte sich so unbändig nach Luciens Händen auf ihrer Haut.

»Bist du sicher?« flüsterte er.

Sie nickte und kehrte ihm den Rücken. Mit bebenden Fingern öffnete sie die Weste, streifte sie ab und warf sie auf die Koje. Nach kurzem Zögern schlüpfte sie aus der dünnen Hose. Unter dem Saum ihres Hemds waren die nackten Beine zu sehen, und ihr Herz schlug so heftig, daß sie befürchtete, Lucien könnte es hören.

Schließlich wollte sie auch das restliche Kleidungsstück ablegen. Aber Lucien ergriff ihre zitternden Hände, und sie spürte seinen warmen Atem an ihrem Ohr, seine Hüften an ihren Hinterbacken. Aufreizend strich er über ihre Arme. »Eine Sirene«, murmelte er, und sein stoppelbärtiges Kinn streifte ihre Wange. »Ja, das bist du, Alessandra Bayard. Eine Sirene mit feuerroten Haaren, die mich unbedingt ins Verderben locken möchte, nicht wahr?«

Also mißtraute er ihr noch immer. Kein Wunder, nach allem, was sie ihm in diesen letzten Wochen angetan hatte . . . Reumütig drehte Alessandra sich zu ihm um und erwiderte seinen forschenden Blick. »O ja, ich will dich locken – aber nicht ins Verderben.«

»Was dann?«

»Ich würde dir so gern vergelten, was du mir gegeben hast.« Ärgerlich verwünschte sie die Röte, die ihr ins Gesicht stieg. Nun führte sie sich schon wieder wie ein Kind auf.

Mit einem Arm umschlang er Alessandras Taille, mit

194

der anderen Hand berührte er ihre Halskette. »Von LeBrec?«

Erst jetzt erinnerte sie sich wieder an das Geschenk des Franzosen, das sie nicht mehr brauchte, und tastete nach dem Verschluß. Das verfluchte Ding mußte verschwinden.

Aber Lucien packte ihre Handgelenke. »LeBrec?«

Durfte sie hoffen, daß es Eifersucht war, die seine Augen verdunkelte? »Ja.«

»Und hat er dich ebenso beglückt wie ich, Alessandra?«

Wieso kannte er den Mann? Bei der Versteigerung hatte sie Jacques nicht gesehen.

»Sag es mir!« verlangte er.

»Woher weiß du . . .«

»Sprich endlich, Alessandra!«

Offensichtlich mußte sie antworten, ehe er ihre Neugier befriedigen würde. »Ich bin immer noch Jungfrau.«

»Das meine ich nicht!« fauchte er. »In jener Nacht bist du als Jungfrau aus meinem Bett gestiegen. Hat er dich genauso berührt wie ich?«

»Nein, Lucien, er war ein vollkommener Gentleman.«

»Im Gegensatz zu mir«, bemerkte er und lächelte dünn. Dann ließ er sie los und trat zurück.

Nun war die Halskette vergessen. Prüfend schaute sie in Luciens Gesicht und versuchte, seine Gefühle zu ergründen. »Ist dir das so wichtig?«

Eine Zeitlang zögerte er, und seine Miene blieb ausdruckslos. »Irgendwie schon«, gestand er.

Zumindest ein Anfang . . . »Wieso kennst du Jacques?«

Seine Lippen verkniffen sich. »In Windeseile sprach sich die Geschichte von der rothaarigen Dirne herum, die den Lagerraum einer Taverne auszurauben versucht

195

hatte. Leider konnte ich nicht rechtzeitig eingreifen. Als ich erfuhr, was geschehen war, hatte LeBrec dich bereits in sein Haus gebracht.«

»Und warum hast du mich nicht geholt?«

»Zu hohe Mauern, zu viele Wachtposten . . . Und da du nicht wußtest, was LeBrec plante, hättest du mich verbissen bekämpft, wäre ich in sein Haus eingedrungen, um dich zu befreien. Also mußte ich mich mit den Neuigkeiten begnügen, die mir seine Dienerin Bea erzählte.«

Bea, die scheue Tscherkessin, die ihr geholfen hatte, zu baden und sich anzukleiden . . . Trotz aller Schüchternheit hatte das Mädchen sie während jener Tage aufmerksam beobachtet. Jetzt verstand Alessandra, warum.

»Da LeBrec den Ruf genießt, Jungfrauen zu verschonen«, fuhr Lucien fort, »mußte ich nichts befürchten und beschloß, die nächste Auktion abzuwarten.«

Sie ließ ihren Kopf hängen und starrte seine Brust an. »Von jetzt an werde ich dich nicht mehr bekämpfen, Lucien.«

»Das weiß ich.«

»Und ich begleite dich nach England, so wie es meine Mutter wollte.«

»Du hast ohnehin keine Wahl.«

Verwirrt blickte sie auf. »Was?«

»Die Segel sind gesetzt. Soeben laufen wir aus. Es gibt kein Zurück mehr.«

Während sich Algier weiter und weiter entfernte, rückte England allmählich näher. Das Leben, das Alessandra bisher geführt und geliebt hatte, war beendet. Vor ihr klaffte ein großer, gähnender Abgrund, der sie zu verschlingen drohte. Am Rand dieses Abgrunds stand Lucien. Was hatte er mit ihr vor? »Willst du mir immer noch schaden, um dich an meinem Vater zu rächen?«

Dieser Frage folgte ein drückendes Schweigen. Endlich antwortete er: »Nein. Sobald wir Corburry erreichen, übergebe ich dich dem alten Bayard.« Seine Augen funkelten. »Damit ist er wohl genug bestraft. Soll er doch durchmachen, was ich in diesen letzten Wochen ertragen mußte.«

Gab es keine Hoffnung? Mit keinem Wort sprach er von Liebe. Er wollte sie einfach nur loswerden, so schnell wie möglich. Um ihren Kummer zu verbergen, griff sie wieder nach dem Saum ihres Hemds.

»Laß es nur an.« Lucien hielt das Unterkleid über ihren Kopf und wartete, bis sie ihre Arme hob.

Zögernd wandte sie ein: »Aber man wird das Hemd im Ausschnitt sehen . . .«

»An Bord der *Jezebel* bist du die einzige Frau unter vielen Männern. Deshalb mußt du dich dezent und unauffällig kleiden.«

Natürlich. Sie befand sich nicht mehr in einem Harem, sondern auf einem Schiff voller rauher Gesellen, die einer anderen Welt entstammten. Lucien hatte recht. Gehorsam streckte sie die Arme empor und blieb reglos stehen, während er ihr das Unterkleid über den Kopf streifte. Dann glitt das Kleid über ihren Körper – wunderbar weit und bequem – bis er das Oberteil zuknöpfte. Es saß so eng, daß sie kaum Luft bekam, und Luciens Finger, die ihre Brüste streiften, raubten ihr erst recht den Atem. Zufrieden schloß er den letzten Knopf. »Das Kleid paßt gut.«

»Tatsächlich?« Skeptisch blickte Alessandra an sich hinab. Die Proportionen des engen Oberteils und des voluminösen Rocks schienen nicht zu stimmen. Wahrscheinlich würden die Knöpfe abspringen, wenn sie sich unvorsichtig bewegte. »Darin fühle ich mich wie eine Gefangene.« Dieser Eindruck verstärkte sich noch, nachdem Lucien den Gürtel über der hohen Taille geschlossen hatte.

»Englische Damen können nicht in Kaftans und Hosen herumlaufen.«

»Wirklich nicht?« seufzte Alessandra und schaute sehnsüchtig auf die vertraute Kleidung, die sie abgelegt hatte.

»Nein.«

»Und mein Schleier? In Gesellschaft von Männern kann ich mich nicht unverschleiert zeigen.«

»Jetzt bist du so gekleidet, wie es der Mode englischer Damen entspricht. Manche tragen einen Kopfschmuck. Doch der Schleier bleibt nur muslimischen Frauen vorbehalten.«

Das hatte Sabine erwähnt, aber Alessandra fand es sehr seltsam. »Bin ich eine Dame?«

»Zumindest deiner Herkunft nach«, erwiderte er belustigt, und sie freute sich, weil sie ihn aufgeheitert hatte.

Durfte sie es wagen, ihr Herz noch einmal zu offenbaren? Sie trat zu ihm, schaute tief in seine Augen und fragte leise: »Erinnerst du dich noch an die Nacht, wo du mich geliebt hast, Lucien?«

Sofort erlosch sein Lächeln. »Wie könnte ich es jemals vergessen?«

Und ebenso wenig vergaß er wohl, wie ihr Vater hieß. »Auch ich muß immer daran denken«, gestand sie. Dann tröstete sie sich mit dem Gedanken, daß noch viele Wochen vergehen würden, bevor sie England erreichten. In dieser langen Zeit könnte es ihr sicher gelingen, ihn umzustimmen. Sie eilte an ihm vorbei, stolperte über den Saum ihres Unterkleids und fiel der Länge nach hin. Instinktiv hatte sie die Arme ausgestreckt, um den Sturz zu bremsen, doch das half ihr nicht über den Verlust ihrer Würde hinweg.

Lucien zog sie auf die Beine und wischte ihr Kleid ab. »Entweder mußt du die Röcke raffen oder kleinere

198

Schritte machen«, erklärte er, als wäre sie ein Kind. »Am besten wendest du beide Methoden an.«

Ärgerlich zupfte sie an ihrem Unterkleid. »Das ist zu lang. Man muß es kürzer machen.«

»Nein, diese Länge geziemt sich für eine ehrbare englische Lady. Daran mußt du dich gewöhnen.«

Alessandra wollte erwidern, sie sei keine englische Lady. Doch sie hielt es für besser, das Thema abzuschließen. Bald würden Nadel und Faden das Problem lösen, und sie brauchte sich nicht einer Sitte anzupassen, die ihr so sehr mißfiel. In der Zwischenzeit würde sie eben ihre Röcke raffen. »Ich bin bereit.«

18

Ich muß mich bei Euch entschuldigen.« Vielsagend richtete Alessandra ihren Blick auf den Unterleib des Kapitäns.

»Allerdings, Mylady.« Nicholas Giraud – hübscher als sein Vetter, aber nicht so groß und kräftig – nickte ihr zu.

Gerade noch rechtzeitig dachte sie an die lästigen langen Röcke, die sie raffen mußte, ehe sie Luciens Arm losließ und zu Giraud ging. Sie hielt kurz inne, um ihr Gleichgewicht auf dem schwankenden Schiff zu finden. Dann blieb sie vor dem Kapitän stehen. »Dann tu ich's hiermit.«

»Gut, ich verzeihe Euch.«

»Noch was bin ich Euch schuldig.«

»Aye?«

Ehe er wußte, wie ihm geschah, bekam er eine schallende Ohrfeige. »Ihr seid kein Gentleman«, erklärte

Alessandra gleichmütig, und er widerstand der Versuchung, seine brennende Wange zu berühren.

Eigentlich müßte die kleine Närrin schleunigst Fersengeld geben, dachte er. Eine solche Behandlung ließ sich Kapitän Nicholas Giraud – ehemals Freibeuter und seit kurzem mit der christlichen Kirche verfeindet – nicht ungestraft gefallen. Schon gar nicht, wenn seine Besatzung zuschaute.

Nun, die Frau lief nicht davon und traf auch keine Anstalten, sich hinter Luciens breitem Rücken zu verschanzen. Die Unterlippe vorgeschoben, die Hände in die Hüften gestemmt, wartete sie die Konsequenzen ihres Angriffs ab.

Viel zu selbstsicher, sagte er sich. Am liebsten hätte er sie übers Knie gelegt, um ihr den reizvollen Hintern zu versohlen. Nur Luciens verräterisch zuckende Mundwinkel hinderten ihn daran.

Plötzlich mußte er lachen. Und als Alessandra verwirrt blinzelte, lachte er noch lauter. »Es ist wohl besser, wenn du dich mit ihr herumschlägst, mein Vetter.« Diese Worte bereute er sofort, denn Luciens Gesicht nahm einen harten, kalten Ausdruck an.

Nun, das war nicht sein Problem. Er wandte sich ab, blickte über den Bug der *Jezebel* hinweg und vergaß seinen unerwarteten Gast. Vor ihm lag seine launische Geliebte, der Atlantik, und breitete einladend die Arme aus. Wie eine Hure lockte und verführte sie ihn, spreizte die Beine, dann hinterging sie ihn. Und er genoß jeden einzelnen Augenblick.

Aye, sollte sich Lucien doch mit seiner rothaarigen Hexe amüsieren. Ihm selbst genügten willfährige Mädchen, die manchmal seine Gelüste stillten. Danach kehrte er immer wieder zu seiner wahren Geliebten zurück.

Alessandra starrte den arroganten Kapitän an, der sie ausgelacht hatte und nun ignorierte. Als Luciens

Schatten über sie fiel, wandte sie sich seufzend zu ihm. Natürlich grollte er ihr. Um die Kälte abzuwehren, die durch ihre lächerlichen weiten Ärmel kroch, verschränkte sie die Arme vor der Brust.

»Keine Ahnung, warum ich das nicht erwartet habe«, begann er.

»Er hat's verdient.«

»Offensichtlich muß ich dir noch sehr viel beibringen, bevor wir England erreichen«, meinte er, umfaßte ihren Ellbogen und führte sie vom Achterdeck weg.

»Was denn?«

»Wenn man dich für eine Lady halten soll, mußt du dich entsprechend benehmen.«

»Tu ich das nicht?«

»Du fragst, ob du dich wie eine englische Lady verhältst? Nein.«

Erbost blieb sie stehen. »Aber ich bin keine Engländerin . . .«

»Doch.«

Zu ihrem Leidwesen konnte sie nicht widersprechen. In einigen Wochen mußte sie sich Alessandra Bayard nennen und die Position einer englischen Lady einnehmen. Dieser Gedanke überwältigte sie, und sie wünschte, sie hätte die Anstandsregeln ihrer Mutter aufmerksamer beachtet. »Sind die vornehmen Frauen in England anders als im Maghreb?«

»Aye. Das wirst du bald feststellen. Gehen wir zur Reling, dann erklär ich's dir.«

Offenbar wollte er seinen ersten Sonnenuntergang außerhalb der Gefahrenzone nicht versäumen. Der erste Sonnenuntergang meines neuen Lebens, dachte sie bedrückt und folgte ihm.

Während ihn die unverhohlene Neugier der Besatzungsmitglieder nicht zu stören schien, fühlte sie sich um so unbehaglicher. Als Giraud vor einigen Stunden seine schreiende, strampelnde Gefangene an Bord gezerrt hatte, waren die Männer in schallendes Gelächter ausgebrochen. Alle hatten sich köstlich amüsiert, auf Alessandras Kosten. Jetzt, in ihrem europäischen Staat, wurde sie mit neuen Augen betrachtet, aber keineswegs respektvoll. Könnte sie sich doch hinter einem Schleier verstecken . . .

Auf die Reling gestützt, ließ Lucien den Wind in sein Gesicht blasen. Ein paar bronzefarbene Strähnen lösten sich aus dem Lederband. Mit Alessandras langem, offenem Haar gingen die Böen noch unsanfter um. Heftig flatterte es um ihren Kopf und versperrte ihr die Sicht. Nach einer Weile drehte sie die zerzausten Locken im Nacken zusammen und stopfte sie in ihr Hemd.
»Nun, auf welche Weise unterscheide ich mich von den Engländerinnen.«

Mit schmalen Augen schaute er zum Horizont des Meeres, der die Sonne allmählich verschluckte. »In jeder Hinsicht.«

»Das mußt du mir genauer erklären.«

Viele Beispiele fielen ihm ein. Aber er wählte jene Szene, an die er sich am deutlichsten erinnerte, und unterdrückte ein Lächeln. »Niemals würde eine englische Lady auf einem Esel reiten.«

»Und wenn sie's täte?«

Er warf ihr einen kurzen Blick zu. »Dann würde ihr Papa sie wahrscheinlich in ein Kloster schicken.«

»Nur weil sie verkehrt herum auf einem Esel geritten ist?«

»Weil sie überhaupt auf einem Esel geritten ist.«

»Was für ein langweiliges Land muß das sein . . .«

Endlich wandte er sich zu ihr. »Keineswegs. Da gibt es zahlreiche Abwechslungen.«

»Welche denn?«

»Jagen, Tanzen . . .«

»Tanzen?«

»Gewiß, in Adelskreisen tanzt man oft und gern. Deshalb mußt du's lernen.«

»Oh, das kann ich schon.«

Lucien schüttelte den Kopf. »In England tanzt man anders.«

»Also steif und hölzern?« fragte sie enttäuscht.

Verglichen mit ihrem erotischen Tanz, den er beobachtet hatte? Vielleicht. Aber der europäische Tanz konnte mit einem entscheidenden Vorteil aufwarten – Männer und Frauen vollführten ihn paarweise. »O nein.«

»Und wie tanzt man in England?«

Das hätte er ihr lieber gezeigt als erklärt. Würde sie sich seinem Rhythmus graziös anpassen? Oder Widerstand leisten? Während er sie nachdenklich betrachtete, stach ihm das verdammte Halsgeschmeide ins Auge. Zornige Eifersucht verdrängte die Heiterkeit, die er eben noch empfunden hatte. Er griff nach der Kette, ignorierte Alessandras Verwirrung und öffnete den Verschluß. Dann drückte er ihr den Schmuck in die Hand. »Mach mit diesem Plunder, was du willst. Aber trag ihn nie wieder in meiner Gegenwart.«

Sie starrte die Silberkette an. Nein, sie brauchte diese schmerzliche Erinnerung an Jacques' Tücke und das Grauen der Sklaverei nicht mehr. Kurz entschlossen schleuderte sie das Geschenk des Schurken ins Meer, wo es in den letzten Sonnenstrahlen glitzerte, ehe es von hungrigen Wellen verschlungen wurde. »Weg damit! Monsieur LeBrec existiert nicht mehr.«

Sofort glättete sich Luciens Stirn. »Gib mir deine Hand.«

»Was?«

»Deine Hand.«

Mißtrauisch gehorchte sie. »Was hast du vor?«

Er zog sie an sich, schlang den anderen Arm um ihre Taille. Als sie seine Körperwärme spürte, begannen ihre Brüste zu prickeln. Würde er sie küssen? Vor den Augen der Besatzung? Halb ängstlich, halb hoffnungsvoll spähte sie über seine Schulter hinweg und begegnete mehreren neugierigen Blicken. Dann hob sie den Kopf und sah Lucien lächeln. »Hier? Ist das erlaubt?«

»Gewiß. Es geschieht nur selten im stillen Kämmerlein. Eher in der Öffentlichkeit.«

Schockiert starrte sie ihn an. Davon hatte ihre Mutter nichts erwähnt. »Wirklich?«

»O ja.«

Er hatte recht. Offensichtlich mußte sie noch sehr viel lernen, bevor sie in England ankamen. Ein Kuß vor Zuschauern . . . Aber trotz ihrer Verlegenheit sehnte sie sich nach Luciens Zärtlichkeit, und so bot sie ihm ihre Lippen.

Statt sie zu küssen, ließ er ihre Taille los, hielt ihre linke Hand und führte sie von der Reling weg. »Der vornehmste aller Tänze. Man nennt ihn Estampie.«

Ein Tanz? »Und ich dachte, du wolltest . . .« Ihre Stimme erstarb. Beschämt wich sie Luciens Blick aus. Was sie erwartet hatte, konnte sie natürlich nicht zugeben.

In seinen Augen spiegelte sich der rötliche Himmel. »Ich weiß. Aber zuerst der Tanz.«

Und dann ein Kuß? Danach fragte sie nicht, doch sie wünschte, ihre Vermutung würde sich bestätigen.

Der Tanz war tatsächlich vornehm, aber öde. Langsam und gravitätisch schritt sie neben Lucien über die Decksplanken. In ihrem Bedürfnis nach lebhafterer Bewegung stolperte sie mehrmals über ihre eigenen Füße.

»Entspann dich!« mahnte er. »Du machst es dir viel schwerer, als es ist.«

»Wenn es doch schwieriger wäre!« Sie ertrug den

Tanz nur, weil sie wenigstens Luciens Hand halten durfte. Allerdings hätte sie es vorgezogen, wieder seinen Arm um ihre Taille zu spüren, aber sie folgte ihm fügsam zum Bug und wieder zurück. Schließlich fragte sie: »Können wir nicht enger tanzen?«

»Enger?«

»Aye. Nimm mich wieder in die Arme. Das wäre viel erfreulicher.«

»So tanzen die englischen Aristokraten nicht, Alessandra«, erwiderte er lachend, »nur die Bauern.«

»Hier sind wir nicht in England. Stellen wir uns doch einfach vor, wir wären Bauern.«

»Sicher wird dir die Farandole besser gefallen. Sie ist ein Gruppentanz, und dabei bewegt man sich etwas dynamischer.« Im Takt der Musik, die nur in seinem Kopf wirbelte, drehte er Alessandra herum und veranlaßte sie, unter seinem Arm eine Pirouette zu drehen.

»Lucien!« rief sie atemlos.

»Nun, ist das lustiger?«

»O ja!« jubelte sie. Es fiel ihr nicht schwer, das halbe Dutzend Grundschritte zu erlernen, und die Farandole machte ihr Spaß, wenn sie auch das Temperament der Haremstänze vermißte. »Wollen wir auch einen Bauerntanz ausprobieren?«

»Also möchtest du unbedingt enger mit mir tanzen?«

»Aye. Die Besatzung hat sicher nichts dagegen.«

Endlich nahm er sie in den Arm »nur dieses eine Mal. Und dann nie wieder. Schon gar nicht in England.«

Sie nickte, schloß die Augen und genoß es, Luciens Körper zu fühlen, der sich immer wieder an ihren preßte. Während er ihre Finger festhielt, umfaßte seine andere Hand ihre Hüfte und erinnerte sie an jene wunderbare Liebesnacht. »Noch einmal«, hauchte sie, als die imaginäre Musik verklang.

»Später.« Lächelnd führte er sie in den Schatten, wo

sie nicht beobachtet werden konnten, und sie lehnte sich an den Mast.

»Küßt du mich jetzt?« wisperte sie erwartungsvoll.

Statt zu antworten, neigte er den Kopf herab. Ein heißer Kuß öffnete Alessandras Lippen, Luciens Zunge spielte mit ihrer, und er trank aus dem Brunnen ihrer Leidenschaft, den noch kein anderer gekostet hatte. Stöhnend schlang sie ihre Finger in sein Haar.

»Nur mir gehörst du«, flüsterte er an ihrem Mund.

Hatte sie sich verhört? Unglücklicherweise gab er ihr keine Gelegenheit, danach zu fragen, und zog sie aus dem Schatten, um ihr einen neuen Tanz beizubringen. Aber sie würde schon noch herausfinden, was er gemeint hatte.

Entzückt spürte er ihren schönen Körper, der anmutig in seinen Armen dahinschwebte. Sie war die Frau, die er jahrelang gesucht hatte, ohne zu hoffen, er würde sie eines Tages finden.

Als die Nacht herabsank, gelobte er sich, nicht mehr die Tochter ihres Vaters in ihr zu sehen. Für ihn war sie einfach nur Alessandra.

Nicht, daß es so einfach gewesen wäre . . . Und dann ging ihm ein absurder Gedanke durch den Sinn. Vielleicht würde es ihm mit ihrer Hilfe gelingen, die Familienfehde zu beenden.

Müde nach dem Tanzunterricht und übersättigt von fremdartigen Speisen, die sie nur aus Höflichkeit nicht zurückgewiesen hatte, betrat sie die schwach erleuchtete Kabine und blieb abrupt stehen.

»Stimmt was nicht?« fragte Lucien.

»Da hängen jetzt zwei Kojen. Vorhin war's nur eine.«

Er schloß die Tür. »Aye, die zweite ist für mich bestimmt.«

206

»Oh – ich wußte nicht, daß du die Kabine mit mir teilen würdest.«

»Hast du was dagegen?«

Dumme Frage! »Natürlich nicht. Es erscheint mir nur unschicklich – nach allem, was du über die Engländer erzählt hast, Lucien.«

»An Bord der *Jezebel* herrscht Platzmangel. Außerdem muß ich dich vor der Besatzung schützen.«

»Aber was werden die Leute denken?«

»Um die Gedanken dieser rauhen Seebären brauchst du dich nicht zu kümmern. Nach unserer Ankunft in England wirst du ihnen nie wieder begegnen. Du mußt nur die Aristokraten beeindrucken.«

Alessandra kehrte ihm den Rücken und gestattete sich das Lächeln, das sich auf ihre Lippen drängte, seit sie wußte, er würde in ihrer Nähe schlafen. Dann eilte sie zu ihrer Koje und klopfte darauf. »Ich weiß nicht, ob ich in diesem merkwürdigen Ding ein Auge zutun kann. Es sieht so unbequem aus.«

»Ist es aber nicht.« Lucien folgte ihr. »Soll ich dir zeigen, wie man hineinsteigt?«

Mit Worten oder Taten? Sie spähte über ihre Schulter. »Ja, bitte.«

»Zieh dich zuerst aus. Sonst zerknitterst du deine Kleider.«

Hastig senkte sie den Kopf und ärgerte sich über ihr kindisches Erröten. Wenn sie sich weiterhin so albern aufführte, würde sie ihn niemals verführen. Sie wollte ihm endlich beweisen, daß sie eine erwachsene, weltgewandte Frau war. Deshalb drehte sie sich tapfer zu ihm um und begann ihr Kleid aufzuknöpfen.

Aber er ging davon und zeigte ein brennendes Interesse an seiner eigenen Koje.

Verschmähte er sie, oder spielte er den Gentleman, so wie beim Abendessen mit Nicholas? Sie schlüpfte aus dem Kleid, faltete es zusammen und legte es über die Truhe. »Das Unterkleid auch?«

Jetzt kehrte er zu ihr zurück. »Nein, das ist nicht nötig. Mit einer Hand hältst du dich hier fest.« Er legte ihre Finger auf das seitliche Geländer an der Wand. »Und mit der anderen da«, fügte er hinzu und wies auf die Stange, vor der sie stand. »Dann hebst du ein Knie und läßt dich auf die Matratze fallen. Es ist ganz leicht.«

»Oder peinlich.« Alessandra raffte den Rock ihres Unterkleids und schwang ein Bein über den Rand des Lagers.

Lachend griff er unter ihre Kniekehle, umfaßte mit dem anderen Arm ihre Hüften und rollte sie in die Koje.

Das Gesicht in ein weiches Kissen gedrückt, hielt sie sich krampfhaft fest und erwartete, das schaukelnde Bett würde sie zu Boden schleudern. Doch das geschah nicht, und nach einer Weile hing es reglos an den Pfosten.

»Jetzt dreh dich um«, befahl er.

Vorsichtig wälzte sie sich auf den Rücken und starrte in Luciens grinsendes Gesicht.

»Siehst du? Es ist ganz einfach.«

Seufzend schnitt sie eine Grimasse. »Daran werde ich mich wohl nie gewöhnen.«

»Doch.« Zu ihren Füßen lag eine Decke, die er auseinanderfaltete. »Eine lange Reise liegt vor uns, und in der Koje schläfst du besser als auf dem Boden. Dort kann es sehr ungemütlich werden, wenn das Schiff schlingert. So, und jetzt gehe ich.« Fürsorglich deckte er sie zu.

»Du läßt mich allein?« rief sie und setzte sich auf. Erschrocken hielt sie den Atem an, als die Koje wieder zu schaukeln begann. »Schläfst du nicht hier?«

»Doch, aber vorher muß ich mit Nicholas sprechen.«

»Heute abend hast du doch lange genug mit ihm geredet. Warum noch einmal?«

»Es gibt gewisse Dinge, die man vor Ladies nicht erörtert.«

Was für Dinge? Sie beschloß, lieber nicht danach zu fragen. »Eigentlich möchte ich erst in England eine Lady werden. Es ist so langweilig.«

»Leider genügt es nicht, eine Lady zu spielen. Du mußt dich wie eine richtige vornehme Dame *fühlen*.«

Natürlich hatte er recht. »Also gut«, stimmte sie zu und legte sich seufzend zurück.

Lucien zog ihr die Decke bis ans Kinn. »Bald komme ich zurück«, versprach er und küßte ihre Lippen. »Überstürzen wir nichts, Alessandra.«

Zum Teufel, wieso wußte er, was in ihrem Herzen vorging? Warum verweigerte er ihr – und sich selbst –, was sie so ungeduldig herbeisehnte?

»Träum was Schönes«, fügte er hinzu und verließ die Kabine.

Träumen? Sie bezweifelte, daß sie überhaupt Schlaf finden würde.

Sorgsam versperrte Lucien die Kabine. Kein Seemann durfte hineinschleichen und sich nehmen, was ihm nicht gehörte.

Auf dem Achterdeck traf er seinen Vetter an, der die Segel inspizierte.

»Ist sie nicht wundervoll?« fragte Nicholas. »So ruhig, so sanft.«

Wie Lucien nur zu gut wußte, war nicht von einer Geliebten die Rede, sondern vom Atlantik.

»Sie schmollt«, erklärte Nicholas.

Um auf dem schwankenden Schiff sein Gleichgewicht zu halten, spreizte Lucien die Beine. »Sie schmollt?«

»Aye«, bestätigte Nicholas grinsend. »Sie bläht meine Segel nur ganz leicht, weil ich's gewagt habe, über ein anderes Gewässer zu fahren.«

»Das Mittelmeer.«

»Genau. Als wäre dieses Meer hier nur mir treu!« Lachend entblößte Nicholas seine weißen Zähne. »Stell dir das mal vor! Wie eine eifersüchtige Hure!«

»Vielleicht solltest du dir eine andere Geliebte suchen«, schlug Lucien vor, was ihm einen vernichtenden Blick eintrug.

»Eine wie Alessandra, die dein Herz betören und dann in die Arme eines anderen sinken wird? Vielleicht läßt sie sich von Vincent erobern?«

Luciens hübscher Bruder brauchte nur zu lächeln, und schon umschwärmten ihn die Frauen wie Motten das Licht. Das hatte Lucien nie gestört, bis seine zwei Verlobungen in die Brüche gegangen waren. Es hätte ihn zu tief gedemütigt, eines der beiden Mädchen zu heiraten, die ganz offenkundig einen anderen vorzogen. Mühsam bezwang er seinen Zorn. »Du bist zwar verrückt, weil du dich so für dieses verdammte Meer begeisterst, aber klüger als ich.«

»Soeben dachte ich, du würdest mich niederschlagen«, gestand Nicholas und klopfte ihm auf die Schulter.

»Das wollte ich auch.«

»Welch ein Glück für mich, daß du dich anders besonnen hast.«

Es war an der Zeit, das Thema zu wechseln, und so kam Lucien auf sein Anliegen zu sprechen. Dazu hatte er in Tanger, von seiner Sorge um Alessandra gequält, keine Gelegenheit gefunden. »Was weißt du von Falstaff? Hat sich irgend etwas in meinem Zuhause verändert, seit ich zuletzt dort war?«

»Seit über einem Jahr wage ich mich nur mehr bis London«, erwiderte Nicholas und strich sich das Haar

210

aus der Stirn. »Ich möchte mich nicht allzuweit von meinem Schiff entfernen. Sonst könnte mich die Kirche in Ketten legen, weil ich ihr abgeschworen habe.«

»Das war auch sehr dumm von dir.«

»Damals hat meine Maßnahme ihren Zweck erfüllt«, betonte Nicholas, ohne die geringste Reue zu zeigen.

»Wenn du glaubst, ich würde mich nach diesem Zweck erkundigen, irrst du dich.«

»Ein weiser Entschluß«, meinte Nicholas belustigt. »Was Falstaff betrifft – als ich zuletzt dort war, fand ich alles unverändert – mit einer Ausnahme. Man hielt dich für tot.« Nun nahm seine Stimme einen ernsteren Klang an. »Deinem Vater brach das Herz, weil er dich nach Frankreich gehen ließ, während sein zorniges Geschrei noch in deinen Ohren dröhnen mußte. Und es bedrückt ihn schmerzlich, daß er sich nicht mehr mit dir aussöhnen konnte.«

Lucien nickte. Wegen seines Entschlusses, in einem Krieg zu kämpfen, den sein Vater für sinnlos hielt, hatten sie wochenlang gestritten. Auf beiden Seiten fielen harte Worte, und schließlich verließ Lucien den Familiensitz, zornig und gekränkt. Letzten Endes hatte er seinem Vater recht geben müssen. Das wollte er eingestehen, wenn er heimkehrte, und sein Knie beugen. »Sobald ich auf Falstaff eintreffe, wird sich alles zum Guten wenden«, sagte er, mehr zu sich selbst.

»Inzwischen wurde die Fehde zwischen den Bayards und den de Gautiers fortgesetzt. Vincent verspielt jede Münze, die er in die Finger bekommt, und Jervais . . . Deinen jüngsten Bruder wirst du nicht wiedererkennen, Lucien. Er ist zu einem kraftvollen, breitschultrigen Mann herangewachsen, der sich überall Gehör verschafft.«

»Geht es meiner Mutter gut?«

»O ja.«

211

»Und Giselle?«

»Deine kleine Schwester besitzt ein Mundwerk, mit dem sie Alessandra Konkurrenz machen könnte. Immer wieder gerät sie außer Kontrolle, obwohl deine Mutter ihr Bestes tut, um sie im Zaum zu halten. Ein sehr eigenwilliges Kind.«

Auf das Wiedersehen mit Giselle freut sich Lucien am allermeisten, doch das sprach er nicht aus. »Sonst weißt du nichts zu berichten?«

»Nein, tut mir leid.«

»In einem Jahr könnte viel geschehen sein.«

»Allerdings. Möchtest du was trinken?« Nicholas reichte seinem Vetter den Weinschlauch, und Lucien nahm einen Schluck. »Nicht alle Veränderungen sind schlecht. Diesmal steht Falstaff ein erfreuliches Ereignis bevor. Der verlorene Sohn kehrt von den Toten zurück.«

»Da hast du recht«, stimmte Lucien zu und beschloß, alles zu akzeptieren, was ihn zu Hause erwarten würde. Dann wünschte er seinem Vetter eine gute Nacht und ging unter Deck.

Nicholas trat an die Reling und beobachtete die sanften Wellen, die den Mond widerspiegelten. Manchmal nahm er seine Phantasie, das Meer wäre seine Geliebte, wirklich etwas zu ernst. Wenn er nicht aufpaßte ... Er lachte leise, und dann erinnerte er sich an sein Gespräch mit Lucien.

Eine Tatsache hatte er verschwiegen, aus gutem Grund. Vorerst sollte Lucien nichts von der schweren Krankheit seines Vaters erfahren. Sonst würden ihn während der ganzen langen Reise heftige Schuldgefühle plagen. Und vielleicht war der alte Mann inzwischen genesen. Eine berechtigte Hoffnung, dachte Nicholas, da sich alle de Gautiers einer ausgezeichneten Konstitution erfreuten.

212

19

Gelangweilt rümpfte Alessandra die Nase. »Ein interessantes Spiel, Lucien«, meinte sie und betrachtete die beiden Elfenbeinwürfel, die sie seit einer halben Stunde auf den Tisch warfen. »Aber nicht besonders amüsant.«

»In England ist dieses Spiel sehr beliebt.« Grinsend schüttelte er die Würfel in seiner Faust. »Mein Bruder Vincent braucht solche Dinger nur zu sehen, und schon läuft er Gefahr, sein letztes Hemd zu verlieren.«

Sie zog die Knie an und stützte ihr Kinn darauf. »Ehrlich gesagt, Schach gefällt mir besser«, bemerkte sie und schaute zur fernen portugiesischen Küste.

»Und dein Eselsspiel.«

»Das ist doch sehr lustig. Wenn du nicht so englisch wärst, würdest du's einsehen.«

»Und wenn du nicht so arabisch wärst, würdest du erkennen, was für ein lächerlicher Zeitvertreib das ist.«

»Du überraschst mich.«

»Wieso?«

Seufzend warf sie ihre Arme in die Luft. »Seit Tagen erzählst du mir, ich sei eine Engländerin und versuchst, mir die englische Kultur nahezubringen. Und jetzt behauptest du plötzlich, ich sei eine Araberin.«

»Das habe ich gesagt?« Lucien runzelte die Stirn.

»Mehr oder weniger.«

»Hm, dann habe ich einen schweren Fehler begangen. Wahrscheinlich verwirrt mich dein unbeugsamer Entschluß, an der heidnischen Lebensart festzuhalten.«

»War ich denn keine gelehrige Schülerin?« fragte sie gekränkt. »Ich raffe die Röcke, mache kleine Schritte, ich knickse und rede höflich mit allen Leuten, obwohl kein einziger Seemann an Bord dieses Schiffes soviel

Respekt verdient. Lächelnd verspeise ich dieses gräßliche Zeug. Ich beherrsche die englischen Tänze, trage die unbequemen Kleider . . .«

»Aber du weigerst dich, einen Hut aufzusetzen und deine helle Haut zu schützen.« Luciens Fingerspitze strich über Alessandras Sommersprossen, die sich im Sonnenschein verdunkelt hatten.

Rasch senkte sie den Blick – nicht um ihre Verlegenheit zu verbergen, sondern die Gefühle, die seine Berührung hervorrief. Seit der Abreise aus Tanger spielte er den Gentleman, und zwar viel zu gut. Alles, was sie bekam, waren gestohlenen Küsse – zwischen Gelächter, bitteren Enttäuschungen und drückendem Schweigen. Obwohl sie sich mehr wünschte, wahrte er den Abstand, den er angemessen fand. Um ihre Sommersprossen zu entschuldigen, erklärte sie: »Ich liebe die Sonne.« Dann erhob sie sich und trat an die Reling.

Auch Lucien stand auf und steckte die Würfel in einen Beutel. »Davon wirst du in England nicht viel sehen. Der Sommer ist fast vorbei.«

»Meine Mutter hat mir erzählt, die englischen Wintermonate seien eiskalt.«

»Deshalb werden die meisten Babys im Hochsommer geboren.«

»Wieso?«

Lachend umfaßte er Alessandras Kinn und drehte ihr Gesicht zu sich herum. »Wenn die dunklen Wolken weinen und eisiger Wind weht, verkriecht man sich am besten im Bett. Mit einer Liebhaberin.«

Sie schluckte krampfhaft und zwang sich, seinem herausfordernden Blick standzuhalten. »Tust du das?«

Statt zu antworten, zog er nur die Brauen hoch, und sie fühlte sich wie eine Närrin. Es war wohl besser, wenn sie die Kabine aufsuchte und eine Zeitlang dort blieb – allein.

214

»Ja, wahrscheinlich tust du's«, murmelte sie, und der schnippische Ton, den sie anschlagen wollte, mißlang ihr gründlich. Ein starres Lächeln auf den Lippen, ging sie an Lucien vorbei und stieg die Kajüttreppe hinab.

Obwohl er ihr bis zur Kabine folgte, gab sie vor, das nicht zu bemerken und wollte ihm sogar die Tür vor der Nase zuschlagen. Aber sein Fuß hinderte sie daran.

»Bist du mir böse?« Lucien trat ein und schloß die Tür hinter sich.

»Böse? Nein, nur müde.« Angelegentlich begann sie, ihre wenigen Habseligkeiten zu ordnen.

»Was willst du von mir, Alessandra?«

Bei dieser unerwarteten Frage hielt sie inne. Er wußte es – er mußte es doch wissen. Hatte sie es nicht oft genug verkündet? Nun, wenn sie mit diesem Geständnis sein Herz gewann, würde sie's bereitwillig wiederholen.

Sie straffte die Schultern und ging zu ihm. »Dich will ich, Lucien«, sagte sie leise und wünschte, ihre Stimme würde nicht so zittern. »Ich möchte wissen, was du mir vorenthalten hast – und dir selber.«

Wortlos starrte er sie an, und seine Augen schienen etwas zu suchen, das ihr rätselhaft war.

Um das drückende Schweigen zu brechen, scherzte sie: »Und wenn du mir jetzt erzählst, so dürfe eine englische Lady nicht reden, schreie ich.«

Da seufzte er tief auf. »Wie sehr ich dich begehre, leugne ich nicht.«

»Warum weigerst du dich dann . . .«

»Weil es zum richtigen Zeitpunkt geschehen müßte – wenn überhaupt.« Ein flüchtiger Kuß streifte Alessandras Lippen.

Durch einen Tränenschleier schaute sie in sein ernstes Gesicht. »Ich werde dich nie wieder darum bitten«, gelobte sie.

»Dafür wäre ich dir dankbar.« Und dann verließ er die Kabine.

Unfähig, sich zu beherrschen, zog sie einen Schuh aus und schleuderte ihn gegen die Tür.

Es wäre kindisch gewesen, mittags in der Kabine zu bleiben und zu schmollen. Und so ging sie in die Kombüse, wo Lucien und Nicholas bereits am Tisch saßen. Die beiden blickten nur kurz auf, dann widmeten sie sich wieder ihrem Pökelfleisch und dem Salzhering.

Als Alessandra neben Lucien Platz nehmen wollte, befahl er: »Setz dich neben Nicholas.« War er ihr so böse, daß er nicht einmal ihre Nähe ertrug? Er bemerkte ihren traurigen Blick und erklärte: »Eine Lektion.«

Das ist fast so schlimm wie sein Groll, dachte sie. Seufzend sank sie auf Nicholas' Bank, wahrte aber einen gewissen Abstand. Ihre Beziehung zu Luciens Vetter war immer noch ziemlich angespannt. Weder er noch sie bemühten sich, dies zu ändern.

Ohne von seiner Mahlzeit aufzuschauen, sagte Lucien: »Rück näher zu ihm.«

»Warum?«

»Weil ich es will.«

Widerstrebend erfüllte sie seinen Wunsch, doch sie verringerte den Abstand zu Nicholas nur unwesentlich.

»Noch näher!«

Am liebsten hätte sie auf das Mittagessen verzichtet und die Kombüse verlassen. Sie wandte sich zu Nicholas, der angelegentlich in seinen Becher starrte, und sah seine Mundwinkel zucken.

Offenbar machte er sich über ihr kindisches Verhalten lustig und erwartete, sie würde aufspringen und davonlaufen. Entschlossen, die Herausforderung anzunehmen, rutschte sie zu ihm, und ihre Schenkel be-

216

rührten sich. Sofort erlosch sein Lächeln, und er runzelte verwirrt die Stirn.

»Ist das nahe genug?« fragte sie Lucien in unschuldigem Ton.

Endlich hob er den Kopf. »Keine respektable englische Lady würde so nahe neben einem Mann sitzen – nicht einmal neben ihrem Gemahl.«

»Gut, ich will daran denken«, erwiderte sie, doch sie entfernte sich nicht von Nicholas. Schließlich rückte er beiseite.

Ein unbehagliches Schweigen trat ein. Nach einer Weile kam der hagere alte Koch hinter einem Wandschirm hervor und stellte zwei Schüsseln auf den Tisch. Mißtrauisch rümpfte Alessandra die Nase und betrachtete das Gemisch aus Fleischstücken, Fisch, Linsen und anderen undefinierbaren Zutaten. Sicher würde sie keinen Bissen hinunterbringen. »Ich – ich bin nicht hungrig.«

»Trotzdem wirst du essen«, bestimmte Lucien.

»Muß ich?«

»Das gehört zur Lektion. Also, probier den Eintopf.«

Zögernd ergriff sie den Löffel und wollte die Schüssel, die der Koch zwischen ihren und den Platz des Kapitäns gestellt hatte, näher zu sich heranziehen. Aber das ließ Nicholas nicht zu. »Was soll das?« fragte sie ärgerlich.

»Das ist auch Nicholas' Schüssel«, teilte Lucien ihr mit. »In England ist es üblich, daß sich zwei Personen eine Mahlzeit teilen.«

Verständnislos schüttelte Alessandra den Kopf. Sie fand es schon unangenehm genug, mit Männern an einem Tisch zu sitzen. Nun wurde ihr auch noch zugemutet, mit Nicholas aus einer Schüssel zu essen.

»Hat deine Mutter dir das nicht beigebracht?« erkundigte sich Lucien.

217

Sie erinnerte sich vage an Sabines Vortrag über englische Tischmanieren. In dieser Hinsicht gefielen ihr die arabischen Sitten besser. »Doch«, gab sie zu.

»Dann muß ich keine weiteren Erklärungen abgeben.«

Sie verkniff sich die Antwort, die ihr auf der Zunge lag, tauchte ihren Löffel in den Eintopf und führte ihn zum Mund. Zu ihrer Überraschung schmeckte die Brühe besser als erwartet. Ihr Appetit kehrte zurück, und sie wollte weiteressen, aber Nicholas' Löffel stieß klirrend mit dem ihren zusammen.

»Jetzt mußt du warten, bis du wieder dran bist«, bemerkte Lucien.

In wachsendem Ärger beobachtete sie, wie Nicholas in der Schüssel rührte, um einen besonderen Leckerbissen zu suchen. Er fischte ein großes Stück Fleisch heraus, dann fiel es in den Eintopf zurück. »Vielleicht würdet Ihr was für mich auswählen, Mylady.«

»Nein!«

»Nicholas, bei diesem Unterricht geht es nicht um den Liebeskodex«, tadelte Lucien in scharfem Ton.

»Vermutlich nicht«, seufzte Nicholas. Grinsend schob er einen vollgehäuften Löffel in den Mund. »Aber da du Alessandra so gründlich auszubilden gedenkst, solltest du diesen Teil nicht vernachlässigen.«

»Darum brauchst du dich nicht zu kümmern, mein Vetter.«

In vollen Zügen genoß Alessandra Luciens Eifersucht. War dies der Weg zu seinem Herzen? Sie rückte näher zu Nicholas und legte eine Hand auf seinen Arm. »Erzählt mir doch von diesem Liebeskodex.«

Unbehaglich musterte er die üppigen Falten des Rocks, der seine Hose streifte. Dann schaute er in Alessandras flehende Augen und erriet ihre Absicht. »Nun, der Liebeskodex . . . Da muß ich erst mal nachdenken.«

218

Er steckte noch einen Bissen in den Mund und nickte langsam. »Ja, das sind höchst erfreuliche Sitten.«

Alessandra nahm sich ein Stück Fleisch und wich Luciens durchdringendem Blick aus, während sie auf die Erklärung seines Vetters wartete.

»Unter anderem besagt der Kodex, daß ein Liebhaber seiner Lady genauso ergeben dienen muß wie ein Ritter seinem Lehnsherrn. Er schwört ihr Treue bis zum Tod und ...« Genüßlich leckte er Fleischsaft von seinen Fingern.

»Und?« fragte Alessandra.

Wütend starrte Lucien die beiden an, ballte die Hände und konnte sich nur mühsam beherrschen.

»Und die Lady erweist ihm eine Gunst«, fuhr Nicholas fort. »Natürlich dürft Ihr Euren Bewunderer nicht zu früh erhören, Alessandra. Ein kleines bißchen soll er leiden. Sobald ihr ihn als Euren Liebhaber anerkannt habt ...«

»Wenn Ihr von einem Liebhaber sprecht, meint Ihr vielleicht ...«

»Genug!« Lucien sprang auf und hätte seine Bank umgeworfen, wäre sie nicht im Boden verankert gewesen. Erbost eilte er um den Tisch herum, zerrte Alessandra auf die Beine und führte sie zur Tür. »Darüber reden wir später!« warnte er seinen Vetter und stieß seinen Schützling die Treppe hinauf ins Sonnenlicht, verfolgt von Nicholas herzhaftem Gelächter.

Lucien wollte Alessandra in die Kabine bringen. Aber er blieb im Schatten des Großmasts stehen. Er fürchtete, sein Zorn könnte sich in sexuelle Leidenschaft verwandeln. Womöglich wäre er dann nicht mehr Herr seiner Sinne. »Hast du denn gar nichts gelernt?« fragte er mit leiser, gepreßter Stimme, so daß die Besatzungsmitglieder nichts hörten.

»O doch, ich habe sehr viel gelernt – und leider nur

wenig, woran ich Gefallen finde, abgesehen von den Tänzen und Nicholas' Liebeskodex.«

»Von dem er nicht allzuviel weiß. Wo er doch nur das Meer liebt.«

»Und du weißt mehr?« forderte sie ihn heraus und traf prompt einen wunden Punkt.

Seine Augen verengten sich. »Zumindest weiß ich, worüber eine Lady nicht mit einem Mann sprechen darf – es sei denn, sie ist mit ihm verheiratet.« Angespannt beobachtete er, wie das mutwillige Funkeln in Alessandras Augen erlosch.

»Aus diesem Grund willst du nicht mein Liebhaber werden, Lucien?« fragte sie und starrte seine gestiefelten Füße an. »Deshalb bekomme ich nur Küsse, obwohl ich mir viel mehr wünsche?« Erst jetzt erinnert sie sich an ihr Versprechen, das Thema nicht mehr anzuschneiden.

Er schwieg eine Weile, dann hob er ihr Kinn. »Wie ich bereits sagte, zum richtigen Zeitpunkt . . .«

»Offenbar geht eine Lady nur mit ihrem Ehemann ins Bett, nicht wahr? Wirst du mich heiraten?« Sofort bereute sie ihre kühnen Worte, doch sie ließen sich nicht mehr zurücknehmen.

In seinen Augen zeigten sich die widersprüchlichsten Gefühle, bevor sein Gesicht ausdruckslos wurde. »Zweimal war ich verlobt«, erklärte er und strich ihr behutsam das Haar aus der Stirn. »Und zweimal mußte ich die Verlobung lösen. Offenbar bin ich nicht für die Ehe geschaffen.«

Ihr Atem stockte. Endlich öffnete er ihr sein Herz. »Warum sind deine Verlobungen gescheitert?«

Betont gleichmütig zuckte er die Achseln. »Keine der beiden Ladies war mir treu.«

»Also haben sie dir Hörner aufgesetzt?«

Er schüttelte den Kopf. »Aber es wäre geschehen,

wenn ich die eine oder die andere zur Frau genommen hätte.«

»Wieso weißt du das?« fragte sie und legte die Hände auf seinen Arm.

Er sah sie an, schien aber durch sie hindurch zu schauen. »Sobald sie meinen hübschen Bruder Vincent zu Gesicht bekamen, hatten sie nur noch Augen für ihn.«

Das verstand Alessandra nicht. Gewiß, Lucien war kein schöner Mann, aber attraktiv und charakterstark. Niemals würde sie ihm einen anderen vorziehen. »Und du glaubst, ich würde mich auch in deinen Bruder vergaffen?«

»Nun, ich halte es immerhin für möglich.«

»Dann kennst du mich nicht.« Gekränkt kehrte sie ihm den Rücken, aber er drehte sie zu sich herum und nahm sie in die Arme.

»Doch, ich kenne dich, Alessandra«, flüsterte er in ihr Haar. »Und ich weiß, du hast nur mit Nicholas geflirtet, um mich eifersüchtig zu machen. Jetzt bildest du dir ein, ich wäre der richtige Mann für dich. Aber du bist zu unerfahren, um es ganz genau zu wissen.«

Sie schmiegte sich an ihn und legte den Kopf an seine Schulter. »Doch, ich bin mir völlig sicher.«

Zärtlich drückte er sie an sich. »Du benimmst dich nicht wie eine Lady«, mahnte er.

»Wenn du mich umarmst, muß ich keine Lady spielen«, erwiderte sie, spürte seine wachsende Erregung und schaute zu ihm auf.

»Nein, das ist nicht nötig«, bestätigte er und blickte ihr tief in die Augen. Nach einem leidenschaftlichen Kuß schlug er vor: »Wollen wir einen Waffenstillstand schließen?«

»Aye, Lucien«, stimmte sie lächelnd zu.

Da ließ er sie los, schlang aber seine Finger in ihre.

»Meine Schüssel ist noch fast voll. Willst du sie mit mir teilen?«

»Mit dem größten Vergnügen.«

20

E in Sturm braut sich zusammmen!« schrie der Seemann und kletterte den Mast herunter.

Die Hände hinter dem Rücken verschränkt, drehte sich Nicholas um und starrte zum Horizont, der noch vor kurzem wolkenlos gewesen war. Aber nun verdeckten dunkelgraue Schwaden die Linie zwischen Himmel und Meer. Er hatte bereits erwartet, daß seine launische Geliebte sich hier in der Bucht von Biskaya rächen würde, weil er ihr untreu geworden und über das Mittelmeer gesegelt war. Beinahe lachte er, um sich selbst zu verspotten. Doch er wurde sofort wieder ernst, als er die Gefahr erkannte.

Seit zwei Tagen fuhren sie die französische Küste entlang, und das war wegen der vorherrschenden Nordwestwinde schwierig genug gewesen. Aber nun drohte ihnen eine Katastrophe.

Er durfte es nicht wagen, so nahe an der Felsenküste zu bleiben, wo das Schiff leicht zerschellen konnte. »Weiter nach draußen!« rief er seinem Steuermann zu.

Um den Sturm zu überstehen, brauchte die *Jezebel* mehr Platz. Und nicht einmal ein größerer Spielraum würde ihre Sicherheit garantieren. Nicholas holte tief Atem. Dann erteilte er seine Befehle, die von seinen gutausgebildeten, tüchtigen Leuten augenblicklich ausgeführt wurden. Sie refften die Segel, justierten die

Taue, von jener prickelnden Erregung erfaßt, die man nur verstand, wenn man das Meer liebte.

»Das sieht nicht gut aus«, meinte Lucien, während er die Kajüttreppe heraufstieg und zu seinem Vetter ging.

»Aye, ein schlimmes Unwetter. Um es zu bekämpfen, brauchen wir alle Hände an Bord. Bist du bereit?«

»Ja, natürlich.« Lucien starrte die geballten Wolken an und erinnerte sich an andere Stürme, die er überlebt hatte. Als Galeerensklave hatte er mit seinen Leidensgenossen Wind und Regen getrotzt, um sich selbst und die arabischen Herren vor dem Zorn des Ozeans zu retten. Wäre er nicht zur Strafe für seine wiederholte Rebellion angekettet gewesen, hätte er – ebenso wie zahlreiche andere Ruderer – ein nasses Grab in der Meerestiefe gefunden.

»Sehr gut«, erwiderte Nicholas und runzelte die Stirn. »Wo ist Alessandra?«

Aus seinen bitteren Gedanken gerissen, kehrte Lucien in die Gegenwart zurück. »Sie sitzt in der Kabine und beschäftigt sich mit ihren Schreibübungen.«

Wenn sie die arabische Schrift auch einwandfrei beherrschte, die englische bereitete ihr einige Schwierigkeiten. Wie üblich hatte sie behauptet, diese Übungen seien nicht nötig. Nur mit dem Versprechen, ihr am nächsten Tag keinen Unterricht zu geben, war es ihm gelungen, sie umzustimmen.

»Sie muß unter Deck bleiben«, entschied Nicholas, und Lucien nickte.

»Allerdings. Ich gebe ihr Bescheid. Dann komme ich sofort zurück und helfe dir, das Schiff zu sichern.«

Sein Vetter schaute ihm nach, ehe er wieder den Himmel betrachtete. Bei Tageslicht wäre der Sturm nicht so schlimm gewesen. Aber in einer knappen Stunde würde die Nacht hereinbrechen. Er gab den Befehl, die Segel herumzudrehen, und betrachtete das aufgewühlte Meer. »Hure!« schimpfte er. »Welchen Lohn erhalte ich, wenn ich diesen Kampf gewinne?«

Würde er England vor den Schiffen erreichen, die früher losgefahren waren? Konnte seine Fracht den Wert zurückerlangen, der sich durch Alessandras Rettung und die verzögerte Abreise aus Tanger verringert hatte? Unwahrscheinlich, aber immerhin eine Chance, sagte er sich lächelnd und nahm die Herausforderung seiner wütenden Geliebten an.

»Welch eine Meisterleistung!« spottete Lucien.

Die tintenschwarze Feder glitt zwischen Alessandras Zehen hervor und fiel zu Boden. »Oh!« rief sie, setzte sich in der Koje auf und zog die Beine an. Zu ihrem Ärger war Lucien unbemerkt eingetreten. »So früh habe ich dich nicht zurückerwartet.«

»Offensichtlich nicht.« Er hob die Feder auf. »Mit solchen Possen willst du deinen schulfreien Tag verdienen?«

Sie griff nach den Pergamenten, die sie mit ihren Schriftzügen bedeckt hatte. »Weil ich einen Krampf in der Hand bekam, wollte ich ausprobieren, ob ich die Feder mit den Zehen festhalten kann«, erklärte sie und reichte ihm ihr Werk.

Angewidert schnitt er eine Grimasse. »Wenn das deine ganze Kunst ist . . .«

»Was meinst du? Inzwischen kann ich schon sehr gut schreiben.«

Lucien schüttelte den Kopf. Dann teilte er ihr mit, warum er in die Kabine gekommen war. »Ein Sturm zieht herauf. Deshalb mußt du hier unten bleiben, bis ich dir sage, daß du an Deck kommen darfst. Verstanden?«

»Oh, ich möchte das Gewitter beobachten!« verkündete sie und schwang die Beine über den Rand der Koje.

Ehe sie aufspringen konnte, hielt er sie an der Schulter fest. »Es genügt, wenn du's spürst, Alessandra«, entgegnete er ungeduldig. »Und dieses großartige Erlebnis wird dir in der Kabine sicher nicht vorenthalten.«

»Aber . . .«

»Wenn du mich dazu zwingst, sperre ich dich ein.«

Sie wußte, daß dies keine leere Drohung war und seufzte enttäuscht. »Also gut, ich bleibe hier. Du kommst doch ab und zu herunter? Du mußt mir unbedingt erzählen, was da oben geschieht?«

»Falls ich Zeit dazu finde.«

Wahrscheinlich nicht, sollte das wohl heißen.

»Leg dich in die Koje«, wies er sie an. »Dann wirst du die Turbulenzen am besten überstehen.« Wie auf ein Stichwort neigte sich das Schiff zur Seite. »Jetzt fängt's an.«

Resignierend sank Alessandra auf die Matratze und verschränkte die Arme unter dem Kopf. »Du bist doch vorsichtig, Lucien?« fragte sie in plötzlicher Angst.

Da wurde sein Gesicht etwas sanfter, und er strich über ihre Wange. »Keine Bange, wir werden's schon schaffen.«

Sie schaute forschend in seine Augen, erkannte seine innere Kraft, und daraus schöpfte sie Zuversicht.

Bevor er hinausging, blies er die Lampe aus. »Im Dunkeln bist du sicherer.«

Wehmütig starrte sie die Tür an, die sich hinter ihm geschlossen hatte. »Lieber Gott, schütze ihn und die Besatzung – und Nicholas«, flüsterte sie. Zwischen dem rätselhaften Kapitän und Alessandra würde niemals eine innige Freundschaft entstehen. Aber sie hatte eine gewisse Zuneigung zu ihm gefaßt, und deshalb schloß sie ihn in ihr Gebet ein.

Sie versuchte, das Unwetter zu verschlafen, doch die

Sorge ließ ihr keine Ruhe, und das Schiff schaukelte so heftig, daß sich immer wieder ihr Magen umdrehte. Unglücklich blickte sie ins Dunkel, hielt sich an den Stricken der Koje fest und hörte Nicholas' Stimme, die den Gewitterlärm übertönte. »Runter mit dem Großsegel!«

»Runter mit dem Großsegel!« wiederholte jemand den Befehl, um die Besatzungsmitglieder zu informieren, die den Ruf des Kapitäns wegen der heulenden Böen nicht vernahmen.

Einen Augenblick später erklang ein grausiges Kreischen, gefolgt von einem donnernden Geräusch, als das Segeltuch herabfiel.

Leichtsinnigerweise hatte Alessandra die Seile losgelassen. Die *Jezebel* legte sich nach links, und sie wurde aus der Koje geschleudert. Instinktiv streckte sie die Arme aus, bremste den Sturz ab und rutschte auf dem Bauch über den Boden. Nur für einen kurzen Moment blieb sie an der Wand liegen, dann neigte sich das Schiff zur anderen Seite, und sie glitt wieder über die Planken.

»Allmächtiger!« keuchte sie und tastete verzweifelt nach einem Halt. »Rette uns!«

Sie schlang ihren Arm um ein Bein des fest verankerten Tischs, zog sich hoch und lauschte. Doch sie hörte nur die Wellen, die klatschend gegen den Schiffsrumpf schlugen.

Waren sie alle über Bord gegangen?

Lucien ... Wieder begann sie zu beten. In ihrer Kehle stieg ein schmerzhaftes, würgendes Schluchzen auf, und sie versprach dem lieben Gott alles, was ihr einfiel – wenn er dafür so barmherzig wäre, die Menschen an Bord der *Jezebel* den Klauen des Todes zu entreißen.

Endlich hörte sie wieder Stimmen, doch ihre Erleichterung war nur von kurzer Dauer. »Mann über Bord!«

Gütiger Himmel, wo mochte Lucien stecken? Sie hob den Kopf und spähte durch die dunkle Kabine. Würde sie die Tür erreichen, ehe sie erneut das Gleichgewicht verlor? Sie mußte es versuchen und herausfinden, was geschehen war. Entschlossen ließ sie das Tischbein los und rannte zur Tür.

Zweimal stolperte und stürzte sie, bevor sie ihr Ziel erreichte. Beim dritten Versuch gelang es ihr, die Tür aufzustoßen. Sie taumelte durch die finstere Passage, hielt sich zu beiden Seiten an den Wänden fest, watete knöcheltief im Wasser, das durch die Luke hereingedrungen war. Plötzlich prallte sie gegen die Treppe. Auf allen vieren kroch sie nach oben.

Eine starke Schlagseite warf sie gegen die Wand, doch sie fand ihr Gleichgewicht sofort wieder. Nach einer halben Ewigkeit stemmte sie die Luke hoch und starrte in eine Höllennacht. Eisige Gischt peitschte ihr Gesicht und die Hände. Wie schattenhafte Geister rannten die Männer hin und her, die den Sturm bekämpften.

»Lucien!« Der Wind riß den Ruf von Alessandras Lippen. Ungehört verhallte ihre Stimme. Mit einer Hand hielt sie sich am Lukenrand fest, mit der anderen formte sie einen Trichter vor dem Mund und schrie noch einmal Luciens Namen, mit dem gleichen Ergebnis wie zuvor.

Nur flüchtig dachte sie an ihr Versprechen, in der Kabine zu bleiben. Die Röcke gerafft, stieg sie an Deck, drohte auf den schwankenden Planken zu stürzen und umklammerte mit beiden Händen einen nassen Strick, der ein halbes Dutzend Fässer zusammenband. Verzweifelt schaute sie sich nach Lucien um.

»Bitte, lieber Gott!« flüsterte sie. »Schick ihn zu mir!« In der Finsternis sah eine schemenhafte Gestalt wie die andere aus.

Eine hohe Woge erschütterte die *Jezebel*, Alessandras

Füße rutschten über das nasse Holz, und sie fiel auf die Knie. Aber sie hielt sich mit aller Kraft an dem Strick fest. Und da hörte sie etwas – rief jemand nach ihr?

Kaum war sie wieder aufgestanden, als ihr eine neue Welle das Seil aus der Hand riß. Wasser drang in ihren Mund und die Nase, sie prallte gegen die Reling, wurde zur Schwelle des Todes getrieben, der im gnadenlosen Ozean lauerte. Von wilder Panik erfaßt, tastete sie nach einem Halt. Nichts . . .

Irgend etwas packte sie und schleuderte sie aufs Deck. Die Welle rauschte über Alessandra hinweg. Ehe sie nach Luft schnappen konnte, wurde der Mann, der ihren Körper bedeckte, von einer neuen Woge überrollt. Dann sprang er auf und zerrte sie hoch.

»Lucien?« fragte sie mit ihrem ersten Atemzug.

Statt zu antworten, warf er sie über seine breite Schulter und stürmte zur Luke, die er kurz vor der nächsten Welle erreichte.

Es muß Lucien sein, dachte sie, denn seine Nähe erschien ihr so vertraut. Inständig hoffte sie, daß sie sich nicht irrte und klammerte sich an ihn, während er sie die Treppe hinabtrug. Hinter ihnen prasselte das Wasser auf die Luke, die er soeben geschlossen hatte, und sickerte durch die Ritzen.

Wieder in der Kabine, wurde Alessandra auf die Füße gestellt. »Du hast mir dein Wort gegeben und es gebrochen!« warf er ihr in der Dunkelheit vor. »Sagtest du nicht, du würdest hierbleiben?«

»Du lebst!« Zitternd vor Kälte, warf sie sich an seine Brust, und er stieß sie erbost weg. Aber im nächsten Augenblick drückte er sie an sich, um sie vor einem Sturz zu bewahren. Ein gewaltiger Ruck ging durch das Schiff.

»Aye, ich lebe. Und daß *du* nicht tot bist, hast du Gottes unerschöpflicher Gnade zu verdanken.«

»Und dir«, erinnerte sie ihn. Luciens Schweigen drückte seinen Zorn noch deutlicher aus, als es Worte vermocht hätten. »Tut mir leid«, entschuldigte sie sich und preßte ihre Wange an seine warme, feuchte Brust. »Ich hörte, ein Mann sei über Bord gegangen, und fürchtete, das wärst du.«

»Ja, den armen Kerl haben wir verloren«, murmelte er. »Es war sehr leichtsinnig von dir, an Deck zu kommen, Alessandra. Selbst wenn ich ins Wasser gefallen wäre, hättest du mich nicht retten können.« Jetzt schlug er nicht mehr jenen vorwurfsvollen Ton an, den sie verdient hatte.

»Sicher, du hast recht«, gab sie zu. »Aber ich mußte es wissen.«

»Warum?« fragte er und überlegte, welche Antwort er erhoffte.

Doch er bekam gar keine, weil das Schiff wieder heftig schwankte. Er wartete, bis das Schlimmste überstanden war. Dann hob er Alessandra hoch und trug sie zur Koje. Mit einiger Mühe gelang es ihm, sie auf die schaukelnde Matratze zu legen. »Lucien, ich . . .«, begann sie und streckte eine Hand nach ihm aus.

»Später . . .« Obwohl er sich abwenden wollte, hielt er inne, als ihre Finger seinen Arm streiften. Und so gab er der Schwäche nach, die nur Alessandra heraufbeschwören konnte, und drückte ihre Hand. »Ich werde an Deck gebraucht.«

In der Finsternis entfernten sich seine Schritte, dann hörte Alessandra ein unverkennbares metallisches Knirschen. Nun machte er seine Drohung wahr und sperrte sie in der Kabine ein. Wann würde sie ihn wiedersehen?

Nicht nur vor Kälte begann sie zu zittern. Sie zog die Decke über ihren nassen, frierenden Körper, schloß die Augen und betete stumm.

Irgendwann kam er zu ihr, berührte ihre Stirn mit der seinen und hauchte zarte Küsse auf ihren Mund, die Nase und die Lider, streichelte ihren Hals – doch sie wußte nicht, ob es ein Traum war, bis er sich neben ihr ausstreckte und die Koje schaukelte. Sie hob die Lider und schaute prüfend in sein Gesicht.

Obwohl er müde aussah, die Augen gerötet und umschattet nach seinem Kampf mit Nicholas' Geliebter, schenkte er Alessandra ein Lächeln, das sie glücklich erwiderte. Immer wieder hatte sie in dieser langen Nacht geglaubt, das Unwetter würde niemals enden. Erst im Morgengrauen war es allmählich verebbt. Aber sie hatte ihrer Erschöpfung erst nachgegeben und Schlaf gefunden, als Luciens Stimme zu ihr gedrungen war, ein lauter, energischer Befehl, der die todmüde Besatzung aufmuntern sollte.

»O Lucien«, flüsterte sie und berührte sein unrasiertes Kinn.

Zärtlich küßte er ihre Handfläche. »Es ist vorbei.«

»Ja, ich weiß. Bist du mir immer noch böse?«

»Nein. Obwohl ich dich streng bestrafen müßte.«

Ermutigt rückte sie näher zu ihm. »Habt ihr noch mehr Männer verloren?«

»Nur den einen. Und das war einer zuviel.«

»Es tut mir so leid«, beteuerte sie und strich über seine gefurchte Stirn.

Eine Zeitlang lagen sie schweigend nebeneinander, doch sie schliefen nicht ein. Schließlich nahm Alessandra ihren ganzen Mut zusammen und stellte die Frage, die ihr auf der Seele brannte. »Warum hast du dich zu mir gelegt?«

»Weil ich in deiner Nähe sein wollte.« Seine Hand glitt über ihre Hüfte. »Das versprach ich mir während des Sturms – sobald er überstanden wäre, würde ich zu dir kommen und dich festhalten. Das war es, was mich aufrechterhielt.«

Obwohl die Worte eine unvermutete Hoffnung weckten, genügten sie ihr nicht. Wollte er sie nur festhalten? Sonst nichts? »Willst du mich küssen?« wisperte sie. »So wie beim ersten Mal?«

Er hatte wirklich nur beabsichtigt, sie zu umarmen, ihre Nähe zu spüren, ihren Duft einzuatmen. Aber ihre Frage weckte neue Lebensgeister in seinem geschundenen Körper. Wenn er auch wußte, daß er es nicht tun dürfte – er stützte sich auf einen Ellbogen und schaute ihr in die Augen. »Und wie habe ich dich damals geküßt?«

»Erinnerst du dich nicht?« fragte sie erstaunt.

»Doch. Aber ich möchte es von dir hören.«

Das Blut stieg ihr in die Wangen. »Ich – du . . .« Verlegen seufzte sie. »Irgendwie finde ich nicht die richtigen Worte. Jedenfalls war es vollkommen. Das ist alles, was ich weiß.«

»Und meine anderen Küsse waren nicht so perfekt?«

»Nicht wie der erste.«

Dann wollen wir sehen, ob's uns noch einmal gelingt.« Sein Mund preßte sich auf ihren, mit dem Hunger eines Mannes, der viel zu lange auf dieses Glück verzichtet hatte.

Von gleicher Glut getrieben, öffnete Alessandra bereitwillig die Lippen, schmeckte das Salz auf seiner Zunge, genoß seinen warmen Atem. Weil sie sich noch viel mehr wünschte, schlang sie ihre Finger in sein feuchtes Nackenhaar, preßte sich ganz fest an ihn und stöhnte leise.

Immer leidenschaftlicher küßte er sie. Seine Hand wanderte von ihrer Taille zu den Brüsten hinauf. Mit Daumen und Zeigefinger liebkoste er eine Knospe, die sich sofort erhärtete. Rastlos wand sie sich umher, von

231

einer so heißen Sehnsucht ergriffen, daß sie beinahe geschrien hätte.

Ohne den Kuß zu unterbrechen, drehte er sie auf den Rücken und bedeckte ihren Körper mit seinem.

Jetzt fühlte sie seine Erregung, das Verlangen, das ebenso wuchs wie ihr eigenes – das er in all den Wochen nicht gestillt hatte. Würde er sich auch jetzt weigern, ihr und sich selbst die höchste Erfüllung zu schenken? Drängend hob sie ihm die Hüften entgegen.

Während er unverständliche Worte in ihr Ohr flüsterte, zog er ihre feuchten Röcke hoch, streichelte die Innenseiten ihrer Schenkel, und seine rauhen Finger berührten die Stelle, die sie ihm rückhaltlos überlassen wollte. Würde er diese intime Zone doch gründlicher erforschen . . . Doch er zog seine Hand zurück.

»Du weißt doch, was ich für dich empfinde?« fragte er, hob den Kopf und suchte ihren Blick.

Erwiderte er ihre Gefühle? »Und was empfindest du für mich?« flüsterte sie hoffnungsvoll und hielt den Atem an, als sie auf die ersehnte Antwort wartete.

Nur widerstrebend streifte er ihre Röcke nach unten. »So viel, daß ich meine Leidenschaft bezähmen muß.«

Wollte er sie ebenso enttäuschen wie in jener Nacht? Bedrückt richtete sie sich auf. »Spielst du mit mir, Lucien?« Und plötzlich fürchtete sie, er könnte sich auf diese Weise an den Bayards rächen.

»Nein. Aber es darf nicht geschehen.«

Er sprach noch immer nicht von Liebe – und sie würde auch nicht danach fragen. Wenn er sie liebte, mußte er es von sich aus gestehen.

»Wenn's dir auch mißfällt, du bist eine Lady, Alessandra«, fügte er hinzu. »Und ich werde deinem Vater eine Lady übergeben – keine entehrte Frau, die meinen Bastard unter dem Herzen trägt.«

Nein, erst wenn sie verheiratet waren, würde er mit ihr schlafen ... Dieser letzte Gedanke erschreckte ihn, aber er flüchtete sich in die lahme Ausrede, er sei zu müde, um darüber nachzudenken. Außerdem war es sinnlos. Ein Mann, der schon zwei Verlobungen gelöst hatte ... Einfach lächerlich!

Er zog Alessandra an sich, hielt sie einfach nur im Arm, so wie er es ursprünglich geplant hatte. »Schlafen wir. Das haben wir beide nötig.«

21

Ich sehe es!« rief Alessandra.

Majestätisch ragte Schloß Falstaff aus dem Nebel empor, als würde es auf Wolken schweben. Von den Mauern zeigten sich nur die Zinnen. Das Dorf verschwand im Morgendunst.

Seit der Ankunft in England bewunderte Alessandra ihre fremdartige Umgebung. Gewiß, verglichen mit Algier erschien ihr dieses Land kalt und feucht. Doch es gab so viel Neues zu sehen.

London, wo das Schiff ankerte, hatte sie fasziniert. Wie gern wäre sie durch die Stadt gewandert, um die belebten Straßen und Läden zu erforschen ... Das hätte sie auch getan, aber Lucien drängte zur Eile.

Sobald er Pferde und Reiseproviant besorgt hatte, verkündete er, nun würden sie nordwärts reiten. Nicholas begleitete sie zum Stadtrand. Zum Abschied hatte er Alessandras Hand geküßt, in bester Laune, weil die *Jezebel* dank günstiger Winde vor den anderen Handelsschiffen im Londoner Hafen eingetroffen war.

Der Weg führte an grünen Feldern und dunklen

Wäldern vorbei. In den Gasthäusern, wo sie übernachteten, lernte Alessandra die englischen Speisen, die sie bereits an Bord des Schiffs gegessen hatte, noch näher kennen. Einige schmeckten ihr recht gut. Allerdings bekam sie manchmal Magenbeschwerden.

Bald würde das interessante Abenteuer ein Ende finden, wenn Lucien den Auftrag erfüllte, den Sabine ihm erteilt hatte, und seinen Schützling zu James Bayard brachte.

In wachsender Furcht dachte Alessandra an die Zukunft. Könnte sie das Unvermeidliche doch hinauszögern und Lucien dazu überreden, sie nach Falstaff mitzunehmen ...

Sie beobachtete, wie sehnsüchtig er sein Heim anstarrte. Dann bemerkte er ihren Blick und verbarg seine Emotionen. Als er sich zu ihr wandte, seufzte sie tief auf. »Wahrscheinlich bin ich noch nicht bereit für Corburry.«

»Oder Corburry ist nicht bereit für dich«, erwiderte er lächelnd.

Mit diesem Scherz hatte er sie immer wieder gehänselt. Aber jetzt amüsierte sie sich kein bißchen. »Vielleicht nicht ...«

Nach einem längeren Schweigen lenkte er seinen Hengst näher zu ihrer Stute. »Darüber haben wir schon oft gesprochen.«

»Aye«, bestätigte sie und warf ungeduldig ihren Kopf in den Nacken. »Trotzdem würde ich's vorziehen, erst einmal Falstaff aufzusuchen. Was kann das schon schaden?«

»Was mich dort erwartet, weiß ich nicht. Und ich möchte es nicht in deiner Gesellschaft herausfinden.«

Sein Starrsinn und ihre Furcht vor Corburry veranlaßten sie, eine alberne Frage zu stellen. »Wovor hast du Angst?«

Sofort verdüsterte sich seine Miene. »Angst? Solche Gefühle bleiben Kindern vorbehalten, und ich bin längst erwachsen.«

Nun drohte der Beziehung, die sich während der lange Reise zwischen ihnen entwickelt hatte – weder Liebe noch Freundschaft, sondern eine seltsame Mischung aus beidem –, eine ernsthafte Gefahr. Um ihre unbedachten Worte aus der Welt zu schaffen, entschuldigte sich Alessandra. »Tut mir leid. Natürlich verstehe ich deine Beweggründe.«

»Nein«, widersprach er und legte einen Finger unter ihr Kinn. »Aber du wirst schon noch einsehen, daß ich einen vernünftigen Entschluß gefaßt habe.«

Obwohl sie ihm nicht glaubte, nickte sie und drückte ihre Fersen in die Pferdeflanken. Lucien übernahm die Führung. In schnellem Trab sprengten sie dahin, und er hoffte, das Ziel gegen Mittag zu erreichen.

Die Festung Corburry bestand aus massiven Steinblöcken, ein stummer Zeuge der fast hundertfünfzigjährigen Fehde zwischen den Bayards und den de Gautiers. Zwischen hohen Außenmauern erhob sich ein imposantes Pförtnerhaus. Mehrere Teile des Gebäudes waren mittels andersfarbiger Steine instand gesetzt worden. Aus der Mitte des Hofes ragte ein schlichter, zylinderförmiger Turm. Unbehaglich musterte Alessandra das Heim ihrer Familie.

Welches Schicksal hatte die Mutter ihr aufgezwungen? Wenn Catherine Bayard auch überzeugt gewesen war, ihre Tochter würde hierhergehören – Alessandra zweifelte daran.

»Da stimmt was nicht«, unterbrach Lucien ihre Gedanken. Während sein grimmiger Blick die Burg absuchte, umfaßte er den Griff seines Schwertes.

»Was meinst du?«

»Die Anzahl der Soldaten, die auf den Mauern patrouillieren, läßt sich an einer Hand abzählen.«

Verwundert schaute sie zu den vier Gestalten hinauf. »Wie viele müßten es denn sein?«

Diese unschuldige Frage entlockte ihm ein Lächeln. »Sehr viele. James Bayard pflegt kein Risiko einzugehen.«

»Im Gegensatz zu dir«, erwiderte sie und dachte an die Gefahren, die er herausgefordert hatte, um mit ihr aus Algier zu fliehen.

Lucien sah sie kurz an und hob die Brauen. »Aye, im Gegensatz zu mir.«

»Also glaubst du, man könnte uns eine Falle stellen?«

»Das ist sogar sehr wahrscheinlich.« Noch mehr als die unzulängliche Wache verblüffte ihn die Tatsache, daß sie ungehindert bis hierhergeritten waren. Früher hatten sich die de Gautiers nur klammheimlich so nahe an Corburry heranschleichen können, ohne auf Widerstand zu stoßen.

»Vielleicht nehmen die Schloßbewohner an einem Gottesdienst teil«, bemerkte Alessandra. Heute ist Sonntag.«

»Wie auch immer, ich bringe dich jetzt zu deinem Vater.«

Während sie auf die Festung zuritten, erregten sie endlich die Aufmerksamkeit der Wachtposten.

»Bedeck dein Haar«, befahl Lucien, und sie zupfte an einer Locke, die auf ihrer Schulter lag.

»Warum?« Zunächst war es ihr schwergefallen, auf den gewohnten Schleier zu verzichten, aber nun genoß sie das Gefühl der Freiheit.

»Tu, was ich sage!« fauchte er.

Seufzend zog sie die Kapuze ihres Umhangs über den Kopf. »Ist es so besser?«

Ohne ihr einen Blick zu gönnen, nickte er. Der Luci-

236

en, den sie an Bord der *Jezebel* gekannt hatte, war ihr viel liebenswerter erschienen. Jetzt glich er einem kampfbereiten Krieger.

In wachsendem Argwohn führte er Alessandra noch näher an das Schloß heran. Wann würde der Angriff erfolgen, und aus welcher Richtung? Konzentriert verfolgte er alle Bewegungen der vier Wächter und überlegte, wo die anderen lauern mochten. Das Fallgatter versperrte den Eingang, die Zugbrücke war herabgelassen, und niemand traf Anstalten, diese wichtige Verteidigungsbastion hochzuziehen. Was sollte das bedeuten? Ein Friedensangebot?

Diesen Gedanken verwarf Lucien sofort wieder. Seine zweijährige Abwesenheit konnte keine so gewaltige Veränderung bewirkt haben. Aber wie ließ sich das seltsame Verhalten der Schloßbewohner sonst erklären?

Kurz vor der Brücke zügelte er seinen Hengst und ignorierte Alessandra, deren Stute neben ihm anhielt. Ein bärtiger Mann erschien hinter dem Fallgitter. Offenbar hatte er es nicht besonders eilig. »Wer ist da?«

Lucien kniff die Augen zusammen und erkannte den Mann, dem er als vierzehnjähriger Junge in einem Scharmützel begegnet war. »Wißt Ihr nicht mehr, wem Ihr Euer Hinkebein verdankt, Sully?«

Nun entstand ein prägnantes Schweigen, und Lucien lächelte dünn. An jenem feuchtkalten Morgen hätte er den Bastard fast getötet, war aber trotz seiner harten Erziehung noch nicht bereit gewesen, das erste Blut seines Lebens zu vergießen. Das hatte sich noch im selben Jahr für immer geändert.

»Lucien de Gautier!« stieß der Mann hervor und bekreuzigte sich ungeschickt.

»Aye, ich bin es, der Euren gottlosen Herrn besuchen möchte. Holt ihn!«

Mit zitternden Händen umklammerte Sully die Gitterstäbe. »Bei allen Dämonen der Hölle, seid Ihr ein Geist?«

Also hatte Nicholas die Wahrheit gesagt. Man hielt Lucien de Gautier für tot. »Keineswegs, Ihr seht mich leibhaftig vor Euch, und ich bin derselbe, der damals Euren Dolch gespalten hat. Nun gebt dem alten Bayard Bescheid!«

Dieser Befehl schien Sully nicht zu beindrucken, und sein Blick schweifte zu der vermummten Gestalt an Luciens Seite. »Wer begleitet Euch?« fragte er und versuchte, in den Schatten zu spähen, den die Kapuze über Alessandras Gesicht warf.

»Sagt Eurem Herrn, ich würde eine Verwandte zu ihm bringen – eine Bayard, die jahrelang verschollen war.«

»Eine Verwandte«, wiederholte Sully und musterte den Kleidersaum, der unter Alessandras Umhang hervorhing. »Hat sie einen Namen?«

»Den will ich Eurem Herrn nennen«, erwiderte Lucien ungeduldig. »Vergeudet nicht noch mehr Zeit!« Unwillig wandte sich Sully ab und humpelte davon.

»Du hast ihm nicht verraten, wer ich bin«, bemerkte Alessandra.

»Nun, das wird er früh genug erfahren.«

Mit gemischten Gefühlen betrachtete sie das Schloß. Jetzt gab es kein zurück mehr.

Es dauerte nicht lang, bis Sully wieder hinter dem Fallgitter erschien. »Lady Bayard läßt Euch bitten.«

Lady Bayard? Wer mag das sein, überlegte Alessandra. Natürlich, ihr Vater hatte wieder geheiratet. Rasch verdrängte sie die unvernünftige Wehmut, die ihr Herz erfaßte.

Soll ich der Einladung folgen, fragte sich Lucien. Nur ein einziges Mal war er innerhalb dieser Mauern ge-

238

wesen, als Gefangener. Hielten die Bayards ihn für so dumm? Glaubten sie, er würde ein zweites Mal freiwillig ihr Schlangennest betreten? Und warum riskierten sie das? Sogar Lady Bayard müßte es besser wissen. »Und Lord James?«

»Ah . . .« Sullys Füße scharrten im feuchten Erdreich. »Bald wird der Herr erscheinen.«

War James nicht zu Hause? Vielleicht brauchte er nach dem Mittagessen Bewegung und frönte seinem liebsten Zeitvertreib – die de Gautier-Dörfer zu plündern. Lucien schüttelte den Kopf. »Dann werden wir ihn hier erwarten . . .«

Ein ohrenbetäubendes Knirschen erschreckte Alessandras Stute, als das Fallgitter hochgezogen wurde. Wiehernd bäumte sie sich auf und wäre durchgegangen, hätte Lucien nicht die Zügel festgehalten.

Um ihm zu danken, öffnete Alessandra den Mund, aber er brachte sie mit einer abwehrenden Geste zum Schweigen. Dann gab er ihr die Zügel zurück.

Bevor er die Brücke überquerte, zog er sein Schwert und sah, wie Sully nach Luft schnappte. Der kleine, aber kräftig gebaute Mann wich zurück und starrte die schimmernde Waffe an. Langsam hob er den Blick und betrachtete Luciens narbiges Gesicht. »Also seid Ihr von den Toten zurückgekehrt.« Nur die leichte Wölbung der bärtigen Wangen verriet sein Lächeln. »Wenn man sich das vorstellt . . .«

Da Luciens Schweigen kein Ende nahm, zuckte Sully die Achseln.

»Besonders hübsch wart ihr nie, mein Junge. Aber jetzt seht Ihr noch übler aus.«

Erstaunt über Luciens Selbstbeherrschung, wandte sich Alessandra zu ihm. Nur die verkrampften Finger, die den Schwertgriff umklammerten, bezeugten seinen Zorn. »Wie tief ein Mann seine Klinge in das Herz des

Feindes bohren kann, hängt nicht von seiner äußeren Erscheinung ab.«

»Habt Ihr das in Frankreich bewiesen?« fragte Sully lachend.

Unter Luciens angespanntem Körper knarrte das Sattelleder, doch er ließ sich noch immer nicht provozieren. Alessandra las tiefe Enttäuschung in Sullys Augen. Wollte er den Besucher zum Kampf herausfordern?

Hinter ihr erklangen Hufschläge, und alle drehten sich um. Eine Reiterschar überquerte das Grat eines Hügels.

»Ah, da kehrt Mylord Bayard von seiner Falkenjagd zurück«, verkündete Sully.

Lucien schwang sein Pferd herum, und Alessandra folgte diesem Beispiel, wenn auch nicht so behende.

Wer mochte ihr Vater sein? Neugierig musterte sie die Reiter. Wahrscheinlich der Mann an der Spitze des guten Dutzends ... Lucien erschien ihre Gedanken zu erraten. »Der Mann in Grün, an der linken Seite.«

In wachsender Erregung beobachtete Alessandra den großen, stattlichen Mann, dessen dichtes kastanienbraunes Haar noch keine grauen Strähnen aufwies. Zu ihrer Überraschung griff Lucien nach ihrer Hand und drückte sie beruhigend. »Sag nichts!« befahl er, und sie nickte.

Während sich die Reiter der Brücke näherten, verlangsamten alle den Trab ihrer Pferde, bis auf einen, James Bayard. Er galoppierte heran, und wenn Luciens Anblick ihn verblüffte, so zeigte er es nicht. Dicht vor den unerwarteten Gästen zügelte er seinen Hengst und betrachtete den de Gautier, der von den Toten auferstanden war.

Angesichts des Mannes, der sie gezeugt hatte und nichts von ihrer Existenz wußte, begann Alessandra zu zittern – nicht vor Angst, sondern weil sie von unvermuteten Gefühlen überwältigt wurde. Dieser attraktive Schloßherr war ihr Vater, der ihre Mutter geliebt hatte. Ein guter Mensch, aber von früheren Generationen zum Haß gegen die Nachbarn getrieben . . .

Trotz seiner über vierzig Jahre schien er jugendliche Kräfte zu besitzen, die Fältchen um seine Augen und Lippen kündeten von Humor, nicht von unversöhnlichem Zorn. Bis zu diesem Moment hatte Alessandra nichts von ihm wissen wollen. Aber nun empfand sie den brennenden Wunsch, ihn kennenzulernen. Immerhin war er ihr einziger Verwandter, vorausgesetzt, er würde sie als seine Tochter anerkennen.

James Bayard warf einen kurzen Blick auf die vermummte Frau an de Gautiers Seite und versuchte, unter die Kapuze zu spähen. Dann wandte er sich wieder zu Lucien. Hinter ihm erklang ein lebhaftes Stimmengewirr, während seine Gefolgsleute den Mann anstarrten, den sie für tot gehalten hatten.

Offenbar spürte der Falke auf James' Handgelenk die Spannung, die in der Luft lag, und spreizte das glänzende Gefieder. Sein Herr streichelte ihn beruhigend, ohne Lucien aus den Augen zu lassen, und seine Lippen verzogen sich zu einem ausdruckslosen Lächeln. »Eigentlich habe ich es immer gewußt. Wenn Euch die Bayards nicht bezwungen haben, kann's den Franzosen auch nicht gelungen sein.«

»Wie ermutigend!« erwiderte Lucien. »Also hat wenigstens ein Mann in dieser Gegend an meinem Tod gezweifelt.«

James zeigte auf Luciens Schwert. »Da Ihr Eure Waffe zückt, nehme ich an, Ihr wollt Genugtuung fordern?«

»Erwartet Ihr etwas anderes? Meine zweijährige Abwesenheit kann nicht allzuviel an der Situation geändert haben.«

»Aber einiges ist doch anders geworden, oder?« Da Lucien keine Antwort gab, wies James auf seine Begleiter. »Wollt Ihr es mit so vielen Männern aufnehmen?«

»Es wäre nicht das erste Mal.«

»Aye, und damals seid Ihr fast gestorben.«

»Nur fast.«

Seufzend schüttelte James den Kopf. »Welch eine Ironie! Endlich haben wir Frieden mit den de Gautiers geschlossen, und ausgerechnet jetzt kehrt Ihr zurück.«

»Frieden?« wiederholte Lucien, und sein Schwert begann zu schwanken.

»Wart Ihr noch nicht auf Falstaff?« fragte James erstaunt.

»Nein, ich kam zuerst hierher.«

»Warum?«

Sully drängte sich zwischen Luciens und Alessandras Pferde. »Mylord!« rief er und deutete auf die verhüllte Gestalt. »Er behauptet, sie sei mit Euch verwandt.«

»Tatsächlich? Eine Bayard?« James runzelte die Stirn. »Laßt Euch anschauen, gute Frau.«

Jetzt war der große Augenblick gekommen. Alessandras Herz begann wie rasend zu schlagen, und sie wollte ihre Kapuze nach hinten streifen.

Aber Lucien hielt ihre Hand fest. »Noch nicht«, sagte er zu James. »Erst einmal will ich etwas mehr über den Friedensschluß zwischen unseren Familien erfahren.«

Es sah so aus, als würde James widersprechen. Dann zuckte er die Schultern. »Dieser verdammten Kälte sollten wir uns nicht länger aussetzen. Gehen wir ins Haus, dort können wir uns in aller Ruhe unterhalten.« Er spornte sein Pferd an, merkte Luciens Zögern und beteuerte: »So wie die Bayards auf Falstaff willkommen sind, werden die de Gautiers auch auf Corburry gastfreundlich empfangen. Vergeßt Euren Argwohn und nehmt mit mir vor dem Kaminfeuer Platz.«

Inzwischen hatte Alessandra ihre Skepsis überwunden, aber sie spürte Luciens Bedenken. Doch er nahm die Einladung an und folgte dem Schloßherrn über die Zugbrücke.

»Und – Lucien . . .« James drehte sich im Sattel um.

»Aye?«

»Waffen sind überflüssig.«

Auch diese Worte ließen Lucien zaudern, ehe er sein Schwert in die Scheide steckte.

Schweigend ritt Alessandra neben ihrem mißtrauischen Begleiter in den Hof, wo es am Sonntag verhältnismäßig ruhig zuging. Mit großen Augen betrachtete sie die Kornkammer, die strohgedeckten Scheunen und Ställe, die Schmiede. Sie konnte es kaum erwarten, dies alles zu erforschen.

Vor dem Innenhof entfernten sich die meisten Gefolgsleute. Nur ein paar ritten hinter ihrem Herrn her. Während sie eine kürzere Zugbrücke überquerten, hielt Alessandra nach Wegen mit Marmorfliesen, plätschernden Brunnen, üppigen Gärten voller Obstbäume und Blumen Ausschau. Nichts dergleichen konnte sie entdecken, nur schmucklose Türme und kleinere Gebäude. Eine ganz andere Welt als Jabbars luxuriöses Heim, dachte sie enttäuscht. Hoffentlich sieht es drinnen etwas besser aus . . . Vor einer halben Ewigkeit war sie von Schönheit und Opulenz umgeben worden, die sie stets für selbstverständlich gehalten hatte.

James schwang sich aus dem Sattel, warf die Zügel einem Knappen zu und wartete geduldig auf den Eingangsstufen, bis Lucien sich zu ihm gesellte. Aber sein Gast ließ sich Zeit, stieg ab, löste drei seiner vier Ranzen vom Zaumzeug, hob Alessandra von ihrer Stute. »Vergiß nicht, vorerst mußt du schweigen!« mahnte er.

»So schrecklich kommt mir mein Vater gar nicht vor«, wisperte sie und handelte sich einen strafenden Blick ein.

»Du kennst ihn nicht so gut wie ich.«

Gewiß, das stimmte. Aber ihre Mutter hatte James am allerbesten gekannt und versichert, er sei ein anständiger Mensch. Vorerst sah Alessandra keinen Grund, sich eine andere Meinung zu bilden. Doch dies war weder der passende Ort noch der richtige Zeitpunkt, um Lucien zu widersprechen. Also hielt sie den Mund und stieg mit ihm die Stufen hinauf.

In der riesigen Halle von Corburry erwartete sie eine weitere Enttäuschung. Der Raum wirkte leer und ungemütlich. Außer bunten Wandteppichen gab es keinen Schmuck. Gleichgültige, einfach gekleidete Dienstboten eilten umher.

Von schmerzlichem Heimweh erfaßt, dachte Alessandra an Jabbars Harem, an das fröhliche Leben und Treiben. Welch ein langweiliges Dasein mußten die Leute hier fristen ... Hatte ihnen niemand von Farben und mannigfaltigen Formen erzählt? Erklang hier niemals helles Gelächter, das ein Haus viel eher erwärmen konnte als Flammen im Kamin?

An Bord des Schiffs und später in den Gasthäusern war sie vielen heiteren Menschen begegnet, wenn sie auch fremdartige Temperamente besaßen. Warum herrschte auf Corburry eine so freudlose Atmosphäre? Vielleicht trauerte man um einen Verstorbenen.

Während das schwere Tor knarrend ins Schloß fiel, erschien eine Frau am anderen Ende der Halle. Offenbar war sie soeben die Treppe herabgestiegen, die zum Oberstock führte. Lady Bayard?

Seltsamerweise schien James sie nicht zu bemerken. Er betrat ein Podest, setzte seinen Falken vorsichtig auf die Lehne eines Sessels und nahm Platz.

Zwanzig Schritte vor dem Podium blieb Lucien stehen, ergriff Alessandras Ellbogen und zog sie von seiner rechten Seite auf die linke. Was er damit bezweckte, erkannte sie sofort. Falls nötig, durfte sein Schwertarm nicht behindert werden. James' Begleiter postierten sich an der Wand, als würden sie mit Schwierigkeiten rechnen.

»Setzt Euch zu mir!« lud James seinen Gast ein.

»Nein, danke.« Lucien beobachtete die elegant gekleidete Frau, die auf den Schloßherrn zuging.

»Lady Bayard«, stellte James sie vor, und Lucien nickte ihr zu. Dann bedeutete er Alessandra, sich ebenfalls zu verneigen.

Statt den Gruß zu erwidern, hob Lady Bayard nur die Brauen. Hoch aufgerichtet stand sie da. Doch sie wirkte trotz ihrer Arroganz nervös, sogar aufgeregt.

»Allem Anschein nach ist de Gautier von den Toten zurückgekehrt, teure Gemahlin«, teilte James ihr lächelnd mit.

Aber sie konnte seine Belustigung nicht teilen. Ihre Lippen verkniffen sich.

»Würdet Ihr mir berichten, wie es zu diesem Friedensschluß gekommen ist, Lord James?« bat Lucien.

Der Schloßherr winkte eine zögernde Dienerin zu sich, und sie reichte ihm einen großen, mit Ale gefüllten Krug. »Wollt Ihr mit mir trinken, Lucien?«

Unbehaglich sah Alessandra die Adern an Luciens Stirn schwellen. »Erzählt endlich über den Frieden zwischen unseren Familien!«

James zuckte die Achseln, setzte den Krug an die Lippen, und Alessandra blinzelte verwirrt. Durfte sie ihren Augen trauen? Tatsächlich, der Boden des Gefäßes bestand aus Glas, so daß er Lucien im Auge behalten konnte, während er sein Ale trank. »Seit fast einem Jahr leben wir in Frieden miteinander«, erklärte er, stellte den Krug auf die Armstütze seines Sessels und lehnte sich zurück. »Keine Kämpfe mehr, kein Blutvergießen. Und Eure Familie . . .«

»Wie ist es dazu gekommen?« fiel Lucien ihm ins Wort.

»Eure Familie und meine haben sich versöhnt«, fuhr James ungerührt fort. »Nun bestellen die Bauern ungestört ihre Felder, die Kinder spielen auf den Wiesen, die sie früher nicht zu betreten wagten. Ja, Lucien, endlich ist Friede eingekehrt.«

Voller Angst beobachtete Alessandra, wie sich Luciens Hand dem Schwertgriff näherte. In seinen Augen funkelte Mordlust. Auch die Gefolgsleute des Schloßherrn mußten es bemerkt haben, denn sie traten aus den Schatten.

»Friede? Zu welchem Preis?« stieß Lucien zwischen zusammengebissenen Zähnen hervor.

»Wollt Ihr gefährden, was wir so mühsam errungen haben?« fragte der Schloßherr, streckte die Beine aus und kreuzte die Fußknöchel.

»Das hängt von Eurer Erklärung ab.«

James seufzte tief auf. »Nun, die Streitigkeiten sind beigelegt. Dewmoor Pass, das Stück Land, um das unsere Familien so lange gestritten haben, gehört jetzt den Bayards.«

»Einer solchen Regelung hätte mein Vater niemals zugestimmt.« Lucien umklammerte den Griff seiner Waffe.

»Nein, und er konnte es auch gar nicht.« James richtete sich auf. Vielleicht fand er es unangemessen, noch länger Gleichmut zu heucheln. »Sebastian de Gautier ist tot.«

Wie erstarrt stand Lucien da. Dann schob er Alessandra beiseite, zog seine Waffe und stürzte sich mit einem Wutschrei auf James Bayard.

In wachsendem Entsetzen verfolgte Alessandra die Ereignisse und glaubte, sie wäre in einen bösen Traum geraten. Irgend jemand begann zu kreischen – Lady Bayard? –, Metall klirrte, eine Gestalt prallte mit ihr zusammen und stieß sie zu Boden.

Von allen Seiten sprangen die Gefolgsleute des Schloßherrn heran und glichen einem zornigen Bienenschwarm, als sie Lucien packten und zurückrissen, ehe er seinen Feind erstechen konnte.

»Bastard!« brüllte er und streckte einen Angreifer mit einem gezielten Fausthieb nieder. Zwei andere fielen über ihn her und erlitten das gleiche Schicksal. Letzten Endes mußten ihn vier bärenstarke Männer mit vereinten Kräften festhalten. Sie schleuderten ihn zu Boden, aber es gelang ihnen nicht, ihm die Waffe zu entwinden.

Seelenruhig erhob sich James aus seinem Sessel und trat vor, einen Dolch in der Hand. Alessandra sprang auf, starrte die funkelnde Klinge an und merkte nicht, daß ihr die Kapuze vom Kopf gerutscht war. Großer Gott, wollte er Lucien töten? Das durfte sie nicht zulassen.

»Nein, tut ihm nichts zuleide.« Vor lauter Aufregung sprach sie arabisch. Als sie zu James rannte, schlangen sich die verfluchten, unbequemen Röcke um ihre Beine, aber glücklicherweise stolperte sie nicht.

Wäre ihr Vater nicht verwundert stehengeblieben, hätte sie Lucien nicht zuerst erreicht. Schützend stellte sie sich vor ihn und breitete die Arme aus.

»Allmächtiger!« flüsterte James und betrachtete das rotgoldenen Haar, das ihr auf die Schultern fiel. Der Dolche entglitt seinen Fingern und fiel zu Boden. »Catherine – bist du's wirklich?«

Zornige Worte hatten ihr auf der Zunge gelegen. Doch sie wurden niemals ausgesprochen. Atemlos er-

247

widerte sie den Blick ihres Vaters, las Hoffnung und Zweifel in seinen Augen. Alle Anwesenden wandten sich zu ihr, auch Lady Bayard, die entgeistert nach Luft schnappte.

Schließlich brach Lucien das beklemmende Schweigen. »Das ist Eure Tochter, mörderischer Bastard!«

Sofort bezwang Lady Bayard ihre Verwirrung und eilte an James' Seite. »Das ist eine Lüge! Ihr wollt meinem lieben Gemahl einen üblen Streich spielen!«

»Keineswegs«, entgegnete Lucien, »es ist die reine Wahrheit. Alessandra ist das Kind, das James und Lady Catherine vor fast zwanzig Jahren zeugten.«

»Alessandra?« wiederholte James mit brüchiger Stimme. »Meine Tochter?«

»James, die beiden lügen!« schrie seine Frau und packte ihn am Arm. »Als Catherine verschwand, war sie nicht schwanger.«

Ungeduldig schüttelte er ihre Hand ab. Dann strich er über Alessandras Wange, als fürchtete er, sie wäre nur ein Trugbild. »Du hast meine Augen geerbt.«

»Aye.«

»Also ist es wahr?«

Ohne nachzudenken, nur von ihren seltsamen Gefühlen bewegt, preßte sie ihre Lippen auf seine Handfläche. Sie wollte zu diesem Mann gehören, so wie einst zu ihrer Mutter. »Ja, es stimmt.«

»Aber wie . . .? Catherine war nicht schwanger.«

»Damals wußte sie es noch nicht.«

»Ich sage dir, sie lügt!« zischte Lady Bayard. »Vielleicht ist sie Catherines Bastard, aber gewiß nicht deine Tochter.«

Erbost wandte sich Alessandra zu ihr. »Ich bin kein Bastard. Und meine Mutter . . .«

Aber James unterbrach sie. »Wenn du noch einmal

den Mund aufmachst, Agnes, werfe ich dich eigenhändig aus der Halle!«

Agnes? Verwirrt starrte Alessandra die Frau an. Hatte James die Kusine ihrer Mutter geheiratet, die vor all den Jahren so erpicht auf die Position der Herrin von Corburry gewesen war?

Notgedrungen gab sich Lady Bayard geschlagen, und James lächelte Alessandra an. »Erzähl mir alles.«

»Erst müssen deine Gefolgsleute ihn loslassen.« Sie zeigte auf Lucien, der am Boden lag, immer noch von vier Männern festgehalten.

James musterte seinen wütenden Widersacher. »Soll ich ihm noch eine Gelegenheit geben, mir die Kehle zu durchschneiden?«

»Das hatte ich nicht vor!« fauchte Lucien.

»Was dann? Wolltet Ihr mir die Eingeweide aus dem Leib reißen?«

Verständnislos starrte Alessandra ihren gleichmütigen Vater an.

»Zum Beispiel!« erwiderte Lucien.

James seufzte. Innerhalb weniger Augenblicke war er um Jahre gealtert. Er strich mit allen Fingern durch sein dichtes Haar, dann versicherte er: »Lucien, seid versichert, die Bayards tragen keine Schuld am Tod Eures Vaters. Er starb an seinem schwachen Herzen.«

»Und das soll ich Euch glauben?«

James schaute Alessandra an, als könnte er es nicht ertragen, sie für längere Zeit aus den Augen zu lassen. Es dauerte eine ganze Weile, bis er Luciens anklagenden Blick erwiderte. »Nun, das wäre wohl zuviel verlangt. Aber wenn Ihr nach Falstaff zurückkehrt, wird Eure Familie bestätigen, daß ich nichts mit Sebastians Tod zu tun hatte.«

»Wer ist denn noch übrig?«

Stöhnend verdrehte James die Augen und fluchte

249

leise. Zumindest nahm Alessandra das an, denn dieses Wort hatte sie noch nie gehört. »Versteht Ihr denn nicht, was ich sage? Wir haben Frieden geschlossen, und Eurer Familie geht es gut.«

»Davon muß ich mich erst einmal überzeugen.«

James zuckte resignierend die Achseln. »Laßt ihn los!« befahl er seinen Männern.

Sichtlich enttäuscht gehorchten sie, blieben aber in Luciens Nähe – für alle Fälle. Das Ende der Familienfehde scheint nicht allen zu gefallen, dachte Alessandra bedrückt. Lucien sprang auf, das Schwert immer noch in der Hand. Aber er griff ihren Vater nicht mehr an.

»Was jetzt, Lucien?« fragte James.

»Welcher de Gautier hat sich mit Euch versöhnt?«

»Der Mann, den wir alle für Sebastians Erben hielten – Euer Bruder Vincent.«

Natürlich, dachte Lucien. Der leichtsinnige Vincent, der keine Verantwortung kennt. Er muß es auch gewesen sein, der sich geweigert hat, das Lösegeld für mich zu bezahlen.

Sicher steckte mehr hinter diesem Friedensschluß, als James Bayard verraten wollte. Was Lucien sonst noch wissen mußte, würde er an diesem Abend auf Falstaff herausfinden. »Und wie lauten die Bedingungen?«

Diese Frage wurde nur widerstrebend beantwortet. »Im nächsten Frühling soll unsere Tochter Melissant Euren Bruder heiraten und den Frieden besiegeln.«

»Ein de Gautier nimmt eine Bayard zur Frau?« rief Lucien ungläubig.

»Aye, Vincent hat sich dazu bereit erklärt. Aber nun ist Sebastians wahrer Erbe heimgekehrt. Also seid *Ihr* der Bräutigam, Lucien.«

250

Beinahe hätte Alessandra protestiert, aber das wurde ihr erspart.

»Diese Hochzeit findet nicht statt«, entschied Lucien.

Während sie auf die Antwort ihres Vaters wartete, hielt sie den Atem an.

»Euer Haß bedroht alle Erfolge, die wir erzielt haben«, entgegnete James.

»Jedenfalls sehe ich keinen Grund, mit Eurem Fleisch und Blut das Ehebett zu teilen.«

Wehmütig dachte Alessandra an den Morgen nach dem Sturm, wo sie mit Lucien in einer Koje gelegen hatte. Seine Worte verletzten sie zutiefst.

»Doch, es gibt einen Grund«, widersprach James. »Unseren Frieden.«

Luciens verächtliches Gelächter hallte von den Wänden wider. »Leider ist der Preis zu hoch. Lieber kämpfe ich, als eine Bayard zu heiraten.«

»Also weigert Ihr Euch, die Bedingung zu erfüllen?«

»Allerdings.«

Eine Zeitlang schwieg James, dann nickte er. »Also wird Vincent unsere Familien vereinen.«

»O nein!« kreischte Agnes empört. »Niemals wird meine Tochter einen Aristokraten heiraten, der kein Land besitzt. Entweder tritt sie mit dem de Gautier-Erben vor den Traualtar – oder gar nicht!«

»Weder – noch, Lady Bayard«, entgegnete Lucien. »Ich werde Vincent nicht erlauben, Eure Tochter zu ehelichen. Vor einem so unerfreulichen Schicksal will ich ihn bewahren.«

»Oh, welche Unverschämtheit . . .«

»Agnes!« tadelte James.

Wütend fuhr sie zu ihm herum. »Du gestattest ihm, so mit mir zu reden?«

»Raus!« befahl er und zeigte zur Treppe.

Ihre Lippen bewegten sich, aber sie brachte kein Wort hervor. Schließlich straffte Lady Bayard die Schultern und eilte zu den Stufen.

Nachdem sie aus dem Blickfeld verschwunden war, wandte sich James wieder zu Lucien. »Wenn Ihr die Hochzeit ablehnt, verzichten wir darauf. Aber Ihr werdet Frieden halten?«

»Vielleicht«, entgegnete Lucien zögernd. »Bevor ich mich über die Situation auf Falstaff informiert habe, kann ich nichts versprechen.«

Obwohl James gelassen wirkte, spürte Alessandra sein Unbehagen. »Gut, dann geht.«

Alessandra warf Lucien einen flehenden Blick zu und hoffte, er würde ihr bedeuten, daß sie sich nicht zum letztenmal sahen. Doch das tat er nicht. Er schob sein Schwert in die Scheide, öffnete einen seiner Ranzen und zog einen geöffneten Brief hervor. »Von Lady Catherine an ihre Tante und ihren Onkel. Darin steht alles, was Ihr wissen müßt, Lord James.«

Verwirrt runzelte Alessandra die Stirn. Noch ein Brief? Warum hatte Lucien nichts davon erzählt? Sabines Brief an ihre Tochter war in Jacques LeBrecs Haus zurückgeblieben.

Nur mühsam widerstand Alessandra dem Impuls, sich auf Lucien zu stürzen und ihm das Pergament zu entreißen.

»Und wo ist Catherine?« fragte James.

»Sie lebt nicht mehr«, erklärte Lucien und reichte ihm das Schreiben.

»Tot . . .«, würgte James hervor, und Alessandras Herz flog ihm entgegen. Ja, er hatte ihre Mutter zweifellos geliebt und unter dem schweren Verlust gelitten.

Mit zitternden Händen erbrach er das Siegel und faltete den Brief auseinander. »Was für eine Schrift ist das?«

252

»Arabisch«, antwortete Lucien. »Alessandra kann Euch diese Zeilen übersetzen.«

»Was? Arabisch?«

»Aye. Nachdem Catherine aus Corburry verschwunden war, wurde sie in die Sklaverei verkauft und verbrachte all diese Jahre in Algier.«

Plötzlich färbte sich James' Gesicht dunkelrot. »Dann wußten die de Gautiers die ganze Zeit, wo sie steckte – und waren verantwortlich für die Entführung.«

»Nein, wir wurden zu Unrecht beschuldigt.« Luciens Hand berührte wieder den Schwertgriff. »Und ich traf Catherine nur zufällig.«

Als James ihn mißtrauisch anstarrte, versicherte Alessandra: »Er sagt die Wahrheit.« Rasch trat sie neben ihren Vater, in der Hoffnung, eine Tragödie zu verhindern. »Kein einziges Mal hat meine Mutter behauptet, sie sei von den de Gautiers außer Landes gebracht worden.«

»Wer war es dann?«

»Das wußte sie nicht.«

»Und du glaubst, damit wäre die Unschuld der de Gautiers bewiesen?«

»Sie haben nichts mit der Entführung zu tun«, beteuerte sie, doch das schien ihren Vater nicht zu überzeugen. Trotzdem ließ er das Thema fallen, und sie atmete erleichtert auf.

»Ihr reitet jetzt nach Falstaff, Lucien?«

»Aye. Aber die Angelegenheit ist noch nicht erledigt, Bayard.«

»Was gibt es noch zu erörtern?«

»Dewmoor Pass.«

Entschieden schüttelte James den Kopf. »Dieses Problem wurde bereits gelöst. Jetzt gehört der kleine Landstrich den Bayards.«

»Nun, das wird sich zeigen.«

Nach kurzem Zögern bezwang James seinen Unmut und berührte die Ranzen mit seiner Stiefelspitze. »Was ist das?«

»Alessandras Mitgift.«

Erstaunt wandte sich Alessandra zu Lucien. Wollte er nichts von der Hinterlassenschaft ihrer Mutter behalten? »Und dein Anteil?«

»Meinen Lohn habe ich schon bekommen«, erklärte er kühl. »Ich bin daheim.«

Würde er sich tatsächlich verabschieden und sie mit diesen fremden Menschen allein lassen? Beschwörend ergriff sie seinen Arm. »Bitte, Lucien, vergiß mich nicht!« flüsterte sie.

Da nahm sein Gesicht einen sanfteren Ausdruck an. »Wie könnte ich?« murmelte er, kehrte ihr den Rücken und eilte zur Tür.

Doch dann hielt er inne und blickte über die Schulter, als James nach ihm rief. »Auf Falstaff werdet Ihr einiges verändert finden. Laßt es dabei bewenden und gönnt uns den Frieden.«

Verwundert hob Lucien die Brauen. Diese rätselhaften Worte gaben ihm offenbar zu denken, denn er blieb noch eine Weile auf der Schwelle stehen, ehe er verschwand.

Alessandra glaubte, ihr Herz würde brechen. Aber sie durfte sich nicht wie ein Kind benehmen. Und so unterdrückte sie den Impuls, Lucien nachzulaufen. Bald werde ich ihn wiedersehen, tröstete sie sich. Selbst wenn ich zu ihm gehen muß . . .

»Mylord . . .« Zögernd trat ein Ritter vor. »Wenn er herausfindet, daß die Festung Falstaff nur mehr ein Schatten ihrer selbst ist, wird er zurückkommen.«

James nickte. »Damit rechne ich.«

Voller Sorgen berührte Alessandra die Hand ihres Vaters. »Was meint der Mann?«

254

»Willkommen, meine Tochter!« Er zog sie an seine Brust, und die Umarmung hätte ihr Trost gespendet, wäre er ihrer Frage nicht ausgewichen. »Willkommen auf Corburry.«

22

Ob als Geistererscheinung oder in Fleisch und Blut – der Löwe von Falstaff war heimgekehrt. Während er zum Schloß galoppierte, sprach er kein Wort mit den Dorfbewohnern, und angesichts seiner zornigen Miene wagte sich niemand in seine Nähe.

Und er wurde nicht aufgehalten, weder vom Pförtner am Burgtor noch von den Wachtposten im Hof oder den wenigen Rittern, die sich in der Halle die Zeit vertrieben. Alle traten ehrfürchtig beiseite und machten ihm Platz.

Da ihn nur ein einziger Mann interessierte, der ihn noch nicht bemerkt hatte, ignorierte er das Gemurmel und die staunenden Blicke. Zielstrebig ging er zum langen Tisch. Vincent hob nicht einmal den Kopf, denn er hatte nur Augen für die Frau, die auf seinem Schoß saß.

Lucien widerstand dem Impuls, den Tisch umzuwerfen, stützte seine Hände auf die Holzplatte und beugte sich vor. Da zuckte Vincent zusammen, fuhr hoch, und die Dirne landete am Boden. »Mein Gott, du lebst!«

»Enttäuscht, Bruderherz?« fauchte Lucien.

Wie gehetzt schaute Vincent nach allen Seiten. Von seinen Rittern durfte er keine Hilfe erwarten. Luciens Ankunft hatte ihn ihrer Lehnstreue beraubt. Nun dienten sie Sebastians ältestem Sohn. »Natürlich bin ich nicht enttäuscht – nur überrascht.«

»Das verstehe ich.«

»Lucien!« Er wandte sich zu seiner Mutter, die herbeirannte und ihn ungläubig anstarrte. Wie ihr gerötetes Gesicht verriet, kam sie soeben auf der Küche. »Oh, meine Gebete wurden erhört!« rief sie, sank auf die Knie und hob ihre Arme zum Himmel empor.

Nachdem er Vincent einen warnenden Blick zugeworfen hatte, eilte er zu Lady Dorothea und half ihr auf die Beine. »Mutter!«

Durch einen Tränenschleier schaute sie zu ihrem ältesten Sohn auf. »Du bist heimgekommen!«

»Gewiß. Wie konnte ich mein Versprechen brechen.«

Sie lächelte, und dann lag sie in seinen Armen, klammerte sich an ihn, als fürchtete sie, er könnte wieder verschwinden, und schluchzte in seine Tunika. Beruhigend strich er über ihren Kopf.

»O Lucien, dein Vater ist tot«, flüsterte sie.

»Das weiß ich bereits. Wie starb er?«

»Sein Herz war alt und schwach geworden«, erklärte sie und weinte noch heftiger.

Erst der Ruf eines schönen, etwa sechsjährigen Kindes ließ die Tränenflut versiegen. »Mama!« Beharrlich zupfte das blondgelockte Mädchen an Dorotheas Rock.

»Ah, Giselle!« Sie wischte über ihre feuchten Wangen und wandte sich zu ihrer Tochter. »Möchtest du deinen Bruder begrüßen?«

Die blauen Augen richteten sich auf Lucien. »Nein, das ist nicht mein Bruder.«

Da befreite sich Dorothea aus Luciens Armen, beugte sich zu der Kleinen hinab und streichelte ein Apfelbäckchen. »Doch, das ist Lucien, soeben aus Frankreich zurückgekehrt. Gib ihm einen Kuß.«

Entschieden schüttelte Giselle den Kopf und verschränkte die Arme vor der Brust. »Das ist er nicht.« Mit schmalen Augen betrachtete sie die halbmondförmige Narbe auf seiner Wange. »Lucien hatte ein hübsches Gesicht.«

Als Dorothea über die Schulter blickte, entdeckte sie die Narbe, die ihr zuvor nicht aufgefallen war, und runzelte die Stirn. Doch sie erholte sich sehr schnell von ihrem Schrecken. »Trotzdem ist es Lucien. Er hat in einem Krieg gekämpft.« Giselles Lippen begannen zu zittern, und ihre Mutter fügte eindringlich hinzu: »Wenn die Ritter aufs Schlachtfeld ziehen, werden sie manchmal verletzt. Auch dein Bruder hat eine Wunde davongetragen. Jetzt sei ein braves Mädchen und begrüße ihn.«

»Nein!« schrie Giselle und stampfte mit einem nackten Fuß auf.

»Laß ihr Zeit, Lucien«, bat die Mutter seufzend.

Am liebsten hätte er seine kleine Schwester in die Arme gerissen und umhergewirbelt. Vor seiner Abreise nach Frankreich war sie ihm auf Schritt und Tritt nachgelaufen. Er hatte vorgegeben, das würde ihn ärgern, aber jeden einzelnen Augenblick genossen.

Während langer Nächte auf der Galeere hatte er seine gequälte Seele mit Erinnerungen an Giselles unschuldiges Kichern getröstet, an ihre unaufhörlichen Fragen, ihre grenzenlose Neugier. Wie ein Licht in der Finsternis war ihm dieses Kind erschienen, das niemals hätte gezeugt werden dürfen. Dorothea war bereits über die Jahre hinaus gewesen, wo die Frauen normalerweise Kinder gebären. Dank eines Wunders hatten Mutter und Tochter die mühselige Niederkunft überlebt. Bis dahin hatten die Eltern nur fünf Söhne bekommen. Zwei waren bereits in früher Jugend gestorben.

Lucien ging in die Knie und schaute in Giselles Augen. »Wenn du wieder auf meinen Schultern reitest, wirst du merken, daß ich's bin.«

»Oh . . .« Sie blinzelte, und eine verschwommene Erinnerung schien sich zu regen. Aber so schnell gab sie sich nicht geschlagen. Trotzig warf sie ihren Kopf in den Nacken. »Nur meine *Brüder* dürfen meine Pferde sein.«

»Dann mußt du eben so tun, als wäre ich dein Bruder, wenn du die Welt hier oben sehen willst.«

Obwohl sie mit ihrer Neugier kämpfte, blieb sie reglos stehen und preßte die Lippen zusammen. Die Mutter schob sie resignierend zur Treppe. »Hol Jervais.«

Giselle sprang davon, drehte sich aber noch einmal um und teilte Lucien mit: »Das ist mein *Bruder*.«

»Heute abend sitzt sie sicher auf deinem Schoß«, meinte Dorothea, ergriff seinen Arm und führte ihn zum Tisch.

Nachdem er ihr einen Stuhl zurechtgerückt, setzte er sich auf den Platz, den Vincent vorhin eingenommen hatte. »Geht hinaus«, befahl er den Rittern, Knappen und Dienstboten.

Widerstrebend entfernten sie sich und hinterließen ein verlegenes Schweigen, das Dorothea zu beenden suchte. »Erzähl uns doch, Lucien . . .«

»Erst wenn Jervais hier ist, Mutter.«

Freute ihn die Heimkehr nicht? Verblüfft über seine düstere Stimmung, wandte sie sich zu Vincent. »Setz dich zu uns.«

Zögernd gehorchte er, wählte aber einen Stuhl, der außerhalb von Luciens Reichweite stand. Es dauerte eine halbe Ewigkeit, bis Jervais erschien, am Fuß der Treppe stehenblieb und den ältesten Bruder anstarrte. »Tatsächlich, du bist es. Ich habe Giselle nicht geglaubt.«

Als wäre eine große Last von seinen Schultern genommen worden, lächelte er erleichtert und stürmte durch die Halle. Lucien stand auf, umarmte ihn und spürte erstaunt die kräftigen Muskeln, die der einst so schmächtige Körper des Jungen entwickelt hatte. Also war Nicholas' Behauptung nicht übertrieben gewesen.

Nach einer Weile ließen sie einander los. »Wie schön, daß du wieder da bist!« rief Jervais und setzte sich an den Tisch.

»Inzwischen hat sich viel verändert.« Lucien blieb stehen und starrte Vincent an. »Und ich möchte alles erfahren. Aber vorher muß eine Frage beantwortet werden.«

Vincent sprang auf, das hübsche Gesicht blaß und unglücklich. »Diese Frage kenne ich.«

Nur der Mutter zuliebe bezähmte Lucien seine Wut. »Ja, das dachte ich. Wissen auch die anderen Bescheid?«

Vincent schaute Dorothea und seinen jüngeren Bruder an. »Nein. Sie hielten dich für tot.«

»Sicher, das glaubten wir alle.« Verwirrt runzelte Dorothea die Stirn. »Was sollten wir sonst annehmen, als du nicht aus Frankreich zurückkamst und uns keine Nachricht schicktest?«

»Aber die Botschaft ist eingetroffen – nicht wahr, Vincent?«

Bestürzt über die seltsame Spannung zwischen ihren älteren Söhnen, erhob sich Dorothea. »Erklär doch, was du meinst, Lucien!« flehte sie.

Es war vielleicht die tapferste Tat, die Vincent je begangen hatte. Entschlossen trat er vor und hielt Luciens zornigem Blick stand. »Vor einiger Zeit haben wir tatsächlich einen Brief erhalten, Mutter. Und darin stand, er würde noch leben.«

»Was?« Dorothea preßte eine Hand auf ihr Herz.

»Außerdem enthielt das Schreiben die Lösegeldforderung eines Muslims.«

Das war zuviel für Dorothea. Taumelnd sank sie auf ihren Sessel zurück. »Aber – du hast es nie erwähnt.«

Flehend schaute er seine Mutter an. »Wie konnte ich?

Unsere Schatullen waren fast leer. Diese Summe hätten wir niemals aufgebracht.«

»Wie meinst du das?« stieß Lucien hervor, und Vincent senkte beklommen den Kopf.

»Nach Vaters Tod hörten wir monatelang nichts von dir, und schließlich dachte ich, nun wäre ich der Erbe und alles würde mir gehören.«

»Alles dir!« Lucien preßte die Fäuste an seine Hüften, um sich nicht auf den Bruder zu stürzen. »Und was hast du mit dem Geld gemacht?«

Es war Jervais, der die traurige Antwort gab. »Was glaubst du wohl? Er hat's verspielt, fast bis zur letzten Münze.«

»Dann versuchte ich's zurückzugewinnen«, erklärte Vincent, um dich »freizukaufen.«

»Und deshalb leben wir seit einiger Zeit in bitterer Armut«, ergänzte Jervais.

Jetzt mußte Lucien seinem Feind Bayard recht geben. Auf Falstaff hatte sich sehr viel verändert. Der Verlust von Dewmoor Pass war seine geringste Sorge. Schweren Herzens wandte er sich zu Jervais. »Erzähl mir alles.«

»Sag du's ihm doch, Vincent«, drängte Jervais. »Du darfst dem Erben von Falstaff nicht verschweigen, wer nun den Großteil der de Gautier-Ländereien besitzt.«

In diesem Augenblick konnte man Vincent nicht mehr hübsch nennen. Die Schönheit, mit der er seine Brüder stets übertrumpft hatte, war zu einer Karikatur verkommen, einem Schatten seiner Männlichkeit. »Jedesmal, wenn ich hoffte, nun hätte ich den Bastard besiegt, würfelte er noch einmal. Ich hätte aufhören sollen. Aber ich dachte, nächstes Mal würde das Glück auf meiner Seite stehen.«

Nun verstand Lucien, warum er so wenige Ritter in der Halle angetroffen hatte. Die Vasallen dienten nicht mehr den de Gautiers, sondern anderen Herren. Obwohl er es wußte, fragte er: »Wem gehört das Land, Vincent?«

Sein Bruder seufzte tief auf. »Bayard.«

Um sich zu beherrschen, ballte Lucien die Hände noch fester. Was hatte ihm der Schurke geraten? *Laßt es dabei bewenden und gönnt uns den Frieden.*

Bei diesem Gedanken konnte er nicht länger an sich halten und warf Vincent zu Boden. Wie aus weiter Ferne drang der Schreckensschrei seiner Mutter zu ihm und hinderte ihn gerade noch rechtzeitig daran, das Schwert zu ziehen, statt seine Fäuste zu schwingen.

Vincent versuchte, sich zu wehren, doch er war dem stärkeren Bruder nicht gewachsen. Bald nahm er widerstandslos die Schläge hin, die seine Nase brachen und seine Augen übel zurichteten. Trotz alle Schmerzen schwieg er.

Es dauerte eine Weile, bis Lucien bemerkte, welch einseitigen Kampf er focht. Warum verteidigte sich Vincent nicht? Wieso hob er nicht wenigstens einen Arm, um sein hübsches Gesicht zu schützen?

Abrupt sprang Lucien auf, starrte seine Fingerknöchel an, das Blut seines Bruders und sein eigenes. Dann musterte er den verantwortungslosen jungen Mann.

»Tu's doch!« flehte Vincent und blinzelte ihn durch geschwollene Lider an. »Mach ein Ende! Etwas Besseres verdiene ich nicht.«

»Oh, das wäre eine zu milde Strafe.« Lucien riß sich die Tunika über den Kopf und hörte, wie Dorothea und Jervais beim Anblick seines vernarbten Rückens den Atem anhielten. »Genau das würdest du verdienen.«

»O Gott, Lucien!« Vor Scham und Entsetzen stöhnte Vincent laut auf. »Davon wußte ich nichts.«

»Tatsächlich nicht?«

»Ich – ich versuchte, nicht daran zu denken.«

»Aber es ist geschehen, und diese Bürde wird auf deiner Seele lasten, bis dich der Tod ereilt.«

Mühsam richtete sich Vincent auf und wischte das Blut von seinem Mund. »Du läßt mich am Leben? Nach allem, was ich dir angetan habe?«

»Wenn du auch nicht das Rückgrat eines de Gautiers besitzt, so bist du immer noch der Sohn meiner Mutter.«

Vincent zuckte zusammen. »Und der Sohn deines Vaters – dein Bruder.«

»Das mußt du erst noch beweisen.«

»Wie denn?«

Doch diese Frage blieb unbeantwortet. »Du sollst Bayards Tochter heiraten. Was hat er dir dafür versprochen?«

»Wieso weißt du das?«

»Was hat er dir versprochen, Vincent? Vielleicht Falstaff?«

»Falstaff und die unmittelbare Umgebung gehören immer noch mir – dir! Und Bayard bot uns einen immerwährenden Frieden an.«

»Sonst nichts? Keine Mitgift? Will er uns die gestohlenen Ländereien nicht zurückgeben?«

Schwankend stand Vincent auf. »Sobald Melissant mir ein Kind schenkt, gehen die de Gautier-Ländereien wieder in meinen Besitz über.«

»Und Dewmoor Pass?«

»Großer Gott, Lucien! Reicht es denn nicht, daß Bayard uns das übrige Land zurückerstatten möchte? Haben unsere Familien wegen dieses wertlosen kleinen Gebiets nicht schon genug Blut vergossen?«

»Es ist unser Eigentum!« schrie Lucien und wandte sich rasch ab, weil er fürchtete, er könnte den Bruder erneut angreifen – und diesmal die Bitte erfüllen, die Vincent zuvor geäußert hatte. »Ich will die Ländereien und Dewmoor Pass haben«, fügte er hinzu, betrachtete seine verzweifelte Mutter und dann Jervais' erwartungsvolles Gesicht. »Ganz gleichgültig, ob Blut fließen wird oder ob ich eine List anwenden muß.«

»Verdammt, du redest genauso viel Unsinn wie unser Vater!« fauchte Vincent. »Willst du lieber kämpfen, anstatt den Frieden zu akzeptieren, den ich mit der Hochzeit sichern könnte?«

»Aye«, erwiderte Lucien und drehte sich wieder zu ihm um, »so pflegt ein Krieger diese Angelegenheiten zu regeln. Aber davon weißt du wohl nichts.«

Nur für einen kurzen Moment wich Vincent dem Blick seines älteren Bruders aus. »Wenigstens weiß ich, wie es ist, im Frieden zu leben – im Gegensatz zu dir.«

Zur tiefen Enttäuschung seines Vaters war Vincent mit Worten schon immer viel besser umgegangen als mit Waffen. Seine letzte Bemerkung traf Lucien mitten ins Herz, und er wußte nichts zu sagen.

»Nun, was hast du vor?« fragte Jervais.

Das wußte Lucien noch nicht. Wie sollte er die mächtigen Bayards bekämpfen, wenn ihm nur mehr wenige Ritter zur Verfügung standen? Nun bereute er, daß er Alessandra nicht zuerst nach Falstaff gebracht hatte, wie es ihr Wunsch gewesen war. Da sie so starke Gefühle in ihrem Vater weckte, hätte sie eine wichtige Rolle spielen können, während Lucien versuchte, die de Gautier-Ländereien zurückzuerobern. Immerhin wäre es möglich gewesen, Lösegeld für Alessandra zu fordern. Zu spät ... »Darüber muß ich erst einmal nachdenken«, erwiderte Lucien müde.

Jervais legte ihm eine Hand auf die Schulter. »Was du auch beschließen magst, ich stehe dir zur Seite. Gemeinsam werden wir die Ehre des Namens de Gautier retten.«

»Und du?« Lucien schaute zu Vincent hinüber, der

wie ein Häuflein Elend dastand. »Hast du genug Mumm in den Knochen?«

Als Vincent zögerte, runzelten beide Brüder die Stirn. »Nein, vermutlich nicht«, murmelte Lucien.

Den Blick abgewandt, biß Vincent die Zähne zusammen und sprach nicht aus, was ihm auf der Zunge lag. Ohne sich noch einmal umzudrehen, rannte er aus der Halle.

»Jetzt brauche ich ein heißes Bad, Mutter«, erklärte Lucien.

Sie nickte und stand auf. »Gut, ich lasse Wasser ins Herrschaftszimmer bringen.«

»Ins Herrschaftszimmer . . .«, wiederholte Lucien langsam. In diesem Raum hatte Dorothea alle ihre Kinder empfangen und geboren. Dort hatte der Vater mit seinen kleinen Söhnen gesessen, um ihnen all die Geschichten von den feigen Bayards und den tapferen de Gautiers zu erzählen. Wieviel Zeit war seither verstrichen . . .

»Da du der Erbe bist, wirst du das Zimmer bewohnen.«

Lucien verdrängte die wehmütigen Erinnerungen. Würde er den Raum eines Tages mit einer Ehefrau teilen, so wie die vorangegangenen Generationen? Vor seinem geistigen Auge erschienen ungebetene Visionen von Alessandra – in jenem breiten Bett, das rote Haar auf den Kissen ausgebreitet, die Arme geöffnet. Alessandra im Sessel vor dem Feuer, ein Baby auf dem Schoß. Alessandra . . .

O Gott, wie erschöpft er war . . . Seufzend strich er über sein stoppelbärtiges Kinn. »Ich muß mich rasieren.«

»Das übernehme ich.« Seine Mutter lächelte, als würde auch sie Erinnerungen nachhängen, dann eilte sie aus der Halle.

Lucien schaute ihr nach und überlegte, ob er auf das Bad und die Rasur verzichten und sofort ins Bett sinken sollte. Auf seinen Schultern schien eine bleierne Last zu liegen, seine Lider wurden immer schwerer, und der Schmerz in seiner Brust verstärkte sich, wann immer er an Alessandra dachte. Ein paar Stunden Schlaf, dann würde er sich besser fühlen . . .

»Was gibt's denn da oben?«

Er hatte nicht bemerkt, daß Giselle in die Halle zurückgekehrt war. Nun stand sie vor ihm und starrte ihn an. Sofort verflog seine Müdigkeit, und er grinste. »Was Wunderbares.«

»So?«

»Hier oben kann man fliegen«, behauptete er und schwenkte seine Hände durch die Luft. »Oder fast.«

Nachdenklich schob sie die Unterlippe vor. »Nur Vögel können fliegen, Lucien.«

Als sie ihn beim Namen nannte, ließ der Kummer in seinem Herzen nach. »Und kleine Mädchen, die große Brüder mit breiten Schultern haben.«

Da runzelte sie die Stirn. »Ich habe nicht gesagt, du wärst mein Bruder.«

»Nein, aber vielleicht könnten wir so tun.«

Nach kurzem Zögern streckte sie die Ärmchen empor. »Einverstanden.«

Um ihren Stolz nicht zu verletzen, verbarg er seine Belustigung. Sonst hätte sie sich womöglich anders besonnen. Schwungvoll hob er sie hoch und setzte sie auf seine Schultern.

»Oh!« krähte sie und schaute sich um. »Hier oben sieht alles ganz anders aus.«

»Nun, kannst du fliegen?«

»Das weiß ich nicht.«

»Du mußt deine Arme ausbreiten.«

»Und wenn ich runterfalle . . .«

»Nein, ich halte dich fest«, versicherte er und umklammerte ihre Beinchen.

»Also gut. Aber wenn du mich fallen läßt, beweist du, daß du nicht mein Bruder bist.«

»Natürlich, dann gebe ich mich geschlagen.«

Lachend ließ sie seinen Hals los und streckte die Arme nach beiden Seiten. »Ich bin bereit, Lucien.«

Für eine kleine Weile waren alle Sorgen vergessen. Lucien sprang in der Halle umher, angespornt von schrillem Jubel, und ignorierte Jervais, der ihn anstarrte, als zweifelte er am Verstand seines ältesten Bruders.

23

So wie Jabbar an Sabines Totenbett geweint hatte, so vergoß auch James bittere Tränen, während Alessandra den arabischen Brief ihrer Mutter übersetzte. Als Engländer gestattete er niemandem, diesen Gefühlsausbruch zu beobachten, und kehrte ihr den Rücken. Aber sie sah seine Schultern beben, von lautlosem Schluchzen erschüttert.

Das Schreiben war an Catherines Tante und ihren Onkel adressiert, aber der Inhalt eindeutig für James bestimmt. In allen Einzelheiten schilderte sie ihre Entführung aus Corburry, die ersten Monate im Harem, Alessandras Geburt, die Jahre danach, berichtete von der Krankheit, die ihren Körper zerfressen hatte, und erklärte schließlich, Lucien de Gautier würde ihre Tochter in die Heimat zurückbringen.

Nur eins blieb unerwähnt. Das erkannte Alessandra, als sie die letzte herzzerreißende Zeile las. Ihre Mutter verschwieg, wie sehr sie Jabbar geliebt hatte.

Und das war gut so, denn James, der sie immer noch anbetete, würde es nicht verstehen.

Stundenlang saßen Alessandra und ihr Vater in der großen Halle und vergaßen sogar das Abendessen, eifrig bestrebt, die breite Kluft der fast zwanzigjährigen Trennung zu überbrücken. Sicher würde es noch lange dauern, bis sie ihn wirklich kannte. Aber eins wußte sie schon jetzt. Er war ein gütiger Mensch. Also hatte die Mutter nicht zuviel versprochen. Der einzige Fehler, den sie ihm vorwerfen konnte, trübte auch Luciens Charakter – das Erbe des Hasses zwischen den beiden Familien.

Andererseits sprach James oft vom neuen Frieden, genoß das Wort, wann immer er es aussprach, und gestand, seit Luciens Rückkehr würde er eine neue Fehde befürchten. Vorsichtig stellte sie die Frage, die ihr auf der Seele brannte – was mochte den de Gautier-Erben auf Falstaff erwarten?

James gab zunächst eine ausweichende Antwort. Dann beugte er sich ihrer Beharrlichkeit und erzählte die Wahrheit.

Entgeistert starrte sie ihn an. »Was? Du hast seinem Bruder das Land abgewonnen?«

»Aye, aber es ging mit rechten Dingen zu, und ich verfolgte einen guten Zweck.«

»Welchen?«

»Kannst du dir das nicht denken?« entgegnete er lächelnd.

»Frieden?«

»Genau. Auf eine Würfelpartie hätte sich Lucien niemals eingelassen, doch mit Vincent hatte ich leichtes Spiel. Ich wollte erringen, was die de Gautiers am meisten schätzen, und es ihnen danach zurückerstatten, für den Preis des Friedens – und eines Enkels, der die Fehde für immer beenden würde.«

»Damit war Vincent einverstanden?«

»O ja.« Alessandra betrachtete einen Wandteppich, der eine Schlacht darstellte. »Sicher wird Lucien hierher zurückkehren – aber wohl kaum in friedlicher Absicht.«

Auch James warf einen Blick auf den farbenprächtigen Wandbehang. »Die Schlacht bei Cresting Ridge im Jahre 1342«, erklärt er bitter. »Damals verloren die de Gautiers sechs Männer, die Bayards fünf. Und die Bayards mußten ihren Sieg teuer bezahlen – mit dem Tod eines Burschen, der noch zu jung war, um sein Schwert zu schwingen.« Schaudernd wandte Alessandra ihren Blick von der Kampfszene ab, die eine perverse Freude an vergossenem Blut ausdrückte, und ihr Vater seufzte. »Vermutlich hast du recht. Aber ich hoffe, Lucien wird seinen Stolz überwinden und Melissant heiraten.«

Ihr Schweigen verriet sie, und er musterte sie forschend. »Ist irgend etwas zwischen dir und de Gautier vorgefallen?«

Offensichtlich wollte er wissen, ob es zu Intimitäten gekommen war. »Nun ja, ich . . .« Errötend zupfte sie an der Decke, die James ihr hatte bringen lassen, weil sie immer wieder zu zittern begann. »Lucien war sehr freundlich zu mir.«

»Oh, das bezweifle ich«, entgegnete er lächelnd. »Duldsam, vielleicht – aber nicht freundlich.«

»Du beurteilst ihn falsch.«

Da wurde sein Gesicht wieder ernst. »Darum bete ich. Aber du hast meine Frage nicht beantwortet.«

Obwohl er ihr Vater war, fiel es ihr schwer, mit ihm über solche Dinge zu sprechen. »Ich bin noch unberührt.«

Besänftigend griff er nach ihrer Hand. »Daran habe ich nie gezweifelt. Aber was empfindest du für ihn?«

Sollte sie ihm ihre Liebe zu seinem Feind gestehen? Wie würde er es aufnehmen? Seine Frau, die in diesem Augenblick die Treppe herabstieg, ersparte ihr eine Antwort. In stolzer Haltung durchquerte sie die Halle, gefolgt von einem Mädchen und einem Jungen. Irritiert stand James auf. »Ich dachte, du würdest warten, bis ich dich hierherbestelle.«

»Und ich dachte, du würdest früher nach mir schikken.« Sie warf einen kurzen Blick auf Alessandra, dann wandte sie sich wieder an ihren Mann. »Da die Dunkelheit hereinbricht, und noch immer keine Mahlzeit serviert wurde, muß ich dich wohl oder übel stören.«

»Nun, das ist dir gelungen.«

Eifrig trat das junge Mädchen vor und versuchte, die angespannte Atmosphäre mit einem Lächeln zu lokkern. »Stimmt es, Vater?« fragte sie und zeigte auf Alessandra. »Ist sie auch deine Tochter?«

James umfaßte Alessandras Ellbogen und half ihr aufzustehen. Nur widerstrebend legte sie die Wolldecke beiseite, spürte den kühlen Luftzug, der durch alle Ritzen in die Halle drang. Nicht einmal auf dem Deck der *Jezebel*, inmitten heftiger Meeresstürme, hatte sie so gefroren. Aber dort war sie von Luciens Armen gewärmt worden. Würde sie dieses Glück je wieder genießen? Sie seufzte. Wenn ihr Vater doch einen Dienstboten beauftragen würde, das Feuer im Kamin zu schüren, das zu Asche herabgebrannt war ...

»Aye, Melissant«, bestätigte James, »sie ist meine Tochter – und deine Halbschwester.«

»Meine auch, Vater«, piepste der kleine Junge.

Voller Stolz betrachtete James seinen elfjährigen Sohn. »Aye, Ethan.«

Alessandra war versucht, ihre Halbgeschwister zu umarmen, wußte aber nicht, wie sie es aufnehmen würden. Und so schlang sie die Finger ineinander.

Ernsthaft runzelte Ethan die Stirn. »Mutter sagt, sie würde so komisch reden. Wie eine Ungläubige.«

Als James und Agnes einen Blick wechselten, verrieten sie deutlich, was sie einander versprachen – einerseits strengen Tadel, andererseits trotzigen Widerstand.

In diesem Moment vergaß Alessandra die Warnung ihrer Mutter und empfand Mitleid mit Agnes. Es mußte sehr schmerzlich sein, im Schatten einer Frau zu leben, der James' ganzes Herz gehört hatte – und die während der Kindheit ihre Rivalin gewesen war.

»Gewiß, Alessandra spricht nicht so wie wir«, erklärte James und legte eine Hand auf Ethans Schulter. »Aber sie ist eine Christin, trotz ihres arabischen Akzents.«

»Laß mal hören, Alessandra!« forderte der kleine Junge.

Sie blinzelte verwirrt, dann erfüllte sie seinen Wunsch. »Freut mich, dich kennenzulernen, Ethan – und dich, Melissant.« Zu ihrer Bestürzung antworteten die beiden nicht und starrten sie nur an.

Schließlich brach Agnes das Schweigen. »Was soll aus der Verlobung deiner Tochter werden, James?«

»Tut mir leid.« Bedauernd ergriff er Melissants Hand. »Lucien de Gautiers Rückkehr hat unsere Pläne vereitelt.«

»Also kann ich Vincent nicht heiraten?«

»Nein.«

Offensichtlich war sie kein bißchen enttäuscht, denn ihre Augen leuchteten auf.

»Aber vielleicht Lucien«, betonte Agnes.

»Aber er hat sich doch geweigert!« rief James ärgerlich. »Weißt du das nicht mehr?«

»Vielleicht besinnt er sich anders, wenn er erkennt, daß er mit dieser Ehe nicht nur einen dauerhaften Frieden gewinnen würde.«

Ach ja, die Ländereien, dachte Alessandra. »Ihr alle

täuscht euch. Bevor Lucien sein Knie vor einem Bayard beugt, wird er das de-Gautier-Gebiet mit Waffengewalt zurückerobern.«

Langsam drehte sich Agnes zu der Frau um, die sie für einen unbefugten Eindringling hielt. »Das kannst du nicht wissen«, entgegnete sie eisig.

»Doch, ich . . .«

»Nur, weil du mit ihm im Bett warst, brauchst du dir nicht einzubilden, du könntest seine Pläne erraten!« zischte Agnes.

Nun bereute Alessandra das Mitgefühl, das sie eben noch verspürt hatte. Erbost wollte sie sich verteidigen, aber James kam ihr zuvor. »Sei still, Agnes!«

»Darf ich die Wahrheit nicht aussprechen? Schau sie doch an! Glaubst du, ein Mann wie de Gautier würde ein so offenkundiges Angebot ablehnen?«

Alessandra preßte die Lippen zusammen und blickte auf ihr Kleid hinab. Dann verglich sie es mit Agnes' und Melissants' Garderobe, ohne einen nennenswerten Unterschied zu entdecken. Sie fand sogar, sie wäre dezenter angezogen. Lag es an ihrem Haar, das offen über ihre Schultern hing? Ihre Halbschwester und ihre Stiefmutter trugen Zöpfe. Während Agnes ihre Frisur unter einer juwelenbesetzten Kappe verbarg, hatte Melissant die geflochtenen Haare über den Ohren festgesteckt. Ja, das mußte es sein.

»Wirklich, du benimmst dich grauenhaft, Agnes«, schimpfte James. »Alessandra ist meine Tochter und . . .«

»Ebenso wie Melissant«, unterbrach sie ihn. »Und vergiß deinen Sohn nicht.«

Ohne den Einwand zu beachten, fuhr er fort: »Deshalb wirst du deine häßlichen Gedanken für dich behalten, oder mein Mißfallen würde dir erheblichen Kummer bereiten.«

»Also gut«, stimmte sie widerwillig zu. »Aber bedenk bitte, wem du in erster Linie verpflichtet bist.«

»Dem Namen Bayard, so wie eh und je.«

Ihre schmal gezupften Brauen zogen sich nach oben. »Sicher weißt du, daß ich von deinen Kindern spreche.«

»Und Alessandra ist meine Erstgeborene«, erinnerte er sie.

»Falls ihre Behauptung zutrifft . . .«

»Sie sagt die Wahrheit, und ich empfehle dir, das zu akzeptieren.«

Klugerweise verzichtete sie auf weitere Argumente. Doch sie verschränkte die Arme vor der Brust, um zu bekunden, daß sie die Dinge nicht auf sich beruhen lassen und die Fremde niemals willkommen heißen würde.

James wandte sich wieder zu seinen Kindern und begegnete drei erwartungsvollen Augenpaaren. »Vielleicht sollten wir ein Turnier veranstalten, um Alessandra den benachbarten Adelsfamilien vorzustellen«, meinte er lächelnd.

»O ja, Vater!« jubelte Ethan.

»Was hältst du davon, Alessandra?« fragte James.

»Ein Turnier . . .« Von solchen Festivitäten hatte sie schon gehört, konnte sich aber nicht viel darunter vorstellen. »Das klingt – interessant.«

»Gut, dann ist es beschlossen«, entschied er und brachte seine Frau, die offensichtlich protestieren wollte, mit einem vernichtenden Blick zum Schweigen. »In einem Monat wird Corburry sein erstes Turnier seit fast zehn Jahren veranstalten.«

24

Wo ist die Sonne?« stöhnte Alessandra.

Seit sie vor einem knappen Monat auf Corburry eingetroffen war, sehnte sie sich nach Licht und Wärme. Aber sie sah nur graue Wolken, und in der kalten Luft bekam sie immer wieder eine Gänsehaut. Zunächst hatte sie die Unterschiede zwischen dem Maghreb und England interessant gefunden, die Abwechslung begrüßt und die grünen Wiesen bewundert. Doch sie bezahlte einen zu hohen Preis für die landschaftliche Schönheit.

»Anfangs dachte ich, Regenbögen würden mich niemals langweilen«, klagte sie. »Und jetzt hab ich sie gründlich satt.«

»Geh doch vom Fenster weg!« schlug Melissant vor.

Alessandra warf einen Blick über die Schulter. In einem schimmernden Samtkleid, die obersten Knöpfe geöffnet, um die Hitze im Zimmer zu ertragen, saß ihre Halbschwester auf dem Bett, möglichst weit vom Kaminfeuer entfernt. Fasziniert blätterte sie in einem illustrierten Buch, dessen vergilbte Seiten von großem historischem Wert zeugten.

So unglücklich sich Alessandra in der Bayard-Festung auch fühlte – die Freundschaft mit dem Mädchen erleichterte ihr das schwere Los ein wenig. Agnes versuchte zwar unentwegt, einen Keil zwischen James' Töchter zu treiben. Aber Melissant erwies sich als Rebellin, suchte die Halbschwester bei jeder Gelegenheit auf und bat sie, von Jabbars Harem zu erzählen. Dafür bedankte sie sich, indem sie Alessandra über englische Sitten und Gebräuche informierte.

Die Schwester füllte eine Lücke in Alessandras Leben, von der sie bisher nichts gewußt hatte. Trotzdem litt sie unter der Trennung von Lucien, und ihre Sehnsucht wuchs mit jedem Tag. Sein Schweigen war unerträglich.

Vergeblich hielten die Ritter von Corburry, die mit seiner Rache rechneten, nach ihm Ausschau. Und auf Falstaff schien Ruhe zu herrschen. Wenn er ihr doch endlich eine Nachricht schicken würde ...

»Komm zu mir!« bat Melissant. »Ich will dir was zeigen.«

Seufzend wandte sich Alessandra vom Fenster ab, ging aber nicht zum Bett. Statt dessen trat sie vor den Kamin, in dem seit ihrer Ankunft ein helles Feuer loderte und niemals erlosch. Einen Eisenhaken in der Hand, bückte sie sich und schürte die Flammen, dann warf sie noch ein Holzscheit hinein.

»Muß das sein?« jammerte Melissant und wischte über ihre schweißnasse Stirn. »Bald werde ich zerschmelzen.«

»Aber ich friere«, erklärte Alessandra zum hundertsten Mal. »Im Maghreb ist es so herrlich warm.«

»Wenn du dich nicht schleunigst an unser Wetter gewöhnst, steht dir ein schlimmer Winter bevor.«

»Noch kälter kann es nicht werden«, murrte Alessandra. »Nie zuvor habe ich meinen Atem in der Luft gesehen. Und nun quillt er sogar unter meiner Decke hervor, wenn ich morgens erwache.«

Kichernd legte Melissant ihr Buch beiseite. »Obwohl du vollständig angekleidet im Bett liegst und sogar Schuhe trägst.«

»Sonst wäre ich längst erfroren.«

»Nun, du brauchst eben einen Mann, der dich wärmt. Das sagt Hellie, wenn ich mich über die Kälte beklage.«

Hellie war die dicke Köchin, die sich zunächst geweigert hatte, Alessandra zuliebe ihre Kochkunst zu ändern. Dazu zeigte sie sich erst bereit, seit die junge Lady vor ihren Augen erbrochen hatte.

Natürlich hatte die Frau recht. Würde Lucien Alessandras Bett teilen, brauchte sie keine zusätzlichen Decken und kein Kaminfeuer.

»Soll ich raten, an wen du denkst?« fragte Melissant und zerstörte die schöne Vision, die vor Alessandras geistigem Auge entstanden war.

»An niemanden.«

»Abgesehen von Lucien de Gautier . . .« Melissant lächelte wissend, zog die Beine an und stützte ihr Kinn darauf.

»Wie – wieso weißt du das?«

»Oh, ich hab nur geraten. Es stimmt doch, nicht wahr?«

Verwundert runzelte Alessandra die Stirn. Sie hatte ihrer Halbschwester zwar erzählt, sie sei von Lucien aus Algier entführt und in Tanger vor der Sklaverei gerettet worden. Doch sie bemühte sich stets, ihre Gefühle zu verbergen. Womit hatte sie sich verraten?

Sie ging zum Bett, setzte sich und zog die Decke über ihre Beine. »Sicher schickt es sich nicht für eine englische Lady – aber ich kann nicht aufhören, an ihn zu denken.«

»Also liebst du ihn?«

»Ja«, gestand Alessandra.

»Und liebt er dich auch?«

»Nein. Wäre ich die Tochter Jabbars geblieben, würde er mich vielleicht lieben. Aber nun bin ich Alessandra Bayard, die Tochter seines Feindes, und das kann er nicht vergessen.«

Melissant inspizierte ihre abgebissenen Fingernägel. »Dann sollte unser Vater ihn auffordern, *dich* zu heiraten, um den Frieden zu erhalten – nicht mich.«

»Nein, das wäre sinnlos. Mich würde Lucien genauso ablehnen wie dich.«

»Das wissen wir erst, wenn wir ihn gefragt haben.«

»Oh, ich weiß es schon jetzt.« Fröstelnd zog Alessandra die Decke bis zu ihren Schultern hinauf und bereute, daß sie kein zweites Holzscheit in das Kaminfeuer geworfen hatte.

Melissant seufzte. »Wahrscheinlich kennst du ihn besser als sonst jemand.«

»Nur den Teil seines Wesens, den er mir offenbart hat.«

Es klopfte, und Ethan trat ein, die Wangen hochrot vor Aufregung. Strahlend schaute er seine Schwestern an. Die eine machte ihn immer noch ein bißchen unsicher. »Soeben ist ein Bote aus Falstaff eingetroffen«, verkündete er.

Alessandra vergaß die Kälte und sprang aus dem Bett. »Hat er eine Nachricht von Lucien gebracht?«

»Was hast du gesagt?« Ethan zog die Nase kraus. Wenn sie zu schnell sprach, verstand er ihren Akzent nicht.

»Sie fragt, ob der Bote eine Nachricht von Lucien de Gautier gebracht hat«, erklärte Melissant.

»Nein, nur daß die de Gautiers das Turnier besuchen werden.«

Alessandra hielt sich am Türrahmen fest. Also hatte James eine Einladung nach Falstaff geschickt, und Lucien wollte sie annehmen. Was mochte das bedeuten? Würde er dem Friedensschluß zustimmen und auf seine Ländereien verzichten? Das konnte sie nicht glauben. Aber gab es denn eine andere Erklärung?

»Weiß Mutter schon Bescheid?« fragte Melissant.

»Noch nicht. Der Arzt ist gerade bei ihr, und deshalb darf niemand ihr Zimmer betreten.«

Stöhnend schnitt Melissant eine Grimasse. »Wird sie wieder zur Ader gelassen?«

»Ja. Was denn sonst.«

Alessandra erschauerte, als das widerliche Verfahren erwähnt wurde, das englische Aristokratinnen anwandten, um einen blassen Teint zu erhalten. Diese Prozedur hatte Melissant ihr in allen Einzelheiten geschildert und erzählt, einmal habe sie das selber über sich ergehen lassen. Leider sei ihr danach übel geworden. Nun puderte sie ihr Gesicht, um die gewünschte vornehme Blässe zu erzielen.

Beide Methoden mißfielen Alessandra, und sie hatte das Angebot ihrer Halbschwester abgelehnt, ihr zu zeigen, wie man mit Puder und Schminke umging. Sie bevorzugte ihre honigfarbene Haut, die jetzt ohnehin immer bleicher wurde, weil ihr der Sonnenschein fehlte. Nicht einmal Agnes' Sticheleien konnten Alessandra veranlassen, ihre Sommersprossen zu übermalen. Kajal für die Augen und Rouge für die Lippen würde ihr gefallen. Doch sie zögerte, sich damit zu verschönern, weil diese Kosmetika weder von ihrer Stiefmutter noch von Melissant verwendet wurden.

»Hast du wieder was Schlechtes gegessen?« Besorgt musterte Ethan ihre angeekelte Miene.

»Was? Nein, nein.«

Während er davonrannte, wandte sie sich wieder zu Melissant, die ihr vielsagend zulächelte. »Vater behauptet, gewisse Dinge seien schicksalhaft. Und ich glaube, Lucien de Gautier und du seid füreinander bestimmt.«

Aber Alessandra zweifelte daran. Vielleicht wäre sie anderer Meinung gewesen, hätte der Bote auch ihr eine Nachricht von Lucien überbracht. Aber er hatte sie offensichtlich vergessen. »Nein, Melissant. Für Lucien bin ich nur eine Bayard, sonst gar nichts.«

Lachend sprang Melissant vom Bett auf und rannte

zur Tür. »Leg noch etwas Holz nach, sonst wird das Feuer bald erlöschen.«

Kurz vor dem Abendessen betrat Alessandra die große Halle, wo Agnes und Melissant beisammensaßen. Beide neigten sich über die Haushaltsbücher, die normalerweise nur der Verwalter studierte.

Vom Aderlaß geschwächt und kreidebleich, blätterte Agnes in einem Buch, murmelte etwas Unverständliches vor sich hin und schob es zu Melissant hinüber.

Seltsam, dachte Alessandra. Die Mutter hatte zwar erwähnt, daß sich die Engländerinnen mit der Haushaltsführung befaßten, doch das war ihr unglaublich erschienen. Nun blieb sie im Hintergrund des Raumes stehen und lauschte neugierig, während Mutter und Tochter über Zahlen diskutierten.

»Rechne mal diese zwei Beträge zusammen.« Agnes zeigte auf den oberen und den unteren Rand einer Seite.

Wie gern hätte Alessandra die Zahlen selber addiert. Sie konnte sehr gut im Kopf rechnen. Dazu brauchte sie weder Pergament noch Federkiel.

Die Unterlippe zwischen die Zähne geklemmt, schrieb Melissant die Zahlen auf, und nach einer Weile präsentierte sie ihrer Mutter die Lösung der Rechenaufgabe. »Zweihundertsiebzehn.«

Agnes schüttelte den Kopf. »Nein, zweihundertsiebenundzwanzig«, korrigierte sie ärgerlich. »Wo bist du heute mit deinen Gedanken, Kind?«

»Woanders!« jammerte Melissant. »Warum muß ich mich mit diesen dummen Büchern herumschlagen, Mutter? Dafür haben wir doch den Verwalter.«

Agnes schnaufte undamenhaft. »Wenn du eines Tages den Haushalt deines Ehemanns führst, mußt du

278

die Zahlen überprüfen können, die dein Verwalter dir vorlegt.«

»Warum?«

»Wie oft soll ich dir das eigentlich klarmachen? Damit du nicht betrogen wirst! Es ist die Pflicht einer Ehefrau, auf solche Dinge zu achten. In diesem Haus halte ich unentwegt Augen und Ohren offen. Sonst würde man uns dauernd bestehlen.«

»O Gott, warum muß eine Ehefrau so viele Pflichten übernehmen? Genügt es denn nicht, daß sie ihrem Mann Kinder schenkt? Soll *er* sich doch um die Zahlen kümmern! Ich hasse diese Rechenaufgaben.«

Gequält verdrehte Agnes die Augen. »Wenn ich dir das alles noch ein einziges Mal erklären muß, schreie ich!«

Sie war noch bleicher geworden, und Melissant neigte sich besorgt zu ihr. »Hast du dir zuviel Blut abzapfen lassen? Warum benutzt du nicht Puder und Schminke?«

»Weil ich so schön wie nur möglich aussehen und deinem Vater gefallen muß – gerade jetzt, wo Catherines Tochter ihn so lebhaft an seine erste Frau erinnert. Oh, was soll ich nur mit Alessandra machen?«

Heftige Schuldgefühle plagten Alessandra. Erst jetzt wurde ihr bewußt, welch tiefen Kummer sie der Stiefmutter bereitete. Außerdem schämte sie sich, weil sie dieses private Gespräch belauschte.

Wenn sie jetzt zu den beiden hinüberging, würde sie Agnes in tiefste Verlegenheit stürzen. Deshalb wollte sie sich unbemerkt zurückziehen. Aber als sie davonschlich, stieß sie gegen den kleinen Tisch, neben dem sie gestanden hatte, und er fing an zu wackeln.

»Alessandra!« rief Melissant. »Ich habe dich gar nicht gesehen.«

Unbehaglich drehte Alessandra sich um und beobachtete, wie ihre Stiefmutter kraftlos den Kopf senkte. »Tut mir leid, ich wollte nicht stören . . .«, stammelte sie.

»Oh, du kommst gerade recht. Hilf mir, Mutter in ihr Zimmer zu bringen. Sie fühlt sich nicht gut.«

»Nein, ich brauche keine Hilfe«, zischte Agnes und stand entschlossen auf, obwohl sie schwankte. »Glaubst du, ich wäre eine alte Frau, die man auf Händen tragen muß, Melissant? Das bin ich nicht!« Hochmütig starrte sie Alessandra an. »Das bin ich nicht. Und daran solltet ihr alle beide denken.« Auf zitternden Beinen ging sie um den Tisch herum und sah aus, als würde sie jeden Augenblick zusammenbrechen. Dann wankte sie hoch erhobenen Hauptes an Alessandra vorbei und schleppte sich die Treppe hinauf.

Keines der beiden Mädchen brach das Schweigen, bevor Agnes außer Hörweite war. Dann beteuerte Alessandra: »O Gott, es tut mir so leid.«

»Unsinn, du kannst nichts dafür.« Melissant schloß die Bücher und stapelte sie sorgsam aufeinander. »Nur ein einziger trägt die Schuld – der Mann, der deine Mutter damals entführt hat. Zweifellos wird man ihn eines Tages aufspüren.«

»Glaubst du?«

Melissant nickte, dann wechselte sie das Thema. »Heute abend muß ich mich um die Vorbereitungen für die Mahlzeit kümmern. Ein Befehl von Mutter«, erklärte sie seufzend. »Willst du mir helfen?«

Noch eine Lektion, dachte Alessandra. Unfaßbar, was eine englische Lady alles können muß . . . Aber das ist sicher interessanter, als Wolle zu spinnen und zu sticken. Bereitwillig folgte sie ihrer Halbschwester in die Küche.

Sobald sie den großen Raum betrat, wußte sie, daß sie hierhergehörte. Das lag nicht an den verlockenden

Düften, die aus brodelnden Töpfen stiegen, auch nicht am fröhlichen Klappern der Küchengeräte oder dem lebhaften Geschwätz der Köchinnen und Küchengehilfen. Nein, es war die wundervolle Hitze, die Schweiß aus allen Poren trieb. Genauso wie auf Jabbars Dachterrasse, zur Mittagsstunde . . .

»Oh, wie phantastisch!« rief sie und schaute sich neugierig um. Nie zuvor hatte sie eine Küche von innen gesehen, denn es war unter der Würde von Haremsfrauen, solche Räume aufzusuchen. Interessiert spähte sie über die Schulter eines Kochs, der in einem großen Topf rührte. »Was ist das?«

»Gewürzter Weinschaum, Mylady«, antwortete er und machte ihr Platz, damit sie genauer hinschauen konnte. »Eine Lieblingsspeise Eures Vaters.«

Dafür könnte ich mich auch begeistern, dachte sie und atmete den köstlichen Duft ein. »Wie wird sie zubereitet?«

»Wollt Ihr das wirklich wissen?« fragte er lächelnd.

»Allerdings.«

»Kostet doch, dann will ich's Euch gern erklären.« Voller Stolz reichte er ihr den Löffel.

Geziemte sich das für eine englische Lady? Unsicher schaute sie zu Melissant hinüber. Ihre Halbschwester stützte sich auf einen großen Tisch, wo zwei Frauen Brotteig kneteten, und winkte ihr aufmunternd zu.

Da tauchte Alessandra den Löffel in den Schaum, blies darauf und kostete. »Himmlisch!« lobte sie. Am liebsten hätte sie den ganzen Topf leer gegessen, aber das hätte sich nun wirklich nicht geschickt. »Und nun erzählt mir, wie diese Speise zubereitet wird«, bat sie den Koch und gab ihm den Löffel zurück.

Wie ein stolzer Vater nickte er ihr zu. »Man erhitzt guten Wein und verrührt ein paar Eigelb darin, aber die Sauce darf nicht kochen, Mylady. Wenn sie dickflüssig genug ist, würzt man sie mit Zucker, Safran, Salz, Muskatblüte und . . .« Einen Finger an die Stirn gelegt, überlegte er, welche Zutaten noch fehlten. »Ach ja – man verwendet auch Galgantwurzel und weißen Zimt.«

Tief beeindruckt, weil er sich das so gut gemerkt hatte, dankte sie ihm und ging zu Melissant, die vor einem Spieß voller brutzelnder Hasen stand.

»Mehr Sauce!« wies sie den Küchengehilfen an, der den Spieß drehte. »Sonst wird das Fleisch zu trocken.«

Er nickte und griff nach einer Schüssel, die honigbraunen Saft enthielt.

»Nun, wie gefällt's dir hier, Alessandra?« fragte Melissant.

»Sehr gut. Hätte ich gewußt, wie interessant die Küche ist, wäre ich schon früher hergekommen.«

Melissant nahm ihren Arm und zog sie vom Bratspieß weg. »Wie sind denn die Küchen in Algier? Wahrscheinlich ganz anders.«

»Keine Ahnung. Ich durfte nie hineingehen.«

Verwundert blieb Melissant stehen. »Warum denn nicht, um alles in der Welt?«

»Nun, es gehört zu den Pflichten der Sklaven, die Mahlzeiten vorzubereiten. Manchmal werden sie vom Obereunuchen beaufsichtigt, aber nie von den Gemahlinnen oder Töchtern des Herrn.«

»Großartig!« seufzte Melissant. »Wie ich diese heiße, stinkende Küche hasse! Aber meine Mutter schärft mir ein, eine Ehefrau müsse stets dafür sorgen, daß ihrem Mann ein gutes, reichliche Essen aufgetischt wird.«

Was Alessandra dachte, behielt sie für sich. Nach ihrer Ansicht zählte die Küche zu den erfreulichen englischen Eigenheiten, ebenso wie die Buchführung. Die Rechenexempel des Verwalters zu überprüfen, erschien ihr viel interessanter als alles, was sie bisher über die Aufgaben einer englischen Lady gelernt hatte. Natürlich verblaßten diese Vorzüge neben Lucien. Er war das Beste von England. Und ohne ihn . . .

Doch sie verdrängte ihre wehmütigen Gedanken und konzentrierte sich wieder auf die Aktivitäten in der Küche.

25

Endlich sah sie ihn wieder. Die anderen waren schon vor Stunden eingetroffen. Und Alessandra hatte die Hoffnung, Lucien würde das Turnier besuchen, schon fast aufgegeben.

Als sie ihn entdeckte, stand sie nackt und triefnaß an ihrem Fenster. Er ritt einen weit entfernten Hang herab, aber sie erkannte ihn sofort, weil er seine Begleiter überragte. Obwohl er einen Großteil seiner Ländereien verloren hatte, verfügte er über ein imposantes Gefolge in roter und goldgelber Kleidung. Banner in denselben Farben flatterten über den Köpfen der Männer, während sie nach Corburry sprengten.

Würde er an diesem Abend mit den Bayards und den Rittern in der Halle speisen – oder im Lager außerhalb der Mauern bleiben?

»Mylady, setzt Euch wieder ins Bad!« rief Alessandras neue Zofe Bernadette.

»Ich werde mich sicher nicht erkälten«, erwiderte Alessandra, ohne Lucien aus den Augen zu lassen.

»In diesem Zimmer wohl kaum«, meinte das zwölfjährige Mädchen kichernd und fächelte sich mit einem Waschlappen Kühlung zu.

Diese Temperatur war ganz nach Alessandras Geschmack, wenn auch ein kalter Luftzug durch die Fensterritzen hereinwehte. Ein herrliches Gefühl, keine engen Kleider zu tragen und trotzdem vor dem englischen Klima geschützt zu werden ... Müßte sie Lucien nicht beobachten, würde sie die Augen schließen und sich einbilden, die wunderbare Hitze in Jabbars Badehaus zu spüren.

»Kommt, Mylady!« flehte Bernadette. »Ich will die Seife aus Eurem Haar waschen.«

Nachdem Lucien hinter den hohen Festungsmauern verschwunden war, schaute Alessandra über ihre Schulter zur hölzernen Wanne.

»Beeilt Euch!« drängte das Mädchen. »Vor dem Bankett gibt's noch viel zu tun.«

Alessandra spähte ins trübe graue Wasser, aus dem sie vorhin gesprungen war. Nein, da wollte sie nicht mehr hineinsteigen. Wahrscheinlich würde sie sich niemals an die englischen Badesitten gewöhnen. Statt auf Schemeln zu sitzen und sich waschen zu lassen, lag man endlos lange im selben schmutzigen Seifenwasser, mit dem auch noch das Haar gespült wurde. Unglücklicherweise blieb ihr nichts anderes übrig, als diese Gepflogenheiten zu übernehmen, und sie bezweifelte, daß sie sich in England jemals sauber fühlen würde. Noch schlimmer fand sie die Angewohnheit, nur selten zu baden und den Geruch der ungewaschenen Körper mit schwülen Parfums zu übertünchen.

Vor einigen Tagen hatte sie den Groll ihrer Stiefmutter noch geschürt und einen Eimer mit heißem Wasser in ihr Zimmer geschleppt, um sich so zu waschen, wie es ihr gefiel.

»Schämt ihr Euch denn gar nicht, Mylady?« schimpfte Bernadette und legte ihr einen Morgenmantel um die Schultern.

284

»Außer uns beiden ist doch niemand hier.«

»Trotzdem schickt es sich nicht, splitternackt herumzulaufen.«

Alessandra schlüpfte in die Ärmel und malte sich aus, wie schockiert das Mädchen beim Anblick der vielen unbekleideten Frauen in Jabbars Badehaus wäre.

»So, und jetzt muß ich Euer Haar spülen«, verkündete Bernadette.

Zur Bestürzung ihrer Zofe weigerte sich Alessandra, noch einmal ins Wasser zu steigen. Statt dessen kniete sie vor der Wanne nieder und befahl dem Mädchen, frisches Wasser über ihren Kopf zu gießen. Widerwillig gehorchte Bernadette.

Danach rieb sie das Haar ihrer Herrin trocken und flocht es zu dicken Zöpfen, die sie zu einer Krone zusammensteckte. Diese Frisur war ein Kompromiß, denn Alessandra lehnte es ab, wie Agnes einen Kopfputz zu tragen. Warum sollte sie sich ihrer rotgoldenen Locken schämen und sie verstecken?

Eine Stunde später brauchte sie sich nur noch anzuziehen, ehe sie zu dem Bankett hinunterging, das ihr zu Ehren veranstaltet wurde. Agnes hatte Bernadette zu sich gerufen. Obwohl Alessandra sich ohne Hilfe in ihr unbequemes Kleid zwängen mußte, war sie froh, weil sie für eine kleine Weile allein bleiben konnte.

Nervös wanderte sie umher und betastete das Halsband, das ihrer Mutter gehört hatte. Wie tröstlich, das Erbstück zu tragen . . . Nur mühsam widerstand sie der Versuchung, Arm- und Fußketten mit Glöckchen anzulegen. Erst vor wenigen Tagen hatte dieses Geschmeide den Unmut ihrer Stiefmutter erregt.

Alessandra preßte die Handflächen aneinander und bekämpfte die Angst vor den vielen Leuten, die sie beim Bankett kennenlernen würde.

Hoffentlich würde sie auch Lucien begegnen. Melissant hatte versprochen, sie zu verständigen, sobald er eintraf. Bis jetzt war kein Bote erschienen. Alessandra schaute in den Spiegel und blieb stehen. Wie blaß sie wirkte ... Sie beugte sich vor, um ihr gepudertes Gesicht zu betrachten.

Keine Schminke. Darauf hatte sie beharrt und Bernadette nur erlaubt, die Sommersprossen mit etwas Puder abzudecken. Das war ein Fehler gewesen. Nun verschwand auch die restliche Haut unter mehligem Weiß.

»Kruzifix noch mal!« murmelte sie James' Lieblingsfluch. Dann packte sie einen Lappen, tauchte ihn ins lauwarme Badewasser und schrubbte ihr Gesicht. Ihre Sommersprossen kamen wieder zum Vorschein, und sie lächelte erleichtert. »So ist es viel besser.«

Sie wäre mit ihrer Verwandlung zufrieden gewesen, hätte nicht das Holzkästchen auf dem Toilettentisch gestanden, das Kajal und Rouge enthielt. Seufzend hob sie den Deckel. Was für einfache Kosmetika, verglichen mit Puder und Schminke ...

Nachdenklich starrte sie wieder in den Spiegel. Irgend etwas fehlte. Vielleicht nur ein bißchen Farbe ...

Als es etwas später klopfte, war sie entzückt von ihrer äußeren Erscheinung. Weil sie wußte, daß ihr Vater sie abholen wollte, rannte sie zur Tür und öffnete sie.

Bei ihrem Anblick erlosch sein Lächeln. Aber er erholte sich sehr schnell von seinem Schrecken und bot ihr den Arm.

»Stimmt was nicht?« fragte sie. »Mißfällt dir das Kajal?« Sie hatte es nur sparsam verwendet. Trotzdem mochte es einen Betrachter schockieren, der nicht daran gewöhnt war.

»Nein, nein, alles in Ordnung. Du siehst zauberhaft aus, meine Tochter.«

Unsicher schaute sie nach unten. »Ich weiß, ich hätte den Saum meines Kleides nicht kürzen dürfen«, gab sie zu und streckte einen Fuß vor. »Aber ich dachte, sonst würde ich stolpern und dich in Verlegenheit bringen.«

James trat zurück, musterte den bestrumpften Fußknöchel, und seine Mundwinkel zuckten. »Nun, ich habe mich schon immer gewundert, warum die Frauen so lange Kleider tragen. Ziemlich unpraktisch, was?«

»Allerdings. Wäre es erlaubt, würde ich lieber einen hübschen Kaftan und eine Hose anziehen.«

»Bitte, warne mich rechtzeitig, falls du beabsichtigst, in einer solchen Aufmachung vor Agnes zu erscheinen.«

Lachend ergriff sie seinen Arm, und sie gingen den Korridor entlang. »Ist auch das Haus Falstaff bei diesem Bankett vertreten, Vater?« fragte sie zögernd.

»Vermutlich willst du wissen, ob Lucien schon angekommen ist«, bemerkte er, während sie die Treppe hinabstiegen.

Aus der Halle drang lebhaftes Stimmengewirr herauf, doch Alessandra achtete nicht darauf. »Warum – warum glaubst du das?«

Er warf ihr einen kurzen Seitenblick zu. »Auf dem Weg zu deinem Zimmer fing ich Melissants Boten ab.«

Beinahe hätte sie laut gestöhnt. »Und was wollte sie mir ausrichten lassen?«

»Er ist da.«

In ihrem Herzen kämpften Angst und freudige Erregung. »Besucht er uns in friedlicher Gesinnung?«

»Ja, soweit ich es bisher feststellen konnte. Trotzdem habe ich meine Männer beauftragt, de Gautier und sein Gefolge im Auge zu behalten.«

»Dann hast du noch nicht mit ihm gesprochen?«

»Leider nicht.« Als sie seufzte, blieb er wenige Stufen vor dem Ende der Treppe stehen und fragte: »Fürchtest du, er könnte einen Krieg heraufbeschwören?«

»Einen Krieg? Ich weiß nur, daß er hierhergekommen ist, um zu beanspruchen, was ihm weggenommen wurde.«

»Da hast du sicher recht.«

Sein Gleichmut verblüffte sie. »Und was wirst du tun?«

Beruhigend tätschelte er ihre Hand und führte sie die restlichen Stufen hinab. »Ich hatte stets vor, die de Gautier-Ländereien zurückzuerstatten. Aber es muß mittels einer Heirat zwischen dem Erben und einer Bayard geschehen.«

»Um den Frieden zu sichern.«

»Aye.«

»Das ist dir sehr wichtig, nicht wahr?«

Er nickte. »Bevor Catherine entführt wurde, versprach ich ihr, die Fehde zu beenden. Seither brach ich mein Wort sehr oft, denn ich gab den de Gautiers die Schuld am Verschwinden meiner Frau. Jetzt bin ich fest entschlossen, den Frieden zu erhalten.«

Ehe Alessandra weitere Fragen stellen konnte, sah sie sich von mehreren Leuten umringt, deren Gespräche verstummt waren.

»Du mußte lächeln, Alessa!« flüsterte er ihr zu und redete sie mit dem Kosenamen an, den er kurz nach ihrer Ankunft auf Corburry erfunden hatte. »Zeig ihnen, daß Catherine in dir weiterlebt.«

Gehorsam zwang sie sich zu einem Lächeln, straffte die Schultern und hob das Kinn. Alle starrten sie an, begutachteten die schwarz umrandeten Augen, den kurzen Rocksaum – die Frauen sichtlich schockiert, die Männer wohlgefällig.

Oh, warum hatte der Vater ihr nicht befohlen, das Kajal zu entfernen und die Naht aufzutrennen? Unbehaglich trat sie von einem Fuß auf den anderen. Bis jetzt war sie nur ein einziges Mal mit so vielen neugierigen Gesichtern konfrontiert worden – bei der Sklavenversteigerung in Tanger. Damals hatte Lucien sie gerettet. Wo steckte er jetzt?

»Erlaubt mir, Euch meine Tochter vorzustellen!« rief James mit dröhnender Stimme. »Alessandra Bayard.«

Energisch bekämpfte sie ihre kindliche Scheu und reckte das Kinn noch höher. Die Gäste begannen zu murmeln und hinter vorgehaltener Hand zu tuscheln. Nur wenige traten vor, die meisten blieben im Hintergrund.

»Keine Bange!« wisperte James in Alessandras Ohr. »Sobald sie deinen Charme entdecken, werden sie dir nicht mehr von der Seite weichen.«

Plötzlich tauchte Agnes vor ihr auf, was nichts Gutes verhieß. Aber statt ihre Mißbilligung zu bekunden, musterte sie Alessandra zufrieden. »Wirklich, James, deine Tochter sieht reizend aus.«

Seine Antwort wirkte wie ein Echo auf Alessandras Argwohn. »Was? Streckst du die Waffen, teure Gemahlin?«

»Wie falsch du mich einschätzt!« tadelte Agnes sanft. »Niemals habe ich Waffen erhoben.«

»Tatsächlich nicht?«

Lächelnd entwand sie ihrer Stieftochter seinen Arm und hängte sich selber bei ihm ein. »Bitte, sei so freundlich und begleite mich. Der Verwalter möchte mit dir sprechen, bevor das Bankett beginnt.«

»Wozu?«

»Offensichtlich vermißt er ein paar Messer.«

Besorgt runzelte James die Stirn.

Wie Alessandra schon bei ihrer ersten Mahlzeit auf Corburry festgestellt hatte, waren Messer und Löffel sehr kostbar. Sie stellten einen Teil des beweglichen

Vermögens dar. Vor jedem Essen mußte der Verwalter sie bereitlegen, danach wieder einsammeln und sorgfältig zählen. Diesen Brauch fand Alessandra eher komisch, aber er wurde im Haus ihres Vaters sehr ernst genommen.

Nun vertraute er sie ihrer Halbschwester an und beteuerte: »Bald komme ich zurück. Inzwischen wird Melissant dich mit unseren Gästen bekannt machen. Vielleicht ist es sogar besser, wenn sie das übernimmt.« Dann verschwand er mit Agnes in der Menge.

Den Kopf stolz erhoben, wandte sich Alessandra zu ihrer Halbschwester. Niemand durfte ihre Verlegenheit bemerken.

»Was für eine gute Idee!« meinte Melissant und zeigte auf den gekürzten Rocksaum. »Aber ich wäre nicht so mutig.«

»Mit Mut hat das nichts zu tun. Es ist nur praktisch.«

»Mir brauchst du nichts zu erklären.« Melissant zuckte die Achseln. »Jetzt sollten wir uns beeilen. Vor dem Essen muß ich dir unzählige Leute vorstellen.«

Angstvoll neigte sich Alessandra zu ihr. »Und wo ist Lucien?«

Melissant lächelte geheimnisvoll. »Wie ich dir bereits mitteilen ließ, er ist gekommen.«

»Aber wo treibt er sich herum?«

»Keine Ahnung. Irgendwo in diesem Getümmel.«

»Bist du sicher?«

»O ja. Er ist mir noch nicht begegnet. Angeblich hat er großes Aufsehen erregt.« Als Alessandra die Brauen hob, fügte Melissant hinzu: »Nachdem ihn alle für tot gehalten haben, ist er wieder aufgetaucht, in Fleisch und Blut.«

Mit dieser Auskunft mußte sich Alessandra zufriedengeben. Während sie mit den Leuten bekannt gemacht wurde, spürte sie den prüfenden Blick eines kostbar gekleideten Mannes. Wie seine Tracht verriet, war er ein hoher kirchlicher Würdenträger.

»Wer ist das?« fragte sie ihre Halbschwester, während sie sich von einer Gruppe kichernder junger Mädchen entfernten.

Melissant folgte ihrem Blick. »Oh, Bischof Armis.«

»Wurde nur ein einziger Kirchenmann eingeladen?«

»Aye, Gott sei Dank. Warum fragst du?«

»Irgendwie gewinne ich den Eindruck, er wäre überall zur gleichen Zeit.«

»Heute hat er's wohl nur auf dich abgesehen«, meinte Melissant lächelnd. »Der gute Bischof möchte sich vergewissern, daß du der heiligen Kirche angehörst und nicht dem heidnischen Islam.«

Was mochte er von den dunkel umrandeten Augen und dem kurzen Kleid halten? »Und wenn ich mich zum muslimischen Glauben bekennen würde?«

Sofort erstarb Melissants Lächeln. »So etwas darfst du nicht einmal denken. Das wäre Ketzerei. Hat deine Mutter dir nicht beigebracht, daß die christliche Kirche nur einen einzigen Glauben duldet – ihren eigenen?«

Sie sprach in so eindringlichem Ton, daß Alessandra erstaunt blinzelte. Gewiß, Sabine hatte die starre Haltung der Kirche erwähnt, aber nicht erläutert, welche Folgen es haben mochte, wenn man andere Götter anbetete. »Ich verstehe nicht . . .«

Hastig ergriff Melissant ihre Hand und führte sie von Bischof Armis weg. »Ich erklär's dir später.«

Nun kam ihnen ein Mann entgegen, der wie eine ältere, freundlichere Version von Agnes wirkte. »Würde ich's nicht mit eigenen Augen sehen, könnte ich's unmöglich glauben«, bemerkte er und starrte Alessandra an.

Trotz seines vorgeschrittenen Alters war er sehr

attraktiv, mit grauem Haar, das er kurz geschnitten trug, um die widerspenstigen Locken einigermaßen zu bändigen. Ein silbriger Bart schmückte sein Kinn, und als er lächelte, zog sich sein Schnurrbart nach oben.

»Onkel Keith!« rief Melissant, stellte sich auf die Zehenspitzen und küßte seine Wange.

Nur widerstrebend riß er seinen Blick von Alessandra los und musterte seine Nichte. »Seit ich zuletzt auf Corburry war, bist du gewachsen«, meinte er und zerzauste liebevoll ihr Haar.

»Oh, das fällt dir nur auf, weil du uns so selten besuchst.«

»Da muß ich dir recht geben. Aber wenn ich öfter käme, müßte ich die ständigen Versuche deiner Mutter ertragen, mich zu verkuppeln.«

»Aye«, bestätigte sie kichernd. »Immerhin würde ich mich köstlich amüsieren.«

»Auf meine Kosten«, murrte er.

»Wie geht es Großmutter und Großvater?«

»Vermutlich gut. Gerade waren sie in London, über einen Monat lang.«

»Am Hof?«

»Aye.« Angewidert rümpfte Melissant die Nase. »Wie langweilig! Weiß Mutter, daß du hier bist?«

»Soeben habe ich mit ihr gesprochen.«

»Zweifellos war sie bei deinem Anblick genauso überrascht wie ich. Jeder weiß doch, wie sehr du solche Festivitäten verabscheust.«

»Tatsächlich?«

Lächelnd wandte sie sich wieder zu Alessandra. »Wie du sicher schon erraten hast, ist das meine Halbschwester, Alessandra Bayard.«

»Catherines Tochter.« Höflich ergriff er Alessandras Hand. »Wenn ich's auch nicht für möglich gehalten hätte – du bist noch schöner als deine Mutter.« Seine Lippen streiften ihre Fingerknöchel.

»Also hast du sie gekannt?«

»Natürlich.« Keith lächelte wehmütig. »Hat sie nie von mir gesprochen?«

Alessandra runzelte nachdenklich die Stirn. War Agnes' Bruder jemals erwähnt worden? »Nein, soviel ich mich erinnere«, antwortete sie bedauernd.

»Nun, ich war einige Jahre älter als sie und nur selten daheim, weil ich zum Ritter ausgebildet wurde. Kein Wunder, daß sie mich vergessen hat.«

»Oh, ich . . .«

»Bitte, entschuldigt mich jetzt, Ladies«, unterbrach er sie. »Dort drüben sehe ich einen alten Freund, mit dem ich unbedingt reden muß.« Mit schnellen Schritten ging er davon und tauchte im Gedränge unter.

»Zu schade, daß er sich nicht mit einer Freundin unterhalten will«, seufzte Melissant.

»Ist er nicht verheiratet?«

»Nein, und er war's auch noch nie.«

»Warum nicht? Eigentlich müßte er eine gute Partie sein, nicht wahr.«

»Mutter erzählte mir, er hätte einmal eine Frau geliebt und an einen anderen verloren. Jetzt wartet er dummerweise auf eine neue große Liebe.«

Wehmütig überlegte Alessandra, ob auch sie unverheiratet durch den Rest ihres Lebens wandern würde, auf der Suche nach jener Liebe, die Lucien ihr verwehrte. Sollte sie alt und grau werden, ohne ihr Glück zu finden?

»Weine nicht um ihn!« mahnte Melissant, als sie Tränen in den Augen ihrer Schwester schimmern sah. »Onkel Keith ist sehr zufrieden mit seinem Schicksal.«

Rasch schluckte Alessandra die Tränen hinunter und brachte ein Lächeln zustande.

»Oh, das kannst du besser«, hänselte Melissant und bohrte ihr einen Finger zwischen die Rippen.

Da mußte Alessandra lachen. Sie ergriff Melissants Hand und ließ sich durch die Halle führen. Plötzlich stieß sie mit ihrer Schwester zusammen, die abrupt innehielt, und sah Lucien vor sich stehen – nur zwei Schritte entfernt.

War er es wirklich? In seiner eleganten Kleidung erschien er ihr fremd. Nichts erinnerte an den Mann, der sie aus Algier entführt hatte. Doch die Amethystaugen beseitigten alle Zweifel. Und sie betrachteten Alessandra genauso verächtlich wie an jenem Tag, wo sie ihre wahre Herkunft offenbart hatte. Aufmerksam musterte er sie, noch gründlicher als die anderen – vielleicht abgesehen von Bischof Armis.

An Bord der *Jezebel* hatte er ihr verboten, Kajal zu benutzen und den Rocksaum zu kürzen, mit der Begründung, das würde den englischen Sitten nicht entsprechen. Jetzt mußte sie ihm beipflichten.

Obwohl sich ihr Herz schmerzhaft zusammenkrampfte, lächelte sie, ließ Melissants Hand los und trat vor, um ihn zu begrüßen. Doch in diesem Augenblick wurde der Beginn des Banketts angekündigt.

Eifrig drängten sich die Leute zum großen Tisch. Alessandra wurde beiseite geschoben und prallte wieder gegen Melissant, die sie festhielt und vor einem Sturz bewahrte.

Inzwischen hatte sich Lucien in der Menge verloren.

»Das war er doch, nicht wahr?« wisperte Melissant ehrfürchtig.

Suchend schaute sich Alessandra um. »Ja. Aber wo ist er jetzt?«

»Wahrscheinlich hat er schon seinen Platz eingenommen. Und wir sollten uns auch setzen. Komm, wir werden an der Familientafel erwartet.«

294

Zu Alessandras Bestürzung war Bischof Armis ihr Tischnachbar. Nachdem er ein Gebet gesprochen hatte, ließ er sich nieder. Ohne den Kopf zu heben, wußte sie, daß er sie unentwegt beobachtete. Vermutlich lauschte er gespannt, als sie eine Frage des Ritters beantwortete, der an ihrer anderen Seite saß. Allein durch seine Gegenwart erweckte der Kirchenmann den Eindruck, alles zu sehen und alles zu hören. Seine Nähe erschien ihr unerträglich, und sie war verzweifelt, weil Lucien sie ignorierte.

Zwischen zwei vornehmen Ladies saß er an einem der Nebentische – angesichts der Familienfehde in respektablem Abstand von der großen Tafel. Vermutlich war es seit hundertfünfzig Jahren die erste Mahlzeit, die ein Bayard und ein de Gautier gemeinsam einnahmen.

Wieder einmal beklagte Alessandra die englische Sitte, die Frauen zwang, zusammen mit Männern zu speisen. Sie fand die Tischmanieren der Gentlemen abscheulich, was bedauerlicherweise auch für ihren Vater galt. Gierig stopften sie das Essen in sich hinein, sprachen mit vollem Mund, wischten sich das fettige Kinn mit dem Ärmel ab und rülpsten. Nun verstand sie besser denn je, warum die Haremsdamen ihre Mahlzeiten ohne die Männer genossen.

Um sich von Lucien abzulenken, begann sie eine Unterhaltung mit dem Ritter an ihrer Seite, Sir Rexalt. Er war ein humorvoller Mann, der oft und gern lachte. Ebenso häufig berührte er ihren Arm, doch die Geste wirkte harmlos.

Erst als James zwischen zwei Gängen aufstand, um auf de Gautiers Rückkehr in die Welt der Lebenden zu trinken, schaute Alessandra wieder zu Lucien hinüber und begegnete einem vorwurfsvollen Blick. Grollte er ihr, weil sie mit dem Ritter sprach?

»Liebe Freunde, ich heiße den Mann willkommen, der mir meine Tochter gebracht hat – Lucien de Gautier!« rief James und hob seinen Krug. »Auf unseren immerwährenden Frieden, den die ehelichen Bande zwischen den beiden Familien festigen sollen!«

Lucien blieb sitzen, während sich die anderen Männer erhoben – alle außer den beiden, die in seiner Nähe saßen.

Sind das seine Brüder, fragte sich Alessandra. Der jüngere sah ihm ähnlich, wenn er auch kleiner und nicht so kräftig gebaut war. Und der hübsche Bursche mußte Vincent sein. Melissant hatte von seiner Schönheit geschwärmt, und Alessandra verstand nicht, warum ihre Schwester das Scheitern der Verlobung so bereitwillig hinnahm.

Nun schaute sie wieder zu Lucien hinüber. Er lächelte schwach, aber sie spürte den Zorn, der hinter der höflichen Fassade schwelte. Was hatte er vor?

Hundert Kelche wurden hochgehalten, aber nur wenige fanden ihren Weg zu den durstigen Lippen.

Plötzlich sprang Lucien auf. »Auf die Rückerstattung meiner Ländereien – und erst dann auf den Frieden!« Unverwandt schaute er James an, während er seinen Weinbecher leerte und auf den Tisch schleuderte.

Drückende Stille erfüllte die Halle, bis James in gezwungenes Gelächter ausbrach. »Falls Ihr hofft, der Hochzeit zu entrinnen, wird Euch das eine Menge Geld kosten, Lucien.«

Wie jeder wußte, besaßen die de Gautiers nur wenig Geld, was sie Vincents Spielsucht verdankten.

»Das nehme ich viel lieber in Kauf als die Ehe mit einer Bayard«, erwiderte Lucien grinsend.

Ungläubig starrten die Männer ihn an, und die Frauen wandten sich voller Mitleid zu Melissant. Auch Alessandra betrachtete ihre Halbschwester, der das Blut in die Wangen stieg. Kerzengerade saß sie neben ihrem gaffenden Bruder. Ihre Lippen zitterten, durch einen Tränenschleier erwiderte sie den Blick des Mannes, der sie so schmählich beleidigt hatte.

Nun konnte Alessandra nicht länger schweigen. Entschlossen stand sie auf. »Mit dieser Meinung seid Ihr nicht allein, Lucien de Gautier!« fauchte sie, ohne zu bedenken, was die anderen von ihrem Temperamentsausbruch halten mochten.

»Nein?« fragte er gedehnt. »Und wie steht es mit Euch, Lady Alessandra? Würdet Ihr eine solche Ehe eingehen?«

»Niemals!« Obwohl ihr Herz dieses Wort Lügen strafte, fiel es ihr leicht, es diesem arroganten Mann ins Gesicht zu schleudern, der sie innerhalb weniger Wochen vergessen hatte.

Seine Augen verengten sich. Fast greifbar lagen die Spekulationen in der Luft, die man hinsichtlich der Beziehung zwischen de Gautier und Bayards heimgekehrter Tochter angestellt hatte. Melissant wurde nicht mehr beachtet. Gespannt warteten die Gäste ab, was nun geschehen würde.

Schließlich befriedigte James die allgemeine Neugier. »Das werden wir morgen beim Turnier regeln, Lucien«, stieß er zwischen zusammengebissenen Zähnen hervor.

»Glaubt Ihr, dazu seid Ihr imstande, alter Mann?«

James' Lippen verkniffen sich, aber er verlor nicht die Beherrschung. »Nun, ich stehe zur Verfügung. Darf ich mit Euch rechnen?«

»Nur aus diesem Grund besuche ich das Turnier.«

James leerte seinen Krug mit dem gläsernen Boden und setzte sich wieder. Auch die anderen Männer nahmen Platz. Ehe das Unbehagen nachließ, mußten Wein und Ale in Strömen fließen. Aber nicht einmal den

Gauklern und Tänzern, Minnesängern und Schauspielern gelang es, die alte Fröhlichkeit heraufzubeschwören.

Was würde der neue Morgen bringen, überlegte Alessandra, während sie eine Pantomime beobachtete. Frieden oder Blutvergießen? Sie schaute zu Lucien hinüber, der zwischen seinen Brüdern an einer Wand lehnte und die Darbietung ebenso desinteressiert verfolgte wie sie selbst. Offenbar spürte er ihren Blick, denn er wandte sich zu ihr, und sie trat entnervt in den Schatten zurück.

Wer würde am nächsten Tag den Sieg davontragen? Ihr Vater, den sie mit jedem Tag lieber gewann, oder der Mann, dem ihr Herz gehörte?

26

Ich kann Luciens Farben nirgends entdecken«, flüsterte Alessandra.

Die Stirn gerunzelt, stellte sich ihre Halbschwester auf die Zehenspitzen und spähte über die Köpfe der Ladies hinweg. Sie standen um einen Tisch herum, wo die Banner und glänzenden, mit Wappen geschmückten Helme der Turnierkämpfer ausgestellt wurden. »Da!« verkündete Melissant und zeigte auf die rotgoldene de Gautier-Fahne, die im Morgenwind flatterte.

»Ach ja – aber warum nehmen seine Sachen den letzten Platz ein?«

»Das fragst du, nach allem, was gestern geschehen ist?«

Dies war also die Strafe, die James seinem Gegner

zugedacht hatte. »Natürlich, ich verstehe«, seufzte Alessandra.

»Sieh doch! Sir Simeons Helm wird weggeräumt.«

Aufgeregt unterhielten sich die Frauen und versuchten zu ergründen, wieso man den reichverzierten Helm entfernte.

»Warum?« fragte Alessandra.

»Eine Lady hat ihn irgendeiner Missetat bezichtigt«, erklärte Melissant. »Und deshalb wurde er von der Turnierliste gestrichen.«

»Also darf er nicht an den Wettbewerben teilnehmen?«

»Nein, nur zuschauen. Aber diese Schmach wird er sich wahrscheinlich ersparen und verschwinden.«

Eine Zeitlang überlegte Alessandra, ob sie eine Anklage gegen Lucien vorbringen sollte, um ihn daran zu hindern, seinen privaten Zwist mit James in aller Öffentlichkeit auszutragen. Doch dann verwarf sie den Gedanken. Wenn sie einander nicht mit stumpfen Turnierwaffen bekämpften, würden sie woanders mit scharfen Klingen fechten und Blut vergießen.

Melissant drängte sich zwischen zwei älteren Ladies hindurch, um einen Platz direkt am Tisch zu ergattern, und zog auch Alessandra heran. »Sind die Helme nicht prächtig?« rief sie in kindlichem Entzücken.

Wortreich pries sie die einzelnen Verzierungen, aber ihre Schwester interessierte sich nur für den Helm mit dem rotgoldenen Federbusch, den Lucien bald tragen würde.

Während die Frauen zu den Pavillons schlenderten, um die Eröffnungszeremonie mit anzusehen, nutzte sie die Gelegenheit, raffte ihre Röcke (nach den Erfahrungen des Vortags hatte sie beschlossen, den Saum dieses Kleides nicht zu kürzen und auf ihre Kosmetika zu verzichten) und trat näher zu Luciens Helm. Weil sie sich unbeobachtet glaubte, strich sie über das glänzende Metall, das sich erstaunlich warm anfühlte. Verwundert blickte sie zum Himmel hinauf und bemerkte erst jetzt, daß die Morgensonne zwischen den grauen Wolken hervorgekommen war. Endlich! Nun gefiel ihr England gleich viel besser.

»Sicher wird er Euren Vater besiegen.«

Sie drehte sich um und starrte in strahlend blaue, von dichten Wimpern umgebene Augen. Vincent de Gautier. »Sprecht Ihr mit mir?«

»Aye.«

»Warum?«

Sein Lächeln war genau so charmant, wie Melissant es beschrieben hatte. »Aus reiner Neugier. Mein Bruder hat sich sehr verändert, seit er nach Frankreich abgereist ist. Jetzt erkenne ich den Grund.«

Wollte er andeuten, sie habe diese Veränderung bewirkt? Das war wohl reichlich übertrieben. Wenn sie Luciens Leben irgendwie beeinflußt hatte, dann nur kurzfristig, ohne nachhaltige Konsequenzen. Das bezeugte sein wochenlanges Schweigen und sein Benehmen am vergangenen Abend. »Um eine Erklärung zu finden, müßt Ihr andere Ursachen erforschen, Sir Vincent, insbesondere den Krieg auf französischem Boden und die qualvolle Sklaverei.«

Jetzt erlosch sein Lächeln. »Das meine ich nicht. Was diese Erlebnisse hervorgerufen haben, verstehe ich längst.«

»Das bezweifle ich.«

Ehe er antworten konnte, gesellte sich Melissant zu Alessandra. »Oh, Ihr seid es, Sir Vincent.« Hätte sie ihn geohrfeigt, wäre ihre Verachtung nicht offensichtlicher gewesen.

»Lady Melissant!« Höflich verneigte er sich. Obwohl sie mißbilligend die Lippen zusammenpreßte, mußte

300

ihn ihr Verhalten amüsieren, denn sein Lächeln kehrte zurück. »Wenn ich mich empfehlen darf, Ladies . . .« Nach einer weiteren Verbeugung ging er davon.

Mit schmalen Augen starrte Melissant ihm nach, bis er in der Menge verschwand. »Schurke!« murmelte sie.

»Du scheinst ihn nicht zu mögen.«

»Glaub mir, das ist noch milde ausgedrückt. Ein Glück, daß ich diesen Weiberhelden nicht heiraten muß! Es gibt also doch noch einen Gott im Himmel!«

»Und du redest von Ketzerei«, spottete Alessandra.

Angewidert rümpfte Melissant die Nase. »Es ist doch wahr! Einen schlechteren Ehemann könnte ich mir gar nicht vorstellen.«

Dieses Thema schnitt sie normalerweise nicht an, und das erregte Alessandras Neugier, vor allem, weil sie wußte, wie sehr sich Melissant für schöne Männer begeisterte. »Du findest ihn doch attraktiv?«

Melissant zupfte an einer goldgelben Feder, die aus Luciens Helm ragte, und zuckte die Achseln. »Sicher, er sieht gut aus. Aber er ist verantwortungslos und untreu. Sein einziger Vorzug ist diese hübsche Larve, wegen der sich die Frauen überschlagen. Jedenfalls werde ich mit Gottes Hilfe einen Mann heiraten, der sein Geld zusammenhält und nur *mein* Bett teilt.«

Aye, mit Gottes Hilfe. Alessandra fand das christliche Gesetz der Monogamie wundervoll, im Gegensatz zum Islam, der einem Mann mehrere Gemahlinnen gestattete. Inzwischen hatte sie allerdings festgestellt, daß es auch in England gewisse Gentlemen gab, die sich nicht nur mit ihren Ehefrauen vergnügten. Diese Heuchler . . . »In einem Harem würdest du dich bestimmt nicht wohl fühlen«, bemerkte sie und erinnerte sich an Melissants Interesse an jenem exotischen Ort.

»Dann muß ich eben in England bleiben.«

»Macht Euch bereit, Turnierkämpfer!« rief ein un-

sichtbarer Herold, der zwischen den Zelten hindurch-
rannte, um die Aufmerksamkeit der Ritter zu erregen.

Melissant ergriff den Arm ihrer Schwester und zog
sie in die Richtung der Pavillons.

»Einen Augenblick noch!« Alessandra riß sich los und
kehrte zu Luciens Helm zurück. Obwohl es ihr nach
den Ereignissen beim Bankett albern erschien – sie
konnte nicht anders. Rasch machte sie ein Kreuzzei-
chen über dem Visier. Ihr Körper schirmte die Geste
ab.

»Was hast du getan?« fragte Melissant.

»Nichts. Gehen wir zu den Pavillons?«

Seufzend schnitt Melissant eine Grimasse. »Du bist
wirklich sonderbar.«

»Ja, zweifellos . . .«

Weil ihr nichts anderes übrigblieb, akzeptierte Melissant die ausweichende Antwort und zeigte zu den
Pavillons hinüber, die schon fast besetzt waren. »Wir
sind spät dran. Komm jetzt, wir dürfen meine Mutter
nicht ärgern.«

Zu Alessandras Enttäuschung nahmen sie nicht bei
den anderen Ladies Platz, sondern im mittleren Pavillon, der für die Familie Bayard und einige hochrangi-
ge Gäste reserviert war. Dazu gehörte unglücklicherweise Bischof Armis, der sie unentwegt anstarrte. Auch
Agnes, die ein falsches Lächeln zur Schau trug, beobachtete die Stieftochter mit Argusaugen.

Nun begann die Parade, angeführt von James, dem
Veranstalter des Turniers. Im leuchtenden Bayard-Blau
ritt er vor vier Feldmarschällen, älteren Rittern, die den
Wettstreit beaufsichtigen sollten. Danach folgten die
Herolde. Lautstark feuerten sie die Kämpfer an. Hinter ihnen zogen die Ritter in Zweierreihen vorbei, von
den jeweiligen Fahnenträgern gekennzeichnet. Sie saßen auf Schlachtrössern mit kostbaren Schabracken, hell

funkelten die Rüstungen und langen Sporen im Sonnenlicht.

Als der erste Ritter die Runde um den Turnierplatz beendete, den ein Holzzaun einfriedete, begann er zu singen. Bald stimmten die anderen Turnierteilnehmer und die Zuschauer in das fröhliche Lied ein. Alessandra hörte verwirrt zu.

Und dann geschah etwas Seltsames. Verheiratete und unverheiratete Ladies legten Haarbänder, Handschuhe, Strümpfe oder Gürtel ab, manche rissen sogar Ärmel von ihren Kleidern. Als sie sich zu Melissant wandte, um zu fragen, was das bedeutete, sah sie, wie die Schwester einen Strumpf auszog. Nein, alle beide!

Während die Wettkämpfer vor den Pavillons ihre tänzelnden Pferde im Zaum hielten, beugten sich kühne Damen vor und schlangen ihre Sachen um die dargereichten Lanzenspitzen. Nicht einmal die würdevolle Agnes bildete eine Ausnahme.

»Überleg dir gut, wem du deine Gunst schenken willst, Alessandra«, mahnte Melissant. »Sonst handelst du dir einen Verehrer ein, den du nicht magst.«

Alessandra sah, daß Onkel Keith enthusiastisch mit mehreren Pfändern bedacht wurde. »Ist es das, was die Ladies tun? Sie verschenken ihre Gunst?«

»Aye, und ich will ihnen nicht nachstehen.« Stolz hielt Melissant ihre Strümpfe hoch.

»Und wen willst du beglücken?«

»Hm . . .« Kokett klimperte Melissant mit den Wimpern und legte eine Fingerspitze an die Lippen. »Der jüngste de Gautier ist sehr nett, nicht wahr?«

Jervais? »Nimmt der auch am Turnier teil?«

»Natürlich.«

»Und Vincent?«

»Wahrscheinlich ist er viel zu sehr mit seinen Freu

denmädchen beschäftigt, um zu beweisen, daß er ein Mann ist.«

»Freudenmädchen?«

»Oh, Alessandra, du mußt noch viel lernen. Siehst du die Frau da drüben mit den hochgerafften Röcken?« Melissant zeigte zu den Zelten der Ritter hinüber, dann flüsterte sie in Alessandras Ohr: »Für eine einzige Münze dient sie einem Mann und schenkt ihm, was er von einer Lady niemals verlangen dürfte.«

»Wirklich?«

»Glaubst du etwa, ich lüge dich an?« Melissant lehnte sich in ihrem Sessel zurück und lächelte schelmisch. »Und nun verrate mir, welchem Ritter du deine Gunst gewähren möchtest. Vielleicht Lucien de Gautier?«

»Niemals!« fauchte Alessandra.

»Vater sagt, dieses Wort sollte man *niemals* benutzen.«

Seufzend faltete Alessandra die Hände im Schoß und beobachtete die farbenfrohe Ritterschar. »Sicher würde Lucien lieber den Strumpf eines Freudenmädchens um seine Lanze wickeln als das Pfand einer Bayard.«

»Irgend jemanden mußt du wählen. Ich hätte dir Sir Simeon empfohlen, aber er wurde vom Turnier ausgeschlossen.« Nachdem Melissant kurz nachgedacht hatte, leuchteten ihre Augen auf. »Sir Rexalt wäre ideal.«

Alessandra erinnerte sich an den freundlichen Ritter, der beim Bankett neben ihr gesessen hatte. Wenn er auch kein besonders imposanter Mann und sogar kleiner war als sie, so besaß er doch ein liebenswertes Wesen. »Aye, Sir Rexalt soll meine Gunst genießen.«

»Am besten gibst du ihm dein Haarband«, schlug Melissant vor.

»Nicht meinen Ärmel?«

»Nur wenn du dein Kleid ruinieren willst«, erwiderte Melissant kichernd. »Und dann würde der arme Ritter denken, du hättest ernste Absichten.«

»Um Himmels willen!« Alessandra begann den Zopf aufzulösen, in den sie ein rotes Band geflochten hatte.

Plötzlich sprang Melissant auf und schwenkte ihre Strümpfe. »Sir John!« rief sie einem Ritter zu. »Kommt hierher!«

Grinsend lenkte er sein Pferd zum Pavillon.

»Und was soll aus Sir Jervais werden?« fragte Alessandra.

»Ich habe doch zwei Strümpfe, oder?«

Belustigt schaute Alessandra zu, als ihre Schwester einen Strumpf um Sir Johns Lanze schlang.

»Es ist mir eine große Ehre, Lady.« Ehrfürchtig neigte er den Kopf, ritt davon, und Melissant sank errötend in ihren Sessel zurück.

An der Prozession beteiligten sich mindestens sechzig Ritter. Endlich entdeckte Alessandra am Ende des langen Zuges den Mann, nach dem sie die ganze Zeit Ausschau gehalten hatte. Lucien saß auf einem kräftig gebauten Streitroß, sein rotgoldenes Wappen zierte die Schabracke. Das Visier seines Helms hochgeklappt, schaute er zu den Pavillons herüber, ohne ihr einen einzigen Blick zu gönnen. Heißer Zorn erfaßte sie.

Wie beharrlich er sie ignorierte . . . Wegen seiner unseligen Rache vergaß er alles, was zwischen ihnen geschehen war. Nun würde sie ihr Haarband um so freudiger an Sir Rexalts Lanze heften.

»Oh, das kann ich kaum glauben!« unterbrach Melissant ihre Gedanken.

»Was?«

»Sieh doch!« Sie zeigte zu Lucien hinüber. »Auch Sir Vincent nimmt an den Wettkämpfen teil.«

Tatsächlich. Alessandra hatte nur Lucien beobachtet, und so bemerkte sie erst jetzt seine beiden Brüder, die geduldig hinter ihm warteten. »Vielleicht hast du den jungen Vincent zu streng beurteilt.«

»Wohl kaum.«

Nicht zum erstenmal fragte sich Alessandra, ob sie Lucien zu Unrecht grollte. Immerhin war seine Wut verständlich. Als Erbe reicher Ländereien hatte er England verlassen und bei seiner Rückkehr nur noch einen geringen Teil des Grundbesitzes vorgefunden, was er den Aktivitäten seines Bruders und James Bayards verdankte. Aber warum zürnte er *ihr*?

Nun hob er die Lanze, spornte das Schlachtroß an und folgte seinem Bannerträger. Vincent und Jervais ritten hinter ihm her. Obwohl man keineswegs zu Ruhm und Ehren gelangte, wenn man das Ende der Prozession bildete, wuchs die Begeisterung der Ladies, als die de Gautiers herankamen. Entzückt jubelten sie den drei Rittern zu.

»Angeblich sind sie hartgesottene Kämpfer«, erklärte Melissant. »Das heißt Lucien und Jervais. Bevor Lucien nach Frankreich ging, war er bei den Damen sehr beliebt.«

»Hast du das mit eigenen Augen beobachtet?« fragte Alessandra eifersüchtig.

»Nein. Außerhalb des Schlachtfelds treffen sich die Bayards und die de Gautiers nur selten.«

Und jetzt will Lucien das Turnier als sein privates Schlachtfeld nutzen, dachte Alessandra unglücklich.

Weil sie ihn nicht aus den Augen ließ, wäre Sir Rexalt unbemerkt vorbeigeritten, hätte Melissant ihr nicht den Ellbogen zwischen die Rippen gestoßen. Hastig stand sie auf, schwenkte das Band und winkte ihm zu.

»Lady Alessandra!« begrüßte er sie und senkte seine Lanze. »Besten Dank für Eure Aufmerksamkeit.«

Während sie das Band unter dem Ärmel und dem Gürtel zweier anderer Ladies befestigte, spürte sie Luciens durchdringenden Blick. Sorgfältig verknotete sie eine Schleife. Was kümmerte es ihn, wem sie ihre Gunst schenkte? Er selbst wollte doch nichts davon wissen.

Triumphierend schwenkte Sir Rexalt seine Lanze und ritt weiter. Alessandra schaute zu Lucien hinüber, der seine Runde soeben beendete. Las sie nur Zorn in seinen Augen? Oder auch Eifersucht? Nun ritt er zum ersten Pavillon, wo ihn eifrige Ladies erwarteten. Als er sie verließ, hing ein halbes Dutzend Pfänder an seiner Lanze.

Wenig später zügelte er sein Pferd vor dem Pavillon der Bayards, doch er senkte die Lanze nicht, obwohl ihm die Dame zuwinkte, die neben Agnes saß. Statt dessen starrte er Alessandra an, und ringsum verstummte das Stimmengewirr.

Ohne zu merken, daß sie im Mittelpunkt der Aufmerksamkeit stand, erwiderte sie seinen Blick. Plötzlich fand sie ihn beinahe schön, trotz seiner eisigen Miene und der halbmondförmigen Narbe.

Wenn er sie nur ein bißchen ermutigte, würde sie nur zu gern beide Ärmel von ihrem Kleid reißen und an seine Lanze heften ... Sie lächelte ihn zaghaft an. Doch er wandte sich rasch ab und ritt weiter. Niedergeschlagen setzte sie sich wieder auf ihren Stuhl und beobachtete, wie Lucien vor den nächsten Pavillons zahlreiche Gunstbeweise einsammelte.

Auch seine Brüder hielten vor dem mittleren Pavillon. Melissant sah Vincent kein einziges Mal an, während sie ihren Strumpf an Jervais' Lanze befestigte.

Obwohl Vincent keineswegs über mangelnde Pfänder klagen konnte, verhehlte er seine Enttäuschung nicht.

»Hast du's gesehen, Alessandra?« wisperte Melissant, als die de Gautiers weiterritten. »Mutter hätte meinen Strumpf am liebsten von Jervais' Lanze gerissen.«

»Mag sie ihn nicht?« fragte Alessandra.

»Oh, sie kennt ihn gar nicht.«

»Was hat sie dann gegen ihn einzuwenden?«

»Er ist kein Erbe. Für sie kommt nur ein Erbe als Schwiegersohn in Frage.«

Und der de-Gautier-Erbe hieß Lucien. Allerdings hatte er unmißverständlich erklärt, er würde keine Bayard heiraten, nicht einmal für den Preis seiner Ländereien.

Von lebhaftem Beifall begrüßt, gab der Herold den Beginn des Turniers bekannt. »Wer kämpfen will, der trete vor!« Trompeten ertönten, und mehrere Damen warfen Bänder, die der Aufmerksamkeit dieses oder jenes Ritters entgangen waren, auf den Sandplatz.

Als sich die beiden ersten Streiter präsentierten, ging ein Raunen durch das Publikum. Alessandra beobachtete, wie Lucien und James – hoch aufgerichtet in den Sätteln ihrer Schlachtrösser – von den Knappen auf den Platz geführt wurden. Für einen Augenblick drohte ihr Herz stillzustehen, und sie rang angstvoll nach Atem. Nach den Ereignissen des vergangenen Abends war es zweifellos angemessen, wenn diese Gegner das Turnier eröffneten. Doch es verhieß nichts Gutes.

Bald standen die Pferde einander gegenüber, durch die breite Sandfläche getrennt. Lucien und James klappten die Visiere herunter und bereiteten sich auf den Wettstreit vor. Dann nickten die Knappen dem ersten Marschall zu, der eine Hand hob und rief: »Im Namen Gottes und König Henrys – kämpft!«

Begeistert sprangen die Zuschauer auf und feuerten die Ritter an, die aufeinander zugaloppierten. Staubwolken wirbelten empor, die Erde zitterte.

Nur Alessandra blieb sitzen, weil sie fürchtete, ihre Beine würden sie nicht tragen. Bedrückt faltete sie die Hände im Schoß und schickte ein stummes Gebet zum

Himmel. Tief über die Pferdehälse gebeugt, schwangen die Kämpfer ihre Lanzen und Schilde hoch.

Donnernder Lärm begleitete den ersten Zusammenprall, Holz splitterte, Metall klirrte, und Alessandra hielt sich beide Ohren zu. Verwirrt starrte sie die zerbrochenen Lanzen und zerkratzten Schilde an, die beide Reiter unter dem Jubel ihrer Zuschauer umher schwenkten.

Obwohl Melissant ihr den Ablauf des Turniers erklärt hatte, traute sie ihren Augen nicht. Welch ein gräßliches, primitives Spektakel.

Lucien und James wendeten ihre Hengste und kehrten zu den Ausgangspositionen zurück, wo ihnen die Knappen neue Lanzen überreichten. Wieder stürmten sie einander entgegen, die Lanzen barsten, Holzspäne lösten sich aus den Schilden und flogen umher.

Nachdem jeder Ritter drei Lanzen zerbrochen hatte, wäre es an der Zeit gewesen, den Kampf für unentschieden zu erklären. Doch sie erprobten neue Waffen und galoppierten ein viertes Mal aufeinander zu. Kurz vor der Begegnung neigte sich James zur Seite, verfehlte sein Ziel, und Luciens Lanze traf den Schild seines Widersachers mit voller Wucht. Aus dem Sattel geworfen, landete James am Boden und entging mit knapper Not den Hufen seines Schlachtrosses. Melissants Schreckensschrei wurde von frenetischem Beifall übertönt.

Allmächtiger, betete Alessandra, mach diesem Wahnsinn ein Ende, damit ich durch den Garten wandern oder meine Nase in ein langweiliges Buch stecken kann, alles, nur das nicht! Wie ist das nur möglich? Zwei erwachsene Männer, die sich wie wilde Tiere aufführen.

Melissant wandte sich zu ihr. »Jetzt muß Vater seinem Gegner ein Lösegeld für das Pferd und die Rüstung zahlen.«

»Warum?«

»Das ist der Lohn des Siegers.«

Als die beiden Schwestern wieder auf den Platz schauten, war James aufgestanden. Grauer Staub trübte den Glanz seiner Rüstung. Wortlos forderte er Lucien heraus, indem er sein Schwert zückte.

Da sprang Alessandra erschrocken auf. »Ist es denn noch nicht vorbei?«

»Offensichtlich nicht«, erwiderte Melissant und kaute nervös an ihrem Daumennagel.

»Erst das Lösegeld!« rief Lucien und klappte sein Visier hoch.

In angespanntem Schweigen wartete das Publikum auf James' Antwort. »Was verlangt Ihr?«

»Die de-Gautier-Ländereien.«

Auch James öffnete sein Visier. »Den Preis dafür kennt Ihr, mein Junge. Bei diesem Turnier könnt Ihr das Land nicht gewinnen.«

Lucien schaute zu Alessandra und ihrer Halbschwester hinüber. »Ebensowenig werde ich's zurückerobern, indem ich eine Bayard heirate.« Zum Teufel mit der Sonne, die ihr rotes Haar beleuchtete und ihn an glücklichere Stunden erinnerte – zum Teufel mit seiner Eifersucht auf diesen albernen Rexalt . . .

»Dies war die letzte Beleidigung aus Eurem Mund!« schrie James und hob sein funkelndes Schwert. »Steigt ab, Bastard!«

Gemächlich ließ Lucien sein Streitroß tänzeln. »Wenn ich den geforderten Preis erhalte . . .«

James brach in heiseres Gelächter aus. »O nein, die Ländereien gehören mir. Nur zu meinen Bedingungen könnte Ihr sie wieder in Besitz nehmen.«

»Und ich fechte nur mit Euch, wenn Ihr auf *meine* Bedingungen eingeht. Falls ich siege, verkauft Ihr mir das Land zu dem Preis, den Ihr dafür bezahlt habt.

Sollte ich verlieren . . .« Er warf wieder einen Blick zu den Pavillons hinüber. ». . . Bin ich bereit, den Frieden mit ehelichen Banden zu sichern.«

Wie diese Worte in seiner Kehle brannten!

Nur leere Worte, tröstete er sich. Niemals wird es geschehen. Während der letzten Wochen hatte er unermüdlich exerziert, um sich auf das Turnier vorzubereiten. Und wenn sein Schwertarm unverletzt blieb, brauchte er die demütigende Heirat nicht zu fürchten. Natürlich würde er James Bayard übertrumpfen – und alle anderen, deren Lösegelder er benötigte, um die geforderte Summe aufzubringen.

Als James zögerte, lächelte Lucien und zog sein Schwert aus der Scheide. »Vor meiner Waffe muß Euch nicht bangen, Lord Bayard. Ihr seht – die Klinge ist so stumpf, wie es den Regeln des Turniers entspricht. Also werde ich nur wenige Blutstropfen vergießen, wenn ich Euch angreife. Außerdem will ich Rücksicht auf Eure Jahre nehmen und sanft mit Euch umgehen.«

Wieder schwang James sein Schwert empor. »Auf dieser Welt gibt es kein Schwert, das mir Angst einjagt!« schrie er, zutiefst in seinem Stolz verletzt.

Seelenruhig schob Lucien seine Waffe wieder in die Scheide. »*Mein* Schwert scheint Ihr zu fürchten, sonst würdet Ihr Eurem trauen, um die Ländereien zu verteidigen. Vielleicht ist Euer Arm vom Alter geschwächt?«

James' innerer Kampf dauerte nicht lange. Dann schleuderte er sein Turnierschwert in den Sand und befahl seinem Knappen: »Gib mir ein Schwert, das die Brust dieses Bastards durchbohren kann!«

Nun begann Luciens Herz schneller zu schlagen. »Zu meinen Bedingungen, Bayard?«

»Aye, bald wird Euer Blut fließen!« fauchte James.

Triumphierend rief auch Lucien nach einem scharf

geschliffenen Schwert. Von der jubelnden Menge angefeuert, sprang er aus dem Sattel und schlug auf die Kruppe seines Schlachtrosses, das gehorsam davontrabte.

In wachsender Panik wandte sich Alessandra zu ihrer Schwester. »Ich dachte, auf Turnieren sind richtige Waffen verboten.«

»Ja, das stimmt.« Melissants Augen spiegelten Alessandras Angst wider. »Und die Kirche müßte Einspruch erheben.«

Beide starrten Bischof Armis an, der die Ereignisse interessiert verfolgte, ohne die geringste Sorge zu zeigen. Eifrig beugte er sich vor und betrachtete die Kämpfer mit einem Wohlgefallen, den ein hübsches Mädchen in einem weltlichen Mann erregen mochte.

Alessandra war entsetzt über den Blutdurst, der das ganze Publikum zu erfassen schien, sogar die Ladies.

»Wollen wir die Rüstungen ablegen?« schlug James vor. »Den Brustpanzer ausgenommen.«

Lucien nickte und strich mit einer Fingerspitze über die scharfe Schneide seines Schwerts. »Wenn Ihr einverstanden seid, können wir auch auf den Brustpanzer verzichten.«

»Nein, das sollten wir den empfindsamen weiblichen Gemütern nicht zumuten.«

Gleichmütig zuckte Lucien die Achseln. »Ganz, wie es Euch beliebt.«

Nun begannen die Knappen, ihre Ritter von den Rüstungen zu befreien, Stück um Stück. In ihrer Verzweiflung wandte sich Alessandra wieder zu Bischof Armis, der erwartungsvoll lächelte. Sie wollte zu ihm gehen, aber Melissant hielt ihren Arm fest. »Was hast du vor?«

»Ich möchte mit dem Bischof reden. Als Vertreter der Kirche kann er diesen Wahnsinn nicht gestatten.«

Entschieden schüttelte Melissant den Kopf. »Schau ihn doch an! Er genießt das Schauspiel in vollen Zügen, und wenn du ihn störst, würdest du ihn erzürnen.«

»Aber wenn ich nicht mit ihm spreche, wer dann?«

»Niemand. Solche Turniere gehören zur englischen Lebensart. Daran wirst du nichts ändern.«

Beklommen biß Alessandra in ihre Lippen und blickte wieder zum Turnierplatz. Die Knappen trugen die Rüstungen davon, nur die Brustpanzer schützten James und Lucien.

»Oh, diese Narren!« flüsterte sie.

Der erste Marschall forderte die Gegner auf, in Stellung zu gehen. »Kämpft – für die Ehre eurer Ahnen!«

Wie durch einen Schleier sah Alessandra die beiden Männer fechten, hörte die Schwerter klirren. Wann immer die Klingen aufeinanderprallten, zuckte sie zusammen.

Lucien war größer und kräftiger gebaut, doch das glich James durch die Erfahrungen aus, die er auf vielen Schlachtfeldern gesammelt hatte. Trotzdem erzielte Lucien den ersten Treffer und durchbohrte den Ärmel von James' Kettenhemd, der sich blutrot färbte.

Umtost vom Geschrei des Publikums, fluchte James und wich zurück. Dann hob er sein Schwert und sprang wieder vor. »Das ist alles, was ihr jemals von einem Bayard bekommen werdet, de Gautier!«

Doch er täuschte sich. Luciens Schwert schlug eine Delle in James' Brustpanzer, vernachlässigte aber seine Deckung. Sofort nutzte der Gegner seinen Vorteil und stieß seine Waffe in Luciens ungeschützten Schenkel.

Blut verdunkelte Luciens Hose, doch er ignorierte seinen Schmerz. Pausenlos griff er an, mit einem ge-

waltigen Hieb schleuderte er den Schild aus James'
Hand.

Nun war Bayards Schicksal so gut wie besiegelt – was
er nicht zur Kenntnis nahm.

Eine neue Attacke verwundete Luciens Arm. Unentwegt floß das Blut beider Ritter. Der Jubel des begei-
sterten Publikums stürmte auf Alessandra ein, bis sie
kaum noch atmen konnte. Die Zähne zusammengebissen, erinnerte sie sich an alle Gebete, die sie jemals gelernt hatte. Sie merkte nicht, daß Tränen über ihre Wangen strömten.

Immer wieder wechselte der Schauplatz des Ge-
fechts. Schließlich kämpften die beiden Männer direkt
vor dem mittleren Pavillon, und Alessandra wich
schwankend zurück, als das Blut des Vaters auf ihr
Kleid spritzte. Auch die anderen wurden besprüht.
Ungläubig starrte sie auf die roten Flecken hinab.
»Nein!« rief sie. »Das muß ein Ende nehmen!« Sie schob
sich an Melissant vorbei, die wie betäubt dastand, und
trat vor den Bischof. »So kann es nicht weitergehen!«
schrie sie ihn an, ohne das Aufsehen zu beachten, das
sie erregte.

Ärgerlich hob er eine Hand. »Mein Kind, Ihr versperrt mir die Sicht.«

»Die Sicht?« wiederholte sie und traute ihren Ohren
nicht. Wütend breitete sie die Arme aus, so daß er noch
weniger sah. »Hat die Kirche nicht ein Gesetz erlassen,
das den Gebrauch scharf geschliffener Turnierwaffen
untersagt?«

Seine Nasenflügel blähten sich. »Entfernt Euch!«
befahl er.

Unbeirrt hielt sie die Stellung, doch dann wurde sie
von Agnes beiseite gezogen. »Misch dich nicht in die
Angelegenheiten der Männer ein, Alessandra! Setz
dich, oder du mußt ins Schloß zurückkehren.«

314

»O nein! Dieses Turnier widerspricht allen Regeln . . .«

»Inzwischen ist es kein Turnier mehr, sondern ein Rachefeldzug – seit Jahren überfällig!«

»So kann man die Probleme nicht lösen!« fauchte Alessandra und riß sich los. »Nicht mit Blut!«

»Doch – mit Blut! So viel Blut eben fließen muß, bis der elende de Gautier in die Knie gezwungen wird!«

Fassungslos starrte Alessandra in Agnes' verzerrtes Gesicht. So viel Haß, so viel unversöhnlicher Zorn . . . Großer Gott, und ihre Mutter hatte sie in die angebliche Heimat geschickt – in dieses Land, wo eine Ehefrau ungerührt zuschaute, wie ihr Mann auf Leben und Tod kämpfte.

Alessandra richtete sich zu ihrer vollen Größe auf. »Wirklich, du bist eine armselige Christin.« Obwohl sie wußte, daß alle Anwesenden interessiert lauschten, senkte sie ihre Stimme nicht, wandte sich zu Bischof Armis und hielt seinem gebieterischen Blick stand. »Und Ihr seid ein erbärmlicher Priester.«

Noch bevor sie den Schmerz spürte, hörte sie die schallende Ohrfeige. Entsetzt berührte sie ihre Wange, die wie Feuer brannte, von Agnes' Hand getroffen.

Seltsam – das Gesicht ihrer Stiefmutter erinnerte sie an ein anderes, das keine Emotionen gezeigt hatte, als Sabine gestorben war. Wie glücklich wäre jene Frau gewesen, hätte Alessandra das Gift geschluckt.

Verwirrt blinzelte sie, um das Bild der Gestalt zu verscheuchen, die ihr viel vertrauter war als Agnes. Doch es kehrte beharrlich zurück, entführte sie in eine Vergangenheit, die sie seit Monaten für begraben hielt. Wider ihr besseres Wissen – unfähig, dem herausfordernden Trug zu entfliehen, stürzte sie sich auf die Frau, die ihr Leilas Gesicht zeigte.

Obwohl Agnes' Schreckensschrei ganz anders klang

315

als die Stimme der Mörderin, kannte Alessandra nur einen einzigen Gedanken – diese Teufelin mußte für Sabines Tod büßen.

Krachend fiel ein Stuhl um, beide Frauen wälzten sich am Boden des Pavillons. Mit aller Kraft schlang Alessandra ihre Finger um Leilas Hals, spürte den hektischen Puls des Blutes, das bald nicht mehr fließen würde.

Aber es war nicht Leilas Gesicht, das sie in wilder Panik anstarrte. Durch einen roten Nebelschleier erkannte sie ihre Stiefmutter, und ihre Hände erschlafften.

Plötzlich wurde sie an den Armen gepackt, nach hinten gerissen und emporgezogen. Sie blinzelte, als würde sie aus einem Traum erwachen, schaute über die Schulter in Luciens Amethystaugen. Wie kam er hierher? Und der Kampf gegen ihren Vater? Sie drehte sich zu ihm um, versuchte zu begreifen, was soeben geschehen war.

»O Gott, ich dachte, Leila . . .« Benommen schüttelte sie den Kopf, dann preßte sie ihre Wange an das warme Metall seines Brustpanzers. Da nahm er sie in die Arme, und sie war zum erstenmal seit Wochen glücklich.

Doch dann drang die Stimme des Vaters in den Hafen ihrer Geborgenheit, vermischt mit Agnes' schrillem Geschrei, den arroganten Forderungen des Bischofs, dem Geschwätz der aufgeregten Menge. Entschlossen klammerte sie sich an Lucien, wollte nicht an den Augenblick denken, wo man sie trennen würde. Noch nicht.

»Sei still, Agnes!« befahl James.

Erst nachdem seine Frau erneut behauptet hatte, sie sei völlig grundlos von Alessandra angegriffen worden, verstummte sie. Nun ergriff Bischof Armis wieder das

Wort und verkündete, die »Ungläubige« habe Agnes und ihn selbst beleidigt und die Ohrfeige verdient.

»Bischof, ich versichere Euch, Alessandra ist eine Christin.« Obwohl es ihm schwerfiel, schlug James einen ehrfürchtigen Ton an. »Ihre Mutter erzog sie in unserem Glauben, und der Islam bedeutet ihr nichts. Aber sie fühlt sich noch fremd in England. Mit der Zeit wird sie sich eingewöhnen und unsere Regeln beachten lernen. Und nun möchte ich mich für ihr Benehmen entschuldigen.«

Erbost wollte Alessandra protestieren, aber Lucien flüsterte ihr zu: »Halt den Mund!«

»Also glaubt Ihr, der Islam hätte nicht auf sie abgefärbt?« fragte der Bischof. »Da bin ich nicht so sicher. Vielleicht sollten wir sie ins Verhör nehmen und uns Gewißheit verschaffen.«

Alessandra spürte, wie sich Lucien versteifte.

»Verehrter Bischof, ich verbürge mich für die Reinheit ihres Herzens«, erwiderte James. »Jeden Morgen besucht sie die heilige Messe, und sie betet nur zu unserem Gott. Sie kennt die Bibel, weiß viel prägnante Verse zu zitieren und . . .«

»Trotzdem zeigt sie ihren Körper wie ein gemeine Hure, bemalt ihre Lider mit teuflischem Schwarz, zeigt keinen Respekt vor der Geistlichkeit. Und soeben ist sie über Eure gute Gemahlin hergefallen.«

»Falls Ihr das Kleid meint, das Alessandra gestern trug – nur wegen eines bedauerlichen Mißgeschicks hatte sie den Rock nicht richtig gesäumt. Als der Fehler bemerkt wurde, war es zu spät, um ihn zu korrigieren. Was die Kosmetika betrifft, so weiß sie inzwischen, daß sie dergleichen nicht verwenden darf. Alles andere wird sie noch lernen.«

Der Bischof antwortete erst nach einer langen, bedeutungsvollen Pause: »Offensichtlich nennt Ihr die

Sünden Eurer Tochter trivial – obwohl sie in den Armen eines Mannes liegt, mit dem sie nicht verheiratet ist.«

»Nur weil sie Angst hat, Bischof Armis. Dies ist ihr erstes Turnier, und es hat sie zweifellos schockiert.«

»Leider scheint Ihr den Ernst der Lage nicht zu verstehen, Bayard«, tadelte Armis. »Man könnte das Mädchen der Ketzerei beschuldigen und . . .«

Energisch fiel Lucien ihm ins Wort. »Ich glaube, es bestürzt Euch ebenso wie Lady Alessandra, auf einem Turnierfeld Blut fließen zu sehen – obwohl die Kirche scharf geschliffene Waffen verbietet. Leider konntet Ihr nicht protestieren, weil es Euch vor lauter Schreck die Sprache verschlug. Nicht wahr?«

Es klang wie eine Drohung, was dem Bischof nicht entging. »Nun, ich – ich . . .«, stammelte er.

»Zum Glück ist nichts Schlimmes geschehen«, fuhr Lucien fort. »Aber es wäre besser, wenn Lady Alessandra die Wettkämpfe nicht mehr beobachten würde.«

»Aye«, stimmte James zu.

Widerstrebend gab sich Armis geschlagen. »Also gut, damit ist die Sache wohl erledigt.«

»Und der Angriff auf meine Person?« kreischte Agnes. »Schau dir meinen Hals an, James! Bald werde ich blaue Flecken bekommen. Alessandra muß bestraft werden.«

Nur sie allein hörte, was er ihr ins Ohr flüsterte, und es brachte sie sofort zum Schweigen.

Lucien führte Alessandra aus dem Pavillon, aber ihr Vater trat ihm in den Weg. »Ich bringe sie selbst ins Schloß.«

Voller Mitleid schaute sie in sein geschundenes Gesicht. Jetzt glich er nicht mehr dem wütenden Krieger, ein müder alter Mann stand vor ihr.

Wortlos ging Lucien um ihn herum und führte sie

zur Festung. Nun mußte sie so weit wie möglich vom Schauplatz der weiteren Kämpfe entfernen werden. Sie durfte nicht sehen, in welchen Dämon er sich verwandeln würde, um sein Ziel zu er reichen.

»Habt Ihr nicht gehört, de Gautier?«

Lucien blieb stehen und drehte sich zu James um. »Doch, Bayard. Und Ihr? Nehmt Ihr nicht zur Kenntnis, was soeben verkündet wird?«

Mit dröhnender Stimme gab der erste Marschall den Ausgang des Kampfes bekannt. Zweimal wurde Lucien als Sieger bezeichnet, zu Pferd und am Boden. Nun stand ihm das Recht zu, seine Ländereien zurückzukaufen.

»Seid versichert, Bayard – ich werde einen hohen Preis für Euer Pferd und die Rüstung fordern«, erklärte er und ging mit Alessandra zur Zugbrücke.

James folgte ihnen. »Gewiß, damit rechne ich. Aber die Summe wird Euch nicht reichen, um das Land zu bezahlen.«

»Oh, das war erst der Anfang.« Lucien lächelte bitter, und sein Arm, der Alessandras Taille umschlang, spannte sich an. »Wenn das Turnier beendet ist, werde ich Euch den geforderten Betrag übergeben.«

»Nicht einmal Ihr besitzt genug Kampfkraft, um so viele Ritter zu besiegen.«

Lucien dachte an die körperlichen und seelischen Kräfte, die er aufgeboten hatte, um die Sklaverei zu überleben. Seine Kampfkraft bereitete ihm keine Sorgen. Aber würde seine Seele dieses Turnier unbeschadet überstehen?

Nun, in drei Tagen würde er wissen, ob seine Seele immer noch existierte.

Schweigend suchten sie Alessandras Zimmer auf. Dort ließ sie Lucien nur widerstrebend los. Erschöpft setzte sie sich auf ihr Bett und starrte die beiden Männer an. Nicht nur ihr Vater war vom Wettkampf gezeichnet. Sie entdeckte mehrere Dellen in Luciens Brustpanzer, die Blutflecken auf dem Kettenhemd und erschauerte.

Sofort eilte James zu ihr und hüllte sie in eine Decke. »Bist du krank?«

»Nicht krank«, antwortete Lucien an ihrer Stelle, »nur schockiert.«

»Ist das wahr?« fragte James und strich über ihre Wange.

»Inzwischen geht's mir schon besser.« Zu ihrer Bestürzung fühlte sie sich wieder wie ein Kind.

»Haltet sie in Zukunft von Eurem Turnier fern, Bayard!« befal Lucien und wandte sich zur Tür.

»De Gautier!« rief James ihm nach.

»Aye?« Lucien drehte sich um.

»Ich habe Euch noch nicht für Eure energische Intervention gedankt. Ohne Eure Hilfe wäre es mir wohl kaum gelungen, den Bischof zu besänftigen.«

»Das tat ich für Alessandra – nicht für Euch.«

»Offensichtlich.« Ein wissendes Lächeln umspielte James' Lippen.

»Jetzt muß ich gehen.« Ungeduldig öffnete Lucien die Tür. Es drängte ihn, aufs Turnierfeld zurückzukehren, wo die Zukunft der de-Gautier-Ländereien lag.

»Warum macht Ihr Euch's so schwer? Heiratet meine Tochter, und Ihr müßt Euch nicht mit den Rittern herumschlagen.«

»Bietet Ihr mir Alessandra an?«

Wie von einem jener bläulichen Blitze getroffen, die den englischen Regenfällen sooft vorausgingen, zuckte sie zusammen. Erwog er ernsthaft, sie zu heiraten?

James nickte. »Wenn ich mich auch nur ungern von ihr trenne, nach so kurzer Zeit – um des Friedens willen wäre ich dazu bereit.«

320

»Nein, Bayard«, entgegnete Lucien emotionslos. »Lieber kaufe ich mein Eigentum mit Blut zurück, bevor ich mit einer Bayard vor den Traualtar trete.« Ohne ein weiteres Wort verließ er das Zimmer.

Alessandra starrte die offene Tür an, verletzt und gedemütigt, so wie Melissant am vergangenen Abend. Mühsam bezwang sie den Impuls, Lucien nachzulaufen und ihm alle Schimpfwörter an den Kopf zu werfen, die ihr einfielen – englische und arabische. Statt dessen zog sie die Decke enger um ihre Schultern und verfluchte ihn stumm.

»Du liebst ihn, nicht wahr?« fragte ihr Vater.

Verwirrt schaute sie zu ihm auf. Wie hatte er das erraten? Zeigte ihr Gesicht so deutlich, was sie empfand? Wenn ja, mußte Lucien es ebenfalls wissen. Mit jedem Augenblick wuchs das Gefühl der Erniedrigung.

Um das Thema zu wechseln, fragte sie: »Warum fürchtest du den Bischof?«

Trotz seiner schmutzigen Kleidung setzte er sich auf den Bettrand. »Also ein Geheimnis? Gut, behalt's für dich, meine Tochter, aber bilde dir bloß nicht ein, du könntest mir was vormachen.« Zärtlich tätschelte er ihre Hand.

»Und der Bischof?«

James seufzte tief auf. »Falls er behauptet, du seist eine Ketzerin und würdest dem islamischen Glauben angehören . . .«

Erbost warf sie die Decke beiseite und sprang auf. »Du weißt doch, daß ich eine Christin bin. Und ich nehme meine Religion viel ernster als *er*.«

»Das spielt keine Rolle. Schon viele Christen, die den Unmut der Kirche erregten, wurden hart bestraft, manchmal sogar mit dem Tod. Auf keinen Fall darfst du Armis' Argwohn erregen, und deshalb mußt du deine arabischen Gebräuche vergessen.«

»Wie ungerecht . . .«

»Gewiß, aber der Bischof übt großen Einfluß aus, und er gerät leicht in Zorn.«

Alessandras angeborener Widerstandsgeist erwachte, doch das ließ sie sich nicht anmerken. Scheinbar fügsam senkte sie den Blick. »Sei unbesorgt, ich will mein Bestes tun.«

27

An diesem Abend gab es nur einen einzigen Gesprächsstoff in der großen Halle – Luciens triumphale Turniersiege. Obwohl er nicht am Bankett teilnahm, war sein Name in aller Munde. Sogar die Verlierer priesen seine unglaublichen kämpferischen Fähigkeiten, rühmten sich der wenigen Treffer, die sie erzielt hatten, und verkündeten eifrig, sie würden erneut gegen ihn antreten. Nicht einmal das hohe Lösegeld, das er für die erbeuteten Rüstungen und Pferde verlangte, konnte sie von weiteren Gefechten abhalten.

Hoch aufgerichtet saß Alessandra neben Agnes' Bruder Keith und versuchte, nicht an Lucien und seine Wunden zu denken. Immer wieder redete sie sich ein, sein Schicksal sei ihr gleichgültig und er würde ihre Sorge nicht verdienen. Doch in ihrem Herzen wußte sie, daß sie sich selbst belog. Rhythmisch bewegte sie ihren Fuß unter den viel zu langen Röcken, die endlich einen Zweck erfüllten. An ihrem Knöchel hingen Glöckchen, und das leise Bimmeln beruhigte ihre Nerven ein wenig. Wenn jemand das Geräusch bemerkte und verwundert in ihre Richtung schaute, lächelte sie unschuldig.

Sicher, ihr rebellisches Verhalten war gefährlich – falls der Bischof herausfand, woher das Gebimmel kam. Doch das Wagnis lohnte sich, denn es verschaffte ihr eine große Genugtuung, die englischen Sitten zu mißachten. In gewisser Weise würde sie immer eine Araberin bleiben.

»Man wird dich ertappen«, flüsterte Keith ihr ins Ohr.

In geheuchelter Verwirrung hob sie die Brauen. »Wovon sprichst du, Onkel?«

»Vielleicht irre ich mich«, erwiderte er grinsend, »aber ich höre Glockenklänge, die unter deinem Rock hervordringen.«

»Oh, da täuschst du dich tatsächlich«, entgegnete sie und bewegte ihren Fuß noch schneller.

»So was hätte deine Mutter auch getan«, seufzte er wehmütig.

Da hielt sie still. »Erzähl mir von ihrer Jugend.«

Lauschend legte er den Kopf schief. »Jetzt ist das Gebimmel verstummt. Vielleicht hat die Lady, die diese seltsamen Glöckchen trägt, das Bankett verlassen.«

Alessandra wippte mit den Zehen, dann besann sie sich eines Besseren. »Nein, sie ist immer noch da – und sehr neugierig.«

»Du meinst, sie will wissen, wie es Catherine in ihrer Jugend ergangen ist?«

»O ja«, bestätigte sie. »Und ich interessiere mich auch sehr dafür.«

Liebevoll schilderte er die Kindheit ihrer Mutter und vergaß darüber sein Essen. Ein trauriges Waisenmädchen sei zu seiner Familie gezogen, erklärte er mit ernster Miene. Dann berichtete er lachend von ihren dummen Streichen. Während er die Rivalität zwischen Catherine und Agnes erörterte, verdrehte er gequält die Augen.

Schließlich sprach er von seiner letzten Begegnung

mit Catherine, wenige Monate nach ihrer Hochzeit. Seine Stimme brach beinahe. »Obwohl sie meine Kusine war, sah ich eine Schwester in ihr, und sie stand mir sogar näher als Agnes.«

»Danke, daß du mir das alles erzählt hast. Nun fühle ich mich getröstet, weil ich weiß, welch ein guter Freund du ihr warst.«

»Trotzdem hat sie meinen Namen nie genannt«, seufzte er gekränkt und erregte Alessandras Mitleid.

»Oh, sie dachte sicher sehr oft an dich. Aber wenn wir uns über England unterhielten, ging es meistens um ihre Ehe mit meinem Vater, und sie erwähnte ihre Kindheit nur selten.«

Keith lehnte sich in seinem Sessel zurück. »Jetzt will ich alles über die Catherine erfahren, die bei den Arabern gelebt hat.« Ehe sie seinen Wunsch erfüllen konnte, war die Mahlzeit zu Ende, und er stand auf. »Vielleicht später.«

Auch Alessandra erhob sich. »Nochmals vielen Dank, Keith. Ich stehe tief in deiner Schuld.«

Nach einer galanten Verbeugung schlenderte er zum Kamin, wo sich einige ältere Ritter versammelten. Sich selbst überlassen, blieb sie eine Zeitlang stehen. Während sie dann durch die Halle wanderte, um Melissant zu suchen, trat ihr eine wütende Agnes in den Weg. »Du wirst sofort diese heidnischen Glöckchen ablegen.«

Herausfordernd verschränkte Alessandra ihre Arme vor der Brust. »Ich weiß nicht, was du meinst . . .«

»So? Wirklich nicht?« Agnes packte die Röcke ihrer Stieftochter, um sie hochzuziehen und das Kettchen zu entblößen, das allgemeine Neugier geweckt hatte und insbesondere den Bischof interessierte.

Aber Alessandra war schneller, umklammerte Agnes' Handgelenk und verhinderte eine Katastrophe. »Du willst meine Fußknöchel enthüllen, wo doch der gute Bischof ausdrücklich betont hat, sie müßten bedeckt bleiben?« fragte sie in gespieltem Entsetzen.

»O ja – weil ich unseren Gästen zeigen möchte, was du unter deinen Röcken verbirgst!« fauchte Agnes und riß sich los.

»Nur meine Knöchel, meine Waden, Knie und Oberschenkel. Es wäre höchst unschicklich, dies alles in der Halle zu präsentieren.« Fröhlich läuteten die Glöckchen, während Alessandra ihre schockierte Stiefmutter verließ und zu Melissant eilte.

Ihre Schwester stand bei den Musikern, die gerade ihre Instrumente stimmten. Da sie die unerfreuliche Szene beobachtet hatte, stöhnte sie laut auf. »Zweifellos wird Mutter mir den Umgang mit dir verbieten.«

»Warum haßt sie mich so abgrundtief? Ich habe nichts getan, um ihre Feindschaft zu verdienen. Trotzdem benimmt sie sich, als würde ich ihr ein schreckliches Leid zufügen.«

»Weil du ihren Ehemann an Catherine erinnerst. Und er verhehlt nicht, wie innig er sie immer noch liebt – so wie keinen anderen Menschen in seinem Leben. Vor deiner Ankunft war meine Mutter die Schloßherrin und genoß Vaters Zuneigung. Jetzt gewinnt sie den Eindruck, seine erste Gemahlin würde sie erneut übertrumpfen.«

»Ja, du hast recht«, gab Alessandra zerknirscht zu. »Ich werde mich bei ihr entschuldigen, wenn ich auch nie die Absicht hatte, sie zu verletzen.«

Als sie davongehen wollte, hielt Melissant sie zurück und spähte zu Agnes hinüber. »Später, wenn sie sich beruhigt hat.«

Ein Blick genügte Alessandra, um die unversöhnliche Stimmung ihrer Stiefmutter zu erkennen. »Sicher ist es besser, wenn ich noch ein wenig warte.«

Nun erklang heitere Musik, und die beiden Schwestern traten beiseite, um jungen Tanzpaaren Platz zu machen.

»Erstaunlich«, meinte Alessandra, während sie das muntere Treiben beobachtete. »Daß die Engländer so temperamentvoll tanzen, wußte ich gar nicht. An Bord des Schiffs brachte Lucien mir ein paar langweilige, gemessene Tanzschritte bei. Und ich entsinne mich . . .«

»Er hat dir Tanzunterricht gegeben?«

Nun habe ich zuviel verraten, dachte Alessandra reumütig. »Nicht nur das. Er hat mir auch erklärt, wie sich eine englische Lady verhalten muß, sogar sehr ausführlich.«

»Interessant«, murmelte Melissant lächelnd. »Also langsame Tänze? Hat er dich an der Hand gehalten und herumgedreht?«

Alessandra verschwieg jenen intimeren Tanz, bei dem sie immer wieder Luciens warmen Körper gespürt hatte. Bittersüße Erinnerungen ließen ihr Herz schneller schlagen. Um ihre Schwester auf andere Gedanken zu bringen, fragte sie: »Wie heißt dieser Tanz?«

Natürlich wurde sie durchschaut, und Melissant brach in Gelächter aus. Aber sie antwortete bereitwillig: »Tourdion.«

»Sieht lustig aus . . .«

»Möchtest du's versuchen?«

Welch eine überflüssige Frage. Alessandra zögerte. Durfte sie es wagen, vor den Argusaugen ihrer Stiefmutter und des Bischofs? »Nein, ich schaue lieber zu.«

»Lügnerin!« schimpfte Melissant.

»Da kann ich nicht widersprechen«, gestand Alessandra.

Kichernd rannte Melissant zu ein paar jungen Rittern. Einen Partner im Schlepptau, kehrte sie wenig später zurück, und die beiden mischten sich unter die

Tänzer. Fast unwiderstehlich juckte es in Alessandras Füßen, während sie beobachtete, wie sich die Paare immer schneller drehten. Die lebhafte Musik ging ihr unter die Haut, und sie verspürte ein vertrautes Prikkeln, schloß träumerisch die Augen, fühlte sich in den Harem zurückversetzt, glaubte die Tänzerinnen in ihren flatternden Schleiergewändern zu sehen.

Und plötzlich war sie wieder am Ort ihrer Sehnsucht, schloß sich den Frauen an, obwohl sie Jabbars Zorn erregen würde. Hingebungsvoll warf sie den Kopf in den Nacken, hob die Arme, und ihre Füße folgten dem mitreißenden Rhythmus. Wundervoll, sang ihr Körper. Schneller, noch schneller, forderten die Glöckchen an ihren Füßen.

Rückhaltlos versank sie in den Armen der verführerischen Klänge. Aber irgend etwas fehlte. Wo blieb die zärtliche Liebkosung der hauchdünnen Pluderhose, der langen, offenen Haare, die ihre Wangen streichelten? Ohne den Tanz zu unterbrechen, betastete sie das enge Oberteil ihres Kleids. Daran konnte sie nichts ändern.

Aber ihr Haar ... Mit flinken Fingern zog sie die Nadeln aus der Zopfkrone, entwirrte die rotgoldenen Locken und lachte leise, als sie auf ihre Schultern fielen und im Takt der Musik umherflatterten.

Sie streckte die Arme hoch in die Luft. Frei, endlich wieder frei ... Irgend etwas griff nach ihr, doch sie wirbelte davon.

Schon wieder ein Hindernis. Diesmal wurden ihre Arme von starken Händen umfangen. Ärgerlich öffnete sie die Augen und starrte den einzigen Menschen an, den sie an diesem Abend nicht zu sehen erwartet hatte – Lucien. Aber ein Lucien ohne den Turban und die Robe des Eunuchen. Ein Lucien, dessen strenge Miene sie viel zu abrupt nach England und Corburry zurückholte ...

Atemlos schaute sie an ihm vorbei, in schockierte Gesichter. Da standen Agnes und der Bischof. Sogar die Musiker, deren Instrumente jetzt schwiegen, musterten Alessandra in ungläubigem Staunen. Die Tanzpaare waren zurückgewichen.

»Gib mir deine Hand!« befahl Lucien.

Erst jetzt wurde ihr bewußt, was sie getan hatte. Unglücklich schüttelte sie den Kopf.

»Deine Hand«, wiederholte er.

Als sie noch immer nicht gehorchte, ergriff er ihre Finger und nickte den Musikern zu, die den Tanz namens Estampie intonierten, den ersten, den er ihr beigebracht hatte. »Lächle! Und achte auf deine Füße!«

Schweigend fügte sie sich seinem Wunsch und schaute ihm unverwandt ins Gesicht, um die anderen nicht zu sehen, die sie zweifellos verdammten. Obwohl seine zahlreichen Schnittwunden keinen erfreulichen Anblick boten, gab es niemanden, den sie lieber betrachtet hätte. Aber warum war er gekommen? »Lucien . . .«, begann sie.

»Jetzt nicht«, fiel er ihr ins Wort.

Es dauerte eine Weile, bis die anderen Paare auf die Tanzfläche zurückkehrten. Nach den gravitätischen Estampie-Rhythmen erklang eine lebhafte Musik und riß die jungen Leute mit. Bald waren Alessandra und Lucien vergessen.

»Nun?« fragte sie.

»Später.«

Vorerst mußte sie sich mit seiner beglückenden Nähe zufriedengeben. Auf die fremden Tanzschritte konzentriert, bezwang sie ihre Neugier. So wie damals an Bord der *Jezebel* bewunderte sie Luciens geschmeidige Bewegungen, die man einem so großen, kräftigen Mann nicht zugetraut hätte. Wieder einmal gab er ihr das Gefühl, sie wäre eins mit ihm.

Als der nächste Tanz anfing, führte er sie in einen dunklen Alkoven. »Hat dein Vater dich nicht vor der harten Strafe gewarnt, die allen Ketzern droht?«

Eine neue Lektion, dachte sie, aber ich habe wohl nichts anderes verdient. »Unsinn! Ich bin keine Ketzerin.«

»Offenbar hast du nichts aus den Ereignissen dieses Tages gelernt. Du trägst deine Fußkette mit den Glöckchen, und du tanzt wie eine Heidin, ohne Rücksicht auf die Konsequenzen.«

Mühsam schluckte sie. »Was kümmert dich das? Wochenlang höre ich nichts von dir, dann tauchst du endlich auf und ignorierst mich, als hätten wir uns nie geküßt.«

»Es waren nicht nur Küsse, Alessandra«, erinnerte er sie und legte einen Finger unter ihr Kinn.

»Nein, nicht nur Küsse«, stimmte sie zu, dankbar für die Schatten im Alkoven, die ihr Erröten verbargen. »Aber das alles hat dir nichts bedeutet.«

»Wenn es so wäre, hätte ich dich weitertanzen lassen und dem Zorn des Bischofs ausgeliefert.«

Forschend blickte sie in seine Augen, aber die violetten Tiefen verrieten ihr nichts. »Falls das stimmt – warum schlägst du dich dann auf dem Turnierfeld herum, obwohl du mich heiraten und dein Ziel viel leichter erreichen könntest?«

»Weil ich kein Feigling bin.«

»Nein, sondern ein skrupelloser Krieger, der nichts vom Frieden hält und lieber Blut fließen sieht – der nur an sich selbst und den Namen de Gautier denkt!«

Schmerzhaft gruben sich seine Finger in ihre Schulter. »Das verstehst du nicht.«

Sie schüttelte seine Hand ab und trat zurück. Leise klingelten die Glöckchen. »Doch, ich verstehe, daß du mich nicht so liebst wie ich dich.« Obwohl sie das tiefste Geheimnis ihres Herzens verriet, war sie zu wütend, um es zu bereuen. »Und selbst wenn du mich liebtest, würdest du diesem Gefühl nicht erlauben, deinen Haß gegen die Bayards zu besiegen.«

Welche Emotionen Luciens Gesicht auch widerspiegeln mochte – im schattigen Alkoven konnte sie es nicht sehen.

Nach einer langen Pause bemerkte er: »Es gibt ein Kriegsgesetz, das du beherzigen solltest, Alessandra. Laß deinen Feind niemals wissen, was du empfindest, denn er wird es gegen dich verwenden.«

Kriegsgesetz – Feind . . . Die Worte, die er wählte, trafen sie wie Fausthiebe. »Oh, nun hast du mir wenigstens klargemacht, daß wir einen Krieg gegeneinander führen, Lucien de Gautier. Vorher wußte ich nicht, daß du mich für deine Feindin hältst.«

Nicht im eigentlichen Sinn des Wortes, dachte er, sondern als Feindin meines Herzens. Aber wenn der Gedanke an diese Feindschaft Alessandra vom albernen blutigen Gerangel auf dem Turnierfeld fernhalten konnte, würde er den Irrtum nicht aufklären. Später, wenn er seine Ländereien zurückgewonnen hatte, wollte er ihr alles erklären. Später . . . »Sämtliche Bayards sind meine Feinde.« Nur Worte – verletzende Worte, die sie in die Flucht schlagen würden, bis der richtige Zeitpunkt gekommen war.

Abrupt eilte sie aus dem Alkoven, und er schaute ihr nach. Wie tapfer sie die Schultern straffte, dachte er. Als würde sie ein Schlachtfeld betreten. Aber irgend etwas vermißte er. Nachdenklich runzelte er die Stirn. Dann erinnerte er sich an die Glöckchen – kein einziger Klingelton hatte Alessandras schnelle Schritte begleitet. Sein Blick suchte den Boden ab, und bald sah er das Gold glitzern.

Lächelnd hob er das Fußkettchen auf, das noch warm

war von ihrer Haut. Diese verdammten Glöckchen . . .
Nur ihretwegen war er aus seinem Zelt in die Halle
gekommen. Vincent hatte das Bankett vorzeitig verlassen und bei seiner Rückkehr ins de-Gautier-Zelt nebenbei erwähnt, eine eigenartige Musik würde unter Alessandras Röcken hervordringen und Aufsehen erregen.

Obwohl ihm nach den Turnierkämpfen alle Knochen
weh taten, erhob sich Lucien von seinem Feldbett und
ging in die Halle, wo Alessandra mit ihrem exotischen
Tanz alle Blicke auf sich zog. So ungläubig wie die anderen starrte er sie an.

Aber nur auf ihn strömten süße Erinnerungen ein,
an jene erste Begegnung im Harem, wo sie genauso
selbstvergessen getanzt hatte.

Energisch zwang er sich, nicht daran zu denken und
Alessandra in die Gegenwart zurückzuholen. Zunächst
hatte er beabsichtigt, sie einfach davonzuzerren. Aber
dann war es ihm doch etwas eleganter erschienen, mit
ihr zu tanzen.

Nun trat er aus dem dunklen Alkoven ins Licht und
betrachtete die winzigen Glöckchen in seiner Hand.
Alessandra brauchte nicht zu erfahren, daß er die Kette während der nächsten Wettkämpfe bei sich tragen
würde – als Talisman. Ein Pfand, das er sich auf unlautere Weise aneignete . . . Trotzdem gehörte es ihm.

Alessandra schloß ihre Zimmertür, lehnte sich dagegen und brach in Schluchzen aus. Obwohl sie ihr Selbstmitleid verachtete, konnte sie die bitteren Tränen nicht
zurückhalten.

»Warum?« fragte sie das nächtliche Dunkel. »Was
muß ich denn sonst noch tun, um seine Liebe zu gewinnen?« Er mochte sie, das wußte sie, aber offensichtlich erwiderte er ihre Gefühle nicht mit der gleichen
Glut.

Sie wischte mit dem Handrücken über ihre Augen und wollte sich von der Tür entfernen. Doch da hörte sie Stimmen im Flur, ein fröhliches Gelächter. Verwundert blieb sie stehen, als sie Agnes' Stimme erkannte – eine atemlose, zärtliche Stimme.

Wollte sie James Hörner aufsetzen? Hoffte sie seine Liebe zu Catherine in den Armen eines anderen zu vergessen?

Alessandras Neugier überwog die Skrupel. Lautlos öffnete sie die Tür, spähte hinaus und beobachtete das Paar, das langsam den Korridor hinabschlenderte. Trotz ihres Kummers mußte sie lächeln. Es war James, dem Agnes' sanfte Worte galten. Einen Arm um ihre Taille gelegt, führte er sie zum ehelichen Schlafgemach. Vor der Tür blieb er kurz stehen und küßte sie. »Ich liebe dich, Agnes.«

Ihren Kopf in den Nacken gelegt, erwiderte sie seinen Blick. »Obwohl ich nicht Catherine bin?«

Ärgerlich schüttelte er den Kopf, als würde sie diese Frage nicht zum erstenmal stellen. »Dumme Gans! Unentwegt peinigst du mich und strapazierst meine Geduld. Am liebsten würde ich dich schütteln, bis deine Zähne klappern.« Er seufzte tief auf. »Natürlich liebe ich dich. Aber bitte mich nicht noch einmal, meine Gefühle zu beweisen. Ich habe schon genug getan.«

»O James . . .« Sie stellte sich auf die Zehenspitzen, und gab ihm den Kuß zurück, dann verschwanden sie im Schlafzimmer.

Leise schloß Alessandra die Tür. Nach der unerwarteten Szene, die sie soeben beobachtete hatte, war ihr etwas leichter ums Herz. Das hätte sie nie für möglich gehalten. Obwohl die beiden immer wieder stritten, liebten sie sich innig – genau so wie ihre Mutter und Jabbar, allerdings mit einem gewissen Unterschied. James und Agnes hielten einander die Treue, während

Jabbar auch andere Ehefrauen und Konkubinen aufgesucht hatte, trotz seiner tiefen Gefühle für Sabine.

Alessandra sank auf ihr Bett und hüllte sich in die Decke. Jetzt verstand sie besser denn je, warum Sabine so beharrlich erklärt hatte, ihre Tochter sei nicht für das Eheleben in der muslimischen Welt geschaffen. Ein Mann, eine Frau. Lucien und Alessandra. Wagte sie immer noch zu hoffen?

28

Sie hatte sich gelobt, das sinnlose Blutvergießen nicht mehr mit anzusehen. Aber am letzten Turniertag eilte sie zum Kampfplatz, da sie die vielleicht letzte Gelegenheit nutzen wollte, Lucien noch einmal zu sehen, ehe er nach Falstaff zurückkehrte.

Sobald der Vater sie sah, würde er sie wegschicken. Das wußte sie, und deshalb hatte sie sich unauffällig gekleidet. Die Kapuze eines dunklen Umhangs verbarg ihr rotgoldenes Haar. Den Kopf gesenkt, machte sie einen großen Bogen um die Pavillons und stellte sich an den Rand des Turnierfelds, wo die Aristokraten von niedrigem Rang die Wettbewerbe verfolgten.

Die Kämpfe, zu Pferd oder am Boden, erschienen ihr harmlos, verglichen mit jenem wilden Gefecht, das sich James und Lucien geliefert hatten. Hin und wieder schaute sie zu, nur mäßig interessiert. Sie fand das Turnier immer noch primitiv. Kannten die Engländer keine besseren Methoden, um ihre Tapferkeit zu zeigen?

Nun ritt Vincent de Gautier auf den Sandplatz, und sie hörte erstaunt, wie der erste Marschall die bisherigen Siege des jungen Mannes bekanntgab. Von vier

Gefechten hatte er nur eins verloren – gegen Melissants Onkel Keith.

An den Abenden hatte die Tischgesellschaft immer nur von Luciens Erfolgen gesprochen und seine Brüder nicht erwähnt. Deshalb glaubte Alessandra, Vincent und Jervais hätten keine besonderen Leistungen vollbracht. Offensichtlich war das ein Irrtum gewesen.

Als Vincent sich auf seinen Kampf vorbereitete, beobachtete sie ihn gespannt. Würde er seinem ältesten Bruder das Wasser reichen können? Der erste Marschall rief die beiden Widersacher zum Kampf auf, und sie galoppierten aufeinander zu. Krachend zerbarsten die Lanzen. Die Ritter nahmen wieder ihre Ausgangspositionen ein.

Beim nächsten Angriff warf Vincent seinen Gegner aus dem Sattel, und das Publikum jubelte. Triumphierend schwang er seine Lanze durch die Luft. Als Alessandra zum mittleren Pavillon hinüberschaute, sah sie ihre Schwester neben Agnes stehen und begeistert in die Hände klatschen. Sofort dämpfte die Mutter diesen unpassenden Enthusiasmus.

Also scheint Melissant den jungen Burschen doch nicht zu verabscheuen, dachte Alessandra. Nun, vielleicht hat er sie mit seinen kämpferischen Talenten beeindruckt.

Auch Jervais stand seinen Mann. Schon nach dem ersten Gefecht durfte er Lösegeld für die Rüstung und das Pferd seines Kontrahenten verlangen. Alessandra überlegte, ob die de Gautiers bis zum Ende des Turniers die benötige Summe erstreiten würden, um ihre Ländereien zurückzukaufen. Dann unterbrach der Marschall ihre Gedanken, indem er eine Wettkampfpause ankündigte und die Spannung der Zuschauer mit dem Hinweis auf die beiden Herausforderungen erhöhte, die Lucien angenommen hatte.

In der Pause eilten Bedienstete umher und boten Fleischpasteten an. Während sich die Menge hungrig auf den Imbiß stürzte, spähte Alessandra zu den Zelten hinüber. Dort würde sich Lucien aufhalten. Wie gern wäre sie zu ihm gegangen. Doch sie widerstand der Versuchung, drehte sich um und prallte gegen eine muskulöse, breitschultrige Gestalt. Sie hörte ein heiseres Gelächter, und im nächsten Moment wurde ihr die Kapuze vom Kopf gezogen. »Oh, ich dachte mir gleich, daß du's bist«, sagte Keith grinsend. Hastig wollte sie ihr verräterisches rotgoldenes Haar wieder bedecken. Aber er hielt ihre Hände fest. »Genau wie Catherine. Die Schönheit, der rebellische Geist . . . In dir lebt sie weiter.«

»Bitte, Keith! Wenn man mich erkennt, wird mein Vater mir befehlen, ins Schloß zurückzukehren.«

Seufzend ließ er die Arme sinken. »Und das wollen wir doch nicht, oder?«

»Nein«, bestätigte sie und streifte die Kapuze über ihre offenen Locken. »Heute abend geht das Turnier zu Ende, und ich will die letzten Kämpfe sehen.«

»Dann wirst du auch mich bewundern.«

»Ich dachte, du würdest nicht mehr antreten. Gestern sagtest du . . .«

»Aye, aber ich kann's einfach nicht lassen. Gewährst du mir deine Gunst, kleine Nichte?« Damit hatte sie nicht gerechnet. Als sie ihn anstarrte, ohne ihre Überraschung zu verhehlen, hob er belustigt die Brauen. »Du mußt nicht eigens betonen, ich sei zu alt für dich. Das weiß ich selber. Es wäre nur eine nette Erinnerung an Catherine.«

Ohne nachzudenken, erkundigte sie sich: »Hast du meine Mutter geliebt, Keith?«

Er zuckte zusammen, erholte sich aber sofort wieder von seiner Überraschung. »Nur wie eine Schwester.«

»Tut mir leid . . .«, entschuldigte sie sich und errötete. »Es war sehr unhöflich von mir, eine solche Frage zu stellen.« Dann zog sie einen der bestickten roten Handschuhe aus, die Melissant ihr geschenkt hatte. »Zum Andenken an meine Mutter«, erklärte sie und gab ihrem Onkel das Pfand, was sie wenig später bereute. Der Handschuh hatte sie angenehm erwärmt. Obwohl die Sonne schien, war es kühl.

Keith steckte die kleine Gabe in seinen Gürtel. »Sicher werde ich deinem Gunstbeweis Ehre machen. Nun will ich dich verlassen und mir einen Krug Ale holen. Sonst trinken mir die anderen alles weg, und ich muß durstig auf den Turnierplatz reiten.«

Nachdem sie ihm nachgeschaut hatte, wandte sie sich wieder zu den Zelten. Vielleicht sollte sie . . .

Wenn sie herausfand, welches Zelt Lucien bewohnte – wie würde er sie empfangen? Obwohl sie nicht allzuviel erhoffen durfte, folgte sie ihrem Impuls und bahnte sich einen Weg durch das Gedränge.

Viele Leute verzichteten auf den Imbiß und schauten statt dessen den Rittern zu, die ihre Vorbereitungen für die nächsten Kämpfe trafen. Bald hatte sie das rot und goldgelb gestreifte de Gautier-Zelt entdeckt. Vor dem Eingang saß Luciens Knappe und polierte die Rüstung seines Herrn.

Zögernd blieb Alessandra stehen. Sollte sie umkehren oder weitergehen? Schließlich schlich sie an dem Knappen vorbei, der so in seine Arbeit vertieft war, daß er sie gar nicht bemerkte.

Eine Hand an der Zeltklappe, lauschte sie. Stille. Hatten sich die de Gautiers zu den Turniergästen gesellt, die mit Speisen und Getränken bewirtet wurden?

Als sie in das halbdunkle Zelt spähte, sah sie Lucien auf einem Schemel sitzen, den vernarbten Rücken zu ihr gewandt. Jervais drückte vorsichtig duftende, in

336

Kräuter getränkte Lappen auf die frischen Wunden seines Bruders.

Entschlossen trat sie ein und streifte die Kapuze nach hinten. Über Luciens Kopf hinweg begegnete sie Jervais' verwirrtem Blick. Er runzelte die Stirn. Aber er wies seinen Patienten nicht auf ihre Ankunft hin und tauchte einen Lappen in die Schüssel, die den Sud enthielt.

Dicke Teppiche dämpften Alessandras Schritte. Wortlos streckte sie die Hand aus, an der sie keinen Handschuh trug. Jervais reichte ihr den Lappen, wenn auch etwas skeptisch, und entfernte sich.

Mit bebenden Fingern tauchte sie den Lappen noch einmal in den Sud und betupfte Luciens Schulter. Dabei beugte sie sich vor und schaute in sein Gesicht. Seine Augen waren geschlossen. Schlief er? Oder entspannt er sich nur? Lautlos ging sie um ihn herum.

Auf diesen Anblick war sie nicht vorbereitet, obwohl sie gewußt hatte, welchen Tribut die Turnierkämpfe forderten. Zahlreiche häßliche Schnittwunden zogen sich über die Brust, die Arme und den Bauch. Zum Glück sahen sie nicht lebensgefährlich aus. Aber sie mußten starke Schmerzen verursachen. Und trotzdem setzte er sich immer wieder dieser Tortur aus, um sein Ziel zu erreichen.

Zum Teufel mit diesen kostbaren Ländereien! Zum Teufel mit den de Gautiers – und den Bayards!

Als sie wieder in sein Gesicht schaute, merkte sie, daß er sie beobachtete. Wütend schleuderte sie den Lappen zu Boden und stemmte ihre Hände in die Hüften. »Und das alles nur, damit du keine Bayard heiraten mußt!« stieß sie bitter hervor.

Er bewegte seine Schultern, um die Muskeln zu lockern. Dann schlüpfte er in seine Tunika. »Ein besseres Motiv kann ich mir gar nicht vorstellen. Du etwa?«

Krampfhaft schluckte sie ihre Tränen hinunter. »Früher – vielleicht. Aber jetzt? Nein.« Sie eilte zum Ausgang des Zeltes. Nur weg von diesem herzlosen Mann . . .

Lucien hielt sie nicht zurück. Doch dann vernahm er Jervais' Stimme, die seinen Namen rief, und drehte sich um. Sein Bruder versperrte Alessandra den Weg. Offenbar wollte er sie nicht im Zorn gehen lassen.

Später, sagte sich Lucien. Nur noch zwei Kämpfe, dann habe ich das Geld beisammen und werde ihr alles erklären . . . Verdammt, er war so müde.

»Bleib hier, Alessandra«, hörte er sich sagen. »Während Jervais mir die Rüstung anlegt, können wir reden.«

Sie holte tief Atem und wandte sich zu ihm. »Was deinem Herzen am nächsten steht, weiß ich längst, Lucien de Gautier. Und damit will ich nichts zu tun haben.«

»Bist du sicher?« Obwohl er es nicht wollte, klang die Frage spöttisch. »Und deine heiße Liebe zu mir?«

»O ja, ich liebe dich, wenn ich's auch bereue, daß ich dir das gestanden habe.«

Lucien erhob sich langsam. »Laß uns allein, Jervais.« Nur zögernd gehorchte der junge Mann.

Allein. Wann war sie zuletzt mit Lucien allein gewesen? Vor viel zu langer Zeit. Sie schlang ihre zitternden Finger ineinander und erwiderte seinen Blick. Steifbeinig ging er zu ihr. Aber sein Gesicht verriet nichts von seinen Schmerzen. Eine Armeslänge von ihr entfernt, blieb er stehen. »Warum trägst du nur einen Handschuh? Hast du ihn vielleicht einem Ritter überreicht – als Gunstbeweis?«

»Vielleicht . . .«

»Wieder Sir Rexalt?«

»Nein, diesmal habe ich einen anderen beglückt.«

Lucien trat einen Schritt näher. »Und was ist mit

mir?« Behutsam strich er über ihre Wange. »Was gibst du mir, damit ich beim nächsten Kampf deiner gedenke?«

Gerade noch rechtzeitig dachte sie an ihren Groll. Sonst hätte sie ihre Lippen auf seine Handfläche gepreßt. »Was willst du?« fragte sie schnippisch. »Meinen Gürtel? Einen Strumpf? Oder würde dich ein Handschuh erfreuen, der seinen Gefährten verloren hat?«

Er schaute ihr in die Augen. Dann betrachtete er die Brosche, die ihren Umhang zusammenhielt, und berührte sie. Seine Finger glitten über ihren Hals, weckten eine süße Sehnsucht.

Wenig später fiel der Umhang zu Boden. »Nur eine Erinnerung«, erklärte Lucien. »Mehr wünsche ich mir nicht.«

Nun müßte sie ihn ebenso abweisen, wie er sie verschmäht hatte – das wußte sie. Aber sie konnte sich nicht bewegen – nicht einmal, als er ihr Kleid aufknöpfte. Denk an deinen Zorn, redete sie sich ein. Er trampelt auf deinem Stolz herum. Laß ihn nicht gewähren . . .

Seine rauhe, schwielige Hand umfaßte eine ihrer Brüste, und sie erschauerte. Kraftlos neigte sie sich zu ihm. Zorn und Stolz waren vergessen. »Das – das darfst du nicht«, stammelte sie.

»Wem gehörst du, Alessandra?« flüsterte er dicht an ihren Lippen, während sein Daumen die harte Brustwarze liebkoste.

Ihm. Nur ihm. Niemals einem anderen. »Ich . . .« Mühsam rang sie nach Luft. »Lucien, hör zu kämpfen auf!« flehte sie und streichelte sein narbiges Gesicht. »Heirate mich, und du gewinnst deine Ländereien zurück.«

»Das kann ich nicht.« Sein Mund streifte ihren. »Nun, wem gehörst du?«

Als sie seine entschlossene Miene sah, wußte sie, daß sie keine Wahl hatte. Nichts würde ihn von seinen Plänen abbringen. »Dir, Lucien, dir allein.«

»Gut«, antwortete er lächelnd. »Und jetzt der Gunstbeweis.« Er drückte sie an sich, ein heißer Kuß schürte ihr Verlangen. Begierig erforschte seine Zunge ihren Mund.

Alessandra verdrängte den Gedanken an die Ereignisse dieser letzten Wochen. Dies war das Vorspiel zum größeren Glück, das er ihr stets verweigert hatte. Vielleicht würde sie es diesmal kennenlernen.

Während er mit einer Hand ihre Brüste streichelte, zog er mit der anderen ihre Röcke hoch. Triumphierend spürte sie, wie seine Erregung wuchs. Seine Hand wanderte an ihrem nackten Innenschenkel nach oben. Nur ganz leicht berührte er die intimste Region ihrer Weiblichkeit.

»Bitte, Lucien!« wisperte sie atemlos. »Jetzt . . .«

Sofort glitten seine Finger zur Seite und verharrten auf ihrer Hüfte. »Dafür fehlt mir die Zeit. Ich muß mich für den Kampf rüsten.«

»O nein . . .«

Doch sein Blick, eben noch von Leidenschaft verschleiert, verriet seine Entschlossenheit deutlich genug. Jedes weitere Wort wäre sinnlos, und so schwieg sie.

Er streifte ihre Röcke nach unten und strich mit einer Fingerspitze über ihre feuchten, von seinen Küssen geröteten Lippen. »Liebst du mich wirklich?«

»Ja.«

Das schien ihn nicht zu überzeugen. »Schau mich an! Ich bin wahrlich keine erstrebenswerte Partie, mein ganzer Körper ist mit Narben übersät. Nicht einmal, bevor ich mit diesem Halbmond bestraft wurde . . .« Er zeigte auf seine Wange. ». . . war ich so hübsch wie Vincent.«

340

»Natürlich bist du nicht hübsch«, stimmte sie zu und hielt seinem Blick stand. Dann legte sie eine Hand auf seine Brust und spürte seinen kräftigen Herzschlag. »Aber hier drin bist du schöner als alle anderen Männer auf dieser Welt. Oder du wirst es sein, wenn du deinen Gefühlen nachgibst. Und das ist es, was ich liebe.«

Unterscheidet sie sich von anderen Frauen, fragte er sich, von meinen beiden Bräuten, die mich so bitter enttäuscht haben?

Seit seiner Ankunft auf Corburry beobachtete er sie aufmerksam. Kein einziges Mal hatte sie seinen attraktiven Bruder mit Kuhaugen angestarrt, wie so viele andere Frauen. Als Vincent kurz vor dem Turnierbeginn mit ihr sprach, wirkte sie sogar verärgert. Später tat sie etwas ganz Besonderes, verstohlen und unbemerkt. Nur zufällig entdeckte Lucien auf seinem blankpolierten Helm, der im Sonnenlicht funkelte, die kreuzförmigen Spuren ihrer Finger.

Alessandra hatte seinen Helm gesegnet. Allmählich kehrte sein Glaube an das schönere Geschlecht zurück. Und dann schenkte sie ihre Gunst Sir Rexalt . . . Beinahe wäre Lucien an seiner Bitterkeit erstickt. Aber jene Erinnerung spornte ihn an, mehr noch als der Wunsch, seine Ländereien zurückzuerobern.

Verbissen hatte er gekämpft bis zu diesem letzten Tag, alle Gegner besiegt, alle Herausforderungen angenommen. Manchmal wäre er unter der Last seiner schweren Rüstung fast zusammengebrochen. Aber er hatte durchgehalten.

»Bald werden wir über alles reden«, versprach er und trat zurück.

Vergeblich hoffte Alessandra auf das Geständnis seiner Liebe. Vielleicht war er zu stolz, um sein Herz zu offenbaren. Oder er begehrte nur ihren Körper.

Zornig, enttäuscht und voller Angst, er könnte sich beim nächsten Kampf ernsthaft verletzen, fuhr sie ihn an: »Wenn du wirklich etwas für mich empfändest, würdest du die Waffen strecken.«

Seine Augen verengten sich. »Stellst du mir ein Ultimatum?«

Dieser Gedanke war ihr nicht in den Sinn gekommen. Aber wenn sie ihn auf diese Weise vom Turnierplatz fernhalten konnte – warum nicht? »Aye, ein Ultimatum.«

»Dann hast du verloren.«

Um ihre Tränen zu verbergen, wandte sie sich ab und hob ihr Cape vom Boden auf. Sie legte es um ihre Schultern und fummelte ungeschickt an der Brosche herum.

»Verzeihung . . .« Jervais kehrte ins Zelt zurück. »Ich fürchte, der gute Bischof kommt hierher.«

Entsetzt drehte sich Alessandra zu Lucien um. Die Situation erinnerte sie an jene Nacht im Eunuchenquartier. Welche Strafe ihr damals gedroht hatte, wußte sie. Und wenn man in England eine Frau ertappte – allein mit einem Mann, der nicht ihr Gemahl war? Wie wurde sie bestraft?

»Irgend jemand scheint dich zu beschatten«, bemerkte Lucien ironisch. »Versuch ihn aufzuhalten, Jervais.«

»Wenn ich's kann . . .« Seufzend verdrehte Jervais die Augen und eilte hinaus.

Lucien schloß Alessendras Umhang, ergriff ihren Arm und zog sie zum Hintergrund des Zelts. Wollte er sie woanders hinausführen? Es gab nur einen einzigen Ausgang . . . Bald wurde die Frage beantwortet, denn er zog seinen Dolch und zerschnitt die schwere Segeltuchplane.

Vorsichtig spähte er nach draußen, und nachdem er sich vergewissert hatte, daß niemand in der Nähe war, schob er Alessandra zu der Öffnung. »Geh! Noch einmal lassen wir uns nicht erwischen.«

Sie wollte hindurchschlüpfen, aber irgend etwas bewog sie, ihn noch einmal anzuschauen. Und dieses Etwas war die Zärtlichkeit in seinen Augen, eine Sehnsucht, die er hastig hinter gesenkten Lidern verbarg. »O Lucien . . .«

»Verschwinde, Alessandra!« befahl er und gab ihr einen Stoß. »Diesmal würde die Strafe nicht *mich* treffen.«

Natürlich, in England müßte er keine Stockschläge auf die nackten Sohlen befürchten. Ihr allein würde der Bischof die Schuld aufbürden, und sie verdiente nichts Besseres. »Sag mir nur eins – liebst du mich?«

Er warf einen Blick über die Schultern. Stimmen näherten sich dem Zelt. Verächtlich schüttelte er den Kopf und wandte sich wieder zu Alessandra. »Liebe – dieses Gefühl ist für Kinder reserviert. Und wir sind erwachsen.«

Starb irgend etwas in ihren Augen? Was für ein elender Schurke ich bin, dachte er. Später, tröstete er sich. Dies war weder der richtige Zeitpunkt noch der rechte Ort, um die Gefühle zu erklären, die ihn verfolgten, seit er Alessandra zum erstenmal gesehen hatte. Später . . .

»Leb wohl, Lucien«, flüsterte sie fast unhörbar. Ihr Kinn zitterte. Dann duckte sie sich und schlüpfte durch die Öffnung.

Er verschwendete keine Zeit, schob den Schemel vor das zerschnittene Segeltuch und setzte sich, im allerletzten Moment, bevor Bischof Armis eintrat.

»Ihr seid allein?« fragte der Kirchenmann verwundert.

»Habt Ihr etwas anderes erwartet?«

»Nun, ich dachte, Ihr würdet vielleicht die Gesellschaft einer Frau genießen.« Suchend schaute sich Armis um, wanderte durch das Zelt und bestätigte Luciens Vermutung, daß Alessandra beobachtet wurde. »Selbstverständlich nahm ich an, es wäre ein Freudenmädchen«, fügte der Bischof hinzu und strich über den staubigen Deckel einer Truhe, die Luciens Habseligkeiten enthielt.

»Dann habt Ihr Euch geirrt.«

»Aye, es sieht so aus.« Armis blieb vor Lucien stehen und schnitt eine Grimasse, als er die zahlreichen Schnittwunden im Gesicht des Ritters betrachtete. »Heute nachmittag werdet Ihr uns sicher interessante Gefechte bieten, nicht wahr?«

Am liebsten hätte Lucien seine kämpferischen Fähigkeiten an Ort und Stelle demonstriert. Aber er öffnete seine Fäuste und legte die Hände auf seine Knie. »Nun, ich werde mich bemühen, Euren Ansprüchen zu genügen, Bischof Armis.«

»Darauf freue ich mich schon.« Ohne ein weiteres Wort wandte der Bischof sich ab und rauschte aus dem Zelt, von seidenen Roben umflattert.

Irgend etwas braut sich zusammen, dachte Lucien, irgend etwas, das Alessandra schaden könnte, wenn sie nicht aufpaßte ... Was mochte es sein? Und wer steckte dahinter? Er erhob sich, öffnete ein Kästchen, das auf seinem Feldbett stand und nahm das Geschmeide mit den Glöckchen heraus. Vorhin hatte er es an einer langen Kette befestigt. Die schlang er nun um seinen Hals und lächelte.

Seit dem Abend, wo Alessandra ihren Schmuck verloren hatte, trug er ihn unter seiner Rüstung. Die klirrenden Schwerter und Lanzen übertönten das leise Gebimmel. Wieviel Glück ihm dieser Talisman schon gebracht hatte. Und wenn ihm das Schicksal auch weiterhin gewogen blieb, würde er in einer Stunde seine Ländereien zurückgewinnen.

»Nur mir gehörst du, Alessandra«, flüsterte er, dann ging er zum Ausgang des Zelts und befahl seinem Knappen, die Rüstung hereinzubringen.

Wie satt ich das alles habe, dachte Lucien, schwang sein Pferd herum und musterte den gefallenen Gegner.

Reglos lag der Mann im Sand. Einer seiner Armbergen, von Luciens Lanze losgebrochen, war zum Rand des Platzes geflogen.

Ebenso ungeduldig wie das Publikum wartete Lucien, während der Knappe des besiegten Ritters zu seinem Herrn rannte, niederkniete, das Visier hochklappte und hineinspähte. Ein langes Schweigen entstand, das böse Ahnungen heraufbeschwor . . .

Hatte sich der Ritter beim Sturz das Genick gebrochen? Schuldgefühle und Zorn erfaßten Lucien, obwohl er sich nichts vorzuwerfen hatte. Es war ein fairer Kampf gewesen.

In der Zuschauermenge entdeckte er Alessandras vermummte Gestalt. Die Kapuze überschattete ihr Gesicht, doch er wußte, daß sie zu ihm herüberschaute.

Was mochte sie empfinden? Verachtung und Abscheu? Das könnte er ihr nicht übelnehmen. Rücksichtslos, nur um seine eigenen Zwecke zu verfolgen, hatte er einem Menschen das Leben genommen, wie in Kriegszeiten sooft im Namen des Königs. Wenn sich ihre Liebe in Haß umkehrte, verdiente er nichts Besseres.

Nie wieder, gelobte er sich und warf seine zerbrochene Lanze zu Boden. Nun hatte er die Ehre seines Familiennamens gerettet und gemeinsam mit seinen Brüdern genug Lösegeld eingenommen, um die Ländereien zurückzukaufen. Es gab nichts mehr zu gewinnen.

Ein lautes Stöhnen durchbrach die Stille, erleichtert seufzte das Publikum auf. Auch Lucien stieß seinen Atem hervor und merkte erst jetzt, daß er ihn angehalten hatte. Langsam bewegte sich sein Gegner, während er sein Bewußtsein wiedererlangte. Drei Knappen wurden gerufen und trugen den Ritter, der die Zuschauer mit wilden Flüchen amüsierte, auf einem länglichen Schild davon.

Wenig später ritt Luciens letzter Herausforderer auf den Turnierplatz, Sir Keith Crennan. Am Schulterriemen seiner Rüstung flatterte ein roter Handschuh. Er nahm seine Position ein, und der Marschall rief die beiden Gegner zum Kampf auf.

Unsinnige Eifersucht erfaßte Lucien. Was mochte Alessandra veranlaßt haben, ihrem Onkel dieses Pfand zu überreichen? Erstens war er zu alt für sie, zweitens würde die Kirche eine Verbindung zwischen so engen Verwandten nicht gestatten.

Sicher wollte sie ihm nur einen kleinen Gefallen erweisen, sagte sich Lucien und dachte an das Geständnis ihrer Liebe, das er für immer in seinem Herzen bewahren würde.

»Geht in Stellung, Sir Lucien!« befahl der Marschall.

»Nein, für mich ist das Turnier vorbei.« Lucien ergriff die Zügel seines Schlachtrosses und ritt zu James, der im mittleren Pavillon saß. »Lord Bayard, Ihr werdet Euch doch an unser Abkommen halten? Heute abend übergebe ich Euch die geforderte Summe, wenn Ihr die entsprechenden Dokumente vorbereitet habt.«

»Mein ursprüngliches Angebot gilt immer noch, de Gautier«, entgegnete James und stand auf. »Nehmt eine Bayard zur Frau, und die Ländereien gehören Euch. Was Ihr beim Turnier gewonnen habt, wird Euch ein höchst komfortables Leben ermöglichen.«

»Wenn Ihr glaubt, eine Bayard-Braut würde genü-

346

gen, um den Frieden zwischen unseren Familien zu sichern, täuscht Ihr Euch.«

»Also geht es immer noch um Dewmoor Pass?«

Zu James' Verblüffung lachte Lucien laut auf. Seit der Ankunft auf Falstaff hatte er nicht mehr an jene armseligen fünfzig Hektar gedacht, die der Fehde zugrunde lagen. Wieviel Blut war deshalb geflossen ... »Behaltet Dewmoor Pass, Bayard«, erwiderte er und galoppierte davon.

Nun ritt Keith zum mittleren Pavillon und nahm seinen Helm ab. »Wie es scheint, hat mir der Löwe von Falstaff den letzten Sieg dieses Turniers geschenkt.« Grinsend schwang er sein Schwert hoch, und das Publikum brach in Gelächter aus. Obwohl er zu den tüchtigsten Streitern gehörte, hätte er wohl kaum gegen Lucien de Gautier bestanden.

Am frühen Abend begann das große Fest, das alle Turniere zu krönen pflegte.

Alles in Ordnung, redete er sich immer wieder ein, während er sein Schlachtroß zu den Stallungen führte. Trotzdem ließ sein Zorn nicht nach, und er nahm seinen Knappen kaum wahr, der nach den Zügeln griff. »Ich kümmere mich um Euer Pferd, Sir Keith.«

Vor lauter Wut hätte er den Jungen am liebsten geohrfeigt, und er beherrschte sich nur mühsam. »Nein, das erledige ich selber. Geh nur und amüsiere dich mit den anderen.«

»Aber ...«

»Verschwinde!« donnerte Keith und erkannte seine eigene Stimme nicht wieder.

»Aye, Mylord.« Hastig wich der Knappe zurück und eilte davon.

Nur für einen kurzen Moment bereute Keith seinen Wutausbruch. »Alles in Ordnung«, flüsterte er, und um das zu beweisen, hob er eine Hand und lächelte einem Ritter zu, der ihm auf dem Weg zum Stall begegnete.

Sofort erstarb Keiths Lächeln. »Nein, ich ärgere mich nicht«, versuchte er sich erneut zu überzeugen. »Ich bin nur – enttäuscht. Sonst nichts.«

Vielleicht hätte er sich beruhigt, wäre Agnes nicht erschienen, um ihn mit der Nase auf die Demütigung zu stoßen, die er Lucien de Gautier verdankte. »Dieser Bastard!« schimpfte sie und nahm seinen Arm. »Wofür hält er sich eigentlich?«

Entschlossen widerstand er dem Impuls, seine Schwester in den Sand zu schleudern. Niemals durfte Agnes die Dämonen kennenlernen, die in seiner Seele hausten. Wenn sie auch nur selten auftauchten, so hatten sie doch genug Katastrophen heraufbeschworen, die ihn in seinen Alpträumen unablässig verfolgten.

»Meinst du de Gautier?« fragte er beiläufig.

»Wen sonst sollte ich Bastard nennen?«

»Vielleicht deinen Mann?«

»Nur wenn er mir widerspricht«, entgegnete sie lachend.

Sie betraten den Stall, und er führte seinen Hengst in eine Box am anderen Ende. Sanft befreite er sich von Agnes' Hand, die seinen Arm immer noch festhielt, und begann das Tier abzusatteln. »Er hat auf den Kampf verzichtet. Für mich war das ein Sieg.«

»Ein Sieg? Hättest du ihn doch in die Knie gezwungen!«

»Nun, ich bin mit dem Ausgang des Turniers zufrieden«, erwiderte er und wünschte, sie würde ihn mit seinen Dämonen allein lassen.

»Du bist zufrieden? Obwohl er dich so schmählich erniedrigt hat?«

»O ja.«

Ihr Gesicht rötete sich. »Weißt du, wie man über dich

reden wird?« Als er nicht antwortete, fuhr sie fort: »Man wird behaupten, de Gautier habe den Kampf nicht abgelehnt, weil er deine Lanze fürchtete, sondern weil er dich für einen unwürdigen Gegner hielt.«

Rasch ging Keith auf die andere Seite des Hengstes, um seine Wut zu verbergen. »Nein, ich glaube, das hat er für Alessandra getan.«

»Alessandra! Luciens Heimkehr war schon schlimm genug, aber ihre Ankunft hat Melissant aller Hoffnungen beraubt, jemals den de-Gautier-Erben zu heiraten.«

»Und was hat Alessandra damit zu tun? Soviel ich weiß, war es Luciens Entschluß, eine Bayard-Braut abzulehnen, nicht ihrer.«

»Irrtum! Lucien und Alessandra lieben sich. Weißt du, wo sie heute mittag die Turnierpause verbrachte, nachdem sie mit dir gesprochen hatte?«

Erst jetzt erfuhr er, daß er Alessandra nicht unbemerkt die Kapuze vom Kopf gezogen und sie um ihre Gunst gebeten hatte. Das stimmte ihn sehr unbehaglich. »Keine Ahnung.«

»Sie ging zu *ihm* – in sein Zelt. Wenn er eine Bayard heiratet, dann nur sie – nicht meine arme Melissant.« Bedrückt senkte Agnes den Kopf. »Was soll ich nur machen, Keith?«

Nachdem Alessandra ihm den Handschuh geschenkt hatte, war sie zu einem anderen gelaufen ... Wieder bekämpfte Keith seine Dämonen, trat hinter dem Pferd hervor und legte beruhigend einen Arm um Agnes' Schulter. »Sicher wird Melissant einen ehrenwerteren Bräutigam finden als Lucien de Gautier. Es ist besser, wenn sie nicht seine Frau wird.«

Erbost riß sie sich los. »Glaubst du, das will ich hören?« fauchte sie. »Und das aus deinem Mund – obwohl du vor de Gautier im Staub gelegen hättest, wärst du seiner Lanze nicht unwürdig gewesen!« Abrupt kehrte sie ihm den Rücken und eilte zum Stalltor. Dort blieb sie stehen und drehte sich um, eine Hand auf dem Türpfosten. »O Gott, es tut mir leid, Keith.« Tränen glänzten in ihren Augen. »Seit Alessandra bei uns lebt, ist alles so schwierig für mich.«

»Das kann ich mir vorstellen«, würgte er hervor. Seine Kehle war wie zugeschnürt.

»Sie hat Catherines Geist mitgebracht. Und ich weiß nicht, wie ich dagegen ankämpfen soll – aber irgendwie wird es mir gelingen.« Aus ihren eigenen Worten schöpfte sie neue Kraft, lächelte ihn an, und dann blieb er mit seinem inneren Konflikt allein.

Sobald seine Schwester außer Hörweite war, ließ er seinen Dämonen die Zügel schießen.

Vor seinen Augen flimmerten rote Lichter. Schreiend schleuderte er den Sattel an die Wand, und während das verängstigte Pferd immer schriller wieherte, trat er gegen Eimer und Hafersäcke, warf Striegel, Zügel und Peitschen um sich – alles, was er zwischen die Finger bekam. Und als er nichts mehr fand, sank er zu Boden und trommelte mit beiden Fäusten auf das Stroh. Endlich war sein Zorn verraucht, und er rang erschöpft nach Luft.

»Irgend etwas muß geschehen«, flüsterte er und erhob sich schwerfällig. Aber wie sollte er seine Dämonen besänftigen, wenn sie ihn wieder heimsuchten?

29

Das alles könnte dir gehören.« Wehmütig wühlte Vincent in den Goldmünzen. »Und das Land dazu – wenn du den Rotschopf heiratest.«

Lucien warf sein Kettenhemd auf das Feldbett und

antwortete erst, als sein Knappe die schwere Rüstung aus dem Zelt getragen hatte. »Falls du einen ganz bestimmten Rotschopf meinst – sie heißt Alessandra. Und ich werde sie heiraten, sobald wieder Ordnung auf Falstaff eingekehrt ist.«

»Warum lehnst du dann Bayards Angebot ab?«

Lucien ergriff eine Münze. Langsam drehte er sie hin und her. »Um den Stolz der de Gautiers zu retten ...«

».. . den du in den Schmutz gezerrt hast, Vincent«, warf Jervais ein.

Das Gesicht vor Wut verzerrt, sprang Vincent auf und wollte sich auf den jüngeren Bruder stürzen. Aber Lucien trat blitzschnell dazwischen. »Reiß dich zusammen!«

»Warum erinnert er mich dauernd an meine Fehler?« schrie Vincent. »Die habe ich teuer genug bezahlt. Und zweifellos muß ich bis zum Ende meines Lebens dafür büßen.«

Wie Lucien wußte, spielte der junge Mann auf das Turnier an. Vincent haßte solche Wettbewerbe. Nur widerstrebend hatte er wochenlang mit seinen kampfstärkeren Brüdern exerziert. Aber während der letzten drei Tage hatte er sich trotz aller Mühsal und Plage kein einziges Mal beklagt.

Lucien war stolz auf ihn, wenn es auch noch eine Weile dauern würde, bis er ihm die Missetaten restlos verzeihen konnte. »Sprechen wir nicht mehr davon. Morgen früh ...« Er verstummte, als er ein Knacken hörte. Angespannt spähte er in den Hintergrund des Zeltes und sah einen Schatten an dem Schlitz vorbeihuschen, den er in die Plane geschnitten hatte, um Alessandras Flucht zu ermöglichen. Die Brüder folgten seinem Blick und wollten zu der Öffnung stürmen. Aber er hielt sie zurück und bedeutete ihnen, weiterzusprechen.

Zu spät. Der Schatten verschwand, und als Lucien seinen Kopf durch das Loch steckte, verrieten nur mehr zertrampelte Zweige, daß sich ein Lauscher herangewagt hatte.

»Wer war es?« fragte Vincent.

»Vielleicht der Bischof«, meinte Jervais, und Lucien nickte.

»Das wäre möglich.«

Am Abend, als das Fest allmählich zu Ende ging, verließen die de Gautiers das Arbeitszimmer des Lords. Mehrere Pergamente in der Hand, von seinen Brüdern flankiert, durchquerte Lucien die Halle. Er richtete kein einziges Wort an die Leute, die ihn beobachteten. Bevor er hinauseilte, schaute er nur kurz zum Kaminfeuer hinüber, wo Alessandra saß.

Bedrückt sank sie in sich zusammen. Am nächsten Morgen wollten die Gäste ihres Vaters abreisen. Würde Lucien davonreiten, ohne noch einmal mit ihr zu sprechen?

»Du siehst so traurig aus«, bemerkte Keith und erinnerte sie an das Gespräch, das sie geführt hatten, ehe die Gautiers erschienen waren. »Hab ich was Falsches gesagt?«

»O nein, ich . . .« Sie riß ihren Blick von der Tür los und sah in seine freundlichen Augen.

»Mir kannst du nichts vormachen.« Melissant zwinkerte ihrem Onkel zu. »Vermutlich hast du gehofft, du könntest dich mit Lucien unterhalten.«

Brennende Röte stieg in Alessandras Wangen. Warum sprach ihre Schwester so freimütig über Herzensdinge, noch dazu vor Keith? »Da irrst du dich.«

»Keineswegs . . .«

»Also ist es Lucien de Gautier, der deine Gedanken beschäftigt, Alessandra?« fragte Keith grinsend. »Das hätte ich mir denken können.«

Weder Melissant noch ihr Onkel bezweifelten, daß sie richtig geraten hatten. Und so entschied Alessandra, jeder weitere Protest wäre sinnlos. »Wir sind Freunde«, erklärte sie seufzend. »Auf der Reise von Algier nach England war er sehr nett zu mir.«

»Nur nett?« Melissant kniete neben ihr nieder. »War das alles?«

»Melissant!« Ausnahmsweise fand Alessandra das Kaminfeuer viel zu heiß.

»Wenn du glaubst, du könntest einen Mann zähmen, bist du genauso dumm wie deine Mutter«, meinte Keith.

»Vielleicht möchte sie ihn gar nicht zähmen«, warf Melissant ein und hob vielsagend die Brauen.

Liebevoll zauste er ihr Haar. »Und du? Würdest du ihn gern zähmen?«

»Ich will ihn überhaupt nicht.«

»Aber wenn sich die Dinge planmäßig entwickelt hätten, wärst du die Braut des de-Gautier-Erben.«

»*Vincents* Braut!« fauchte sie. »O Gott, ich bin so froh, daß ich ihn los bin!«

»Jetzt ist Lucien der Erbe.«

»Und ein viel interessanterer Heiratskandidat.«

Erleichtert atmete Alessandra auf, nachdem das Thema ihrer Beziehung zu Lucien abgeschlossen war, und schaute sich in der Halle um. Die meisten Gäste waren schon zu Bett gegangen. Diesem Beispiel wollte sie folgen, um wenigstens ein paar Stunden Schlaf zu finden. Im Morgengrauen würde sie aus dem Haus schleichen und Lucien in seinem Zelt aufsuchen, bevor er nach Falstaff ritt.

Aus den Augenwinkeln sah sie Agnes und Bischof Armis. Die beiden standen am anderen Ende der Halle und ließen Alessandra nicht aus den Augen.

Ärgerlich sprang sie auf und wandte sich zu Keith und

Melissant, um ihnen eine angenehme Nachtruhe zu wünschen. Aber inzwischen war ihre Schwester verschwunden. Alessandra entdeckte sie an einem der Wandtische, wo sie vom kalten Braten und Käse naschte.

In seinen Sessel zurückgelehnt, hatte Keith die Augen geschlossen, und Alessandra berührte seine Schulter. »Gute Nacht.«

Verwirrt blinzelte er sie an. »Oh, du hast mich ertappt . . . Gute Nacht, Alessandra.«

Ehe sie sich entfernen konnte, kam eine Dienerin zum Kamin. »Eine Nachricht für Euch, Mylady«, wisperte sie und drückte ihr ein zusammengefaltetes Pergament in die Hand. Dann eilte sie davon. Diese Botschaft konnte nur von Lucien stammen. Alessandras Herz begann wie rasend zu schlagen.

Freudig erregt und ängstlich zugleich, umklammerte sie den Brief. Wenn das Mädchen auch diskret gewesen war – man hatte die kleine Szene sicher beobachtet. Um das zu wissen, mußte sich Alessandra nicht umschauen. Deutlicher denn je spürte sie wachsame, forschende Blicke. Keith musterte sie neugierig, und sie lächelte ihn an. »Gute Nacht«, wiederholte sie, ging zur Treppe und stieg hinauf.

Sobald sie außer Sichtweite war, nahm sie immer zwei Stufen auf einmal. Nervös schloß sie ihre Tür hinter sich und faltete das Pergament auseinander. Unter der letzten Zeile standen Luciens kühn geschwungene Initialen. Er bat sie, in sein Zelt zu kommen, möglichst bald, so daß sie sich unauffällig unter die Gäste mischen konnte, die das Schloß verließen und ins Zeltlager zurückkehrten.

Von neuer Hoffnung beflügelt, preßte sie den Brief an ihre Brust. Dann steckte sie ihn in die Tasche ihres Rocks und verhüllte sich mit dem dunklen Umhang, der ihr gestattet hatte, das Turnier unerkannt zu besuchen. Nur ihr Onkel war nicht auf das Täuschungsmanöver hereingefallen. Daran dachte sie, während sie die Stufen hinabschlich.

Im Schatten der Treppe blieb sie stehen. Ihr Blick wanderte durch die Halle. Glücklicherweise war Keith nirgends zu sehen. Sie rannte in die Küche, wo ein paar Dienstboten von ihrer Arbeit aufschauten. Aber sie stellten keine Fragen, als Alessandra vorbeieilte.

Fröstelnd trat sie in die kalte Nachtluft hinaus, durchquerte den inneren und den äußeren Hof. Vor dem hochgezogenen Fallgitter mischte sie sich mühelos unter einige Gäste, die hinausschlenderten. Unbemerkt passierte sie die Wachtposten, und wenig später beschleunigte sie ihre Schritte. Kurz vor dem Zeltlager hielt sie zögernd inne.

War der Brief eine Finte gewesen? Würde sie in eine Falle tappen?

Nein, in Luciens Zelt schimmerte Licht. Er wartete auf sie. Beruhigt lief sie weiter – und stolperte.

Hatte sie ihre Röcke nicht hoch genug gerafft? Vielleicht war sie mit einem Fuß an den Säumen hängengeblieben ... Aber statt vornüberzufallen, wurde sie nach hinten gezerrt.

Eine Hand preßte sich auf Alessandras Lippen und erstickte ihren Schreckensschrei. Doch dann verdrängte ihr Selbsterhaltungstrieb die beklemmende Angst. Der Angreifer hielt ihre Arme nicht fest, und so rammte sie ihre Ellbogen in seine Brust. Statt sie loszulassen, schnappte er nur kurz nach Luft und umschlang ihre Taille noch fester.

Mit aller Kraft wehrte sie sich, trat nach hinten, traf ein verletzliches Schienbein. Als das nichts nützte, biß sie in die Hand, die ihr den Mund zuhielt – ohne Erfolg. Der Mann schleifte sie unbeirrt in den Wald, der an das Zeltlager grenzte.

Grausige Gedanken quälten Alessandras Phantasie. Sollte sie vergewaltigt oder ermordet werden? Wer war dieser Mann? Hatte er sie vom Schloß aus verfolgt?

Bald glitten die geisterhaften Schatten der Bäume an ihr vorbei. Unter ihren Füßen raschelte welkes Laub. Ihr Herz pochte so heftig, daß sie glaubte, es würde die Brust zersprengen. Entschlossen griff sie nach hinten und zerkratzte das Gesicht ihres Peinigers. Dafür rächte er sich, indem er seine Hand, die ihre Stimme erstickte, ein wenig nach oben schob und ihr auch noch die Nase zuhielt.

Jetzt konnte sie kaum noch atmen und geriet in Panik. Stöhnend warf sie den Kopf herum und versuchte, die groben Finger abzuschütteln.

Ihre Sinne drohten zu schwinden. Und während ihre Gegenwehr erlahmte, kam ihr die rettende Idee. Sie ließ ihren Körper erschlaffen, hing schwer in den Armen ihres Angreifers, fühlte sein Zögern, seine Unsicherheit. Endlich nahm der Mann die Hand von ihrem Mund. Doch sie widerstand der Versuchung, gierig die Luft in ihre Lungen zu saugen, atmete möglichst flach und täuschte weiterhin eine Ohnmacht vor. Langsam lösten sich die Nebel in ihrem Gehirn auf, und sie spürte kaltes, feuchtes Erdreich unter ihrem Rücken. Also hatte man sie auf den Boden gelegt.

Da sie fürchtete, die Nacht wäre nicht dunkel genug, so daß sie unbemerkt die Augen öffnen könnte, blieb sie reglos liegen und wartete die nächsten Ereignisse ab. Allzulange mußte sie sich nicht gedulden. Der Mann pfiff leise, Hufschläge erklangen. Vorsichtig hob sie die Lider, späht durch ihre gesenkten Wimpern, sah die schwarzen Silhouetten von drei Pferden und zwei Reitern. Ihr Entführer kehrte ihr den Rücken und winkte die Neuankömmlinge zu sich.

Denk nach, befahl sie sich. Nun mußte sie einen

Plan schmieden, bevor die Komplizen des Mannes ihr Ziel erreichten. Weil die Zeit drängte, fiel ihr nur eine einzige Möglichkeit ein. Sie drehte sich auf den Bauch, sprang hoch, raffte ihr Röcke und stürmte zu den Lichtern des Zeltlagers, die zwischen den Bäumen flackerten. Hinter ihr stieß der Mann einen Wutschrei aus, dann hörte sie seine Schritte, die trommelnden Hufe.

Die Haare, die hinter ihr herwehten, blieben irgendwo hängen. An einem Zweig? Oder an den Fingern eines Verfolgers? Sie rannte noch schneller, und ihre Haarwurzeln schmerzten, als sie sich losriß. Also mußte irgend jemand versucht haben, sie festzuhalten.

In ihren Ohren dröhnte das Blut. Oder waren es die Hufschläge, die immer näher kamen? Sie rannte, so schnell ihre Beine sie trugen, und obwohl sie keuchend nach Atem rang, öffnete sie den Mund, um zu schreien.

Aus ihrer Kehle rang sich nur ein armseliger Laut und verstummte sofort, weil sie Luft holen mußte. Dann versuchte sie es noch einmal, ebenso erfolglos. Schließlich konzentrierte sie ihre ganze Kraft auf die Flucht.

Als sie weiches Gras unter den Füßen spürte, schöpfte sie neue Hoffnung. Bald bin ich frei, ermutigte sie sich. Doch dann prallte etwas Hartes gegen ihren Rükken, ein Arm umfaßte ihre Taille und zerrte sie auf ein galoppierendes Pferd, das herumgeschwenkt wurde. Im nächsten Augenblick sah sie sich wieder vom Dunkel des Waldes umhüllt. Vergeblich schlug sie nach dem Reiter. Ihre Niederlage war besiegelt.

Nach einer Weile wurde sie losgelassen, fiel zu Boden und blieb leicht benommen liegen. Wie aus weiter Ferne drangen Stimmen zu ihr – vertraut und doch seltsam verzerrt. Ein Traum? Als sie wieder klarer denken konnte, drehte sie sich auf den Rücken und blinzelte durch ihr wirres Haar.

»Sie muß sofort von hier verschwinden!« entschied der Mann, der ihre Flucht vereitelt hatte.

Wer mochte er sein? Das wußte sie nicht, obwohl ihr die Stimme bekannt vorkam.

Irgend jemand murmelte eine Antwort, dann kniete der Mann, der sie entführt hatte, neben ihr nieder und neigte sich herab. Dieses Gesicht kannte sie nur zu gut. Aber das alles ergab keinen Sinn. Offenbar war es doch nur ein Traum. Ihrer Lider wurden schwer, und sie schloß die Augen. »Früher konnte ich dir immer davonlaufen«, flüsterte sie, bevor sie die Besinnung verlor.

»Ist sie nicht gekommen?«

Lucien wandte sich von der dunklen Festung ab, stieg auf sein Pferd und ergriff die Zügel. Dann beantwortete er Jervais' Frage. »Nein. Offenbar meinte sie es ernst, als sie mir Lebewohl sagte. Lebewohl für immer.«

»Sicher wird sie sich anders besinnen.« Jervais ritt an die Seite seines Bruders. »Glaub mir, spätestens in einer Woche wirst du von ihr hören.«

Wortlos spornte Lucien seinen Hengst an und setzte sich an die Spitze des de-Gautier-Gefolges. Da er in der Nacht kaum Schlaf gefunden hatte, verließen sie Corburry schon vor Tagesanbruch. Gegen Mittag würden sie Falstaff erreichen.

Als Jervais wieder neben ihm auftauchte, brach Lucien sein Schweigen. »Wahrscheinlich ist es am besten, wenn Alessandra eine Bayard bleibt.«

»Am besten – für wen?«

»Für uns beide.«

»Aber . . .«

»Jervais, sie hat ihre Entscheidung getroffen. Lassen

358

wir's dabei bewenden.« Lucien grub seine Fersen in die Pferdeflanken und galoppierte den anderen davon.

Falstaff, dachte er, während die frische, belebende Morgenluft sein Haar zerzauste. Dort würde er Frieden finden – jetzt, wo ihm alle de-Gautier-Ländereien wieder gehörten.

Irgendwann würde Alessandras Bild in seiner Erinnerung verblassen, wenn sie sich auch gelegentlich begegnen würden, solange Frieden zwischen den beiden Familien herrschte.

Und wie lange mochte der Frieden dauern? War die Fehde ein für allemal beendet?

30

Sie ist erwacht, mein Freund.«

Langsam drang die Stimme mit dem starken Akzent in Alessandras Bewußtsein, und sie blinzelte in bleiches, von Wolken getrübtes Sonnenlicht.

Hatte der Mann von ihr gesprochen?

Sie wandte den Kopf zur Seite, sah eine Gestalt, die sich neben einem Lagerfeuer erhob. Hell loderten die Flammen, aber die Wärme konnte Alessandras frierende Glieder nicht erreichen. Der Mann kam zu ihr, kniete nieder, strich ihr das Haar aus dem Gesicht, und da erkannte sie ihn. Immer noch derselbe Traum, dachte sie, schloß die Augen und hoffte, in ihrem warmen Zimmer auf Corburry weiterzuschlafen.

Das wurde ihr nicht gestattet. »Alessandra!« rief der Mann und schüttelte sie. Komisch, die Stimme paßte zu ihm . . . »Hörst du mich?« Sein warmer Atem streifte ihre Wange.

Widerstrebend hob sie die Lider und starrte in schwarze Augen. Jetzt gab es keinen Zweifel mehr. Er war es tatsächlich. »Geh weg – du hast in England nichts verloren!« flüsterte sie, rieb fröstelnd ihre Arme und krümmte sich – ein vergeblicher Versuch, ihren zitternden Körper zu erwärmen.

»Du auch nicht!« entgegnete er und schüttelte sie noch heftiger.

Vielleicht war es doch kein Traum. Sie runzelte die Stirn und schaute den Mann wieder an. Dunkle Brauen, ärgerlich zusammengezogen, verkniffene Lippen – viel realer als ein Traum. Und die vier Narben auf der rechten Wange . . . »Rashid?« hauchte sie.

Seine harten Züge milderten sich ein wenig. »Ja.«

»Das ist unmöglich!« rief sie auf arabisch, und es fiel ihr erstaunlich schwer, sich in der einst so vertrauten Sprache auszudrücken.

»Aber ich bin's wirklich«, entgegnete Rashid und ergriff ihre Hand.

Abrupt setzte sie sich auf. »Was machst du in England?«

»Ich bin gekommen, um dich nach Hause zu bringen«, erklärte er leicht gekränkt.

Erst jetzt kehrte die Erinnerung an die nächtlichen Ereignisse zurück. Rashid hatte sie aus dem Zeltlager entführt, ihr Mund und Nase zugehalten, so daß sie fast erstickt wäre. Und die beiden anderen? Hatte sie nicht geglaubt, einen dieser Männer zu erkennen?

»Warum willst du mich von hier wegholen, Rashid?«

»Weil du nach Algier gehörst!« fauchte er. »Und weil du meine Braut bist.«

Nicht Luciens Braut . . . Sicher war er längst nach Falstaff geritten und zürnte ihr, denn er mußte annehmen, sie hätte seine Einladung absichtlich ignoriert.

360

»Alessandra!« Ungeduldig rüttelte Rashid an ihrer Schulter.

»Was? Oh – ich . . .«, stammelte sie verwirrt.

»Bald reisen wir nach Algier.«

Wie gern wäre sie dorthin zurückgekehrt, als Lucien sie nach Tanger entführt hatte . . . Jetzt wußte sie es besser. Nein, sie konnte nicht mehr im Maghreb leben – und niemals Rashids Frau werden. Sie brauchte ihre Freiheit, nie wieder würde sie sich in einem Harem einsperren lassen, wo man ihre persönlichen Wünsche und Gefühle nicht berücksichtigte.

In England durften sich die Frauen viel freier bewegen, führten den Haushalt, gingen aus, ohne ihre Gesichter zu verschleiern. Hierher gehörte sie, trotz des kalten Wetters, der seltsamen Speisen, der gräßlichen Turniere – an Luciens Seite, falls er sie noch haben wollte.

»Nein, Rashid«, protestierte sie und entzog ihm ihre Hand. »Algier ist nicht mehr meine Heimat.«

Erbost sprang er auf. »Und wo fühlst du dich zu Hause? In diesem gottverdammten Land, wo fast nie die Sonne scheint, wo bittere Kälte herrscht?« Natürlich verdiente sie seinen Zorn, nachdem er einen so weiten Weg zurückgelegt hatte, um sie zu holen. Er zog sie auf die Beine und umklammerte ihre Arme. »Gehörst du immer noch zu mir, Alessandra?«

Hatte sie jemals wirklich zu ihm gehört? Wie auch immer, nun war es Lucien, der ihr Herz besaß. »Tut mir leid, Rashid . . .«, begann sie und wünschte, sie könnte ihm den Kummer ersparen. »Jetzt ist England meine Heimat.«

»Ich habe gefragt, ob du immer noch zu mir gehörst.«

»Nein, Rashid.«

»Also ist es wahr. Du begehrst diesen Bastard de Gautier. Hast du mit ihm geschlafen?«

Obwohl ihn die Wahrheit verletzen würde, durfte sie ihn nicht belügen. »Ich bin immer noch unberührt, aber ich liebe ihn.«

Als er sie schlagen wollte, packte sie blitzschnell sein Handgelenk und starrte in seine glühenden Augen. »Vergreif dich nicht an mir!« warnte sie ihn.

Zögernd hielt er inne, dann stieß er sie von sich, und sie fiel auf die Decke, unter der sie vorhin gelegen hatte. »O ja, meine Mutter hat recht!« schrie er. »Du bist eine Hexe – eine Hure!« Wütend rammte er eine Faust gegen seine Stirn. »Hätte ich nur auf sie gehört!«

»Nein, Rashid«, entgegnete sie und stand auf. »Du beschuldigst mich zu Unrecht, und das weißt du sehr gut.«

»Nur eins weiß ich – du hast mich betrogen. Und deshalb würde Allah nicht einmal mit der Wimper zukken, wenn ich dich töte.«

Flehend berührte sie seine Schulter. Ihr Mund war staubtrocken. »Das würdest du niemals über dich bringen. Waren wir nicht Freunde?«

»Freunde?« Angewidert schüttelte er ihre Hand ab und ging davon.

Erst jetzt sah sie, wer ihn nach England begleitet hatte. Jacques LeBrec saß auf einem Felsblock und schenkte ihr ein kühles Lächeln.

Entgeistert wich sie zurück. Unmöglich . . . Das alles mußte ein Traum sein – ein sonderbarer, verrückter Traum. Außerhalb ihres Traums konnten sich die Wege dieser beiden Männer nicht gekreuzt haben. Oder doch?

»*Chérie*!« Geschmeidig erhob er sich, ignorierte Rashids wilde Flüche und ging zu ihr. »Sicher seid Ihr überrascht«, bemerkte er mit sanfter Stimme, ergriff ihre schlaffen Hände und küßte sie.

»O Gott, das ist einfach nicht möglich!« flüsterte sie

und schüttelte den Kopf, um die gräßliche Illusion zu verscheuchen. Aber weder Jacques noch Rashid verschwanden.

»Hier stehe ich, aus Fleisch und Blut, *chérie*. Ebenso wie Euer Verlobter.«

»Elender Schurke!« schrie sie. »Ihr habt mich belogen und in die Sklaverei verkauft!«

»Oh, das müßt Ihr mir verzeihen.« Leichthin zuckte er die Achseln. »Bald werdet Ihr nach Algier zurückkehren. Und das war doch Euer innigster Wunsch, oder?«

»Wie könnte ich Euch jemals verzeihen?« Viel zu lebhaft stürmten die Erinnerungen auf sie ein – die Sklavenauktion, die schreckliche Demütigung. Mit beiden Fäusten trommelte sie gegen LeBrecs Brust, und er mußte seine ganze Kraft aufbieten, um sie festzuhalten.

Rashid packte sie von hinten und warf sie zu Boden. Dann saß er rittlings auf ihren Hüften und umklammerte ihre Arme, bis sie müde wurde und keinen Widerstand mehr leistete. »Du wirst mir gehorchen!«

»Wie willst du mich dazu zwingen? Ich bin nicht deine Frau, und ich gehöre auch nicht dem muslimischen Glauben an.«

»Bald werden wir heiraten.«

»Aber ich verlasse England nicht.«

»Doch!« fauchte er, neigte sich herab und preßte seinen Mund auf ihren.

Diesen Angriff hatte sie nicht erwartet. Wie betäubt lag sie da, bis er seine Zunge zwischen ihre Lippen schob. Dann drehte sie angeekelt den Kopf zur Seite. »Nein, Rashid!«

Mit schmalen Augen starrte er sie an. »Vor nicht allzu langer Zeit wolltest du's . . .«

Unbehaglich dachte sie an jenen Morgen, wo sie ihn

auf der Dachterrasse geküßt hatte, um sich selbst zu beweisen, sie empfände nichts für Seif – für Lucien. In ihrer Kehle saß ein dicker Klumpen, und sie schluckte mühsam. »Nicht so . . .«

»Wie dann? Erzähl mir doch, wie de Gautier deine Sinnenlust befriedigt hat. Vielleicht kann ich daraus lernen.« Als sie nicht antwortete, beugte er sich wieder herab und strich mit seiner Zungenspitze über ihr Ohr.

Empört wollte sie protestieren, doch da erschien Jacques an ihrer Seite. »Mein Freund«, mahnte er auf französisch, »Ihr solltet einen anderen Ort und Zeitpunkt wählen, um Alessandra zu zähmen.«

Nun erwartete sie, Rashid würde seinen Zorn gegen LeBrec richten. Statt dessen blinzelte er verwirrt und stand auf. »O Allah!« stöhnte er, sank auf die Knie und hob flehend die Arme zum Himmel empor. »Allah! Allah!«

»Diese Heiden!« murmelte Jacques und half Alessandra, sich aufzurichten. Tröstend legte er einen Arm um ihre Schultern, aber sie riß sich los und rückte von dem verhaßten Mann weg. Das schien ihn nicht zu stören. »Gewiß, jetzt seid Ihr mir böse, *chérie*. Aber Ihr werdet mir bald die Hand zur Versöhnung reichen.«

»Niemals!«

Belustigt schnalzte er mit der Zunge. »Niemals? Das ist eine sehr lange Zeit.«

»Eine Ewigkeit!«

Seufzend ging er zum Feuer und nahm ein Stück getrocknetes Fleisch von einem verbeulten Teller. »Und ich dachte, ich würde alles wiedergutmachen, indem ich Euren Verlobten zu Euch führe.«

Als er ihr das Fleisch anbot, schüttelte sie den Kopf. »Wieso seid Ihr mit Rashid zusammen?«

Er antwortet erst, nachdem er das Fleisch gekaut und

verschluckt hatte. »Bei der Sklavenauktion wurde ich von schrecklichen Gewissensqualen geplagt.«

»Das bezweifle ich.«

»Aber es ist wahr, *chérie*«, versicherte er und setzte eine kummervolle Miene auf. »Dann beobachtete ich, wie Ihr von dem englischen Kapitän gekauft wurdet, und wußte, es würde Euch gut ergehen. Eure Familie lebt in England, und ich dachte, Ihr würdet dem Mann entrinnen, sobald Ihr hier eingetroffen wärt.«

»Und Rashid?«

»Zwei Tage nach Eurer Abreise kam er zu mir und schäumte vor Wut.« Jacques warf einen kurzen Blick auf Rashid, der immer noch inbrünstig betete, und fuhr fort: »In den Straßen von Tanger sprach man unentwegt von der rothaarigen Frau, die auf dem Sklavenmarkt versteigert worden war. Deshalb erfuhr er, daß ich Euch zum Verkauf angeboten hatte.« Von unangenehmen Erinnerungen verfolgt, berührte er seine Kehle. »Da gab es einen Augenblick, *chérie*, wo ich glaubte, mein letztes Stündlein hätte geschlagen. Und dann – gesegnet sei die Heilige Jungfrau – fiel mir etwas sehr Wichtiges ein.«

»Was?«

Jacques ging zu dem Felsblock, wo er vorhin gesessen hatte, holte einen Ranzen und wühlte darin. Bald fand er, was er suchte, und warf ein zerknittertes Pergament in Alessandras Schoß. Die Augen voller Tränen, strich sie über den kostbaren Brief ihrer Mutter, den sie notgedrungen in Jacques Haus zurückgelassen hatte. »Wollt Ihr das Schreiben nicht lesen?«

»Oh, ich weiß, was drinsteht.«

»Dann wißt Ihr auch, wie Rashid und ich erfahren haben, daß Eure Familie in dieser Gegend lebt. Das war . . .« Der junge Araber begann laut zu jammern, und Jacques verdrehte die Augen. »Es war nicht allzu schwierig.«

»Aber meine Mutter schrieb mir, Lucien de Gautier würde mich zu meiner Tante und meinem Onkel bringen. Wie habt Ihr mich in Corburry aufgespürt?«

Jacques biß wieder in das getrocknete Fleisch. »Tut mir leid, das darf ich Euch nicht mitteilen.«

»Wieso nicht?«

»Alessandra, Ihr seid eine intelligente junge Frau und könnt es selber herausfinden.«

»Es wäre mir lieber, Ihr würdet mir die Mühe ersparen.«

»Unmöglich.«

Ärgerlich wickelte sie sich in die Decke, um die morgendliche Kälte abzuwehren. Ihre Mutter hatte Lucien beauftragt, sie zuerst nach Glasbrook zu bringen – zu Agnes und Keiths Eltern. Das stand in Sabines Brief. Also mußten Rashid und Jacques dorthin geritten sein. Aber wer hatte zwei Fremde nach Corburry geschickt? Die Tante und der Onkel? Oder Keith?

Nein, Keith war zu klug, um sich von zwei Ausländern umgarnen zu lassen. Vermutlich hatten ihnen seine arglosen Eltern den richtigen Weg gewiesen. Und doch – es ergab keinen Sinn.

Alessandra runzelte die Stirn. Im Hintergrund ihres Bewußtseins regte sich eine vage Erinnerung und entglitt ihr sofort wieder. »Jetzt kann ich nicht nachdenken.«

»Bald werdet Ihr zwei und zwei zusammenzählen«, versprach Jacques.

Fest entschlossen, ihm die Wahrheit zu entlocken, wollte sie eine weitere Frage stellen. Aber Rashid ließ sie nicht zu Wort kommen. »Steh auf!«

In die Decke gehüllt, erhob sie sich und sah erstaunt die Tränen in seinen Augen.

»Verzeih mir!« flehte er. »Diese letzten Monate waren die Hölle . . .« Reumütig nahm er sie in die Arme und preßte ihren Kopf an seine Schulter.

Von neuer Zuversicht erfaßt, hielt sie den Atem an. Würde er sie gehen lassen und ihr erlauben, nach Corburry zurückzukehren?

Aber seine nächsten Worte erstickten ihre Hoffnung im Keim. »O Alessandra – alles, was mir jemals vertraut gewesen ist, hat sich geändert. Ich will dich nicht verlieren. Von der Welt, die ich einst geliebt habe, bist nur noch du übriggeblieben. Deshalb brauche ich dich.«

Sein Kummer ging ihr zu Herzen, und sie wünschte, sie könnte seine Gefühle erwidern. Aber in ihrem Leben gab es nur einen einzigen Mann – Lucien.

»Sobald wir Algier erreichen, heiraten wir«, fügte Rashid hinzu, legte einen Finger unter ihr Kinn und hob ihr Gesicht. Eindringlich schaute er ihr in die Augen. »Und dann bist du meine Frau – so, wie es von Anfang an bestimmt war.«

Zum Schein erklärte sie sich einverstanden. Es wäre nicht ratsam gewesen, noch länger zu protestieren und seinen Zorn zu erregen. Wenn er glaubte, sie würde ihn freiwillig begleiten, ließ seine Wachsamkeit sicher bald nach, und sie konnte die erste Gelegenheit zur Flucht nutzen. Über seine Schulter hinweg begegnete sie Jacques' erstauntem Blick.

Rashid schob sie von sich. »Jetzt müssen wir aufbrechen. In vier Tagen läuft ein Schiff aus, mit Kurs aufs Mittelmeer.«

Lächelnd nickte sie. Würde er in ihren Augen lesen, was sie wirklich dachte?

Aber er wandte sich sichtlich beruhigt zu Jacques. »Packt unsere Sachen zusammen, inzwischen hole ich die Pferde.« Eine halbe Stunde später ritten sie nach Osten.

31

Mylord, da kommen die Bayards!«
Die Stirn gerunzelt, schob Lucien das Haushaltsbuch beiseite, das er geprüft hatte, und beugte sich vor.
»In friedlicher Absicht?«

Der Hauptmann, der die Schloßwache befehligte, schüttelte den Kopf. »Bis an die Zähne bewaffnet – eine große Ritterschar.«

»Verdammt!« fluchte Lucien und sprang auf. Obwohl der alte Bayard ständig von Frieden faselt und ihm erst vor zwei Tagen widerstandslos die de-Gautier-Ländereien überschrieben hatte, beabsichtigte er, die Fehde fortzusetzen. »Sichert die Burg!«

»Das ist bereits geschehen«, erklärte der Hauptmann.

Hastig legte Lucien seinen pelzbesetzten Hausmantel ab und rief nach seinem Knappen. Der junge Mann kam sofort angelaufen. »Soll ich Euch in die Rüstung helfen, Mylord?« fragte er atemlos.

»Vorerst brauche ich nur mein Kettenhemd, die Stiefel und das Schwert.«

Der Knappe verschwand und kehrte wenig später mit den gewünschten Gegenständen zurück. Inmitten der großen Halle, wo sich Ritter und Familienmitglieder versammelt hatten, zog Lucien sein Kettenhemd an, stieg in die Lederstiefel und schlang den Waffengurt mit dem Schwert um seine Taille.

»O Gott, und ich dachte, es wäre endlich vorbei!« klagte Dorothea und berührte seinen Arm.

»Nicht nur du bist einem Irrtum zum Opfer gefallen, Mutter.«

»Es wird wohl nie ein Ende nehmen . . .«

Statt zu antworten, küßte er ihre blasse Wange, dann befahl er seinen Brüdern und seinen Rittern, ihm nach draußen zu folgen. Wenig später standen sie auf dem Dach des Pförtnerhauses und beobachteten die Bayards. Nein, sie kamen tatsächlich nicht in friedlicher Absicht.

»Sind die Kanonen bereit?« fragte Lucien den Hauptmann.

»Soeben werden sie geladen, Mylord.«

»Unglaublich«, murmelte Vincent. »Da muß ein Mißverständnis vorliegen.«

»Nein«, widersprach Jervais, »dieser Angriff ist typisch für die Tücke der Bayards.«

James ritt seinem Gefolge voraus, von zwei Rittern begleitet. »Wo seid Ihr, Lucien de Gautier?«

»Hier!« rief Lucien und trat an die Zinnen.

»Laßt sie frei!« verlangte James und klappte sein Visier hoch.

Lucien traute seinen Ohren nicht. »Wovon sprecht Ihr?«

Nach einer langen Pause nickte James. »Also gut, Lucien, ich gehe auf Euer Spiel ein. Aber Ihr werdet auf den Knien sterben.«

»*Ihr* seid es, der ein böses Spiel treibt! Erst propagiert Ihr den Frieden, dann reitet Ihr grundlos hierher . . .«

»Grundlos? Die de Gautiers entführen meine Tochter, so wie damals meine Frau, und wagen zu behaupten, es sei nicht rechtens, wenn ich sie alle töte?«

Luciens Herz krampfte sich zusammen. »Ist Alessandra verschwunden?«

»Verschwunden? Ihr habt sie in Eure Gewalt gebracht, Hurensohn, so wie Euer Vater meine Frau!«

Ohne die Beleidigung zu beachten, die er normalerweise gnadenlos geahndet hätte, schüttelte Lucien den Kopf. »Ihr irrt Euch. Wartet, ich komme hinunter.«

»Nein!« warnte Jervais. »Trau ihm nicht. Das ist eine Falle.«

Mit einer Hand berührte Lucien seinen Dolch, mit der anderen den Schwertgriff. »Wenn es so ist, brauchst du nicht zu überlegen, wessen Blut fließen wird.«

Widerstrebend nickte Jervais. »Ich decke dir den Rücken, Bruder.«

Lucien stieg die Stufen zum Hof hinab und bedeutete den Wächtern, das Fallgitter hochzuziehen. Wenig später hatte er die Zugbrücke überquert und stand vor James, der den Eindruck erweckte, er würde jeden Augenblick den Verstand verlieren. »Erzählt mir alles.«

»Leugnet Ihr, daß Ihr Alessandra vor Eurer Abreise aus Corburry eine Nachricht geschickt habt?«

»Nein. Aber davon abgesehen, tat ich nichts.«

»Nichts?« wiederholte James sarkastisch. »Also kam sie in jener Nacht nicht zu Euch?«

»Nein.«

James schwang sein Schwert durch die Luft, die Spitze richtete sich auf Luciens Brust.

Obwohl Lucien reglos stehenblieb, wußte er, daß sein Dolch gefährlicher war als die Waffe, die ihn bedrohte.

»Ihr lügt!« schrie James. »Zweifellos habt Ihr sie entführt und in die Sklaverei verkauft, so wie Eurer Vater ihre Mutter!« Wieder schwenkte er seine Waffe.

Im nächsten Augenblick wurde er überrumpelt und aus dem Sattel gezerrt. Lucien ignorierte James' Begleiter, die ihre Schwerter zogen, verdrehte das Handgelenk seines Gegners, bis die Klinge klirrend am Boden landete, und hielt ihm seinen Dolch an die Kehle.

Dann schaute er die beiden Ritter warnend an. Der eine war Bayards Schwager, Sir Keith. »Hört mich an, James! Mein Vater trug ebenso wenig die Schuld an

Lady Catherines Verschwinden, wie ich für Alessandras Entführung verantwortlich bin.«

»Und das soll ich glauben?«

»Vergeßt Ihr schon nach so kurzer Zeit, daß ich Alessandra zu Euch gebracht habe?«

»Nur um sie zu rauben und mich leiden zu sehen!«

»Ihr irrt Euch«, entgegnete Lucien und zwang sich zur Ruhe. »Ursprünglich hatte ich zwar vor, sie als Werkzeug zu benutzen, und Rache an Euch zu üben. Doch dazu konnte ich mich nicht durchringen.«

Allmählich schien James Vernunft anzunehmen. »Warum habt Ihr sie unberührt Eurem Feind überlassen, ohne Lösegeld zu verlangen?«

Diese Frage verwirrte Lucien. Dann vermochte er seine Gefühle nicht länger zu leugnen. »Weil ich sie liebe«, gestand er, ließ James los und steckte seinen Dolch in die Scheide.

Nachdenklich berührte Bayard seinen Hals. Die Klinge hatte die Haut ein wenig aufgeritzt. »Wenn das stimmt, warum wolltet Ihr sie dann nicht heiraten?«

»Ihr meint, wegen der de-Gautier-Ländereien?« Lucien schüttelte den Kopf. »Dafür gibt es zwei Gründe. Mein Stolz hinderte mich daran.«

»Und der andere Grund?«

»Würdet Ihr eine geliebte Frau heiraten, wenn sie stets glauben müßte, Ihr wärt die Ehe nur eingegangen, um Euren Gewinn daraus zu ziehen?«

Eine Zeitlang starrte James ihn an. Schließlich nickte er. »Jetzt verstehe ich Euch.«

»Wirklich? Dann beschuldigt Ihr mich nicht mehr, ich hätte Alessandra entführt?«

»Nun, ich habe wohl keine Wahl.«

»Gut. Laßt Eure Leute hier warten und folgt mir ins Schloß. Dort besprechen wir alles Weitere, während meine Ritter ihre Vorbereitungen treffen, um sich an der Suche zu beteiligen.« Lucien wandte sich ab und kehrte in den Hof zurück.

Immer noch mißtrauisch, forderte James seinen Schwager Keith auf, ihn zu begleiten.

»Wann ist Alessandra verschwunden?« fragte Lucien, nachdem sie sich an den großen Tisch in der Halle gesetzt hatten.

»Am Morgen nach dem Turnier kam Melissant zu mir und erklärte, sie könne ihre Schwester nirgendwo finden«, berichtete James.

»Also gestern.«

»Aye.«

»Sie hätte sich nicht allein in die Nacht hinauswagen sollen«, warf Sir Keith ein. »Genauso leichtsinnig war ihre Mutter, als sie geraubt wurde. Ihr habt Alessandra eine Nachricht geschickt, de Gautier, und auf dem Weg zu Euch fiel sie ihren Entführern in die Hände.«

»Wieso wißt Ihr, daß diese Botschaft von mir stammt?«

Keith lächelte. »Nun, ich beobachtete, wie sie den Brief entgegennahm. Und ihr Gesicht verriet mir alles. Wußtet Ihr, daß sie Euch liebt?«

Darauf gab Lucien keine Antwort und wandte sich wieder zu James, der ihm mitteilte: »Gestern suchten meine Männer die ganze Umgebung ab, ohne Erfolg.«

»Habt Ihr Spürhunde eingesetzt?«

James schüttelte den Kopf. »Das hätte ich getan, aber sie sind erkrankt. Außerdem hielt ich diese Maßnahme für überflüssig, nachdem ich die Überzeugung gewonnen hatte, Ihr hättet Alessandra in Eure Gewalt gebracht.«

Ärgerlich runzelte Lucien die Stirn. »Und jetzt ist es vielleicht zu spät, die Spur aufzunehmen.«

»Aye, aber wenn ihr dasselbe Schicksal droht wie ihrer Mutter, wurde sie nach London gebracht, zum nächsten Hafen.«

Lucien stand auf. »Also reiten wir nach London.«

»Das wäre zu offensichtlich«, widersprach Keith. »Ich würde mich für Southampton entscheiden.«

»Wahrscheinlich habt Ihr recht«, stimmte Lucien zu. »Aber ich möchte trotzdem jemanden nach London schicken, nur zur Sicherheit.«

»Zwei Suchtrupps?«

»Ja. Ich führe meine Männer nach Southampton. Und Ihr, James?«

»Ich begleite Euch.«

»Dann suche ich mit meinen Leuten den Londoner Hafen ab«, erbot sich Keith.

Da Vincent die Skepsis seines Bruders spürte, erhob er sich ebenfalls. »Ich begleite ihn.«

»Mit Euren Würfeln?« fragte Keith spöttisch, und das Blut stieg in Vincents Wangen.

»Nein, mit meinem Schwert, Crennan!« fauchte er.

»Vielleicht habt Ihr mit Euren Würfeln mehr Glück?«

Wütend ballte Vincent die Hände. »Ob es Euch paßt oder nicht, Ihr müßt meine Gesellschaft erdulden.«

Lucien freute sich, weil sein Bruder nicht klein beigab. Mit jedem Tag wuchs Vincents Entschlossenheit, seine Fehler wiedergutzumachen.

»Zögern wir nicht länger«, entschied Lucien. »Wir müssen meilenweit reiten.«

32

Oh, ich kann es kaum erwarten, nach Algier zurückzukehren!« seufzte Rashid. »Diese verdammte englische Kälte ist einfach unmenschlich.«

Seltsam, dachte Alessandra, die seine Brust an ihrem Rücken spürte und in die Flammen starrte, inzwischen habe ich mich daran gewöhnt. Und wenn mein Körper friert, kann ich's leichter ertragen als das Eis in meinem Herzen.

Auf der anderen Seite des Feuers lag Jacques Le-Brec unter seiner Wolldecke und beobachtete sie, so wie schon den ganzen Tag. Er war ihre einzige Hoffnung. Trotz allem, was er ihr in Tanger angetan hatte, schien er sich aufrichtig um ihr Wohl zu sorgen. Er hatte geglaubt, er würde ihr einen Gefallen erweisen, wenn er Rashid zu ihr führte. Jetzt wußte er es besser. Aber würde er ihr zur Flucht verhelfen?

Unsicher lächelte sie ihn an. Zunächst hob er erstaunt die Brauen. Dann erwiderte er das Lächeln.

»Bist du wach, Alessandra?« unterbrach Rashid den stummen Gedankenaustausch.

Sollte sie sich schlafend stellen? Vielleicht würde er sie dann loslassen . . . »Ja«, gab sie zu.

»Und was denkst du?«

»Wie gern ich im Gasthaus geblieben wäre, an dem wir vorhin vorbeigeritten sind«, log sie. »Du hat recht. Hier draußen ist es furchtbar kalt.«

Rashid stützte sich auf einen Ellbogen und drehte sie zu sich herum. »Wärme ich dich nicht?«

»An dir liegt's nicht. Dieses gräßliche Wetter . . .«

Zärtlich strich er ihr das Haar aus dem Gesicht, dann glitt sein Finger an ihrem Hals hinab, zum Ausschnitt ihres Kleids. »Trotzdem könnten wir uns wärmen. Wir müssen nicht bis zur Hochzeitsnacht warten.«

»Aber wir sind nicht allein«, protestierte sie erschrokken, und er warf einen kurzen Blick auf den Franzosen.

»Und wenn ich ihn wegschicke?«

»Nein, Rashid, ich – ich will unberührt in die Ehe gehen, so wie es der islamische Brauch verlangt.«

»Diesem Glauben gehörst du nicht an.«

»Auch das Christentum legt Wert auf unberührte Bräute. Bitte, wir müssen warten.«

»Wenn es dein Wunsch ist . . .«, flüsterte er, neigte sich herab und küßte sie. Glücklicherweise mußte sie keine Gefühle heucheln, denn er richtete sich sofort wieder auf. »Du liebst mich doch, Alessandra? So wie deine Mutter meinen Vater liebte?«

Nein. Nur wie einen Freund. Nicht so, wie eine Frau ihren Mann lieben sollte – wie sie Lucien liebte. »Ich habe dich immer geliebt«, erwiderte sie, und das war nur eine halbe Lüge.

Lächelnd schloß er die Augen, als wollte er dem Echo ihrer Worte lauschen. Dann schaute er sie wieder an. »Die Liebe zwischen Jabbar und Sabine war vollkommen. Und mein Vater trauert immer noch um seine Frau.«

Diese Erklärung erinnerte Alessandra schmerzlich an ihren Verlust, bot ihr aber eine Gelegenheit, die Frage zu stellen, die sie seit dem Morgen beschäftigte. »Und wie wurde deine Mutter bestraft, Rashid?«

Im flackernden Feuerschein sah sie seine Lippen zittern. »Leila ist tot.«

Obwohl sie sich ihrer Erleichterung schämte, war sie froh, daß die Mörderin kein Unheil mehr anrichten konnte. Und sie, Alessandra, konnte ihre Rachsucht endgültig begraben. »Wie ist sie gestorben?«

»Mir zuliebe beschloß mein Vater, sie nicht zu töten.« Rashids Stimme klang halb erstickt. »Er wollte sie für immer zu ihrer Familie zurückschicken. Und dann bat sie ihn um eine letzte Umarmung. Als er ihren Wunsch erfüllte, versuchte sie ihn zu erstechen. Wütend entwand er ihr den Dolch und bohrte ihn in ihre Brust. Alessandra, vor ihrem letzten Atemzug brach sie in lautes Gelächter aus. Es war grauenhaft.«

»Sie lachte?«

»Ja. Sie lachte und verfluchte meinen Vater – Sabine – dich – sogar mich. Niemals werde ich das vergessen.«

»Es tut mir so leid.« Sanft strich sie über seine Wange, um ihn zu trösten. »Ich weiß, wie schrecklich es ist, die Mutter zu verlieren.«

»Natürlich weißt du das.« Er lächelte bitter, dann küßte er sie wieder, etwas leidenschaftlicher als zuvor.

In ihrem Herzen regte sich nichts. Behutsam schob sie ihn von sich. »Und wie geht es Khalid?«

Rashid runzelte die Stirn und schien seine Gedanken zu ordnen. »Khalid? Wäre er nicht verschwunden, hätte er sicher den Tod gefunden.«

»Hat er Algier verlassen?«

»Überrascht dich das?«

»O ja. Algier ist seine Heimat. Aber wieso sagst du, er hätte den Tod gefunden?«

»Weißt du nicht, wer de Gautier geholfen hat, dich zu entführen?«

Aye, sie wußte es. Doch sie wollte es nicht bestätigen, aus Sorge um Khalid, der vielleicht eines Tages in Jabbars Haus zurückkehren würde. »Nein. Und ich kann es auch nicht glauben.«

»Aber es ist wahr. Khalid kaufte einen Eunuchen, der kein Eunuch war. Und als ich die Bastonade anordnete, ersparte er Seif einen Großteil der Stockschläge.«

»Wieso weißt du das?«

»Hätte Khalid mir gehorcht, wäre der Engländer fast verkrüppelt gewesen – und unfähig, mit dir zu fliehen.«

»Wolltest du das?« fragte sie entsetzt.

»Schau mich nicht so an!« fauchte er. »Am liebsten hätte ich ihn töten lassen. Darauf verzichtete ich nur, weil ich befürchten mußte, du würdest mich verachten.«

Auf die Gefahr hin, seinen Zorn noch zu schüren, fragte sie: »Warum willst du mich mit aller Macht heiraten, Rashid?«

»Seit deine Mutter die Decke zurückschlug und mir das Kind zeigte, das sie soeben geboren hatte, weiß ich, daß wir beide zusammengehören.«

»Damals warst du erst zwei Jahre alt.«

»Trotzdem erinnere ich mich gut an jenen Augenblick. Jabbar hatte meine Mutter weggeschickt, Sabines wegen.«

Beinahe hätte Alessandra ihm erzählt, Leila sei verbannt worden, weil sie versucht hatte, Sabine zu vergiften. Aber es war sinnlos, ihm neuen Kummer zu bereiten.

»Um mich zu trösten, versprach mir mein Vater, eines Tages würde ich dich heiraten. Vielleicht hätte mich das beruhigt. Aber deine Mutter erlaubte mir nicht, dich in den Arm zu nehmen. Sie meinte, dafür sei ich zu jung. Also durfte ich dich nicht berühren – nur anschauen.«

»Und dann kehrte Leila zurück.«

»Ja, und sie verbot mir sogar, dich zu betrachten, und hielt mich von dir fern. Doch ich war fest entschlossen, dich für mich zu beanspruchen. Und das tat ich.«

»So wie jetzt. Und wenn ich nicht beansprucht werden will?«

»Glaub mir, ich werde dich glücklich machen. Als

meine erste Gemahlin wirst du den Harem beherrschen und mir einen Erben schenken.«

Gewiß, Alessandra wünschte sich einen Ehemann und Kinder. Aber sie liebte Lucien. Für Rashid war kein Platz mehr in ihrem Leben. Gequält schloß sie die Augen und wandte den Kopf zur Seite. »Jetzt bin ich müde. Es war ein langer Tag.«

Ohne zu antworten, legte er einen Arm um ihren Körper, und sie war wieder gefangen. Nur einen Spaltbreit öffnete sie die Lider und sah Jacques' Augen, über der Decke, die er bis zu seiner Nase hochgezogen hatte. Du wirst mir helfen, beschwor sie ihn stumm, und er nickte verständnisvoll.

Zum hundertsten Mal schaute sich Lucien im Lager um, während die anderen schlummerten. Plötzlich schlug er sich mit der flachen Hand auf die Stirn, eilte zu James und kniete neben ihm nieder.

»Offenbar hat Sebastian Euch beigebracht, wie man sich an einen schlafenden Mann heranpirscht und ihn ermordet.« Aber James scherzte nur halbherzig. Zu groß war die Sorge, die auf seiner Seele lastete.

»Sagt doch, James!« drängte Lucien. »Habt Ihr jemals herausgefunden, auf welche Weise Catherine aus Corburry entführt wurde?«

»Nein. Eines frühen Morgens kehrte ich von einem zweitägigen Jagdausflug zurück, und da war sie verschwunden. Irgendwann zwischen dem Abend und dem Morgengrauen hatte man sie geraubt.«

»Erhielt sie eine Nachricht, die sie während der Nacht aus dem Schloß lockte?«

»Wie soll ich das wissen? Damals dachten wir, die de Gautiers hätten sie aus dem Bett geholt.«

Lucien fluchte wütend. »Nun, das war ein Irrtum.

Ebenso wie unsere Vermutung, Alessandra wäre nach Southampton gebracht worden.«

»Was meint Ihr?«

Lucien verschwendete keine Zeit mehr, sprang auf, weckte die Ritter, und eine halbe Stunde später galoppierten sie durch die dunkle Nacht, nach London.

33

M*on dieu!*« stöhnte Jacques. Ungläubig schaute er sich in dem Zimmer um, das die rundliche Frau ihnen zugewiesen hatte.

Alessandra spähte unter ihrer Kapuze hervor und war geneigt, ihm beizupflichten, befolgte aber Rashids Anweisung, hielt den Mund und senkte den Kopf.

»Wenn Ihr es wünscht, schicke ich Euch ein Mädchen, das hier saubermachen könnte«, erbot sich die Wirtin.

»Nein.« Rashid schob Alessandra vor sich her. »Alles in Ordnung.«

Mißtrauisch musterte sie ihn und versuchte, sein Gesicht unter der Kapuze zu erkennen. Dann zuckte sie die Achseln und wandte sich wieder an den Franzosen, dessen Charme sie vergessen ließ, welch schmähliche Niederlage seine Landsleute den Engländern zugefügt hatten. »Wenn Ihr irgend etwas braucht, gebt Anna Bescheid.« Lächelnd entblößte sie ihre gelben Zähne.

»Natürlich, *mademoiselle*.« Liebenswürdig erwiderte Jacques das Lächeln. »Ich werde selbst zu Euch kommen.«

379

Die dicken Wangen hochrot, verschwand sie im dunklen Korridor.

»Das wäre erledigt.« Rashid schloß die Tür hinter sich, streifte die Kapuze nach hinten und enthüllte seine arabischen Züge. »Jetzt warten wir.«

Auf das Schiff, das ihn am nächsten Morgen in seine Heimat bringen wird, dachte Alessandra. Sie selbst würde nicht an Bord gehen, wenn der Plan gelang, den sie in aller Eile mit Jacques geschmiedet hatte. Darauf setzte sie ihre letzte Hoffnung, denn ihr Versuch, die Reise zu verzögern, war gescheitert.

Sie wußte, daß Rashid den Hafen erreichen wollte, ehe das Schiff auslief. Aber weder eine vorgetäuschte Krankheit noch das schlechte Wetter, ein Sattelgurt, der sich auf mysteriöse Weise gelöst hatte, oder der verschwundene Proviant hatten ihn bewogen, den Ritt zu verlangsamen.

Jetzt waren sie in London eingetroffen, und der nächste Morgen würde Alessandras Schicksal entscheiden. »Reg dich nicht auf, es ist ja nur für eine Nacht«, betonte er, da er ihr Schweigen mißverstand.

»Nur für eine Nacht«, wiederholte sie, zog ihre Kapuze vom Kopf und schaute zu Jacques hinüber, der am Fenster stand.

Der Gedankenaustausch zwischen den beiden entging Rashid. Angewidert betrachtete er die klumpige Matratze, schlug die Decke zurück und starrte die Insekten an, die nach allen Seiten stoben. »Hier schläfst du also lieber als im Freien?« seufzte er.

»Wenigstens muß ich nicht frieren.« Alessandra eilte zu ihm und fegte das Ungeziefer von der Matratze. »Und in der Schankstube bekommen wir etwas zu essen.«

»Ein gräßliches Volk, diese Engländer«, murrte Rashid. »Wenn wir doch schon in Algier wären! Dann könnten wir uns endlich wieder unseres Lebens freuen.«

»Ja, sicher«, stimmte sie geistesabwesend zu.

»Vielleicht ist es nicht ganz so schlimm«, meinte er und setzte sich aufs Bett. »Zwischen den Klumpen gibt's ein paar weiche Stellen.«

Jacques ging zur Tür. »Ich kümmere mich mal ums Essen. Ihr seid doch hungrig?«

»Sehr«, antwortete Alessandra.

»Rashid?«

Unsicher runzelte der Araber die Stirn, dann nickte er. »Diese englischen Speisen drehen mir zwar den Magen um, aber ich habe keine Wahl.«

Unmerklich atmete Alessandra auf. Sie hatte befürchtet, er würde Jacques nicht erlauben, allein das Zimmer zu verlassen.

»Tut mir leid, mein Freund«, entgegnete Jacques. »Ihr müßt Euch wohl oder übel gedulden, bis wir den Maghreb erreichen. Dort könnt Ihr Euren Appetit nach Herzenslust stillen.« Nachdem er Alessandra einen ausdruckslosen Blick zugeworfen hatte, eilte er in den Flur.

Zum erstenmal seit der Entführung aus Corburry waren Alessandra und Rashid allein. Ein verlegenes Schweigen entstand. Sie legte ihren Umhang ab, schlenderte zum Fenster und schaute zur schmutzigen Straße hinab.

Bald sah sie Jacques aus der Tür des Gasthauses treten und davonlaufen. Hoffentlich beeilt er sich, dachte sie und betrachtete das graue Wasser hinter den Gebäuden, die das Gasthaus vom Hafen trennten. Irgendwo da drüben, außerhalb ihrer Sichtweite, ankerte das Schiff, mit dem Rashid heimwärts segeln würde. Erst am nächsten Morgen würde sie wissen, ob sie ihn begleiten mußte oder nicht.

Sie hörte das Bett knarren, dann Rashids Schritte auf den Bodenbrettern. Hinter ihrem Rücken zögerte er, dann schlang er die Arme um ihre Taille.

Krampfhaft schluckte sie. Er würde sie doch nicht vergewaltigen, wo Jacques jeden Augenblick zurückkehren konnte? Unbehaglich musterte sie seine Finger, die sich über ihrem Magen ineinanderschlangen. Schöne Hände, weich und glatt, im Gegensatz zu Luciens rauhen Schwielen. Nur nach diesen starken, vertrauten Händen sehnte sie sich. Müßte sie sich zwischen feiner Seide und kratziger Wolle entscheiden, würde sie letzteres wählen.

»Bald wirst du ihn vergessen und mir allein gehören«, flüsterte Rashid, als hätte er ihre Gedanken gelesen, und sie zuckte bestürzt zusammen.

Wieso wußte er Bescheid? Hatte sie ihm in den vergangenen Tagen ganz umsonst Liebe vorgeheuchelt, den Wunsch, ihr Leben mit ihm zu teilen? »Was meinst du?«

Er strich ihr Haar beiseite, seine Lippen näherten sich ihrem Ohr. »Wenn du auch beteuerst, du würdest mich lieben, es ist nicht wahr, Alessandra. Aber bald wirst du lernen, mich ebenso zu lieben, wie deine Mutter meinen Vater geliebt hat. Und ich werde das Feuer wecken, das in dir schlummert.«

»Glaub mir, Rashid, ich liebe dich.«

Langsam wanderten seine Lippen ihren Hals hinab. »Wie einen Bruder. Allzulange wird es nicht mehr dauern, dann halte ich dich wie ein Liebhaber in den Armen.«

Sie versuchte, sich zu ihm umzudrehen. Doch das gestattete er nicht. Seine Hände glitten von ihrer Taille nach oben, nur bis zur unteren Wölbung ihrer Brüste. Mehr erlaubte er sich nicht. »Jetzt bildest du dir ein, der Engländer würde dich glücklich machen. Sobald wir beisammenliegen, wirst du's besser wissen.«

Wie eitel er ist, dachte sie. Aber sie erinnerte sich an die Kultur, in der er aufgewachsen war, die den Mann zum absoluten Herrscher über die Frauen ernannte. Immerhin schien er sich jetzt in umgänglicher Stimmung zu befinden. Deshalb mußte sie ein letztes Mal versuchen, vernünftig mit ihm zu reden. Das war sie ihm schuldig.

»Rashid«, begann sie, »deine Mutter, meine Mutter und sogar Jabbar erklärten, ich würde keine gute Ehefrau für dich abgeben. Entsinnst du dich?«

Da drehte er sie zu sich herum. »Ja, aber sie haben sich alle geirrt.«

»Nein. Ich gehöre zu den Engländern, die du so sehr verachtest.«

Nachsichtig lächelte er und schüttelte den Kopf. »Unsinn, du gehörst mir . . .«

»Ich bin nicht dein Eigentum«, unterbrach sie ihn, »sondern Alessandra, deine Freundin, und das ist alles.«

»Wenn wir verheiratet sind, wirst du viel mehr sein – und mir die Gefühle entgegenbringen, die deine Mutter für meinen Vater empfunden hat.«

Könnte sie ihm dieses verrückte Ideal doch ausreden . . . »Ja, Rashid, meine Mutter hat deinen Vater geliebt. Aber uns beiden ist eine solche Liebe nicht beschieden. Wir werden immer nur Freunde sein – vielleicht nicht einmal das, wenn du mich zwingst, mit dir nach Algier zu reisen.«

Er hauchte einen Kuß auf ihre Lippen. Dann ließ er sie los und kehrte zum Bett zurück, legte seinen Umhang ab und warf ihn aufs Fußende der Matratze. »Komm, wir wollen schlafen.«

»Und unsere Diskussion?« fragte sie enttäuscht.

»Die ist beendet«, erwiderte er, streckte sich auf dem Bett aus und verschränkte die Arme unter dem Kopf.

»Beendet? Wir haben eben erst angefangen.«

»Reden wir nicht mehr darüber, Alessandra.«

»Aber . . .«

»Es gibt nichts mehr zu sagen.«

Also ließ er ihr keine Wahl. Sie kämpfte mit den Tränen und wandte sich wieder zum Fenster.

34

Voller Angst bückte sich Lucien, drehte Vincent auf den Rücken und starrte das getrocknete Blut an, das aus einer häßlichen Stirnwunde geflossen war. »O Gott, nein!« würgte er hervor und nahm ihn in die Arme.

James trat ins Zelt, gefolgt von Jervais, der neben seinem verletzten Bruder kniete. Nachdem der älteste und der jüngste einen kurzen Blick gewechselt hatten, legte Lucien ein Ohr an Vincents Lippen. Allmächtiger, laß ihn atmen, flehte er stumm.

Bildete er sich das nur ein, oder regte sich Leben in Vincents Brust? Er hob den Kopf und schaute in die halbgeöffneten Augen des jungen Mannes.

»Tut mir leid, Lucien«, flüsterte Vincent, »ich habe versucht . . .«

»Du bist nicht tot!« rief Lucien und zog ihn wieder an sich. »Nur das zählt.«

»Verlier keine Zeit . . . Du mußt Alessandra einholen – bevor er sie erreicht . . .«

Behutsam ließ Lucien seinen Bruder zu Boden gleiten. »Sir Keith.«

384

»Aye, er schlug mich nieder.«

Lucien wandte sich zu James, der sich nicht länger weigern konnte, die Wahrheit zu glauben.

Mit jener Bemerkung in der Halle von Falstaff hatte Keith sich verraten.

Sie hätte sich nicht allein in die Nacht hinauswagen sollen. Genauso leichtsinnig war ihre Mutter, als sie geraubt wurde . . .

Was das bedeutete, hatte Lucien erst später erkannt. Träfe den Bastard keine Schuld, dürfte er nicht wissen, auf welche Weise Catherine verschwunden war. Und dann hatte er den Suchtrupp auch noch auf eine falsche Fährte geführt, mit der Behauptung, die Schurken würden Alessandra nach Southampton bringen.

»Warum tat Crennan dir das an?« fragte Lucien

Vincent berührte die Wunde an seiner Stirn und zuckte zusammen. »Weil ich den Brief gefunden habe.«

»Welchen Brief?«

»Als ich ihn fragte, wieso wir nicht schneller nach London reiten würden, geriet er in Wut, was mir seltsam erschien. Wir stritten, und während er abends im Bach badete, durchsuchte ich seine Sachen. Dabei fiel mir der Brief in die Hände . . .« Vincent erschauerte, und Lucien hob ihn hoch, legte ihn aufs Feldbett und deckte ihn zu.

»Jervais, bring mir eine Schüssel mit Wasser«, bat er, und sein jüngster Bruder gehorchte. Vorsichtig wusch Lucien das Blut von Vincents Stirn. »Erzähl doch weiter.«

»Es war dein Brief an Alessandra, den ich in die Festung Corburry brachte – am Abend vor unserer Abreise. Und er befand sich ins Crennans Besitz.«

»Seid Ihr jetzt endgültig überzeugt, James?« fragte Lucien.

385

Schwerfällig sank Bayard auf eine Truhe und schlug die Hände vors Gesicht. »Wie konnte ich das ahnen? Keith und ich waren immer gute Freunde. Sicher hat Agnes Bescheid gewußt.«

Lucien wandte sich wieder zu Vincent. »Was geschah dann?«

»Unglücklicherweise kehrte er zurück, bevor ich ihn erwartet hatte, und ertappte mich – mit dem Brief in der Hand. Als ich ihn zur Rede stellte, schlug er mich nieder . . .«

». . . und ließ dich liegen, im Glauben, du wärst tot«, ergänzte Lucien bitter und erhob sich vom Rand des Feldbetts. »Zweifellos ist Sir Keith nach London geritten, um sicherzugehen, daß sein Plan gelingt – was immer er mit Alessandra vorhat.«

Mühsam richtete Vincent sich auf. »Ehe ich die Besinnung verlor, hörte ich ihn einen Namen flüstern – Marietta. Vielleicht eine Frau . . .«

»Ein Schiff«, erriet Lucien und berührte James' Schulter. »Bleibt Ihr hier oder reitet Ihr mit?«

»Natürlich begleite ich Euch«, erwiderte James und sprang entschlossen auf. »Crennan gehört mir.«

Jetzt wollte Lucien keine Zeit mit einer Diskussion über die Frage vergeuden, wem das Recht zustand, Rache an Keith zu üben. Er eilte zum Ausgang des Zelts, wo er stehenblieb und sich umdrehte. »Keinem außer dir kann ich Vincent anvertrauen, Jervais. Wir werden andere Kämpfe gemeinsam ausfechten, mein Bruder«, fügte er hinzu, wenn er auch hoffte, endlich Frieden zu finden.

Draußen warteten Crennans sichtlich besorgte Ritter, um zu hören, was geschehen war, während sie geschlafen hatten. Bei James' und Luciens unerwarteter Ankunft waren sie hochgeschreckt, hatten nach ihren Waffen gegriffen und die beiden Männer gerade noch rechtzeitig erkannt.

Nun schauten sie Lucien fragend an, aber in seiner Eile gab er keine Erklärung ab. Sie würden früh genug erfahren, was ihr Herr verbrochen hatte.

Hastig befahl er seinen Leuten, die Pferde zu satteln, und schwang sich auf sein Schlachtroß. Am nächsten Morgen würden sie London erreichen, und er hoffte, Crennan hätte keinen allzu großen Vorsprung herausgeholt. Energisch verwarf er den Gedanken, Alessandra könnte bereits an Bord des Schiffs gegangen sein. Er mußte einfach glauben, sie wäre immer noch in London – sonst würde ihm das Herz brechen.

Und wenn es sein muß, segle ich nach Algier und entführe dich ein zweites Mal, gelobte er.

Der Hieb traf sein Ziel, und Rashids Arm, der Alessandras Taille umschlang, lockerte sich.

Reumütig betrachtete sie den ohnmächtigen jungen Mann. Dann setzte sie sich auf und schaute Jacques an, der lässig seine Waffe schulterte – ein morsches Brett. »So fest hättet Ihr nicht zuschlagen müssen«, warf sie ihm vor.

»Was Besseres hat er nicht verdient. Außerdem muß er möglichst lange bewußtlos bleiben.«

»Natürlich.« Sie stieg aus dem Bett und trat ans Fenster. »Bald wird es hell.«

»Viel zu früh, und wir haben keine Zeit zu verlieren.« Jacques legte das Brett beiseite, öffnete die Tür einen Spaltbreit und spähte in den dunklen Flur. Nachdem er sich vergewissert hatte, daß die Luft rein war, schlich er hinaus. Wenig später schleppte er eine Truhe ins Zimmer.

Alessandra schloß die Tür und schob den Riegel vor, setzte sich an den Tisch, wo Pergamente und ein Federkiel bereitlagen, und entzündete die Lampe.

Während Jacques den Bewußtlosen fesselte, knebelte und in die Truhe verfrachtete, begann Alessandra an Rashid zu schreiben. In eindringlichen Worten erklärte sie ihm ihren Entschluß, entschuldigte sich und erinnerte ihn an die schöne gemeinsame Kindheit, die nun der Vergangenheit angehörte. Tränen verschleierten ihre Augen, als sie den Brief unterzeichnete.

»Leb wohl, alter Freund«, flüsterte sie, ging zur Truhe und legte das gefaltete Pergament in Rashids gefesselte Hände. »Jetzt bin ich bereit.«

Jacques schloß den Deckel der Truhe und versperrte sie.

»Wird er atmen können?« fragte Alessandra.

»O ja. Ich habe genug Löcher ins Holz gebohrt.«

Erleichtert nickte sie.

»Verzeiht Ihr mir jetzt, *chérie*?«

Anfangs hatte sie geglaubt, sie würde ihm bis an ihr Lebensende verübeln, was er ihr in Tanger angetan hatte. Aber nun erkannte sie seine ernsthafte Reue, und er verhalf ihr zur Flucht. »Nun, ich bemühe mich, Euch zu vergeben – wenn's mir auch schwerfällt.«

»Gebt mir Bescheid, wenn's soweit ist«, entgegnete er leichthin.

Da brachte sie ein Lächeln zustande. »O ja.«

Jacques hüllte sich in seinen Umhang. »Zieht Euch an – schnell!« drängte er. Sein Blick streifte ihr Hemd und die bestrumpften Füße. »Bald komme ich mit den Männern zurück.«

Nach einer Viertelstunde erschien er wieder, und Alessandra war reisefertig. Die beiden großen, kräftigen Burschen, die er am Vortag angeheuert hatte, folgten ihm ins Zimmer, ihre Mützen tief in die Stirn gezogen, um sich vor der englischen Morgenkälte zu schützen.

Unbehaglich wich Alessandra in eine dunkle Ecke

zurück. Wo mochte Jacques diese finsteren Gesellen aufgespürt haben? Sicher waren sie Verbrecher.

»Hier!« Der Franzose zeigte auf die Truhe. »Tragt sie zum Hafen, dann bekommt ihr den versprochenen Lohn.«

Der ältere legte den Kopf schief. »Wer ist denn die Lady?«

Lächelnd eilte Jacques zu Alessandra und legte einen Arm um ihre Schultern. »Meine Gemahlin, Gentlemen, Madame Félice LeBrec.«

Natürlich widersprach sie nicht. Ihr Herz schlug wie rasend, und sie war dankbar, daß er sie stützte.

Nach dieser Erklärung folgte ein angespanntes Schweigen. Dann stieß der jüngere Gauner den älteren mit dem Ellbogen an. »Gehen wir! Je schneller wir den Auftrag erledigen, desto eher kriegen wir unser Geld.«

Der andere grunzte, stapfte zur Truhe und hob sie an einem Ende hoch. Gleich darauf wurde Rashid aus dem Zimmer und die Treppe hinabgeschleppt, die unter dem ungewohnten Gewicht knarrend protestierte. Jacques und Alessandra ließen ihre Habseligkeiten im Zimmer zurück, um sie vor der Rückreise nach Corburry zu holen, und eilten hinter den beiden Männern her, durch schmutzige, von Unrat übersäte, menschenleere Straßen.

Aber im Hafen herrschte bereits reges Leben und Treiben.

Alessandra bewunderte das schöne, elegante Schiff, das bald auslaufen würde. Damit konnte sich die *Jezebel* nicht vergleichen. Leise las sie den Namen vor, der am Rumpf in Goldlettern prangte, »*Marietta*«.

»So hieß meine Mutter«, bemerkte Jacques. »Reiner Zufall«, fügte er hinzu, als er ihren fragenden Blick sah, und führte sie zum Geländer am Wasserrand. »Wartet hier, ich kümmere mich um die Männer.«

In ihren warmen Umhang gewickelt, beobachtete sie, wie er die zwei Gauner zu der Stelle führte, wo sich das Gepäck stapelte.

Bald sollte es an Bord gebracht werden. Die beiden ließen die Truhe achtlos fallen. Bestürzt zuckte Alessandra zusammen, als sie sich die blauen Flecken vorstellte, die Rashid davontragen würde.

Jacques zog einen Beutel unter seiner Tunika hervor, bezahlte die Burschen und wollte davongehen. Aber sie traten ihm in den Weg und verlangten mehr Geld. Nach einem temperamentvollen Wortwechsel warf er noch einige Münzen in ihre Hände, und sie trollten sich.

Nun sprach Jacques mit einem Besatzungsmitglied, gab ihm ein Goldstück und kehrte zu Alessandra zurück. »Diese Diebe! Ich mußte die Summe verdoppeln, die wir gestern vereinbart hatten.«

»Habt Ihr was anderes erwartet?«

»Eigentlich nicht«, gestand er grinsend.

»Und was jetzt?«

»Wenn's nach mir ginge, würden wir sofort nach Corburry reiten. Aber da Ihr Euch weigert, Rashid seinem Schicksal zu überlassen, warten wir.«

Auf diesem Teil des Plans hatte sie unnachgiebig bestanden. Da Rashid die Reise in der Truhe nicht überleben würde, mußte Jacques die Männer begleiten, die sie in die reservierte Kabine tragen würden, und sie dort öffnen, sobald sie sich entfernt hatten. Natürlich durfte er den jungen Mann nicht vom Knebel und von den Fesseln befreien. Man würde ihn sicher entdekken, aber erst, wenn die *Marietta* ausgelaufen war. Dann würden Jacques und Alessandra bereits nach Corburry reiten.

Eine aufregende Stunde verstrich, ehe die Passagiere an Bord gingen. Alessandra hielt ihre Kapuze fest, damit der Wind sie nicht von ihrem Kopf wehte, und schaute zu, wie zwei Seemänner die Truhe hochhoben und aufs Deck trugen.

Beruhigend tätschelte Jacques ihre Hand. »Alles wird ein gutes Ende nehmen, *chérie*. Bald komme ich wieder zu Euch.« Zuversichtlich stieg er die Rampe hinauf und verschwand aus ihrem Blickfeld.

Aufs Geländer gestützt, wartete sie angespannt. Ein paar Nachzügler wurden aufgefordert, so schnell wie möglich an Bord zu gehen.

Wo blieb Jacques so lange? War Rashid zu sich gekommen? Hatte er den Franzosen überwältigt? Und dann entdeckte sie ihn. Offenbar wollte er das Schiff verlassen, aber die Passagiere, die sich aufs Deck drängten, behinderten ihn. Heftig schwenkte er beide Arme.

Seltsam, dachte sie. Was will er mir bedeuten? Sie zuckte die Achseln, winkte zurück, und da rief er ihr etwas zu, das sie über dem Lärm des Hafens nicht verstand. Plötzlich wurde ihre Schulter berührt, und sie drehte sich um.

Sir Keith stand hinter ihr und lächelte freundlich. »Guten Tag, Alessandra.«

Verwirrt öffnete sie den Mund, um zu antworten, aber die Stimme gehorchte ihr nicht. Was machte er hier? War er mit ihrem Vater nach London gekommen, um sie zu retten? Sie spähte an ihm vorbei, sah aber nur fremde Gesichter.

Und dann fiel es ihr wie Schuppen von den Augen. *Sie muß sofort von hier verschwinden . . .* In ihren Ohren schienen die Worte des Mannes zu dröhnen, der sie auf sein Pferd gezerrt hatte, nachdem sie im Wald bei Corburry vor Rashid geflohen war. Damals hatte sie die Stimme nicht erkannt.

Zu spät verstand sie, warum Jacques ihr so hektisch zugewunken hatte – eine Warnung, kein Gruß. Sie wußte auch, warum Keith nie erwähnt hatte, Jacques und Rashid seien nach Glasbrook gekommen, um sie zu suchen. Nicht Keiths Eltern hatten die beiden nach Corburry geschickt, sondern er selbst.

Jetzt fiel ihr wieder ein, was er am Abend der ersten Begegnung erzählt hatte. Melissant hatte ihn nach ihren Großeltern gefragt und erfahren, sie seien einen Monat lang in London gewesen. Nicht in Glasbrook. Also konnten sie unmöglich mit Jacques und Rashid gesprochen haben. Und aus Gründen, die nur Keith selbst kannte, hatte er Rashid geholfen, sie zu entführen. Das bedeutete, daß er auch ...

Blitzschnell sprang Alessandra davon und versuchte, in der Menge unterzutauchen. Aber Keith packte ihren Umhang und riß sie zurück. Beinahe würgte ihr der Halsausschnitt, der sich schmerzhaft an ihre Kehle preßte, die Luft ab. Sie stolperte, und ihr Onkel hielt sie eisern fest.

»Also weißt du Bescheid?« flüsterte er in ihr Ohr. Verzweifelt löste sie den Ausschnitt des Umhangs von ihrem Hals und schaute sich nach Jacques um. Mit Hilfe beider Ellbogen, aber erfolglos, versuchte er sich einen Weg durch das Gedränge zu bahnen. Er würde zu spät kommen ...

Nur zum Schein akzeptierte sie ihre Niederlage und erschlaffte in Keiths Armen. Als er sie zu sich herumdrehte, rammte sie ihre Faust zwischen seine Augen. Sofort ließ er sie los, taumelte nach hinten, und sie flüchtete in die Menschenmassen. Glücklicherweise schoben sich zahlreiche Leute zwischen Alessandra und den Mann, der ihr bald folgen würde.

Wohin sie laufen sollte, wußte sie nicht. Jedenfalls nicht zum Schiff, mit dem sie nach Algier segeln würde, wäre Keiths Plan nicht vereitelt worden. Atemlos zwängte sie sich durch das Getümmel und wagte nicht, über die Schulter zu blicken, vor lauter Angst, in das

Gesicht ihres Feindes zu starren. Sie erreichte eine Straße, die ihr bekannt erschien. Hier kam sie schneller voran, weil ihr nicht mehr so viele Leute den Weg versperrten. Die Situation erinnerte sie an Tanger. Wäre sie Lucien damals nicht davongerannt, müßte sie jetzt nicht vor Keith fliehen. Welch eine Ironie ...

Warum hatte der Schurke vor fast zwanzig Jahren ihre Mutter verkauft und in die Sklaverei entführt?

Bald sah sie das heruntergekommene Gasthaus, in dem sie eine schlaflose Nacht verbracht hatte, stürmte hinein, an der verblüfften dicken Wirtin vorbei und die Treppe hinauf, zu ihrem Zimmer. Die Tür war versperrt, und Alessandra tastete nach dem Beutel, der an ihrem Gürtel hing. Vorhin hatte Jacques ihr doch den Schlüssel gegeben, nicht wahr?

Ihre Finger berührten kühles Metall. Als sie den Schlüssel im Schloß herumdrehte, polterten Schritte die Stufen herauf. Sie wandte sich zum Ende des Flurs, begegnete Keiths Blick, dann eilte sie ins Zimmer, warf die Tür hinter sich zu und schob den Riegel vor.

Erstaunlich langsam näherten sich Keiths Schritte. »Mach auf, Alessandra!« rief er und klopfte.

Eine Waffe ... Ihr Blick irrte umher, blieb an dem Brett hängen, das Jacques benutzt hatte, um Rashid bewußtlos zu schlagen. Entschlossen griff sie danach und hoffte, sie könnte ihren Gegner ein zweites Mal überrumpeln.

Wieder klopfte er an die Tür, diesmal etwas lauter. »Alessandra, ich muß mit dir reden!« verkündete Keith in freundlichem Ton. »Bitte! Es gibt so vieles, was ich dir erklären möchte.«

Allerdings. Trotzdem würde sie ihn nicht hereinlassen. Er wartete, gab ihr eine Gelegenheit, die Tür zu öffnen, dann stemmte er sich mit aller Kraft dagegen. Bedrohlich knarrte das Holz, aber es gab nicht nach.

393

Schließlich versuchte er, das Schloß aufzubrechen, und glücklicherweise hielt es seinen Bemühungen ebenfalls stand.

Doch es war nur eine Frage der Zeit, bis es ihm gelingen würde, ins Zimmer einzudringen. Lieber Gott, jetzt brauche ich wieder einen Engel, betete Alessandra stumm und versteckte das Brett hinter ihrem Rükken. Vorzugsweise in Luciens Gestalt . . .

Krachend zerbarst das Holz, die Tür flog gegen die Wand. Keith trat ein und sah Alessandra am Fenster stehen. »Fürchtest du dich vor mir? Niemals würde ich dir etwas zuleide tun.«

»Hast du das auch meiner Mutter versichert?« fragte sie und umklammerte das Brett noch fester. »Glaubst du nicht, daß sie zutiefst verletzt war, als du sie meinem Vater entführt und in die Sklaverei verkauft hast?«

Ein schwaches Lächeln umspielte seine Lippen. »Unsinn, Alessandra, du stellst nur Vermutungen an«, erwiderte er mit sanfter Stimme, als spräche er zu einem Kind.

»O nein, ich weiß es.«

»Und wie bist du darauf gekommen?«

Sie legte ihre freie Hand auf die Brust. »Hier drin spüre ich's. Und daß du auch mich entführt hast, ist der beste Beweis.«

»Gib's mir!« befahl er und streckte einen Arm aus.

»Was denn?«

»Nun, was immer du hinter deinem Rücken versteckst.«

Der Schatten, den die trübe Lampe warf, hatte das Geheimnis verraten. Alessandra zeigte ihrem Onkel das Brett, ließ es aber nicht los. »Komm nicht näher!« warnte sie ihn.

Als machte er sich auf ein längeres Gespräch gefaßt,

spreizte er die Beine und verschränkte die Arme vor der Brust. »Möchtest du wissen, warum ich's tat?«

»Natürlich.«

»Deine Vermutung trifft zu – ich liebte Catherine. Und als sie sich für Bayard entschied . . .«

»Ihr wart Vetter und Kusine!« unterbrach sie ihn.

»Das spielte keine Rolle. Jahrelang sah ich sie aufwachsen und wartete, bis sie alt genug war . . .« Er holte tief Atem. »Und dann kam Bayard und nahm sie mir weg. Wußtest du, daß sie ihn nicht einmal liebte?«

»Dich auch nicht.«

»Mit der Zeit hätte sie mich liebengelernt, wäre sie bereit gewesen, mir eine Chance zu geben.«

Alessandra biß die Zähne zusammen. Wenn sie ihm mitteilte, Jabbar sei die große Liebe ihrer Mutter gewesen, würde sie sich mehr schaden als nützen.

»An jenem Tag, wo sie James heiratete, starb ein Teil von mir«, fuhr Keith fort. »Trotzdem suchte ich mein Glück anderswo. Ich dachte schon, ich hätte Erfolg. Doch dann rief Catherine mich nach Corburry.«

»Warum?« fragte Alessandra.

»Warum?« Seufzend schüttelte er den Kopf. »Mein Herz jubelte, und ich eilte zu ihr – im Glauben, sie würde mir gestehen, es sei ein Fehler gewesen, James zu heiraten, und sie liebe nur mich.«

»Aber sie hat dich aus einem anderen Grund eingeladen, nicht wahr?«

»Ja«, bestätigte er bitter. »Als ich vor ihr niederkniete und ihre Hände küßte, dachte sie, ich würde sie hänseln. Lachend erklärte sie, ich müsse ihr helfen, ein Geburtstagsgeschenk für James zu beschaffen. James!«

In seinen Augen funkelte heller Zorn, und Alessandra trat einen Schritt zurück.

»Ohne zu ahnen, was ich für sie empfand, behandelte sie mich wie einen Bruder, nicht wie einen Liebhaber.« Stöhnend preßte er seine Hände an die Schläfen. »Und während ich neben ihr auf einer Gartenbank saß, schwatzte sie von einem neuen Schwert und einem Sattel. Und da faßte ich meinen Entschluß. Wenn ich sie nicht besitzen konnte, sollte sie ihrem Mann auch nicht mehr gehören.«

»Und so hast du sie in die Sklaverei verkauft«, fügte Alessandra hinzu – unfähig, ihren Abscheu zu verhehlen.

»Sie hätte mir ihr Glück nicht so deutlich vor Augen führen dürfen!« stieß er hervor. »Nur ein kleines bißchen Bedauern – mehr habe ich gar nicht verlangt!«

»In all den Jahren warst du ihr Freund. Wie konntest du sie so schändlich hintergehen?«

»Weil sie mich zuerst betrog!«

»Aber sie wußte nicht, daß du sie liebtest, nicht wahr? Das hast du ihr nie gestanden.«

»Hätte ich ihren Spott ertragen sollen? Nein, sie mußte es wissen. Es wäre mir unmöglich gewesen, es noch deutlicher auszudrücken.«

»Aber du hast es niemals ausgesprochen.«

Abrupt kehrte er ihr den Rücken und ging zum Tisch, wo die trübe Lampe brannte, stützte sich darauf und ließ den Kopf hängen.

Die Versuchung, durch die offene Tür zu laufen, war groß. Aber vorher wollte Alessandra die weiteren Einzelheiten erfahren. »Wie hast du meine Mutter von Corburry weggelockt?«

»Das hat sie dir nie erzählt?«

Alessandra schüttelte den Kopf.

»Glücklicherweise besuchte James gerade einen Vasallen, als ich auf Corburry eintraf. Ich schickte Catherine eine Nachricht – von ihrem Mann. In diesem Brief stand, sie solle ihn bei Einbruch der Dunkelheit am Flußufer treffen. Ein heimliches Stelldichein . . . Wie ein Unschuldslamm fiel sie darauf herein.«

»Und da hast du sie entführt.«

»Aye. Verstohlen schlich ich mich an sie heran und fesselte sie. Obwohl ich ihr mein Gesicht nicht zeigte, fürchtete ich, sie hätte mich irgendwie erkannt. Deshalb schickte ich Rashid und Jacques zu dir. Falls sie dir alles erzählt hätte, würdest du mich zweifellos eines Tages entlarven.«

»Sie wußte nichts.«

»Ja, das dachte ich mir beinahe, als ich dich kennenlernte.« Langsam richtete er sich auf und ging zu ihr.

Du mußt Zeit gewinnen, ermahnte sie sich. »Sicher bist du stolz auf deine Missetaten.«

»Stolz?« Er blieb stehen und schien in eine weite Ferne zu blicken. »Nein, nicht stolz – ich fühle mich verfolgt.«

»Das verstehe ich nicht.«

Keith wandte sich zu ihr, aber er schaute durch sie hindurch. »Einen ganzen Tag lang bekämpfte ich die Dämonen. Immerhin liebte ich Catherine. Doch sie ließen mich nicht mehr los, sobald mir die Idee gekommen war. Begreifst du denn nicht?« fragte er flehend. »Nicht ich habe es getan, sondern diese böse Geisterschar. Ich verlor die Kontrolle. Was hätte ich darum gegeben, wäre es mir gelungen, sie aus der Sklaverei zurückzuholen!«

Obwohl er in Rätseln sprach, erkannte sie, daß ihn keine schlechten Charakterzüge motivierten, sondern unerwiderte Liebe und sein gestörter Geist – eine gefährliche Kombination.

»Wenn das stimmt – warum hast du mir das gleiche angetan?«

»Auch dagegen kämpfte ich, aber ich verlor.«

»Aber warum wolltest du mir schaden? Ich bin nicht Catherine.«

»Aber du hast mich so angesehen wie sie. In deiner

Gestalt kehrte sie zurück, quälte mein Herz, weckte meine Sehnsucht nach einem Glück, das mir niemals vergönnt war.«

»Du hast mich begehrt?« fragte Alessandra ungläubig.

»Nicht dich – Catherine. Beinahe hättest du sie ersetzt. Aber du mußtest zu de Gautier laufen – nachdem du mir am letzten Turniertag deine Gunst gewährt hattest.«

»Oh, jetzt verstehe ich ... Also hast du den Bischof zu Luciens Zelt geschickt.«

»Den Bischof?« Keith schüttelte den Kopf. »Das war vermutlich Agnes' Werk.«

Hatte die Stiefmutter, die an James' Liebe zweifelte, ihr zu schaden versucht?

»Du hast mich mit Lucien de Gautier betrogen«, fügte Keith hinzu.

»O nein. Die Gunst, die ich dir schenkte, galt nur dem Andenken meiner Mutter. Das hast du selbst gesagt.«

Unsicher runzelte er die Stirn. »Aye, aber als ich dich ansah, gewann ich einen anderen Eindruck.«

»Ich liebe Lucien.«

Aber ihr Geständnis wurde ignoriert. »Dein Betrug tat mir in der Seele weh. Und als ich ein Gespräch der de-Gautier-Brüder belauschte, wußte ich, daß ich sofort handeln mußte.«

»Welches Gespräch?«

Er zuckte die Achseln. »Nun, ich hörte sie in ihrem Zelt reden.«

»Und was sagten sie?«

»Genug, um mir klarzumachen, daß du verschwinden mußtest – ebenso wie Catherine.«

»Aber es war Lucien, der mir schrieb, ich soll zu ihm kommen. Von dir erhielt ich keine Nachricht.«

Keith lächelte. »Das war ein günstiger Zufall. Ich

hatte geplant, dir am späten Abend eine Botschaft zu senden. Unwissentlich ersparte mir Lucien de Gautier die Mühe und lenkte den Verdacht ein zweites Mal auf seine Familie – geradezu perfekt! Alles wäre gutgegangen, wenn . . .« Seufzend schüttelte er den Kopf.

»Wenn – was?« drängte Alessandra. Wurde Lucien bereits von ihrem Vater angegriffen – wegen eines Verbrechens, das er nicht begangen hatte?

»Ich bin nicht selbstsüchtig, Alessandra. Was ich deiner Mutter und dir antat, geschah nicht aus eigennützigen Gründen.«

»Und was soll das heißen?«

»So wie Catherine hast auch du eine andere Frau ins Unglück gestürzt, um deine Interessen zu verfolgen.«

»Wovon redest du?«

»Als Catherine beschloß, James zu heiraten, verletzte sie nicht nur mich, sondern auch Agnes.«

Agnes, die James für sich selbst haben wollte, dachte Alessandra und erinnerte sich an die Geschichte, die ihre Mutter erzählt hatte.

»Ja, Agnes liebte James«, fuhr Keith fort. »Und man nahm an, sie würden eines Tages heiraten. Als ich Catherine in die Sklaverei verkaufte, half ich meiner Schwester, verstehst du?«

»Und was habe ich damit zu tun?«

»Melissant sollte den Falstaff-Erben heiraten – dann bist du gekommen und hast ihr Glück zerstört.«

»Aber sie wollte Vincent gar nicht heiraten«, protestierte Alessandra.

»Es war Agnes' Wunsch, und Lucien hätte den gleichen Zweck erfüllt wie Vincent. Begreifst du's denn nicht? Wieder war Catherine an allem schuld.«

»Nur weil du dir's einredest.«

»O nein.« Plötzlich schien ein wildes Feuer in seinen Augen zu lodern. »In dir lebt Catherine weiter.«

Vorsichtshalber beschloß sie, das Thema zu wechseln. »Wußte Agnes, was du getan hattest? Half sie dir?«

Es dauerte lange, bis er antwortete. Endlich schien sein Zorn zu verfliegen. »Damals nicht. Aber einige Jahre später erzählte ich ihr alles.«

»Und?«

»Sie glaubte mir kein Wort«, entgegnete er und lachte bitter. »Und sie wußte nicht zu würdigen, was ich für sie getan hatte. Jetzt bleibt ihr nichts anderes übrig.«

»Weil ich verschwunden bin . . .«

»Aye. Aber genug davon. Erklär mir, wie du den Franzosen veranlaßt hast, dir zur Flucht vor diesem Ungläubigen zu verhelfen.«

»Ich kann für mich selbst sprechen«, mischte sich eine ironische Stimme ein.

Verblüfft schauten Alessandra und Keith zur Tür. Jacques stand auf der Schwelle.

»Alles in Ordnung, Alessandra?« Sein Blick fiel auf das Brett in ihrer Hand.

»Ich denke schon.«

»Wo ist Rashid?« fragte Keith, ohne sie aus den Augen zu lassen.

»An Bord der *Marietta*«, erwiderte Jacques, »auf der Reise zum Maghreb.«

»Nicht ohne Alessandra!«

»Doch«, widersprach Jacques und trat ins Zimmer. »Alessandra bleibt in England.«

Erbost zog Keith sein Schwert. »Nein! Sie muß verschwinden!«

»Alles ist vorbei, Crennan. Lauft davon, dann könnt Ihr dem Zorn der Bayards und de Gautiers vielleicht entrinnen. Wenn Ihr bleibt, werden sie Euch mit bloßen Händen töten.«

»Ich bin kein Feigling. Noch nie bin ich davongelaufen . . .«

»Nur vor der Wahrheit«, fiel Jacques ihm ins Wort.

Keith schien den Atem anzuhalten. Im nächsten Augenblick stürzte er sich auf Jacques, die Schwertspitze zielte auf das Herz seines Gegners. Alles Weitere geschah blitzschnell, so daß Alessandra den Ereignissen kaum folgen konnte. Zischend flog ein Dolch durch die Luft und traf Keiths Schwertarm. In wildem Schmerz schrie er auf, hielt aber seine Waffe fest. Jacques stürmte ihm entgegen, beide fielen zu Boden.

Erschrocken wich Alessandra den Männern aus, die verbissen miteinander rangen und sich durch den Schmutz wälzten. Irgendwie mußte sie Jacques helfen. Aber wie? Abwechselnd lag er auf Keith oder unter ihm. Das änderte sich so schnell, daß sie befürchtete, den falschen Kopf zu treffen, wenn sie mit dem Brett zuschlug.

»Flieht, Alessandra!« hörte sie Jacques rufen, doch sie konnte ihn nicht im Stich lassen.

Die beiden Kämpfer stießen gegen ein Tischbein, und die Lampe begann heftig zu schwanken. Wenn sie umstürzte, konnte ein Brand ausbrechen. Voller Angst eilte Alessandra hinzu, um das Schlimmste zu verhindern.

Zu spät. Krachend landete die Lampe am Boden, gierig leckten die Flammen an Alessandras Rocksaum. Mit einem Schreckensschrei ließ sie das Brett fallen und sprang zurück. Ihre Röcke brannten lichterloh. Sie rannte zum Bett, schlug mit der Decke auf das Feuer und atmete erleichtert auf, als es erlosch. An mehreren Stellen war ihr Kleid versengt, ein beißender Geruch stieg ihr in die Nase.

Sie drehte sich um und sah Flammen emporzüngeln. Trotz der Gefahr hatten Jacques und Keith ihren Kampf nicht aufgegeben. Entsetzt sprang sie zu den beiden hinüber, fiel auf die Knie und versuchte, sie auseinanderzureißen. »Schnell! Weg von hier! Ein Brand ist ausgebrochen!«

Irgend etwas traf ihre Schläfe und warf sie auf den Rücken. Benommen blieb sie liegen, bekämpfte die Versuchung, ihre Augen zu schließen.

Mühsam raffte sie sich auf, kroch hinter Jacques und Keith her. Flammen versperrten ihr den Weg, der Geruch verbrannter Haare drohte sie zu ersticken. Bald sah sie nichts mehr, von dichten Rauchwolken eingehüllt. »Nein!« schrie sie und trommelte mit beiden Fäusten auf den Boden. »Nein!«

»Alessandra!«

Die tränenden Augen zusammengekniffen, spähte sie über die Schulter. Lucien stürmte heran – ihr Gebet war erhört worden. Taumelnd erhob sie sich und sank in seine Arme. »Jacques . . .«, keuchte sie. »Und Keith . . .«

Er hob sie hoch und trug sie zur Tür.

»Aber – Jacques!« protestierte sie.

»Später hole ich ihn«, versprach Lucien. Mit großen Schritten eilte er durch den verrauchten Flur und die Treppe hinab, Alessandra an seine Brust gepreßt.

Vor dem Gasthaus wehte ihr wundervolle frische Luft entgegen. Eine Menschenmenge hatte sich auf der Straße versammelt, darunter ihr Vater.

Als Lucien sie auf die Füße stellte, lief James zu ihr, legte einen Arm um ihre Schultern. »Geht's dir gut, Alessa?« fragte er voller Sorge.

Sie nickte und wandte sich zu Lucien, der bereits in das brennende Haus zurückgekehrt war. »Lucien!«

»Keine Bange.« James drückte sie noch fester an sich. »Sicher wird ihm nichts zustoßen.«

In wachsendem Entsetzen sah sie die Flammen aus

dem Fenster des Zimmers schlagen, das sie mit Jacques und Rashid geteilt hatte. »Vater, es war Keith. Er hat . . .«

»Ja, ich weiß Bescheid«, unterbrach er sie. »Lucien hat's erraten. Jetzt muß ich nur noch herausfinden, was den Bastard zu seinen Missetaten trieb. Bald wird er mir alles erklären.«

Alessandra spürte den Kummer, den er zu verbergen suchte. Aber er mußte die Einzelheiten erfahren, sonst würde er keine Ruhe finden. »Er trug auch die Schuld an der Entführung meiner Mutter.«

»Aye. Aber sag mir doch – weißt du, ob Agnes ihre Hand im Spiel hatte?« Angespannt wartete er auf die Antwort.

Daß Keith vor seiner Schwester ein Geständnis abgelegt hatte, spielte keine Rolle mehr. Sie glaubte ihm nicht, und Alessandra sah keinen Grund, noch ein Menschenleben zu zerstören. Warum sollte Agnes für die Sünden ihres Bruders büßen?

»Nein, Vater, deine Frau wußte nichts.«

»Bist du sicher?«

»Völlig sicher.«

Nun tauchte Lucien aus dem brennenden Haus auf, einen Mann über der Schulter – Jacques. Vorsichtig legte er ihn auf die Straße, dann wandte er sich zu Alessandra und James. Ruß schwärzte seine Gesicht, versengtes Haar hing ihm auf die Schultern. Aber sein Anblick ließ ihr Herz höher schlagen. »Keith ist tot«, sagte er leise.

Aus Jacques' Brust rang sich ein heiseres Stöhnen, und Alessandra eilte zu ihm.

»Nein!« rief Lucien. »Zurück!« Obwohl er ihr den Weg versperrte, schob sie sich an ihm vorbei und fiel neben Jacques auf die Knie. In verkohlten Fetzen hing die elegante Kleidung an seinem Körper, und er hatte viele Brandwunden davongetragen. Mit glasigen Augen schaute er sie an. »Verzeiht Ihr mir?« Vergeblich bemühte er sich um seine charmantes Lächeln.

»Natürlich.«

Er hob eine Hand, die kraftlos auf seine Brust zurückfiel. Aber Alessandra erkannte, was er sich wünschte und schlang ihre Finger in seine. »Bald werdet Ihr Euch erholen.«

»Nein, *chérie* . . . Wißt Ihr, daß ich niemals eine Frau in den Armen gehalten habe?«

Verwirrt schüttelte sie den Kopf. »Warum erzählt Ihr mir das?«

»Weil ich Euch gewählt hätte – wäre ich Manns genug gewesen.«

Sie warf einen kurzen Blick auf Lucien, der neben ihr kniete und mißbilligend die Stirn runzelte. Dann wandte sie sich wieder zu Jacques.

»Sagt mir nur eins!« flehte er. »Könntet Ihr mich lieben, wenn ich . . .« Ein qualvoller Hustenanfall erstickte seine Stimme.

Voller Mitgefühl neigte sie sich zu ihm. »O Jacques, ich – ich liebe Euch!«

»Die schönste Lüge, die ich je gehört habe«, flüsterte er. »Vielleicht würde ich Euch sogar glauben, wenn Ihr mich küßt. Hier . . .« Er berührte die Seite seines Gesichts, die nicht verbrannt war, und ihr Herz flog ihm entgegen.

Zärtlich preßte sie ihre Lippen auf seine Wangen, dann richtete sie sich wieder auf.

»O Alessandra, Ihr habt mich sehr glücklich gemacht.« Das Licht in seinen Augen begann zu erlöschen. »Jetzt kann ich friedlich schlafen.« Flatternd schlossen sich seine Lider.

Ganz langsam ging er ins Jenseits hinüber, hörte nicht das Geschrei der Männer, die Wassereimer herbeischleppten und das Feuer löschten, lag reglos da – ein

Mann, der seinem verpfuschten Leben ein gutes Ende bereitet hatte.

Nach Jacques LeBrecs letztem Atemzug erhob sich Lucien und half Alessandra auf die Beine. Liebevoll nahm er sie in die Arme und legte seine Wange an ihren Scheitel. »Tut mir leid. Ich wünschte, ich hätte ihn retten können.«

Heiße Tränen brannten in ihren Augen. »Er half mir, vor Rashid zu fliehen.«

»Rashid? War er auch in diesem Zimmer?«

»Nein, er segelt nach Algier. Er wurde auf ein Schiff gebracht, in einer Truhe, gefesselt und geknebelt, und Jacques begleitete ihn in die reservierte Kabine. Dort wollte er die Truhe öffnen, ohne Rashid loszubinden, und dann mit mir nach Corburry reiten. Ich stand auf dem Dock und erwartete ihn. Aber ehe er von Bord gehen konnte, hatte Keith mich aufgespürt. Lucien, wieso wußtest du, wo du mich finden würdest?«

»Das ist eine lange Geschichte, die ich dir lieber anderswo erzähle.«

»Aber – wieso seid ihr zum Gasthaus gekommen?«

Er schob sie ein wenig von sich und rieb einen Aschenfleck von ihrer Wange. »Auf dem Weg zum Hafen sahen wir Rauchwolken, und irgendein Gefühl schickte mich hierher.«

»Mein Gebet«, flüsterte sie. »So inständig flehte ich den Allmächtigen an, mir einen rettenden Engel zu senden – in deiner Gestalt.«

»Also liebst du mich immer noch?«

Wie unsicher der sonst so selbstbewußte, gebieterische Lucien de Gautier plötzlich wirkte ... Nun erkannte sie in seinen Augen etwas von dem kleinen Jungen, den man viel zu früh in die Fehde zwischen den Bayards und den de Gautiers hineingezogen hatte. Lächelnd nahm sie sein Gesicht in beide Hände. »Ich habe niemals aufgehört, dich zu lieben.«

»Nicht einmal, als ich während des Turniers so verbissen kämpfte?«

»Nicht einmal dann.«

Er griff in den Ausschnitt seiner Tunika und zog die Fußkette mit den Glöckchen hervor. »Das hatte ich an jenem letzten Tag. Bei mir. Um deine Nähe zu spüren.«

Verwundert berührte sie die winzigen Glocken. »Ich dachte, ich hätte den Schmuck verloren. Und du trugst ihn die ganze Zeit an deinem Herzen.«

»Was verrät dir das, Alessandra?« Eindringlich erwiderte er ihren Blick.

Durfte sie hoffen, er würde mehr für sie empfinden als nur Begierde? »Daß du mich liebst?«

»Aye«, flüsterte er an ihren Lippen. Damit gab sie sich zufrieden, obwohl er die ersehnten Worte nicht aussprach. »Das ist wohl kaum der passende Ort oder Zeitpunkt«, fügte er hinzu. »Aber ich muß es wissen. Willst du mich heiraten?«

»Heiraten?« wiederholte sie verwirrt. »Du sagtest doch . . .«

»Ja, ich weiß, was ich sagte. Aber du solltest nicht glauben, ich würde dich nur wegen der Ländereien zur Frau nehmen.«

Oh, dieser dumme Stolz . . . »Deshalb hast du mir an jenem Abend die Nachricht geschickt?«

Lucien nickte. »Und als du nicht kamst . . .« Seine Augen verdunkelten sich. »Nur du kannst mich zähmen, Alessandra. Wirst du den wilden Kämpfer heiraten?«

Im Dunkel des Todes begann das Licht des Lebens zu strahlen. »O ja! Ja!«

Am liebsten hätte er sie auf sein Pferd gehoben, um mit ihr nach Falstaff zu reiten, um sie über die Schwelle seines Hauses zu tragen, in sein Schlafzimmer. Aber er mußte sich noch gedulden, so schwer es ihm auch fiel.

35

Nun hatte sie ihn lange genug warten lassen. Sie spähte am Wandschirm vorbei und sah Lucien vor dem Kamin sitzen. Den Rücken zu ihr gewandt, starrte er ins Feuer.

Endlich – die Hochzeitsnacht, jubelte ihr Herz. An diesem Abend würden sie sich ganz vereinen. Alessandras Geduld war auf eine harte Probe gestellt worden, denn Lucien hatte darauf bestanden, sie noch zwei Monate lang zu umwerben, weil er sich ihrer würdig erweisen wollte.

In plötzlicher Nervosität strich sie über ihr besticktes Nachthemd. Wie lange würde es dauern, bis es zerknüllt zu ihren Füßen lag? Würde er sanft mit ihr umgehen – oder sie im Sturm nehmen, wie der heftige Wind, der vor Falstaffs Mauern rauschte?

Sie trat hinter dem Wandschirm hervor und schlich auf leisen Sohlen zu Lucien. Trotzdem hörte er ihre Schritte. Das erkannte sie, weil er den Kopf zur Seite neigte. Aber er drehte sich nicht um. Sie legte ihre Hände auf seine breiten Schultern. »Bist du bereit?«

»Vielleicht sollte ich *dich* danach fragen.«

Zärtlich strich sie über Luciens Brust und hob den Saum seiner Tunika, doch er hielt ihre Handgelenke fest.

»Komm her!«

»Noch nicht«, hauchte sie in sein Ohr. »Erst mußt du bereit sein.«

»Glaub mir, es genügt, wenn du einfach vor mir stehst.«

Als er sie nach vorn ziehen wollte, wehrte sie sich. »Ich weiß, du willst mir deinen Rücken nicht zeigen. Aber ich möchte ihn sehen. Er ist ein Teil von dir, und jetzt, wo wie verheiratet sind, darf zwischen uns beiden nichts verborgen bleiben. Außerdem kenne ich deine Narben schon.«

»Nicht heute nacht . . .«

»Schämst du dich?«

Er schaute sie über die Schulter an, und sie las keine Leidenschaft in seinen Augen – nur Mißbilligung. »Diese Male habe ich nicht durch Feigheit erworben.«

»Natürlich nicht. Aber sie bilden eine Barriere, die mich von dir trennen. Vertrau mir doch!«

Da wurde sein Blick etwas weicher. »Also gut.« Er ließ ihre Handgelenke los, und sie zog ihm die Tunika über den Kopf.

Zunächst betrachtete sie die Narben, dann zeichnete sie die schlimmsten mit einer Fingerspitze nach und spürte, wie sich seine Muskeln verkrampften. Trotzdem fuhr sie fort, seinen Rücken zu erforschen. Langsam entspannte er sich. Erst als sie niederkniete und ihn mit ihren Lippen berührte, versteifte er sich wieder. »Ich liebe dich, Lucien. Alles von dir.«

Er drehte sich auf dem Schemel um und zog sie zwischen seine Beine. »Warum verschwendest du dann soviel Zeit mit meinem Rücken?«

Lächelnd umfing sie seine Taille. »Einmal hörte ich eine Konkubine sagen, eine Frau müsse den ganzen Körper eines Mannes lieben, vom Scheitel bis zur Sohle.« Sie neigte sich hinab und küßte seinen Nabel.

»O Gott«, klagte er, »ich habe was anderes geplant.«

»Was denn?« fragte sie und hob den Kopf.

Lucien half ihr, sich aufzurichten, und streichelte ihre Hüften. »Laß dir's zeigen.«

Behutsam streifte er das Nachthemd von ihren Schultern, und als es zu ihren Füßen landete, empfand sie keine Scham – nur Begierde. »Und jetzt?« flüsterte sie, nachdem er ihren nackten Körper ausgiebig gemustert hatte.

»Jetzt, Alessandra Bayard de Gautier, werden wir uns lieben.« Er zog sie an sich, drückte das Gesicht zwischen ihre Brüste, atmete ihren Duft ein, nahm eine harte, rosige Knospe in den Mund.

»Oh, wie wunderbar!« Beglückt schlang sie die Arme um seine Schultern und schmiegte sich an ihn. Mit einer Hand streichelte er ihren Rücken, mit der anderen liebkoste er die zweite Brust, bis sie vor Entzücken stöhnte. »Lucien, du mußt mir noch soviel beibringen.«

»Genau das habe ich vor.« Er lachte leise, hob sie hoch und trug sie zum Bett. Sanft legte er sie auf die Matratze. Dann blieb er stehen und betrachtete sie wieder.

»Komm zu mir! Wir haben lange genug gewartet.«

Endlich streckte er sich neben ihr aus, auf einen Ellbogen gestützt. »Und was machen wir damit?« fragte er und berührte seine Hose.

Ohne Zögern löste Alessandra die Verschnürung und entblößte seine Männlichkeit. Ja, er war bereit. Plötzlich wurde sie unsicher und spürte seinen prüfenden Blick.

»Faß mich an, Alessandra. Lerne mich kennen.«

»Aber – ich weiß nicht, wie . . .«

»Doch, du weißt es. Folge einfach deinen Gefühlen.« Er nahm ihre Hand, legte sie zwischen seine Schenkel und hielt sie fest, als fürchtete er, sie könnte sich losreißen.

Nie hätte sie erwartet, er würde sich so anfühlen –

so hart und fieberheiß und pulsierend, voll verhaltener Kraft. Bald würde er sie zu seiner Frau machen, in jedem Sinn des Wortes.

Als sie ihn zu streicheln begann, stockte sein Atem. »O Alessandra . . . Wenn du mich so erregst, werde nicht lange durchhalten und dich sofort lieben.«

»Das wünsche ich mir doch«, entgegnete sie unschuldig. »Oder willst du mich immer noch auf die Folter spannen?«

»Für dich wäre es besser, wenn wir uns Zeit ließen.«

»Nun habe ich lange genug gewartet. Später können wir langsamer vorgehen.«

Eine weitere Ermutigung brauchte er nicht. Er streifte seine Hose ab und legte sich auf ihren weichen Körper. »Aber es wird weh tun«, warnte er.

»Natürlich – nachdem du mich darauf hingewiesen hast!« beschwerte sie sich.

»Soll ich dich belügen?«

»Nein. Fang endlich an . . .«

»Geduld mußt du offenbar noch lernen, meine kleine Heidenbraut.«

Drängend hob sie ihm die Hüften entgegen. »Später – viel später . . .«

»Nur noch einen Augenblick, Alessandra. Vorher will ich dir etwas sagen.«

Durch die wirren Haare, die ihr ins Gesicht gefallen waren, blinzelte sie ihn an. »Jetzt?«

Er nickte. »Wirklich, es ist sehr wichtig. Und ich hätte dir's schon längst gestehen müssen.«

Besorgt runzelte sie die Stirn Irgendwas schien nicht zu stimmen . . . »Was ist es?«

Da neigte er sich herab und flüsterte an ihren Lippen: »Ich liebe dich.«

In Gedanken wiederholte sie die Worte. Zum erstenmal hatte er sie ausgesprochen. Und sie wollte diese süße Erinnerung für immer festhalten. »Sag's mir noch einmal!« flehte sie.

Nur zu gern erfüllte er ihren Wunsch, mindestens ein dutzendmal, ehe er sich mit ihr vereinte. Er wartete rücksichtsvoll, bis ihre Schmerzen verebbten. Dann stillte er die Sehnsucht, die ihn monatelang gequält hatte, strebte in stürmischer Leidenschaft der Erfüllung entgegen.

Alessandra klammerte sich an ihn, folgte seinem Rhythmus, schrie auf, von Gefühlen überwältigt. Und als sie gemeinsam den Gipfel der Lust erreichten, wußte sie, daß sie eins mit ihrem Mann geworden war. Erschöpft lag sie unter ihm und streichelte seinen Rücken. »Ah, Lucien, du hast mir nie erzählt, wie himmlisch es ist.«

Lächelnd küßte er ihren Scheitel. »Hättest du mir geglaubt?«

»Nein. Mit Worten kann man's wohl nicht ausdrükken.«

»Das war erst der Anfang.«

»Gibt es noch mehr?«

»O ja. Ich will's dir beweisen.«

»Jetzt?«

»Bald.«

Glücklich berührte sie seine Wange. »Ich liebe dich, Lucien.«

»Und ich dich, Alessandra.«

Einen Monat später traf der Brief ein. Lucien überreichte ihn seiner Frau, die Lippen grimmig zusammengepreßt.

»Ist irgendwas nicht in Ordnung?« fragte sie.

»Soeben ist Vincent aus Corburry zurückgekehrt. Das hat er mitgebracht.«

Der liebe, gute Vincent, der sich so eifrig um Melissants Hand bemühte ... Nur ein einziges Hindernis stand ihm im Weg – Agnes. Alessandra fühlte sich bemüßigt, ihm zu helfen. Nun mußte sie nicht mehr befürchten, die Stiefmutter würde sich mit dem Bischof verschwören, um sie der Ketzerei zu bezichtigen.

Zwischen den beiden Frauen herrschte endlich Frieden. Agnes' Dankbarkeit kannte keine Grenzen, weil Alessandra ihrem Vater verschwieg, daß seine zweite Frau seit Jahren die Wahrheit über Catherines Entführung kannte. Obwohl Agnes das Geständnis ihres Bruders nicht ernst genommen hatte, wäre sie James' Zorn schutzlos ausgeliefert worden.

Wenn Vincent das nächste Mal nach Corburry reitet, werde ich ihn begleiten, überlegte Alessandra. Doch dann verwarf sie den Gedanken. Es wäre falsch, sich einzumischen. Diesen Kampf mußte ihr Schwager allein gewinnen.

Langsam drehte sie den Brief hin und her.

»Aus Algier«, erklärte Lucien.

»Ja, das sehe ich.«

»Von Rashid?«

Zögernd nickte sie. »Vermutlich.«

Er wandte sich zur Tür. »Dann lasse ich dich jetzt allein.«

»Nein, bleib hier!«

Es dauerte eine Weile, bis er zurückkehrte und sich zu ihr setzte. Sie faltete den Brief auseinander, und während sie ihn las, begann sie zu lächeln.

»Nun, was schreibt er?« fragte Lucien, und sie zeigte ihm das Pergament, das mit zwei arabischen Zeilen bedeckt war.

»Er bittet mich um Verzeihung und wünscht uns alles Gute.«

»Sonst hat er dir nichts mitzuteilen?«

»Wie du siehst.« Tränen glänzten in ihren Augen.

»Bist du traurig?«

Alessandra schüttelte den Kopf. »Noch nie in meinem Leben war ich so glücklich. Und du, Lucien? Habe ich dich enttäuscht?«

Zärtlich nahm er sie in die Arme und küßte sie. »O Alessandra – unsere wunderbare Ehe übertrifft meine kühnsten Hoffnungen.«

Band 12518

Maria Barrett

Jill

Eine Karrierefrau wird von schrecklichen Erinnerungen gequält und sinnt auf Rache

Als Direktorin einer renommierten Investmentbank in London befindet sich die strahlend schöne Jill Frazer auf dem Höhepunkt ihrer Karriere und wird von zahlreichen Verehrern umworben. Doch Jill verschließt sich vor der Liebe, weil sie eine grausige Kindheitserinnerung quält. Als kleines Mädchen mußte sie miterleben, wie ihre Mutter ermordet wurde, und auch ihr einziger Jugendfreund starb eines gewaltsamen Todes. Vom Verlangen nach Gerechtigkeit erfüllt, setzt sie ihre Karriere und die Liebe ihres Lebens aufs Spiel und geht eine gefährliche Allianz mit ihrem Todfeind ein...

Band 12529

Lesley Grant Adamson
Schandtaten

Als die kleine Nicole entführt wird, zerbricht die Scheinfassade eines mächtigen Familienclans

Der Name Deveraux, hinter dem sich ein Parfüm-Imperium verbirgt, steht für Erfolg, Geld und Macht. Doch in einer einzigen Nacht, als die kleine Nicole spurlos vom Landsitz der Familie verschwindet, wird dem verschworenen Clan die Maske vom Gesicht gerissen. Handelt es sich um Entführung, Mord oder Rache? Die Polizei steht vor einem Rätsel, die Presse enthüllt Skandale, und der Clan versucht zu verbergen, was dem Dunkel niemals entrissen werden darf ...

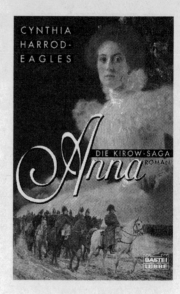

Band 12512

Cynthia Harrod-Eagles
**Anna
Die Kirow-Saga**

**Das gewaltige Epos Rußlands und der Kirow-Familie –
zugleich eine ergreifende Liebesgeschichte**

Europa zu Beginn des 19. Jahrhunderts. Weil Frankreich zum Krieg rüstet, flieht die junge, mittellose englische Gouvernante Anne Peters nach Rußland, um dort in die Dienste des attraktiven Grafen zu treten. Schon bald findet sie im prachtvollen St. Petersburg ein Zuhause und erfährt als Anna Petrowna ein neues Selbstwertgefühl.
In den extravaganten Kreisen ihres Herrn verbringt sie glückliche Tage. Als jedoch Napoleons Armee in Rußland einfällt, muß sich Anna auf einen Kampf des Herzens vorbereiten – um ihre Liebe und um ein Land, das nie das ihre sein wird...